Knaur

Von Patricia MacDonald sind bereits erschienen:

Der unheimliche Verehrer
Mord im September
Familienkiller

Über die Autorin:

Patricia MacDonald hat 1997 den ersten Preis beim Deauville Filmfestival gewonnen und war mit einigen ihrer Romane für den Edgar Award nominiert. Sie lebt mit ihrer Tochter und ihrem Ehemann in Cape May, New Jersey.

Patricia MacDonald

Das Wiegenlied

Roman

Aus dem Amerikanischen
von Katharina Volk

Knaur

Die amerikanische Originalausgabe erschien 1998 unter dem Titel
»Lost Innocents« bei Warner Books, Inc., New York.

Besuchen Sie uns im Internet:
www.knaur.de

Deutsche Erstausgabe 2003

Redaktion: Birgit Schmitz
Umschlaggestaltung: ZERO Werbeagentur, München
Umschlagabbildung: Photonica, Hamburg / James Bartolomew
Satz: Ventura Publisher im Verlag
Druck und Bindung: Nørhaven Paperback A/S
Printed in Denmark
ISBN 3-426-61306-9

5 4 3 2 1

Prolog

Dienstagnachmittag, später Oktober

Rebecca Starnes warf den Kopf zurück, strich sich das Haar aus dem Gesicht und setzte sich auf der Parkbank ein wenig aufrechter hin. Unauffällig steckte sie den Pulli in den Bund ihrer Jeans, damit die Rundungen ihrer Brust besser zur Geltung kamen. Aus den Augenwinkeln beobachtete sie, wie der Typ drüben auf dem Parkplatz mit dem Skateboard von einer kleinen Mauer sprang und auf dem Bürgersteig landete. Das war ganz schön mutig, und sie hielt jedes Mal den Atem an, wenn er einen Fehler machte. Er trug eine sehr breite Sonnenbrille, so dass sie nicht erkennen konnte, ob er in ihre Richtung blickte. Er sollte aber auf keinen Fall glauben, sie starre ihn an.

Rebecca war ziemlich sicher, dass sie ihn schon mal gesehen hatte, vermutlich bei einem Basketball-Spiel. Aber sie wusste nicht, auf welche Schule er ging. In dieser Gegend gab es mehrere katholische Highschools, und die Schülerliga war groß. Er konnte von jeder dieser Schulen sein. Fest stand nur, dass er nicht auf die Perpetual Sorrows ging, denn in ihrer eigenen Schule hätte sie ihn bestimmt nicht übersehen. Sie legte einen Arm über die Rückenlehne der Parkbank und warf noch einmal ihr Haar zurück.

Eine Frau schob einen Kinderwagen den gewundenen Gehweg entlang. Vor Rebecca blieb sie stehen und lächelte. »Wie niedlich«, sagte sie. »Wie alt ist er denn?«

»Sechs Monate«, erwiderte Rebecca ungeduldig. Justin Wallace, der neben Rebecca in seinem Kinderwagen saß, beschäftigte sich gerade mit seinem dicken Beißring, auf dem Donald Duck und seine Neffen abgebildet waren.

Rebecca verrenkte sich fast den Hals bei dem Versuch, um die Frau herumzuschauen, die ihr die Sicht auf den Skateboarder versperrte. Die Frau merkte offenbar nicht, dass sie im Weg war. Sie lächelte und winkte Justin mit einem Finger zu. Rebecca seufzte und bemühte sich, höflich zu sein. »Wie alt ist denn Ihres?«, fragte sie und deutete auf den Kinderwagen, den die Frau sanft schaukelte.

»Noch ein Säugling«, antwortete die Frau, lächelte stolz und tätschelte besitzergreifend das vorgespannte Netz. »Er schläft.«

»Justin nicht«, sagte Rebecca mit einem Seitenblick auf das Baby; sie wünschte, die Frau würde endlich weitergehen. »Ich bin nur der Babysitter«, erklärte sie.

Als sei ihre Hoffnung auf ein vertrauliches Schwätzchen von Mutter zu Mutter enttäuscht worden, verabschiedete sich die Frau, winkte Justin noch einmal zu und schob ihren Wagen weiter. Rebecca wagte einen Blick unter gesenkten Lidern hervor und stellte fest, dass der Skateboarder noch da war. Sie setzte sich wieder in Positur – sie wollte attraktiv, aber nicht aufreizend wirken.

Währenddessen schüttelte Justin ungeduldig seinen Beißring, nahm ihn in den Mund und betrachtete ihn dann wieder mit beinahe wissenschaftlicher Neugier. Justin hatte soeben den Bumerang-Effekt entdeckt. Er studierte alle Einflussfaktoren und ließ dann den Beißring fliegen. Kaum hatte seine winzige Hand das Spielzeug losgelassen, da merkte er schon, dass er sich verkalkuliert hatte. Der Beißring landete direkt neben seinem Wagen sanft im Schmutz, unter den vertrockneten, großen braunen Blüten eines welken Hortensienbusches. Justins lebhafte graue Augen, die eben noch neugierig geleuchtet hatten, blickten nun besorgt

drein. Er verzog das Gesicht und brach in lautes Wehgeschrei aus.
Rebecca musste sich schon wieder von ihren Tagträumen über den Skateboarder losreißen. Sie drehte sich um und sah mit gerunzelter Stirn nach ihrem Schützling. Sie war versucht, ihn anzufahren, aber dieser Impuls verflog in dem Moment, als sie ihn ansah. Er war einfach zu niedlich in dem winzigen roten Pulli mit dem Dalmatiner drauf, den seine Großmutter ihm gestrickt hatte. Rebecca liebte Kinder, aber ganz besonders Justin. Seine Eltern waren jung und mussten hart arbeiten, um über die Runden zu kommen. Normalerweise nahm Donnas Mutter ihnen den Kleinen ab, aber manchmal baten sie auch Rebecca, für sie einzuspringen. Rebecca passte gern auf Justin auf. Sie hätte es auch umsonst gemacht, nur um ihnen zu helfen. Aber Johnny und Donna bestanden stets darauf, sie zu bezahlen. Rebecca fand es irgendwie so romantisch, wie die beiden sich ein Leben aufbauten, eine Familie gründeten.
Wenn sie das ihrer Mutter gegenüber erwähnte, bekam Sandi Starnes natürlich einen Anfall. »Glaub ja nicht, du könntest dir ein Kind machen lassen und es dann jederzeit bei deiner Mutter abladen«, rief sie dann. »Kommt gar nicht in Frage.« Immer wieder warnte sie Rebecca, dass sie ja keine Ahnung habe, wie schwer es eine so junge Mutter wie Donna Wallace hätte. Und ihre Mutter musste es schließlich wissen. Rebeccas Vater hatte sie verlassen, als sie erst fünf Jahre alt war. Er hatte jetzt eine andere Familie, oben in Massachusetts. Rebecca sah ihn dreimal im Jahr. Er war gar kein so übler Vater, aber Rebecca wusste, dass ihre Mutter sehr viel arbeiten musste, um sie beide durchzubringen. Sie hatte Extra-Schichten im Restaurant übernommen, damit sie Rebecca auf die katholische Schule schicken konnte. Rebecca sah wieder nach dem Kleinen in seinem Wagen. Es wäre bestimmt

schön, für ein eigenes Baby zu sorgen, aber viele Mütter, wie Donna Wallace und ihre eigene Mama, mussten am Ende doch den ganzen Tag arbeiten. Und viele Ehen und Familien gingen in die Brüche. Aber es musste ja nicht immer so laufen. Manche Ehen funktionierten auch, dachte sie störrisch. Manche Menschen blieben immer zusammen.

Ein wenig traurig sah sie Justin an. »Was ist denn, Justin?«, fragte sie mitfühlend.

Justin blickte zu ihr auf, unfähig, sich zu erklären. Tränen standen ihm in den Augen und liefen ihm über die runden Bäckchen. Rebecca griff nach dem kleinen Häkeldeckchen, ebenfalls von seiner Großmutter gemacht, das um seine Knie geknüllt war, und zog es ihm über die kleinen Jeans und den Pulli. »Ist dir kalt?«, fragte sie sanft. Es wurde ein wenig frisch. Bisher hatten sie einen sehr warmen Herbst gehabt, aber es war schon beinahe November, und nun wurde es doch merklich kühler.

Justin bekam einen Wutanfall, weil er derartig missverstanden wurde. Er heulte noch lauter und rüttelte mit den winzigen Fäustchen an der Stange vor ihm. »Justin«, murmelte Rebecca und fragte sich, ob der süße Junge auf dem Skateboard sie für unfähig hielt. »Schluss mit dem Theater. Was ist denn los? Nicht weinen. Willst du dein Fläschchen? Ich hol's dir. Aber bitte nicht mehr weinen.«

In solchen Momenten wurde Rebecca klar, dass ihre Mutter sich keine Sorgen zu machen brauchte. Rebecca würde sich bestimmt kein Baby aufhalsen. Sie wollte doch aufs Junior College und vielleicht eine Ausbildung zur Laborassistentin machen. Naturwissenschaften machten ihr Spaß. Das waren ihre Lieblingsfächer in der Schule. Sie wollte eine eigene Wohnung und ein eigenes Auto, und sie wollte ihrer Mutter ab und zu mit etwas Geld aushelfen können. Rebecca lächelte traurig in sich hinein beim Gedanken an ihre Mutter,

die sich so viele unnötige Sorgen machte. Rebecca hatte ja noch nicht einmal einen Freund, geschweige denn Pläne für ein Baby.
Sie ging um den Kinderwagen herum, kniete sich dahinter und wühlte in der angehängten Tasche nach dem Fläschchen mit Apfelsaft. Das Baby brüllte so laut, dass sie errötete und sich nicht traute, aufzublicken und zu schauen, wie der Skateboarder wohl auf das Geschrei reagierte.
»Ich glaube, sie will das hier«, sagte eine Männerstimme.
Rebecca erstarrte, erschrocken, aber hoffnungsvoll. Sie hatte hinter sich niemanden kommen gehört. Vielleicht war er es – der Skateboarder. Vielleicht nutzte er die Gelegenheit, um sie anzusprechen. Sie holte tief Luft und hob erwartungsvoll den Blick. Anstatt des waghalsigen Skateboarders stand ein Erwachsener vor ihr. Er trug eine dunkle Hose und eine Windjacke und hielt ihr den Beißring hin.
Sie blickte sich nach dem Parkplatz um. Der Skateboarder war weg. Rebecca seufzte. »Danke«, sagte sie und griff nach dem Beißring. Justin setzte sich im Wagen auf und beobachtete sie mit großen Augen. »Das ist übrigens ein Er.«
»Tatsächlich?«, fragte der Mann überrascht. »Mit diesen Löckchen würde man meinen …«
Rebecca strich zärtlich über Justins weiche Locken. »Das denken viele Leute«, sagte sie. Sie griff nach dem Beißring.
»Er ist ein bisschen schmutzig geworden«, sagte der Mann mit einem Blick auf den Ring. »Er hat ihn unter den Busch da drüben geworfen. Ich wasche ihn schnell im Brunnen.«
»Okay, danke schön«, sagte sie. Sie kam hinter dem Kinderwagen hervor und setzte sich wieder auf die Bank. Der Mann ging zu dem kleinen Brunnen hinüber und wusch den Beißring ab. Dann brachte er ihn zurück und hielt ihn ihr hin. Er setzte sich zu ihr auf die Bank, nicht allzu nah, aber Rebecca war das irgendwie nicht ganz geheuer. Sie sagte sich jedoch,

dass das bestimmt kein Perverser war. Er sah völlig normal aus.
»Sie müssen sehr stolz auf ihn sein«, sagte er freundlich; offenbar hielt er Justin für Rebeccas Kind.
»Oh, er das ist nicht mein Kind«, sagte Rebecca, die sich im Stillen wunderte, wie dämlich Erwachsene manchmal waren. Zuerst die andere Mutter, und jetzt dieser Typ. Rebecca fand den Gedanken gar nicht schön, dass sie alt und langweilig genug aussah, um Mutter zu sein. »Ich passe nur auf ihn auf.« Justin kaute wieder fröhlich auf dem Beißring herum. »Ich bin erst fünfzehn.«
»Oh«, sagte der Mann nickend. Er holte eine Packung Käsecracker aus der Tasche seiner Windjacke und riss sie auf. Er biss in einen Cracker. »Müsstest du dann nicht in der Schule sein?«, fragte er.
Rebecca schüttelte den Kopf. »Ich gehe auf die katholische Schule«, erklärte sie. »Heute ist ein katholischer Fastentag.«
»Ah«, sagte er und nickte wieder. Er kaute nachdenklich seinen Cracker. Dann fiel ihm offenbar etwas ein, und er hielt ihr die Packung hin. »Entschuldigung. Ich wollte dir nichts vorkauen. Möchtest du?«
Rebecca zuckte mit den Schultern. Sie war ein wenig hungrig. Dennoch zögerte sie kurz. Wie allen Kindern hatte man ihr eingetrichtert, niemals Süßigkeiten von Fremden anzunehmen. Um solche Sachen machten Eltern doch immer einen Riesenwind. Aber dies war kein sabbernder Perverser und kein einsamer Ort. Eine Frau mit Brille saß auf der nächsten Bank, ein Stückchen den Weg hinunter, und las ein Buch. Rebecca sah, dass sie ab und zu aufblickte. Ein Chinese oder so machte seltsame gymnastische Übungen auf der Wiese hinter dem Teich. Vor nicht mal zehn Minuten war ein Streifenwagen vorbeigerollt. All dies schoss ihr durch den Kopf, während sie die Käsecracker in der Zellophanhülle be-

trachtete. An solche Dinge musste man denken. Die ganzen Geschichten aus der Zeitung waren schon ganz schön gruselig. So was passierte bestimmt nicht hier in Taylorsville, aber man konnte ja nie wissen …

Der Mann lächelte sie schief an. »Die sind auch nicht vergiftet, Ehrenwort«, sagte er. »Ich hab sie gerade im Supermarkt da drüben gekauft.«

Rebecca errötete vor Scham, weil der Mann ihre Gedanken erraten hatte und wusste, dass sie ihm nicht traute.

»Das braucht dir nicht peinlich zu sein«, fuhr er verständnisvoll fort. »Heutzutage kann man gar nicht vorsichtig genug sein. Kinder sind das Kostbarste auf der Welt, und man muss sie dazu anhalten, auf der Hut zu sein. Das haben sie dir zu Hause doch sicher auch eingebläut. Ich meine, alle Eltern machen sich Sorgen um ihre Kinder.«

Für Rebecca hörte sich das so an, als habe er selbst Kinder, und sie fühlte sich gleich wesentlich wohler. Sie lächelte, obwohl seine Worte sie ein wenig traurig machten. Sie wünschte sich auch einen Vater, für den sein Kind das Kostbarste auf der Welt war. Sie konnte sich nicht recht vorstellen, dass Bud Starnes so etwas über sie sagen würde. »Ich bin kein Kind mehr«, sagte sie.

»Wie heißt denn der Kleine?«, fragte er und wies mit der Crackerpackung auf den Wagen.

Rebecca blickte in den Kinderwagen hinab; sie war froh über den Themenwechsel. »Justin«, antwortete sie. »Justin Mark Wallace. Mein kleiner Freund.« Als er seinen Namen hörte, blickte Justin auf und schenkte Rebecca ein breites, zahnloses Grinsen. Rebecca lächelte zurück. Dann nahm sie sich einen Cracker.

Der Mann grinste und rutschte unauffällig näher an sie heran. Er legte einen Arm auf die Rückenlehne, so dass seine Finger ganz leicht ihre Schulter berührten.

1

Der Wagen hielt am Rand der kreisrunden, kiesbedeckten Auffahrt. Maddy Blake blickte im schwindenden Licht der Dämmerung zu dem großzügigen Haus im Tudor-Stil auf. Bernsteinfarbene Blätter sanken lautlos von den prächtigen alten Bäumen herab und bedeckten den smaragdgrünen Rasen. An den Wänden der imposanten Villa kletterten dornige Ranken empor, so dass das Haus wie mit dem Boden verwachsen wirkte, als stünde es schon ewig dort.

»Wow«, sagte Maddy. »Tolles Haus. Kein Wunder, dass er so viel verlangt.«

»Er ist jeden Penny wert«, verteidigte sich Doug.

»Aber natürlich«, sagte sie hastig und wich seinem Blick aus. »Unbedingt.«

Charles Henson, Dougs Anwalt, hatte Maddy und ihren Mann Doug zu sich nach Hause eingeladen, um zu feiern. Vergangene Woche hatte Charles Doug erfolgreich verteidigt; eine Schülerin der Highschool, an der Doug Geschichte unterrichtete, hatte ihm sexuelle Belästigung vorgeworfen. Der Richter hatte es abgelehnt, ein Verfahren einzuleiten, und nach fünf Wochen Suspendierung bekam Doug seinen Job zurück. Doch seinen guten Ruf würde er wohl nicht so einfach wieder herstellen können.

»Ich habe gehört, dass seine Frau aus einer reichen Familie kommt«, sagte Doug. »Das macht einen Riesenunterschied.«

Nun warf Maddy ihrem Mann einen schiefen Blick zu, doch

der starrte weiter durch die Windschutzscheibe. Sollte das ein Seitenhieb sein?, fragte sie sich. Diese ganze Angelegenheit war aufreibend gewesen und sie teuer zu stehen gekommen. Alle ihre Ersparnisse waren dafür draufgegangen, Charles Henson zu bezahlen und sie über Wasser zu halten, solange Doug nicht arbeiten durfte. Maddy war Künstlerin und verdiente ihr Geld freischaffend mit Glasmalerei, so dass sie eher unregelmäßige Einkünfte hatte. Sie stammte gewiss nicht aus einer reichen Familie, aber sie hatte immer gearbeitet und sich bemüht, Geld zu verdienen, während Dougs Zukunft so ungewiss gewesen war.

Doug ließ ihr keine Zeit mehr, darüber nachzudenken. Er drehte sich um und lächelte seine dreijährige Tochter an, ein herzliches Lächeln, bei dem sich seine Grübchen zeigten. »Wir sind da, Amy«, sagte er. »Wir müssen jetzt aussteigen.«

Amy, die ebenso blond war wie ihr Vater, schenkte ihm ein umwerfendes Grinsen. »Ich nehme George mit«, sagte sie und deutete auf den Stoff-Affen, ihren ständigen Begleiter.

Während er sich über die Lehne beugte, betrachtete Maddy das weiche, sandfarbene Haar und die sanften Augen ihres Mannes; wie gut er doch aussah in seinem sportlichen Tweed-Jackett mit Krawatte. Es hatte sie nicht überrascht, dass eine Schülerin heftig für ihn schwärmte. Vor ein paar Jahren hatte sich Maddy selbst auf den ersten Blick in ihn verliebt. Aber was die Schülerin sonst noch erzählt hatte – dass Doug sie erpresst und Sex als Gegenleistung für eine gute Note verlangt hätte ... Bis der Fall zur Verhandlung kam, war das Mädchen Gott sei Dank zweimal nicht zu Gerichtsterminen erschienen, und als sie dann endlich aussagte, enthüllte Charles Hensons gekonnte Befragung, dass sie eigentlich drei verschiedene Geschichten auf einmal erzählte.

»Kannst du den Affen nicht hier lassen?«, fragte Doug stirnrunzelnd.

Amy zog einen Schmollmund. »Ich brauche George«, bettelte sie.
»Ach, lass sie doch«, sagte Maddy leise. »Schließlich haben sie darauf bestanden, dass wir sie mitbringen. Zu kleinen Kindern gehören nun einmal auch Stofftiere.«
»Also schön, warum nicht«, sagte Doug.
Maddy drehte sich zu ihrer Tochter um. »Du kannst George mitnehmen, das geht in Ordnung.«
Maddy und Doug stiegen aus. Doug öffnete die hintere Wagentür und befreite seine Tochter von den Sicherheitsgurten. Maddy strich ihr Strickkleid glatt; sie war nicht sicher gewesen, was sie zu diesem Anlass tragen sollte. »Wie sehe ich aus?«, fragte sie.
»Du siehst fantastisch aus«, versicherte ihr Doug und führte Amy an der Hand um den Wagen herum.
»Ich verstehe immer noch nicht ganz, warum sie uns unbedingt zu sich einladen wollten«, flüsterte Maddy. »Und warum wir Amy mitbringen sollten.« Sie hatten Charles und seine Frau in ein Restaurant eingeladen, um sich bei ihnen zu bedanken, doch Charles Henson hatte sie stattdessen zu sich nach Hause eingeladen.
Doug schüttelte den Kopf. »Keine Ahnung. Er sagte, seine Frau geht nicht gern aus. Ich glaube, sie ist ein bisschen seltsam. Jemand hat mir erzählt, dass sie so eine Art Zusammenbruch hatte und ein Jahr in einer psychiatrischen Klinik verbracht hat.«
»Tatsächlich?«, fragte Maddy.
»Ich weiß das nicht so genau«, sagte Doug. »Ich bin zur Zeit auch etwas vorsichtig, was Klatsch angeht. Und Charles konnte ich natürlich nicht danach fragen.«
»Nein, natürlich nicht«, sagte Maddy nachdenklich.
»Aber das Essen ist bestimmt gut. Er hat mal eine Köchin erwähnt, glaube ich.«

»So war das nicht gemeint. Ich habe nichts dagegen, hier zu essen«, erklärte Maddy. »Ich esse mit ihm, wo immer er will. Er hat uns vor einer Katastrophe bewahrt.«
Doug strich sich das Haar glatt. »He, es ist ja nicht so, als hätte ich wirklich was Schlimmes getan.«
»Ich weiß, ich weiß«, versicherte Maddy hastig. »Ich meine nur, das hätte auch ganz anders ausgehen können ... Unschuldig zu sein ist heutzutage keine Garantie mehr.«
»Deine Unterstützung ist überwältigend«, bemerkte er trocken.
Maddy bekam ein schlechtes Gewissen und nahm seinen Arm. »Tut mir Leid«, sagte sie. »Ich habe das nicht so gemeint, wie es sich angehört hat. Natürlich glaube ich dir. Es ist nur ... Ich bin auch erschöpft, Schatz. Erschöpft von ... dieser ganzen Sache.«
Er nickte und tätschelte ihre Hand, die in seiner Armbeuge lag. Maddy sah ihn nicht an. Es war ihr überraschend leicht gefallen, ihm beizustehen, als Heather Cameron ihre Anschuldigungen vorbrachte und die Schulleitung ihn suspendierte. Nach dem ersten Schrecken hatte sie ihn sofort in Schutz genommen. Sie standen zusammen, als Ehepaar, als Familie, und da war es nur natürlich, dass sie auf seiner Seite kämpfte. Doch nun war es vorüber, sie hatte Zeit zum Nachdenken, und zu ihrer Schande musste sie sich eingestehen, dass sie nicht mehr ganz so sicher war.
Doug führte sie über die Auffahrt und den gepflasterten Weg zum Haus hinauf. Die Haustür der riesigen Villa ging auf, und da stand Charles Henson, leger gekleidet mit einem Polo-Hemd und einer Strickjacke. Sein dichtes, silbergraues Haar war akkurat gekämmt; selbst in Freizeitkleidung strahlte er eine gewisse Förmlichkeit aus. Eine zerbrechlich wirkende Frau lugte hinter seiner Schulter hervor. »Nur herein, nur herein«, rief Charles, als sie auf die Tür zugingen.

Doug streckte die Hand aus, und Charles schüttelte sie. Doug legte noch die andere Hand über Charles' Rechte, und Maddy kniff bei diesem Anblick die Lippen zusammen. Dougs Dankbarkeit kam ihr ein wenig übertrieben vor. Sei nicht so kritisch, schalt sie sich. Natürlich ist er dankbar.
»Danke für – für die Einladung«, stammelte Doug.
»Herzlich willkommen, Maddy. Und Amy«, sagte Charles. Er kannte sie aus dem Gerichtssaal und von Besprechungen bei ihnen zu Hause. »Das ist meine Frau Ellen.«
Maddy begrüßte die bezaubernde, schüchtern wirkende Frau hinter ihm mit einem herzlichen Lächeln; sie trug Jeans und ein Herrenhemd. Sie war schlank wie ein junges Mädchen, obwohl Maddy sie auf fast fünfzig schätzte. Sie war immer noch eine Schönheit, mit vollen, grauen, wie angestaubt aussehenden Locken, die sie in einem Knoten trug. Ellen begrüßte Maddy, doch ihr Blick blieb auf Amy fixiert. Sie bückte sich, bewunderte George und redete sanft auf Amy ein. Maddy war jeder Mensch sofort sympathisch, der einem Kind so viel Aufmerksamkeit widmete.
»Kommen Sie herein. Ich mache uns erst mal ein paar Drinks«, sagte Charles. »Ich glaube, Paulina hat das Essen noch nicht ganz fertig.«
Wie aufs Stichwort erschien eine rundliche Frau mit einer Schürze im Hausflur. »In einer halben Stunde ist das Essen fertig«, sagte sie mit leichtem osteuropäischen Akzent. »Für das Kind vielleicht ein Würstchen mit Kartoffelbrei?«
»O ja, das wäre nett«, erwiderte Maddy dankbar. »Sie liebt Würstchen.«
Sie folgten Charles in ein riesiges Wohnzimmer mit teuren Ledersesseln, dicken Teppichen und Gemälden in verzierten Rahmen. Maddys Blick wurde sofort von dem Bild über dem Kaminsims angezogen. Es war ein Porträt in Öl, das eine viel jüngere Ellen zeigte, die einen Arm schützend um einen klei-

nen Jungen von vielleicht vier oder fünf Jahren legte. Er muss inzwischen längst erwachsen sein, dachte Maddy. Wahrscheinlich haben sie sogar schon Enkelkinder.

Charles schenkte Champagner in feine Gläser und reichte sie herum. »Trinken wir auf die Gerechtigkeit«, sagte er.

Doug starrte auf die winzigen goldenen Champagnerperlen in seinem Glas. »Charles, ich weiß nicht, wie ich Ihnen je danken soll. In den letzten Monaten ist es uns zeitweise wirklich mies ergangen.«

»Nur keine Sorge. Sie werden weniger von Dankbarkeit überwältigt sein, wenn Sie erst die Rechnung kriegen.«

Alle lachten nervös.

Maddy seufzte. »Ich bin ja so erleichtert, dass wir diesen Albtraum jetzt hinter uns haben«, sagte sie. »Ich meine, dieses Mädchen erhebt solche Anschuldigungen, und auf einmal steht unsere ganze Welt Kopf.«

Charles Henson nickte stirnrunzelnd. »So etwas ist schon beängstigend. Und die Tatsache, dass sie die Tochter des Polizeichefs ist, hat es auch nicht gerade leichter gemacht. Das ist wie früher bei der Kommunisten-Hatz unter McCarthy, wenn Sie mich fragen. Jugendliche haben heutzutage eine ungeheure Macht. Sie sind clever genug, um ihre Anschuldigungen glaubhaft klingen zu lassen, aber sie sind immer noch zu jung, um zu begreifen, dass sie mit solchen launenhaften Bosheiten ein ganzes Leben zerstören können.«

»Aber Charles«, unterbrach seine Frau ihn sanft, »du weißt doch, dass diese Welt ein sehr hässlicher Ort ist. Manche von ihnen sind wirklich nur unschuldige Kinder …«

Ellen Hensons Worte trafen Maddy wie ein Schlag in die Magengrube. Hält sie Doug für schuldig?, fragte sich Maddy. Will sie das damit sagen?

Charles ließ sich von diesem Einwurf nicht beeindrucken. »Liebling«, sagte er sanft, »ich will ja damit nicht bestreiten, dass viele Kinder von Erwachsenen misshandelt werden, und dass wir sensibler für solche Dinge werden müssen, aber es ist völlig außer Kontrolle geraten. Das wird zu einer wahren Hexenjagd.«

»Nun, ich glaube, Heather Cameron ist ein sehr verwirrtes junges Mädchen«, sagte Maddy. »Aber daran ist nicht mein Mann Schuld.«

Charles hob die Champagnerflöte in ihre Richtung. »Es war bewundernswert, wie Sie Ihren Mann unterstützt haben, und das hat uns auch vor Gericht sehr geholfen.«

Maddy errötete, peinlich berührt. »Ich denke, es war auch für den Richter offensichtlich, dass Heather lügt«, sagte sie.

Ellen stellte ihr Glas auf ein Mahagoni-Tischchen und sagte leise: »Ich möchte Amy gern etwas zeigen, bevor wir uns zu Tisch setzen. Amy, möchtest du mit mir kommen?«

Amy blickte begierig auf; sie freute sich immer über eine Ablenkung. Ellen streckte ihr eine Hand entgegen. Maddy stellte ebenfalls ihr Glas ab. Dieser Themenwechsel erschien ihr ein wenig abrupt, doch er war ihr sehr willkommen. »Ich komme auch mit«, sagte sie.

»Gut. Deine Mama kommt auch mit.« Die beiden Frauen und das Kind gingen zur Tür, und Charles bedeutete Doug, sich zu setzen.

Sobald sie aus dem Haus waren, rannte Amy los. Die beiden Frauen folgten ihr, die Hände in den Jackentaschen; bei jedem Schritt knisterten welke Blätter unter ihren Schuhen.

Einige Minuten spazierten sie in ungemütlichem Schweigen dahin, dann sagte Maddy: »Wir sind Ihrem Mann wirklich sehr dankbar.«

»Charles ist sehr gut in seinem Beruf«, entgegnete Ellen ruhig.

Maddy nickte, doch die Missbilligung, die sie bei Ellen spürte, machte sie nervös. Mit einem flauen Gefühl im Magen wurde ihr klar, dass sie dieser Reaktion noch sehr häufig begegnen würde. Der Sieg vor Gericht bedeutete noch lange keinen Frieden. Die Leute nahmen immer gern das Schlimmste an … Maddy suchte nach einem anderen Thema. »Sie haben wirklich ein wunderschönes Haus.«

»Ja, nicht wahr?«, erwiderte Ellen. »Ich bin in diesem Haus aufgewachsen, und ich liebe es. Aber ich freue mich ganz und gar nicht auf den Winter. Ich bin eine leidenschaftliche Gärtnerin.«

»Ich habe leider alles andere als einen grünen Daumen«, gestand Maddy.

»Ich hoffe, es macht Ihnen nichts aus, bei uns zu Hause zu essen. Ich gehe nicht gern aus. Ich bin eine kleine Eremitin.«

»Nein, überhaupt nicht. Es war sehr freundlich von Ihnen, uns einzuladen«, sagte Maddy, aber sie musste dennoch daran denken, dass Doug etwas von einem Zusammenbruch gesagt hatte. Sie warf einen verstohlenen Blick auf die scheinbar ganz gelassene Frau neben sich.

»Amy«, rief Ellen, »es ist hier, in der Garage.«

Maddy fragte sich, welche Garage sie wohl meinte. Das Haus stammte offensichtlich noch aus den goldenen Zeiten von Pferd und Wagen. Die Gartenwege wurden von Gaslaternen erleuchtet, die sich in der Dämmerung automatisch einschalteten. Eine Reihe miteinander verbundener Nebengebäude hinter der Auffahrt waren im gleichen Stil gehalten wie das Haupthaus. Eine der Türen war offen, und Licht fiel von drinnen heraus. Dorthin zeigte Ellen. Amy sah, wo es hingehen sollte, und sauste auf die offene Tür zu.

Maddy hörte Amys Freudenschreie schon von weitem. Sie trat um die Ecke in die leere Garage und brauchte einen Moment, um herauszufinden, was Amy so beglückt hatte. In einer Ecke stand eine große Pappkiste mit einer Flanelldecke. Darin lagen eine Katzenmutter und ihre Jungen. Sie mussten schon ein paar Wochen alt sein, denn sie untersuchten bereits eigenständig den strohbedeckten Boden der Garage. Aber sie waren klein und flauschig, und Amy klatschte vor Freude in die Hände. Sie kniete sich hin, um eines der Kätzchen aufzuheben.

»Drück es nicht zu fest, Schatz«, mahnte Maddy besorgt. Sie verzog das Gesicht, denn sie wusste, wie schwierig es sein würde, Amy von diesen niedlichen Geschöpfen loszueisen.

»Lassen Sie sie ruhig mit den Kleinen spielen«, sagte Ellen. »Sie tut ihnen schon nicht weh.« Sie führte die besorgt aussehende Maddy aus der Garage hinaus.

»Ja, es wird schon nichts passieren«, sagte Maddy. Sie folgte Ellen eine leichte Steigung hinauf zu einer gusseisernen Bank vor einem immergrünen Gebüsch. Sie setzten sich. Eine Gaslampe neben der Bank hüllte ihre Schultern in einen Mantel gelben Lichts. Die Luft war feucht und roch nach Regen. Etwas weiter weg, beinahe von wuchernden Büschen verdeckt, stand ein kleines Haus mit Wänden aus verschalten Brettern; es sah aus wie eine kleine Hütte, und seine Tür wurde von einer Laterne erleuchtet. Dennoch war nicht zu erkennen, in welcher Farbe das Häuschen gestrichen war.

»Ist das niedlich!«, rief Maddy aus. »Was ist das?«

»Das Spielhäuschen gehörte meinem Sohn«, sagte Ellen. »Es ist ein richtiges historisches Gebäude. Ich glaube, es war früher die Werkstatt eines Blechschmieds. Wir haben es vor Jahren herbringen und restaurieren lassen.«

»Es ist entzückend. Warten Sie nur, bis Amy es entdeckt.«

»Ich erlaube niemandem, darin zu spielen«, sagte Ellen. Dann fügte sie entschuldigend hinzu: »Da bin ich etwas empfindlich.«

Auf diese Worte hin sah sich Maddy das Häuschen genauer an und bemerkte, dass die Tür mit einem Vorhängeschloss versehen und die Fenster mit Gardinen verhängt waren. Sie bekam ein ungutes Gefühl; das fröhliche kleine Haus hatte auf einmal etwas Unheilvolles. »Ach, das macht doch nichts«, sagte sie hastig und merkte sogleich, dass sie irgendetwas falsch gemacht hatte. »Ich bezweifle sowieso, dass wir sie je von den Kätzchen fortlocken könnten.«

Ellen fuhr fort, als habe Maddy überhaupt nichts gesagt. Ihre Stimme war ausdruckslos und monoton. »Mein Sohn hieß Ken. Er ist mit fünf gestorben. Meningitis. Heute hätte er Geburtstag. Er wäre einundzwanzig geworden.«

Diese tragische Eröffnung traf Maddy tief. Irgendwie hatte sie so etwas gespürt, noch bevor Ellen es ausgesprochen hatte. Sie hatte etwas Schreckliches geahnt. Sie hatte nicht einmal nach dem Jungen fragen wollen. Dies war der schlimmste Albtraum einer Mutter, und die schmale Frau neben ihr auf der Bank tat ihr unendlich Leid. »Wie furchtbar«, hauchte sie.

»Er kam vom Kindergarten nach Hause und klagte über einen steifen Nacken. Drei Tage später war er tot.«

»Oh, das tut mir ja so Leid. Das muss ein besonders schwerer Tag für Sie sein. Wir hätten nicht heute kommen sollen.«

Ellen schüttelte den Kopf. »Auch nicht schwerer als alle anderen Tage«, sagte sie.

»Das kann ich mir vorstellen«, sagte Maddy grimmig, obwohl das nicht stimmte. Nicht ganz. Sie schaute zurück zur Garage, wo von Amy nur der blonde Schopf zu sehen war.

Ellen nickte ruhig. Sie saßen schweigend beieinander und dachten jede an ihr Kind.

Schließlich ergriff Ellen das Wort. »So, und bei Ihnen kehrt jetzt endlich wieder etwas Ruhe ein.«

Maddy seufzte über die Ironie dieser Bemerkung. »Das hoffe ich.«

»Charles hat mir erzählt, dass Sie Künstlerin sind?«

»Ich betreibe Glasmalerei. Ich habe ein Atelier hinter unserem Haus.«

»Tatsächlich?«, fragte Ellen.
»Zunächst war das nur ein Hobby, aber ich bekam einige Aufträge, und mein damaliger Job hat mir keinen Spaß gemacht, also …«
»Also haben Sie Ihr Hobby zum Beruf gemacht.«
»Na ja, ich habe einige kleinere Arbeiten in einem Kunsthandwerksladen verkauft. Aber damit habe ich nicht viel verdient. Dann habe ich einen Auftrag für ein Fenster in der neuen Kapelle der katholischen Kirche bekommen. Und darauf folgten dann einige weitere.«
Ellen blickte mit zusammengekniffenen Augen in die Dunkelheit, in Richtung des Häuschens. »Welch ein glücklicher Zufall, dass wir uns gerade jetzt kennen lernen. Ich hatte mir überlegt, etwas an dem Spielhaus zu machen. Vielleicht könnten Sie mir dabei behilflich sein.«
Maddy war es unangenehm, dass das Gespräch wieder auf das verschlossene Häuschen kam. Sie bemühte sich um eine gelassene Miene.
»Ich dachte zum Beispiel an Tiermotive von Beatrix Potter. Peter Hase zum Beispiel.«
»Peter Hase?«, fragte Maddy vorsichtig.
»Sie wissen schon, das Häschen mit dieser kleinen blauen Jacke«, sagte Ellen. »Und Benjamin Kaninchen. Das wäre bestimmt eine wunderhübsche Kombination für diese Fenster. Ich sehe es schon fast vor mir, wie das Licht hindurchfällt und ein Muster auf den Boden malt. Dieses spezielle Blau in Peter Hases Jäckchen. Könnte man solche Buch-Illustrationen auf Fenster übertragen?«
Maddy zögerte. Es kam ihr seltsam vor, aber das Spielhaus war für Ellen wohl so eine Art Schrein der Erinnerung an ihren Sohn. Maddys Fenster für die Kapelle waren alle zur Erinnerung an geliebte, verstorbene Angehörige in Auftrag gegeben worden. »Das könnte schon gehen. Diese alten Fenster

sind ziemlich klein. Aber Sie möchten das Original-Glas bestimmt nicht ersetzen«, sagte sie zurückhaltend. »Vielleicht könnte man etwas an einer Kette vor die Fenster hängen. Eine kleine Reihe …«

Charles Henson erschien in der Hintertür des Wohnhauses. »Paulina hat das Essen fertig«, rief er.

»Wir kommen schon«, rief Ellen zurück. Sie stand abrupt von der Bank auf und klopfte kurz ihre Jeans ab. »Dann werden Sie sich etwas für mich überlegen?«

Maddy stand auf, ihr war noch ein wenig schwindlig von dem Gespräch. »Ich müsste sie aber unbedingt ausmessen.«

»Das mache ich«, sagte Ellen bestimmt. »Und dann rufe ich Sie an.«

Maddy wollte ihr nicht sagen, dass sie das Ausmessen selbst besorgen musste. So wurde wahrscheinlich nichts daraus. Aber sie wollte erst einmal abwarten.

»Ich würde Amy gern eines der Kätzchen schenken«, sagte Ellen.

Maddy wollte protestieren, doch das hätte vermutlich nichts genützt. Obwohl Ellen so zart und zerbrechlich wirkte, war sie sehr entschlossen. Maddy wollte nicht mit ihr streiten. Sie und Doug waren schließlich hier, um ihre Dankbarkeit zu zeigen. Doch sie hatte ein entschieden ungutes Gefühl, als sie zum Haus zurückkehrte. Sie sagte sich, dass das an dem ungeplanten neuen Haustier lag. Weiter nichts. Sie hob Amy hoch und drückte sie auf dem Weg zum Haus fest an sich.

2

Mary Beth Cameron trug die große Mappe mit den Immobilien, die zum Verkauf standen, vom Aktenschrank zu ihrem Schreibtisch. Sie blätterte zum Prospekt eines hübschen Backsteinhauses aus der Kolonialzeit, das um einiges oberhalb der Preisklasse lag, die das nervöse, adrett gekleidete Ehepaar vor ihrem Schreibtisch ihr genannt hatte. Sie drehte die Mappe um, damit die beiden das Bild betrachten konnten, während sie mit einem manikürten, rosa lackierten Fingernagel langsam über das unerreichbare Traumhaus strich. Die beiden starrten auf das Anwesen hinab wie Hänsel und Gretel auf das Lebkuchenhäuschen aus köstlichem Naschwerk. »Das ist wirklich ein hübsches Haus«, sagte Mary Beth und tat so, als bemerke sie ihre Aufregung gar nicht. In Taylorsville gab es viele solche Paare – nicht wohlhabend genug, um sich die Vorstädte näher an Manhattan leisten zu können, aber bereit, sich unmenschliche Anfahrtswege zur Arbeit zuzumuten, um ein imposantes Haus zu besitzen. Also kamen sie weiter nach Norden hinaus, nach Taylorsville, in der Hoffnung auf ein Schnäppchen. Mary Beth war darauf bestens vorbereitet. »Ein bisschen größer, als Ihnen vorschwebte«, räumte sie ein, »aber mit all den Annehmlichkeiten, die eine junge, aufstrebende Familie sich nur wünschen kann.«

»Das ist auch etwas mehr, als wir ausgeben wollten«, sagte er.

Mary Beth blickte mit milder Überraschung auf. »Oh«, sagte sie und blätterte mit dem rosafarbenen Fingernagel weiter.

»Na ja, wir haben auch ein paar ganz reizende Angebote in Ihrer Preisklasse. Sehen wir doch mal nach.« Sie konnte förmlich spüren, wie er sich bei diesen Worten innerlich wand, während seine Frau sehnsüchtig und vielleicht ein klein wenig verärgert zusah, wie das Traumhaus vor ihren Augen verschwand. »Wir können ja immer noch darauf zurückkommen«, sagte Mary Beth.
Während das Paar stirnrunzelnd das nächste Foto betrachtete, sah Mary Beth rasch auf die Uhr. Sie würde wieder einmal zu spät kommen. Es wurde schon dunkel, doch sie hatte schließlich Verpflichtungen. Wie sie ihrem Mann Frank immer erklärte, hatten Immobilienmakler nun einmal unregelmäßige Arbeitszeiten. Man musste eben arbeiten, wenn man Kunden an der Hand hatte. Und dies war eine dieser Gelegenheiten.
Die Türklingel am Eingang von Kessler Realty bimmelte, und die Tür ging auf. Mary Beth blickte hinüber und sah ihre Tochter Heather hereinkommen. Es machte sie wahnsinnig, dass Sue ihren Platz am Eingang immer pünktlich um fünf Uhr verließ. Recht häufig ging es nach fünf erst richtig los, und Mary Beth widmete sich nicht gern zwei Aufgaben gleichzeitig. Immerhin war sie hier, damit Geld hereinkam. Sie lächelte Heather an, doch ihre Augen blieben kalt.
»Hallo, Heather«, sagte sie.
»Hallo, Mutter«, sagte das Mädchen verdrießlich.
Mary Beth musterte ihren Teenager mit kritischem Blick. Heather, so dachte sie, schlug Franks Seite der Familie nach. Ihr Gesicht war rund und weiß wie ein Teller, mit kleinen, blassgrauen Augen und glattem, mausbraunem Haar, das ihr auf die Schultern fiel. Ihre Figur war ganz gut, aber das lag nur daran, dass sie dafür nichts zu tun brauchte. Müsste sie sich irgendwie anstrengen, um ihr Gewicht zu halten, wäre

Heather fett wie eine Tonne, dachte Mary Beth. Ihre Kleidung schmeichelte ihrer Figur überhaupt nicht; sie trug eine ausgebeulte Latzhose, an der ein Träger lose herabhing, über einem T-Shirt mit Knöpfen, das an lange Unterwäsche erinnerte. Dicke Basketball-Schuhe ohne Schnürsenkel machten den Eindruck vollkommen, dass sie in einem Obdachlosenasyl hauste. Wie oft Mary Beth ihr auch anbot, mit ihr einkaufen zu gehen oder ihr zu zeigen, wie man sich schminkte, Heather beharrte stur auf ihren unvorteilhaften Klamotten. Mary Beth hatte zwar versucht, ihre Tochter moralisch zu unterstützen, doch es hatte sie nicht überrascht, als der Richter ein Verfahren gegen diesen Lehrer ablehnte. Bei all diesen hübschen Mädchen an der Highschool sollte ein Mann sich ausgerechnet an ein unscheinbares, missmutiges Wesen wie Heather heranmachen?

»Ich bin gleich bei dir«, sagte Mary Beth und bemühte sich um eine professionelle Haltung. »Nimm doch inzwischen da drüben Platz.«

Heather betrachtete sie mit schmalen Augen. Einen kurzen Moment lang plagte Mary Beth das Gewissen. Sie hatte Heather versprochen, dass sie fertig sein würde, aber dann war dieses Paar hereinspaziert. Heather begriff einfach nicht, dass man jede Gelegenheit nutzen musste, wenn sie sich bot.

»Wir haben ein paar neue Zeitschriften«, schlug Mary Beth vor und ärgerte sich zugleich, weil die Situation ihr diesen Empfangsdamen-Ton aufzwang. So hatte sie in dieser Firma angefangen, und sie hatte nicht die geringste Lust, wieder auf dieses Niveau hinabzusinken.

Heather schlurfte in den Empfangsbereich hinüber, ließ sich in einen der gemusterten Sessel fallen und griff nach einer Zeitschrift.

»Das sieht hübsch aus«, sagte der junge Mann hoffnungsvoll zu seiner verstimmten Frau.

Mary Beth drehte sich um und sah ein frisch gestrichenes Holzhaus. »O ja, das ist entzückend. Und Sie könnten wirklich viel daraus machen.«

»Vielleicht sollten wir es uns mal ansehen«, sagte er. Seine Frau verzog das Gesicht.

Mary Beths Telefon klingelte. »Sehen Sie sich doch noch ein paar Angebote an, ich bin sofort wieder für Sie da«, sagte sie. Als sie den Hörer abnahm, sah sie, dass Heather aufstand, vor der Rezeption auf und ab tigerte und dabei immer wieder zur Wanduhr aufblickte.

»Mary Beth Cameron«, flötete sie in den Hörer. »Was kann ich für Sie tun?«

»Wir müssen los, Mutter«, verkündete Heather. Mary Beth gestikulierte, Heather solle sich wieder hinsetzen, aber Heather ignorierte sie.

»Du hast doch selbst gesagt, wir müssen um sechs dort sein«, fuhr Heather mit ihrer ausdruckslosen, unangenehm lauten Stimme fort. »Ich hab keine Lust mehr, hier zu warten. Wir müssen jetzt sofort los.«

Mary Beth legte eine Hand über den Hörer. »Ich sagte doch, ich habe gleich für dich Zeit«, flüsterte sie wütend. Sie schaute zu ihren Kunden. Glücklicherweise war das junge Paar ganz in die Mappe mit den Häusern vertieft. Sie hatten wieder zu dem Backsteinhaus zurückgeblättert, und die Frau blickte schon viel fröhlicher drein. Ihr Anrufer redete wegen irgendwelcher Mietwohnungen auf sie ein. Mary Beth nickte und wandte sich vom kalten, grauen Blick ihrer Tochter ab. Heather machte kehrt und ließ sich mit lautem Plumpsen wieder in den Sessel fallen. Sie blickte stur geradeaus, während Mary Beth sich wieder ums Geschäft kümmerte.

Frank Cameron, Polizeichef von Taylorsville, rutschte auf seinem Stuhl herum, sah auf die Uhr und schüttelte angewidert den Kopf. »Ich habe auch noch was anderes zu tun. Ich bin ein sehr beschäftigter Mann. Sie weiß, dass ich tausend Sachen zu erledigen habe. Sie lässt mich absichtlich warten.«

»Heather?«

»Nein, ihre Mutter«, sagte Frank ärgerlich.

Dr. Larry Foreman schenkte sich die zehnte Tasse Kaffee an diesem Tag ein und bot auch dem Polizeichef eine an. Zweimal pro Woche arbeitete er länger, und manchmal musste das Abendessen dann ganz ausfallen. Kaffee war sein Ersatz für Essen.

»Nein, ich trinke nur morgens Kaffee«, sagte Frank. »Eine Tasse pro Tag. Mehr gibt's bei mir nicht. Dieses Zeug ist Gift für die Magenschleimhaut, wissen Sie das nicht?«

Dr. Foreman nickte und gab Zucker in seine Tasse.

»Zu einem Bierchen würde ich allerdings nicht nein sagen«, bemerkte Frank.

Dr. Foreman kehrte zu seinem Platz hinter dem Schreibtisch zurück und blieb kurz stehen, um sein Spiegelbild in den Glastüren einer Vitrine hinter dem Tisch zu bewundern. Er sah gut aus – das Jogging hatte sich bezahlt gemacht. Im direkten Vergleich mit dem Polizeichef sah er sogar besonders gut aus, denn dessen weißes Hemd und die Krawatte lenkten keineswegs von dem Bauch ab, der sich über seinem Gürtel wölbte. Larry setzte sich in seinen dick gepolsterten ledernen Chefsessel. Er nahm einen Schluck von seinem Kaffee und stellte ihn dann vorsichtig auf einer Serviette ab. »Warum sollte Ihre Frau das tun?«

»Aus demselben Grund, aus dem sie sonst auch alles tut«, schnaubte Frank. »Um's mir zu zeigen.« Er schüttelte den Kopf. »Sind Sie verheiratet, Doc?«

Dr. Foreman nickte, und Frank griff nach einem gerahmten Foto des Arztes mit Frau und Töchtern, das auf der ledernen Schreibunterlage des Psychologen stand. Frank starrte kurz darauf und blickte dann wieder zu dem Arzt hoch. »Probieren Sie's weiter, bis ein Sohn kommt? Oder haben Sie's aufgegeben?«

»Wir wollten gar nicht unbedingt einen Sohn haben«, sagte Larry Foreman kühl.

»Hm«, brummte Frank. »Ich habe einen Sohn. Frank Junior. Er ist verheiratet, hat einen tollen Job, und ein Baby ist auch unterwegs. Hat mir nie Scherereien gemacht, nicht einmal. Man sagt doch immer, mit Jungs hätte man mehr Ärger als mit Mädchen, aber mein Frankie … Schulmannschaft, super Zeugnisse, alles bestens. Ich konnte immer stolz auf ihn sein …«

»Im Gegensatz zu Heather«, sagte Dr. Foreman.

»Doktern Sie bloß nicht an mir rum. Bitte, ersparen Sie mir das. Mit Typen wie Ihnen darf ich mich jeden Tag im Gerichtssaal rumschlagen.« Frank verzog das Gesicht. »Sie glauben, ich würd's nicht merken, wenn Sie solche Bemerkungen einschieben. Da müssen Sie früher aufstehen. Also lassen Sie mich damit in Ruhe. Ich wäre überhaupt nicht hier, wenn der Richter nicht drauf bestanden hätte, dass wir sie zu einem Psychologen schleifen. Ich schätze, meine Frau hat Ihren Namen aus einem Hut gezogen«, sagte Frank und bemühte sich, so beleidigend wie nur möglich zu sein.

Dr. Foreman schnappte nicht nach diesem Köder. »Sie sagten gerade, wie stolz Sie auf Ihren Sohn sind …«

»Ich bin auch stolz auf Heather. Auf meine beiden. Sind gute Kinder. Aber Heather ist einfach … sie ist halt in diesen schwierigen Teenager-Jahren. In dem Alter bauen viele Mist. Ich weiß das genau. Schließlich habe ich sie jeden Tag bei mir auf dem Revier. Ihre sind noch nicht so weit, was?«

Dr. Foreman schüttelte zurückhaltend den Kopf und warf ein Blick auf das Foto auf seinem Tisch.

»Warten Sie nur ab. Sie werden schon sehen«, sagte Frank

warnend. »Sogar Mädchen. Immer mehr von denen. Sie sollten also lieber nett zu mir sein, dann werd ich's auch nicht so genau nehmen, wenn sie dann bei mir auftauchen.«

Dr. Foreman ignorierte die Bemerkung über seine Kinder. »Aber Heather hat nicht nur ein bisschen Mist gebaut, Frank. Sie hätte diesen Lehrer ruinieren, ihn seinen Beruf kosten können. Das ist eine ernste Angelegenheit.«

Frank Cameron starrte den Arzt säuerlich an. »Sie dürfen mich ›Chief‹ nennen«, sagte er.

»Hier sind Sie aber nicht der Chief«, erwiderte Larry nachsichtig.

Darüber lachte Frank kurz auf. Dann sah er mit finsterer Miene auf die Uhr. »Die kommt noch zu spät zu ihrer eigenen Beerdigung«, brummte er. »Herrgott.«

Frank Cameron fand das nun folgende Schweigen unangenehm. Er stand auf und ging hin und her, wie eine Raubkatze im Käfig. »Ja, ja, schicke kleine Praxis haben Sie da«, sagte er und schaute aus dem Fenster. »Beste Lage, reichlich Parkplätze. Riecht nach reichlich Kohle. Kein Wunder, dass meine Frau Sie ausgesucht hat«, schnaubte er. »Meine Mary Beth hat neuerdings Appetit auf ein besseres Leben.«

Regen trommelte auf das Fensterbrett. Frank spähte aus dem Fenster auf die Straße voller schicker Boutiquen hinaus. »Als ich ein kleiner Junge war, war Taylorsville ein nettes Städtchen. Alle Leute kannten sich. Damals gab es reiche Familien und Arbeiter-Familien. Jetzt haben wir eine neue Schicht, lauter Neureiche. Leute wie meine Frau sehen das und wollen unbedingt auch so sein.« Frank schüttelte angewidert den Kopf und seufzte tief. »Wenn man damals ein Problem hatte, hat man es dem Pfarrer erzählt oder es mit ein paar Drinks runtergespült. Hat doch ganz gut funktioniert. Sieht so aus, als hätten wir damals viel weniger Verrückte gehabt als heute.« Er wandte sich vom Fenster ab und starrte

den Arzt an. »Ich glaube, ihr Typen macht eure Patienten erst verrückt. Ich hab noch nie einen von euch gesehen, der nicht selber ein ernsthaftes Problem hatte.«
Larry Foreman setzte ein Lächeln auf und zwang sich, ruhig zu bleiben. Er würde sich nicht von diesem Maulhelden von einem Polizisten einschüchtern lassen. Geschick im Umgang mit Menschen war sein Beruf. Er war sehr gut darin, weshalb er auch so gut verdiente. »Jeder Mensch hat Probleme, Frank«, erwiderte er gelassen. »Und Sie stehen mit Ihrer Meinung auch nicht allein. Aber wir sind nicht hier, um über meinen Beruf oder meine Kollegen zu sprechen. Wir müssen uns über Heather und ihre Schwierigkeiten unterhalten. Gibt es zu Hause zwischen Ihnen und Ihrer Frau häufig Spannungen?«
»Lassen Sie meine Ehe da raus. Das Problem ist Heather. Über die sollten Sie sich den Kopf zerbrechen. Ja, kümmern Sie sich um Heather. Um meine Frau kümmere ich mich schon selber.«
»Es könnte aber sein, dass die häusliche Situation zu den Dingen gehört, die Heather zu schaffen machen.«
Frank schüttelte traurig den Kopf, für einen Moment gar nicht mehr so großspurig. »Ich weiß nicht, was Heather so zu schaffen macht«, gestand er.
»Glauben Sie, sie hat die Wahrheit über diesen Lehrer gesagt?«, fragte Dr. Foreman.
Frank Cameron kochte schon beim bloßen Gedanken an Douglas Blake. Unbewusst ballte er die Hände zu Fäusten und schlug auf die Lehne seines Stuhls. »Ich glaube, dass er ein Perverser ist, und ein einmaliges Arschloch. Er und sein toller Anwalt wollten seine Schweinerei vertuschen, indem sie mich zum Idioten stempeln. Und der Richter ist drauf reingefallen. Wissen Sie, was dieser Richter über mich gesagt hat? Die Ermittlungen seien ›von persönlichen Inter-

essen beeinflusst‹ gewesen. Beeinflusst! Das ist doch zum …«, schimpfte Frank.

»Das soll wohl heißen, dass Sie Heather glauben …«

Frank zuckte die Achseln. »Ich weiß nicht, was ich glauben soll. Sie ist durcheinander. Sie ist doch noch ein Kind. Von ihrer Mutter kann sie auch keine Hilfe erwarten. Sie werden's ja sehen, wenn sie kommen. Falls sie überhaupt noch kommen, verdammt noch mal«, donnerte Frank.

In diesem Moment klopfte es an der Tür. Bevor Dr. Foreman etwas sagen konnte, stapfte Frank hinüber und riss die Tür auf. »Wo, zum Kuckuck, bleibt ihr denn?«, fragte er. »Ich hab für eine ganze Stadt zu sorgen und weiß Gott keine Zeit, hier –«

Mary Beth drückte sich an ihrem Mann vorbei, entschuldigte sich bei Dr. Foreman und setzte sich. Heather kam hinter ihr herein, zuckte vor ihrem Vater zurück, der ihr einen Kuss auf die Stirn drücken wollte, und blieb demonstrativ stehen.

»Warum sind die beiden hier?«, fragte Heather missgelaunt. »Ich dachte, das wäre nur für mich. Ich rede nicht, wenn die beiden dabei sind.«

»Ich wollte gern erst einmal Ihre Familie kennen lernen«, sagte der Arzt.

»Dr. Foreman«, begann Mary Beth in vertraulichem Tonfall, »ich weiß, dass Sie die Familie kennen lernen wollten. Was meinen Sohn angeht, so habe ich einfach keinen Grund gesehen, warum ich ihn da hineinziehen sollte. Er hat eine wichtige, gut bezahlte Position inne, und seine Frau ist schwanger mit ihrem ersten Kind, und sie wohnen gut achtzig Kilometer weit weg –«

»Frank Junior ist unfehlbar«, sagte Heather. »Er hat nie Ärger gekriegt. Er ist ihr großer Held.«

»Heather, sei still«, sagte Frank.

»Nein, ist schon gut«, beschwichtigte Larry. »Zum Reden sind wir ja hier. Hier können Sie sagen, was immer Ihnen durch den Kopf geht ...«

Ein Pieper schrillte los, und alle wandten sich Frank zu, der in der Tasche seiner Lederjacke danach kramte. »Darf ich mal telefonieren, Doc?«

»Draußen am Empfang«, erwiderte Larry ruhig. Frank erhob sich und verließ den Raum.

Mary Beth verdrehte die Augen. »Das ist mal wieder typisch«, sagte sie. »Man könnte meinen, er wäre Gehirnchirurg.«

»Na ja, Taylorsville mag recht friedlich sein, aber es ist eine große Stadt.«

»Und er macht sich gern wichtig«, protestierte Mary Beth. »Er muss immer den großen Boss spielen.« Heather ging ans Fenster und starrte hinaus. Regen lief an den Scheiben hinunter. Einen Moment später kam Frank wieder herein.

»Ich muss los«, sagte er.

»Frank, du hast es mir versprochen«, sagte Mary Beth mit schriller Stimme.

»Ein junges Mädchen und das Baby, auf das sie aufgepasst hat, sind nicht nach Hause gekommen«, sagte Frank mit unverhohlen warnendem Unterton.

»Oh«, sagte Mary Beth und sank ernüchtert auf dem Stuhl zurück.

»Tut mir Leid, Doc. Wenn sie pünktlich gewesen wäre ... Aber das ist ein Notfall. Heather, Schatz«, sagte er zu seiner Tochter, »wir müssen das auf ein andermal verschieben.«

Heather wurde ganz starr, erwiderte aber nichts.

Larry betrachtete das Gesicht des Mädchens, das blass und unbewegt aussah, wie ein wütender Mond, und blickte dann zu ihrem Vater. Er steckte von Kopf bis Fuß in der Uniform unangefochtener Autorität, die es ihr unmöglich machte, sich ihm zu widersetzen. Dann warf er einen Blick auf die Uhr. »Heather«, sagte er sanft, um sie nicht zu erschrecken,

»setzen Sie sich doch, damit wir uns ein bisschen unterhalten können.«
Heather reagierte auf seine ruhige Stimme. Sie wandte sich von ihrem Vater ab und nahm gehorsam Platz.

3

Frank Cameron marschierte in die chaotische Polizeistation von Taylorsville. Sein müder Blick schweifte durch den Raum, während sechs Leute gleichzeitig auf ihn zukamen und lautstark seine Aufmerksamkeit einforderten. Franks Größe, sein gewaltiger Brustkorb und sein stahlgraues Haar machten ihn zu einer imposanten Persönlichkeit. Sein Eintreten schien für Ruhe im Raum zu sorgen und den Leuten zumindest für einen Moment den Eindruck zu vermitteln, dass bald alles wieder gut wurde.

Unmittelbar vor ihm saß eine Frau in den Vierzigern, allein wie eine einsame Insel. Sie trug die typische Kleidung einer Kellnerin und klammerte sich an das Schulfoto eines Teenagers. Sie blickte nicht auf und wirkte beinahe wie in Trance.

»Wer ist das da?«, fragte Frank leise Len Wickes, einen seiner Untergebenen.

»Mrs. Starnes, die Mutter des vermissten Mädchens«, flüsterte Len.

Frank nickte und sah zu dem jungen Paar hinüber, das am Tisch seines Ersten Detective Pete Millard lehnte. Sie waren bei seinem Eintreten verschreckt herumgefahren und sahen ihn nun flehentlich an – die Eltern des Babys. Pete blickte von seinem Schreibtisch auf. »Chief«, sagte Pete, »das sind die Eltern des vermissten Babys, Donna und Johnny Wallace.«

Frank gab ihnen mit ernster Miene die Hand. Donnas Gesicht war vom Weinen gerötet. Johnny, der selbst kaum älter als ein Teenager war, bemühte sich nach Kräften, seine Frau zu beruhigen. Dabei rang er offensichtlich selbst um Fassung. Johnny hatte Jeans und Flanellhemd an, seine Arbeitskleidung bei der Baufirma der Gebrüder DeBartolo. Donna trug ein schlecht sitzendes geblümtes Kleid und Pumps; so hatte sie erst in der Bank gearbeitet und dann mit ihren Freundinnen die bevorstehende Hochzeit einer ehemaligen Klassenkameradin gefeiert.

»Sie haben mir gerade erzählt, was passiert ist«, sagte Pete.

»Sie sind der Dritte, dem wir das erzählen«, fuhr Donna auf.

Frank nickte. »Erzählen Sie es mir«, sagte er.

»Also«, erklärte Donna und schnaubte unglücklich, »normalerweise passt meine Mutter auf ihn auf, aber sie hatte heute zwei Arzttermine, und Rebecca hatte schulfrei, und ...« Donna begann laut zu weinen und rang die Hände. »Warum habe ich ihr nur mein Kind anvertraut?«

Sandi Starnes, die Mutter des vermissten Babysitters, zuckte unter der impliziten Anschuldigung zusammen. Sie wollte zurückschreien, dass Rebecca ein braves Mädchen sei, wie sie sehr genau wüssten, und was immer dem Baby passiert sei, sei auch Rebecca zugestoßen ... Sie zwang sich, diesen Gedanken nicht weiterzuführen. Sie stellte das Denken einfach ganz ein. Sie hatte beschlossen, dass sie das hier nur überleben konnte, indem sie still dasaß und versuchte, ihren Geist von ihrem Körper zu lösen und ihn schweben zu lassen. Sie hatte einmal einen Dokumentarfilm über Meditation gesehen und wie man sich damit in Stress-Situationen helfen konnte, und genau das versuchte sie jetzt. Oder so etwas Ähnliches.

»Also schön«, dröhnte Frank und deutete auf Pete Millard. Der Polizist Mitte vierzig im grauen Anzug nahm gerade die Aussage der Wallaces auf. »Was ist los, Pete? Fass das kurz für mich zusammen.«

Pete gab Frank einen raschen Überblick über die Situation, oder zumindest das, was sie davon kannten. Rebecca Starnes war den ganzen Vormittag mit dem Baby bei sich zu Hause geblieben. Sie hatte mit dem Baby spazieren gehen wollen, sobald Sandi mittags zur Arbeit gegangen war. Die beiden waren nicht wieder zurückgekehrt. Donna Wallace kam mit ihrem Mann im Schlepptau herüber und versuchte mit schriller Stimme, seinem Bericht Einzelheiten hinzuzufügen. Frank war kein sehr geduldiger Mann, doch er hatte Verständnis für die verzweifelte Mutter und sagte ihr nur einmal mit sanfter Stimme, er könne seinen Kollegen so nicht verstehen.

Als Pete Millard fertig war, warf Frank einen Blick auf das Foto von Justin Wallace, mit dem seine Eltern ihm vor dem Gesicht herumwedelten. Es gab so wenig wahrhaft unschuldige Dinge auf dieser Welt, dachte er, während er das winzige, noch kaum geformte Gesicht betrachtete. In seinem Beruf sah er jede nur erdenkliche Grausamkeit, die Unschuldigen zugefügt wurde – oft von den Menschen, die behaupteten, sie am meisten zu lieben. Da konnte einem wirklich schlecht werden. Er hasste das Gefühl der Hilflosigkeit, das ihn überkam, als er das Foto ansah. Tief in seiner Magengrube saß ein Knoten von Angst, den er lieber ignorierte. Er schob das Bild von sich weg. »Also gut, Mr. und Mrs. Wallace. Die Sache sieht folgendermaßen aus: Normalerweise leiten wir die Suche nach vermissten Personen erst nach achtundvierzig Stunden –«

»Achtundvierzig Stunden!«, kreischte Donna. »Sie sind wohl …«

Frank hob die Hand, um sie zum Schweigen zu bringen. »Aber«, sagte er laut, »wenn es sich um Kinder handelt – und das ist hier der Fall – beginnen wir sofort mit der Suche.«

Er wandte sich an Pete Millard. »Ich will sofort eine Hotline für Hinweise aus der Bevölkerung. Wir müssen die Öffentlichkeit informieren. Setz die Presseabteilung darauf an. Die Lokalsender könnten uns sehr nützlich sein.«

»Das habe ich schon angeleiert«, versicherte Pete.

»Gut«, sagte Frank leise. »Das mag etwas verfrüht sein, aber bei verschwundenen Kindern kann man nicht vorsichtig genug sein.« Er drehte sich um, und sein Blick verweilte auf Sandi, die immer noch still dasaß. Sie hatte Ketchup auf ihrer weißen Bluse und sah etwas weggetreten aus, als wäre sie eben erst aufgestanden. Frank ging zu ihr hinüber und setzte sich auf den Stuhl neben ihr.

»Also«, sagte er. »Rebecca ist Ihre Tochter.«

Sandi starrte den Polizeichef verwirrt an. »Ihr ist etwas Schreckliches zugestoßen«, flüsterte sie.

Frank nickte. »Ja, vielleicht, aber das wissen wir noch nicht genau. Richtig? Das müssen wir ja gerade herausfinden. Könnte das alles vielleicht ein großes Missverständnis sein? Ich meine, es gibt hier ein Riesengeschrei von wegen Kidnapping und so – aber könnte es nicht sein, dass Rebecca einfach mit dem Baby jemanden besuchen gegangen ist? Fällt Ihnen irgendjemand ein, bei dem sie vielleicht sein könnte? Eine Freundin, oder Verwandte von Ihnen?«

»Das habe ich sie auch schon gefragt«, sagte Detective Millard.

»Und jetzt frage ich sie«, herrschte Frank ihn an. Dann drehte er sich um und sprach wieder ruhig auf Sandi ein. »Was sagen Sie, Mrs. Starnes?«

Sandi wusste, was er hören wollte. Er wollte eine Liste von ihr. Eine Liste von Leuten, die ein zerstreuter Teenager zufällig getroffen oder angerufen haben könnte, um sich mit ihnen die Zeit zu vertreiben. Jemand, der ihren wirren pubertären Verstand so mit Beschlag belegte, dass sie einfach vergaß, das Baby pünktlich zurückzubringen oder wenigstens anzurufen. So jemanden wollte er haben.

Sandi schüttelte den Kopf. »Es gibt niemanden«, flüsterte sie.

»Wollen Sie damit sagen, dass sie keine Freunde oder Verwandten hat? Was ist mit ihrem Vater? Wo ist der?«

»Er hat wieder geheiratet. Er lebt in Massachusetts.«

Frank Cameron zuckte die Achseln. »Vielleicht war er gerade in der Gegend … Vielleicht hat er Rebecca zu Hause aufgesucht, nachdem Sie gegangen sind.«

Sandi versuchte, darüber nachzudenken. Bud Starnes war gar kein so übler Vater. Aber er neigte nicht zu überraschenden Besuchen. Rebecca gegenüber erfüllte er stets seine Verpflichtungen. Aber das war alles.

»Wie ich sehe, zögern Sie«, sagte der Polizeichef. Er drehte sich zu Pete Millard um. »Haben wir die Adresse des Vaters?«

»Ich habe schon da angerufen«, sagte Pete. »Niemand zu Hause.«

»Versuch's noch mal«, sagte Frank. »Also, Mrs. Starnes, hat Rebecca erwähnt, wo sie mit dem Baby hin wollte? Gibt es irgendeinen Ort, wo sie besonders gern mit ihm spazieren geht?«

Diese Frage konnte Sandi beantworten. »Sie ist gern mit ihm zum Fluss gefahren, damit er den Anglern zuschauen konnte«, sagte sie. »Manchmal auch ins Einkaufszentrum. Oder in den Park. Sie ist gern im Binney Park spazieren gegangen. Aber sie hat nichts Genaues gesagt.«

»Ich will jeden verfügbaren Mann, sucht das alles gründlich ab«, befahl Frank seinen Männern, die sich um ihn versammelt hatten. »Ich will, dass jeder befragt wird, der sie gesehen haben könnte. Verstanden? Jeder. Jeder Mensch, der in der Nähe dieser Orte irgendwas zu tun hat. Sie sind nicht einfach verschwunden. Jemand muss sie gesehen haben. Wir brauchen einen Zeitrahmen – stellt fest, wo sie zuletzt gesehen wurden. Das ist sehr wichtig. Außerdem will ich wissen, wer zur fraglichen Zeit am Bahnhof und am Busbahnhof Dienst hatte. Ich will wissen, ob Rebecca heute Nachmittag eine Fahrkarte irgendwohin gekauft hat. Wenn ja, will ich wissen, wo sie hingefahren ist und mit wem. Wir brauchen jeden einzelnen Mann. Ich will hier niemanden tatenlos herumstehen sehen.«

»Alles klar«, sagte Pete. »Es geht sofort los.« Er sprach leise und eindringlich auf die anderen Polizisten ein, die daraufhin aus der Tür und an ihre Telefone stürmten.

Frank wandte sich wieder Sandi zu. »Kennen Sie diese Leute gut?«, fragte er mit Blick auf die Wallaces. Donna war an der Schulter ihres Mannes zusammengesunken, und ihre Tränen hinterließen einen dunklen Fleck auf Johnnys kariertem Hemd.

Sandi warf einen kurzen Blick auf die Wallaces. Noch heute Morgen hätte sie die Frage bejaht. Sie waren Nachbarn. Sie wohnten zwei Häuser weiter und waren immer freundlich zu ihr. Wenn es schneite, schippte Johnny Schnee vor ihrem Haus, weil sie keinen Mann hatte, der das für sie tat. Sie und Donna hatten manchmal auf Donnas zementiertem Hinterhof zusammengesessen während Donnas Mutterschaftsurlaub. Sandi liebte das Baby. Sie liebte alle Babys, und Donna zeigte ihn gern her, wie jede stolze Mutter. Sie hätte gesagt, dass sie befreundet waren. Dass sie sich gut kannten. Nun wusste sie, dass das nicht stimmte. Denn sie hatte mit eigenen Ohren gehört, wie sie Rebecca beschuldigten. Wie sie sagten, Rebecca habe ihr Baby gestohlen. Niemand, der Rebecca wirklich kannte, würde so etwas sagen.

»Wir kennen uns«, sagte Sandi matt. »Wir wohnen in der gleichen Straße.«

»Und Rebecca hat schon früher auf Justin aufgepasst«, sagte der Polizeichef.

»Ja, schon oft«, erklärte Sandi nickend und starrte wieder ausdruckslos vor sich hin.

»Mrs. Starnes, hat Ihre Tochter schon mal irgendwelche psychischen Auffälligkeiten gezeigt?«
Sandi konzentrierte sich wieder auf ihn. Sie blickte diesen Fremden an, der ihr solche Fragen über Rebecca stellte, als wäre sie irgendeine Irre … eine Kriminelle.
Sandi riss den Blick von seinem Gesicht los und starrte auf das Foto hinab, das sie mit feuchten Fingern ganz fest hielt. Sie fuhr sich mit der Zunge über die Lippen, die unglaublich trocken waren, und bemühte sich aufrichtig, ihre Gedanken so zu formulieren, dass er sie verstand.
Sie presste die gesprungenen Lippen aufeinander und sah ihn so eindringlich an, wie sie konnte. Sie hob das Bild des wunderschönen, lächelnden Mädchens mit dem herzförmigen goldenen Amulett um den Hals so lange hoch, bis er es sich ansehen musste.
»Das … ist … Rebecca«, erklärte sie.
Sein Blick sagte ihr, dass er nichts verstanden hatte.

4

Charles Henson öffnete die Haustür und zog die Stirn kraus, als er sah, dass es regnete.

Maddy lugte an ihm vorbei auf die kiesbedeckte Auffahrt hinaus, die im Licht der Gaslampen vor Nässe glänzte. Sie zitterte. »Der Wind hört sich an, als stöhnte da draußen jemand«, sagte sie. »Finden Sie nicht auch?«

»Scheußliches Wetter«, pflichtete Charles ihr bei. »Brauchen Sie einen Schirm? Wir haben genug.«

Doug blickte über die Schulter seiner Frau nach draußen. »Nein, wir müssen ja nicht weit gehen«, sagte er. »Nur bis zum Auto.«

Der Wind peitschte den eisigen Regen in ihren Rücken, als sie sich auf der Schwelle hastig von den Hensons verabschiedeten. »Warten Sie«, rief Ellen, als sie eben zum Auto laufen wollten. Sie rannte zur Garderobe und holte einen Regenmantel heraus.

»Was ist denn, Liebes?«, fragte Charles besorgt, als seine Frau an ihm vorbei in die stürmische Nacht rannte. »Wo will sie denn hin?«

»Ich weiß nicht«, sagte Maddy. »Schatz, nimmst du bitte Amy auf den Arm?«

»Sicher«, erwiderte Doug, beugte sich hinab und hob seine Tochter mitsamt ihrem Äffchen hoch. Amy legte leise wimmernd den Kopf auf seine Schulter.

»Sie ist müde«, meinte Maddy lächelnd. Sie versuchte, die Zeit zu überbrücken, während alle nur auf Ellen warteten.

»Das war wirklich ein netter Abend«, sagte sie, nicht zum ersten Mal.

»Es freut uns, dass Sie kommen konnten«, entgegnete Charles höflich und spähte in die Dunkelheit hinaus.

»Da bin ich schon«, rief Ellen und tauchte wie ein Geist im gelben Regenmantel vor ihnen auf. Sie trug ein geflochtenes Körbchen. Mit schüchternem Lächeln hob sie den Deckel an und hielt den Korb Amy hin, die auf dem Arm ihres Vaters hoch genug saß, um hineinzusehen. Sie stieß einen Freudenschrei aus. »Kätzchen!«, krähte sie.

Maddy runzelte die Stirn und schaute in den Korb. Darin lag eine kleine schwarze Katze auf einer gefalteten Zeitung.

»Oh«, sagte sie ein wenig bestürzt.

»Sie wollten doch eins, oder?«, fragte Ellen.

Doug warf seiner Frau einen warnenden Blick zu. »Aber natürlich wollen wir eines. Wir hatten schon darüber nachgedacht, ob wir uns nicht eine Katze anschaffen sollten.«

»Es ist wirklich niedlich«, sagte Maddy. »Wir sind nur nicht darauf vorbereitet …«

»Ach, daran habe ich natürlich gedacht«, sagte Ellen. »Vor dem Essen habe ich Ihnen einen Beutel Katzenstreu abgefüllt und mit zwei Dosen Katzenfutter in Ihr Auto gelegt. Das reicht erst einmal bis morgen.«

»Mein Kätzchen«, rief Amy.

»Wir können Ihnen gar nicht genug danken«, sagte Doug. »Das war sehr nett von Ihnen.«

Beschämt über Dougs Freundlichkeit, bemühte Maddy sich um ein Lächeln. »Ja, wir danken Ihnen sehr für alles.«

»Aber jetzt sollten wir einen kleinen Sprint einlegen«, sagte Doug.

Sie rannten zum Auto; Maddy trug den Korb mit dem Kätzchen darin. Sie öffnete die hintere Wagentür und stellte ihn auf den Sitz, während Doug Amy im Kindersitz festschnallte.

Dann stiegen die beiden vorne ein und schlugen die Türen zu.
»Puh«, machte Maddy und schüttelte sich den Regen aus dem Haar. Sie drehte sich um und winkte Charles und Ellen zu. Ihre verschwommenen Umrisse zeichneten sich vor dem goldenen Licht in der offenen Haustür ab.
»Ich stelle gleich die Heizung an«, sagte Doug und fuhr die Auffahrt hinunter.
»Ja, bitte.«
Auf dem Rücksitz redete Amy leise und zärtlich auf ihr neues Haustier ein. »Du musst dir einen Namen für ihn ausdenken, Schätzchen«, sagte Maddy.
»Er heißt Blacky«, verkündete Amy.
»Blacky ist ein schöner Name«, sagte Maddy. Sie setzte sich wieder gerade hin und starrte auf die geschäftig surrenden Scheibenwischer. »Was für ein scheußlicher Abend«, bemerkte sie.
»Ich fand es gar nicht schlecht«, meinte Doug abwehrend.
»Ach, nein, so war das doch nicht gemeint«, sagte Maddy. »Ich meine das Wetter.« Sie schwieg nachdenklich. »Ich fand es aber schon etwas merkwürdig, dass sie uns einfach diese Katze schenkt.«
»Wahrscheinlich hat sie nur gedacht, dass Amy sie gern hätte.«
»Hmm«, sagte Maddy. »Ich weiß ja, dass sie es nur gut gemeint hat. Es kommt mir trotzdem irgendwie komisch vor …«
»Reiche Leute sollen doch exzentrisch sein«, sagte Doug. »Mann, ich frage mich, was das für ein Leben wäre.«
»Es scheint ein bisschen einsam zu sein.«
»Ich würde es gern mal ausprobieren«, sagte Doug. »Dienstboten, ein großes Grundstück, tolle Autos, teure Klamotten.«

»Geld allein macht nicht glücklich«, sagte Maddy.
»He, du solltest nichts verdammen, ehe du es ausprobiert hast«, erwiderte Doug. »So, wie die Dinge laufen, brauchen wir uns darüber aber keine Sorgen zu machen. Wir werden doch ewig so leben.«
»Was soll das heißen?«, fragte Maddy. »Was gefällt dir nicht an unserem Leben?«
»Nichts, gar nichts«, sagte er. »Es war nur … schön dort. Ein bisschen Zeit in einer solchen Umgebung zu verbringen. In all dem Luxus.«
»Uns geht es doch ganz gut«, sagte sie. Sie verkniff es sich, ihn daran zu erinnern, dass die Ersparnisse, die ihnen einmal ein besseres Leben ermöglichen sollten, nun in Charles Hensons Kasse fließen würden. Schließlich war das nicht Dougs Schuld. Er musste sich ja um jeden Preis gegen Heather Camerons Vorwürfe verteidigen.
»Ja, uns geht's ganz gut«, sagte Doug. Er war über das Lenkrad gebeugt und starrte konzentriert auf die Straße. »Himmel, es gießt wie aus Eimern. Wir hätten doch den Regenschirm nehmen sollen, den sie uns angeboten haben.«
»Will Blacky sehen«, krähte Amy auf dem Rücksitz.
»Jetzt nicht, Schatz«, sagte Maddy automatisch und reckte den Hals, um die Straße besser zu sehen, über die sie dahinkrochen. »Papa muss sich konzentrieren, also sei bitte still. Zu Hause darfst du Blacky sehen.«
Schweigend fuhren sie ein paar Minuten lang weiter. Der Regen ließ nach; Doug lehnte sich zurück und fuhr wieder mit normaler Geschwindigkeit.
Maddy entspannte sich ein wenig und dachte noch einmal über Dougs Reaktion auf den Reichtum der Hensons nach. Sie wusste, dass Doug immer das Gefühl hatte, um seine Chance auf viel Geld und Ruhm betrogen worden zu sein. Als sie ihn kennen gelernt hatte, war seine Baseball-Karriere

nach nur einer Saison in der Major League durch eine Knieverletzung jäh beendet worden. Er war damals ein verbitterter junger Mann gewesen, und ihr gefiel die Vorstellung, dass ihre Liebe ihm über diese Enttäuschung hinweggeholfen hatte. Doch manchmal glaubte sie, er würde seine Bitterkeit nie überwinden.

»Du weißt doch, dass Geld nicht alles ist, Doug.«

»Nicht, wenn man viel davon hat«, stimmte er bitter zu.

»Ihr einziges Kind ist gestorben«, sagte Maddy. »Wusstest du das?«

»Nein, tatsächlich?«, fragte Doug.

Maddy nickte. »Er war erst fünf Jahre alt. Meningitis. Heute hätte er Geburtstag gehabt.«

»O Gott«, rief Doug aus. »Das ist ja furchtbar. Charles hat nie etwas gesagt, aber weißt du … Wir haben nie über persönliche Dinge gesprochen. Na ja, seine persönlichen Dinge, meine ich …«

»Ich weiß«, unterbrach Maddy. »Ich wollte damit nur sagen, sie haben auch harte Zeiten durchgemacht.«

»Wahrscheinlich«, sagte Doug.

»Verglichen damit – ein Kind zu verlieren – ist unser Leben doch so gut wie sorglos«, sagte sie.

»Ja, da hast du Recht«, stimmte er abwesend zu.

»Blacky ist ein braves Kätzchen«, ertönte ein dünnes Stimmchen vom Rücksitz, als wolle es sie auch an diesen Segen erinnern.

Maddy lächelte. Ihre Tochter machte ihr so viel Freude. Im ersten Jahr hatten sie es nicht leicht gehabt. Sie hatten so bald nach der Hochzeit eigentlich kein Kind bekommen wollen. Doug hatte gerade erst als Lehrer angefangen und immer noch seiner Sportler-Karriere nachgetrauert. Sie hatte ihn ermutigt, Lehrer zu werden, unter anderem deshalb, weil sie ihren verstorbenen Vater sehr bewunderte, der auch Leh-

rer gewesen war. Ihr gefiel der Gedanke, mit einem Lehrer verheiratet zu sein.
In jenem ersten Jahr hatte sie sich oft gefragt, ob Doug sich je wieder ganz fangen würde. Sein neuer Beruf und die Verantwortung für das Kind schienen ihn zu überfordern. Aber schließlich hatte sie auch manchmal geglaubt, ihrer Rolle als Mutter nicht gerecht werden zu können. Aber sie hatten es geschafft. Nichts im Leben konnte einen so mit Freude erfüllen wie ein kleines Kind. Sie dachte flüchtig an Charles und Ellen. Diese armen Menschen. Wie mussten sie gelitten haben. Sie schüttelte den Kopf und betrachtete ihr dunkles Spiegelbild im regennassen Seitenfenster. Für kein Geld der Welt würde ich mit ihnen tauschen wollen, dachte sie.
»Verdammt!«, schrie Doug. Maddy fuhr herum; ein dunkler Schatten verbarg das Gesicht ihres Mannes.
»Blacky«, jammerte Amy.
Im ersten Augenblick begriff Maddy nicht, was überhaupt los war. Dann drehte sie sich um und sah den offenen Korb auf den Rücksitz, der jetzt leer war, und das Kind, das weinend die Arme nach seinem Vater ausstreckte; Sie wendete sich wieder nach vorne und sah die Kratzer auf Dougs Gesicht, das Blut, das in der Dunkelheit schwarz glänzte. Die Katze fauchte. Wie in Zeitlupe hörte Maddy die Bremsen kreischen.
Blacky wurde von Dougs Hals auf das Armaturenbrett geschleudert. Für den Bruchteil einer Sekunde begegneten seine hellgrünen Augen ihrem Blick; seine Pupillen waren zu schmalen Schlitzen verengt. Das Kätzchen wurde von den Scheinwerfern eines entgegenkommenden Wagens angestrahlt. Sein schwarzes Fell war gesträubt, und es sah aus wie das Fleisch gewordene, sprichwörtliche Pech. Dann wurde sie von den entgegenkommenden Scheinwerfern geblendet.

Sie hörte Doug schreien: »Festhalten!«, während er verzweifelt das Lenkrad herumriss.

»Amy!«, schrie Maddy, als der Wagen auf der nassen Straße ins Schleudern geriet.

5

Die Eingangshalle des Krankenhauses war schwach erleuchtet, doch es herrschte Hektik, selbst spät in der Nacht. Krankenschwestern und Ärzte kamen und gingen; ihre Gummisohlen quietschten auf dem glänzenden Fußboden. Eine klangvolle Stimme dirigierte über das Lautsprechersystem Ärzte hierhin und dorthin. Maddy trug Amy auf dem Arm. Sie streichelte ihrer Tochter den Rücken, während sie neben Ruth Crandall herlief, der Mutter von Amys Freundin Ginny.

»Ruth, ich weiß nicht, wie ich dir dafür danken soll, dass du mitten in der Nacht herkommst«, sagte Maddy.

»Ach was. Das tue ich doch gern.«

»Du gehst jetzt mit Miss Ruth, Schatz«, sagte Maddy leise. »Sie nimmt dich und George mit zu sich nach Hause.«

»Jawohl«, sagte Ruth fröhlich. »Ginny freut sich schon sehr darauf, dass du kommst. Du wirst bei ihr im Zimmer schlafen.«

Maddy drückte ihr Kind fest an sich. In Gedanken erlebte sie noch einmal den Unfall, sah und hörte diesen Augenblick des Entsetzens, den Krach, der in ihrem Ohr zu explodieren schien, und die schreckliche Angst, als der Wagen rutschend zum Stehen kam und sie nicht wusste, ob ihrer Tochter etwas passiert war. Es war nur ein kurzer Moment gewesen, doch sie würde ihn nie vergessen. »Ich liebe dich über alles«, sagte sie zu Amy.

»Komm, mein Kleines«, lockte Ruth, und das müde Kind gab

seinen Protest auf und fiel in Ruths vertraute Arme, wobei der Affe aus ihrer rundlichen Kinderhand baumelte.

»Ich hole sie morgen früh ab«, versprach Maddy. »Schlaf schön, mein Engelchen.« Sie küsste noch einmal die weiche, runde Wange und ließ ihre Tochter dann widerstrebend los.

Sie stand hinter den Schiebetüren des Eingangs und winkte ihnen nach, als sie in die Nacht hinausgingen. Schweren Herzens machte sie sich wieder auf den Weg zur Notaufnahme.

»Maddy«, rief eine vertraute Stimme.

Sie drehte sich müde um, und ihre Miene hellte sich auf, als sie den Mann sah, der mit besorgtem Blick auf sie zukam.

»Pater ... Nick«, sagte sie.

»Einfach nur Nick«, erwiderte er. »Wie oft muss ich Ihnen das noch sagen?«

»Das liegt an Ihrer Kleidung«, erklärte sie. »Passiert ganz automatisch.«

Nick Rylander seufzte und zerrte an seinem Kragen, als sitze er zu eng. »Ich habe heute meinen allwöchentlichen Besuch im Gefängnis gemacht. Da trage ich immer diesen steifen, hohen Priesterkragen. Ich will ja schließlich nicht, dass mich jemand dort für einen Insassen hält und mich aus Versehen in eine Zelle steckt.«

Maddy lächelte flüchtig. »Das kann man Ihnen nicht verübeln. Ist bestimmt nicht ganz leicht da oben.«

»Mir macht das nichts aus«, sagte er. »Heute habe ich mich sogar sehr gefreut. Ein Mann, den ich seit vielen Jahren betreue, ist freigelassen worden. Er hat oft Ärger gemacht, aber er saß wegen Mordes ein und hat in dieser Sache immer seine Unschuld beteuert. Vor kurzem haben sie einen anderen Kerl wegen eines ähnlichen Verbrechens verhaftet, und er hat diesen Mord auch gestanden. Das war ein freudiger Tag. Aber genug davon«, sagte er ungeduldig. »Was, um alles in der Welt, haben Sie mitten in der Nacht hier zu suchen?«

»Wir hatten einen Autounfall.«
»Nein«, sagte er mit einer Heftigkeit, die sie überraschte. »Was ist passiert?«
Maddy erzählte ihm von ihrem Besuch bei den Hensons und von dem Kätzchen, das aus seinem Korb entwischt war und so den Unfall verursacht hatte. »Doug liegt noch in der Notaufnahme. Ich wollte gerade wieder hinuntergehen.«
»Ist er schwer verletzt?«
»Das wüsste ich selbst gern. Ich habe die Schwestern immer wieder gefragt, aber ich bekomme nichts aus ihnen heraus.«
Sie spielte nervös mit einem zarten silbernen Armband, in das ihre Initialen eingraviert waren. Ihre Handgelenke wirkten auf ihn so schmal und zerbrechlich wie Streichhölzer.
»Und Amy? Wie geht es Amy? Wo ist sie?«
»Ach, eine Freundin hat Amy eben zu sich nach Hause geholt. Es geht ihr gut, Gott sei Dank. In dem ganzen Durcheinander ist das Kätzchen im Wald verschwunden. Wir konnten es nicht wiederfinden. Das hat sie mehr mitgenommen als alles andere.«
»Der Katze passiert schon nichts«, beruhigte Nick sie. »Sie wissen doch, dass die immer auf ihren vier Pfoten landen.«
»Hoffentlich.«
»Menschen ebenso«, sagt er. »Nur keine Sorge.«
Maddy schüttelte den Kopf. »Ich hoffe wirklich, dass Sie Recht haben.«
»Ich begleite Sie«, sagte er.
»Oh, es ist schon so spät, Pater … Nick«, korrigierte sie sich. »Gehen Sie ruhig nach Hause.«
»Auf keinen Fall«, sagte er und legte eine Hand leicht an ihren Ellbogen.
»Das hatte ich ganz vergessen«, scherzte sie müde. »Das ist ja Ihr Job.«
Nicholas Rylander widersprach ihr nicht. Er führte sie den

Gang hinunter, hielt mit einer Hand ihren zarten Ellbogen umfangen und warf heimlich einen Blick auf ihr müdes, abgespanntes Gesicht. Er wusste von den Vorwürfen, die dieser Teenager gegen Doug erhoben hatte, obwohl Maddy nie mit ihm darüber gesprochen hatte. Die ganze Stadt wusste davon. Maddy hatte diese Zeit erhobenen Hauptes durchgestanden, eine treue, standhafte Ehefrau. Doch mit ihrem schulterlangen dunklen Haar, dem Pony und ihren Sommersprossen sah sie selbst fast noch wie ein Teenager aus. »Sie haben in letzter Zeit eine Menge durchgemacht«, sagte er.

Maddy nickte besorgt. »Ich muss nur immerzu daran denken, wie dumm ich war. Das alles hätte nicht passieren müssen. Ich habe ein entsetzlich schlechtes Gewissen wegen der Leute in dem anderen Auto. Sie wurden mit dem Krankenwagen weggebracht. Wie es um sie steht, weiß ich auch nicht. Und es war unsere Schuld … Nick.«

»Ach was«, sagte er.

»Nein, wirklich. Ich meine, es war ein Unfall, aber wenn ich das Kätzchen nicht bei Amy auf dem Rücksitz gelassen hätte …«

»Es war ein Unfall«, sagte er bestimmt. »So etwas passiert nun mal.«

»Sie haben wahrscheinlich Recht.« Sie seufzte. »Da wären wir.«

Maddy eilte zum Schwesternzimmer und erkundigte sich nach Doug.

»Ich bin darüber nicht informiert«, sagte die diensthabende Schwester genervt.

»Aber ich muss es endlich wissen«, flehte Maddy.

»Schwester McCarthy«, sagte Nick sanft und beugte sich über den Tisch, »Sie finden uns im Wartesaal. Ich wäre Ihnen wirklich sehr verbunden, wenn Sie sich für mich nach Mr. Blake erkundigen könnten.«

Die Schwester blickte überrascht zu ihm auf und errötete. »Natürlich, Pater Nick«, sagte sie fromm und freute sich über eine Gelegenheit, ihrem Pfarrer gefällig sein zu können.
»Kommen Sie«, sagte Nick. »Setzen wir uns dort hinein.«
Widerstrebend ließ Maddy sich von ihm zu einem Warteraum führen, der heller erleuchtet war als die Flure und mit orange- und türkisfarbenen Stühlen, einer Kiste voll Spielzeug und diversen Zeitschriften ausgestattet war, die über die kleinen Tischchen verstreut lagen. Unter der Decke lief leise ein Fernseher. Maddy setzte sich auf einen der Stühle, mit dem Rücken zum Fernseher. Nick ging zum Kaffeeautomaten hinüber und zog zwei Styropor-Becher. Nur ein paar Leute saßen in diesem Warteraum. Ein korpulenter grauhaariger Mann hatte seinen Hinterkopf an die Wand gelehnt; seine Augen waren geschlossen, doch sein angespannter Kiefer verriet, dass er alles andere als ruhig war. In einer Ecke am Fenster saßen zwei Frauen, strickten und unterhielten sich leise, jede mit einer großen Tasche neben sich, die offenbar ihre Ausrüstung für einen längeren Aufenthalt in diesem Raum enthielt. Ein Paar mittleren Alters saß nervös direkt neben der Tür und blickte ständig hinaus, offensichtlich in Erwartung eines Arztes.
Nick brachte den Kaffee herüber und reichte ihr einen Becher.
Maddy blickte trübselig auf den dampfenden Kaffee. »Ich schätze, ich kann es wagen. Heute Nacht bekomme ich sowieso kein Auge zu.«
Nick nickte und trank einen Schluck. »Ich auch nicht.«
»Was ist bei Ihnen der Grund?«, fragte sie.
»Ach, ich muss packen, wissen Sie. Meine Angelegenheiten in Ordnung bringen.«
»O ja, richtig, Sie gehen fort«, rief sie aus, und ihr fiel auf, wie abgespannt sein nachdenkliches, attraktives Gesicht wirkte.

»Wann denn? Ich war so mit meinen eigenen Sorgen beschäftigt …«

Den Problemen deines Mannes, dachte er, und er konnte eine gewisse Bitterkeit nicht unterdrücken. Er wusste, dass Doug vor Gericht von allen Vorwürfen entlastet worden war. Damit sollte die Sache beendet sein. Hatte er nicht eben selbst erlebt, dass ein unschuldiger Mann fälschlicherweise im Gefängnis landen konnte? Doch bei Doug Blake war er nicht so sicher. Er war sehr umgänglich, aber in seinen Augen lag etwas Kaltes, fand Nick. Doch wenn er ehrlich war, konnte er Doug Blake vielleicht nur deshalb nicht leiden, weil er ihm Maddy überlassen musste. Andererseits, wo Rauch war …

»Nick?«

»Oh, ich reise übermorgen ab«, sagte er. »Zumindest hoffe ich das.«

»So bald schon?«, fragte sie traurig. »Ich habe Sie doch gerade erst ein wenig besser kennen gelernt.« Sie waren sich bei ihrer Arbeit an den Buntglas-Fenstern für die neue Kapelle seiner Kirche begegnet. Sie hatte bemerkt, dass er sehr aufmerksam war und sie sich gut mit ihm unterhalten konnte. »Ist das eine kleinere Kirche, an die Sie da oben kommen, in … wo war das gleich? Nova Scotia.«

Nick nickte. »Eigentlich komme ich gar nicht an eine Kirche …«

»Nicht?«

Er rutschte auf seinem Stuhl herum, als sei ihm dieses Gespräch unangenehm. »Ich soll die Restaurierungsarbeiten an Kunstwerken eines alten Klosters leiten.«

Maddy wollte ihn nach dem Grund fragen, aber sie sah deutlich, dass er nicht gern darüber sprach. »Ich werde Sie vermissen«, sagte sie.

Nick runzelte die Stirn und blickte sich um. Sein Blick blieb am Fernseher hängen. »Haben Sie davon schon gehört?«, fragte er ernst.

Maddy drehte sich auf ihrem Stuhl nach dem Fernseher um. Auf dem Bildschirm war eine völlig aufgelöste Frau mit einem geblümten Kleid und rot geweinten Augen zu sehen, einen stoischen jungen Mann mit Stoppelbart an ihrer Seite. Die Frau schilderte gerade, wie ihr vermisstes Baby gekleidet gewesen war. Als sie zu dem roten Pullover mit dem Dalmatiner kam, den seine Großmutter ihm gestrickt hatte, brach sie weinend zusammen. Am unteren Rand des Bildschirms lief ständig die Telefonnummer für Hinweise aus der Bevölkerung durch. Maddy spürte, wie ihr selbst Tränen in die Augen stiegen. Sie schüttelte den Kopf. »Was ist passiert?«

»Der Babysitter ist heute mit ihrem Kind verschwunden. Hier, mitten in der Stadt«, sagte Nick.

»O Gott, wie furchtbar. Die beiden sehen ja selbst noch aus wie Kinder.«

In diesem Moment erschien Doug in der Tür des Warteraums, gefolgt von Schwester McCarthy, die Pater Nick anstrahlte.

Maddys Miene hellte sich auf. Sie sprang auf und eilte zu ihrem Mann. »Schatz«, sagte sie, »geht es dir gut? Was hat der Arzt gesagt?«

Nick erhob sich ebenfalls und streckte Doug die Hand hin. Der weigerte sich, sie zu schütteln, und deutete auf seine Schulter. »Ich bin etwas steif«, erklärte er.

»Wie geht es Ihnen?«, erkundigte sich Nick und fragte sich, ob Doug ihn brüskieren wollte.

Doug zuckte mit den Schultern. »Mir fehlt nichts«, sagte er. »Der Arzt meint, ich hätte mir nur die Schulter gezerrt. Aber sie wollen mich noch nicht entlassen. Sie warten noch auf die Röntgenaufnahmen.«

»Aber es ist nichts gerissen oder gebrochen?«, fragte Maddy drängend.

Doug schüttelte den Kopf. »Sieht nicht so aus, nein.«

»Gott sei Dank«, sagte Maddy, ganz schwach vor Erleichterung.

»Also, ich gehe dann nach Hause«, sagte Nick. »Auf Wiedersehen.«

»Vielen Dank für alles, Nick«, erwiderte Maddy. »Und falls wir uns nicht mehr sehen ...«

Nick winkte, ohne sich noch einmal umzudrehen.

Doug ließ sich auf den Stuhl sinken, den Nick eben verlassen hatte.

»Kann ich dir etwas holen?«, fragte Maddy. »Kaffee oder Limo vielleicht?«

»Was wollte er?«, fragte Doug.

Maddy fühlte sich in die Defensive gedrängt. »Er hat mir nur Gesellschaft geleistet. Ich habe ihn am Eingang getroffen, als Ruth Amy abgeholt hat.«

»Welch ein Zufall«, sagte Doug und starrte dem Geistlichen nach.

Maddy reckte das Kinn vor. »Er ist Pfarrer«, sagte sie. »Er besucht oft kranke Menschen.«

Doug legte sich eine Hand über die Augen. »Ich weiß«, sagte er müde. »Ist ja auch egal. Ich fühle mich nur so mies. Ich kann gar nicht fassen, was da passiert ist. Auch das noch. Zur Zeit geht einfach alles schief.«

Maddy nickte. »Ja, das kommt mir auch so vor.«

»Alles wegen dieser verdammten Katze. Blacky«, sagte er kopfschüttelnd.

»Schwarze Katzen bringen Unglück. Ich habe dich ja gewarnt«, sagte sie neckend und rieb ihm gleichzeitig tröstend den Arm. »Aber Doug, wir haben eigentlich noch Glück gehabt. Ich meine, dir ist nichts Ernstes passiert. Das ist gut.

Amy ist nicht verletzt. Und wir bekommen das Auto morgen schon wieder. Der Mann in der Werkstatt hat gesagt, es ist nicht weiter schlimm.«

Er sah sie an, und für einen kurzen Moment lag etwas Gehässiges in seinem Blick. Sie prallte zurück, als hätte er sie geschlagen.

Die Krankenschwester erschien wieder in der Tür und winkte ihn zu sich.

»Ich muss gehen«, sagte er und stand auf. »Willst du nicht lieber nach Hause fahren? Ich weiß nicht, wie lange das hier noch dauern wird.«

»Ich warte«, entgegnete sie leise und wich seinem Blick aus.

Doug tätschelte ihre Schulter und folgte der Schwester hinaus.

Maddy sah ihm nach; sie fühlte sich ein wenig zittrig. Er ist nur müde, sagte sie sich. Sie wusste, dass ihr Optimismus ihm manchmal auf die Nerven ging. Das war alles. Sie griff nach einer uralten Nummer von *People* und versuchte zu lesen. Eine dünne Frau mit strähnigen braunen Haaren und einer Brille kam herein und setzte sich Maddy gegenüber. Sie wiegte zerstreut ihr Baby, das an ihrer Brust schlief; ein gelber Schnuller baumelte aus seinem halb geöffneten Mund über dem hellblauen Kapuzenhemd, das den kleinen Oberkörper bedeckte. Noch im Schlaf sah das Kind völlig erschöpft aus. Die Frau lehnte ein zerfleddertes braunes Taschenbuch und eine fröhlich-bunte Wickeltasche an das Stuhlbein. Maddy lächelte ihr kurz zu, schaute dann wieder in ihre Zeitschrift und versuchte, den Artikel auch zu lesen, den sie vor sich sah.

In diesem Moment kam ein Arzt herein, und das Ehepaar an der Tür stand auf. »Mr. und Mrs. Sobranski?«, fragte der Arzt. Sie fassten sich an den Händen und standen stocksteif vor ihm. »Was ist passiert?«, fragte der Mann. »Wie geht es Cliff?«

»Es geht ihm gut. Er hat kaum noch Schmerzen. Ich habe ihm einen Gips angelegt. Er hat sich zwei Bänder im Knöchel gerissen.«

»Das klingt ja nicht weiter schlimm«, sagte die Frau hoffnungsvoll.

»Nicht weiter schlimm?«, herrschte ihr Mann sie an. Alle im Warteraum blickten zu ihnen auf. Maddy beobachtete neugierig, wie der Mann die Hände vors Gesicht schlug und den Kopf schüttelte. »Er ist ruiniert«, jammerte er.

»Gehen wir vielleicht hinaus«, sagte der Arzt. Mrs. Sobranski, die sehr verwirrt dreinblickte, drängte ihren Mann, dem Arzt auf den Gang hinaus zu folgen. Maddy sah ihnen noch einen Moment lang nach und wandte sich dann achselzuckend wieder ihrem Artikel zu.

»Bonnie Lewis?«

Maddy blickte auf und sah einen uniformierten Polizisten neben ihrem Stuhl stehen, Block und Stift in der Hand. Er hatte glänzendes schwarzes Haar und ein weiches Gesicht und sah kaum alt genug aus, um auch nur Rekrut zu sein.

»Nein«, sagte Maddy.

»Ich bin Mrs. Lewis«, sagte die Frau mit dem Baby.

Der junge Polizist ging zu ihr hinüber. »Mrs. Lewis, ich bin Officer Termini. Ich möchte Sie zu dem Unfall befragen. Man sagte mir, dass Ihr Mann immer noch operiert wird. Können Sie mir erzählen, was passiert ist?«

Die Frau verzog nervös das Gesicht. »Nun, ich kann Ihnen nicht genau sagen, wo es passiert ist. Wir sind nicht von hier.«

»Ihrem Nummernschild nach kommen Sie aus Maine. Ist das richtig?«

Die Frau nickte. »Wir sind eben erst hier angekommen. Mein Mann sollte hier einen neuen Job antreten. Wir waren auf der River Road. Es war scheußlich draußen, wissen Sie. Es hat geregnet, und die Straßen waren glatt.« Sie hielt inne und überlegte, wobei sie mit der freien Hand ihre Brille auf der Nase hochschob. »Und ganz plötzlich … kam dieses Auto auf uns zu, wie aus dem Nichts, und ist direkt auf uns zu geschleudert …«

»Sie saßen am Steuer …«

»Ja, Sir. Ich habe meinen Mann abgelöst, weil er müde war. Ich habe wirklich versucht, ihnen auszuweichen, aber unser Kombi ist von der Straße abgekommen und im Graben gelandet. Mein Mann ist verletzt …«

Maddy hörte sich den Bericht der Frau mit wachsender Bestürzung an. Sie hatte die anderen Beteiligten an dem Unfall nicht gesehen. Sie waren auf der anderen Seite von der Straße abgekommen, und bevor Maddy und Doug sich wieder halbwegs gefangen hatten, hatte der Fahrer eines Land-Rovers angehalten und per Handy Hilfe gerufen. Bei all dem Regen und dem ganzen Durcheinander mit Polizei und Sanitätern … Aber das musste ihr Unfall sein.

»Entschuldigen Sie«, sagte Maddy und stand auf. Der Polizist und die Frau mit dem Baby blickten zu ihr auf. Sie ging hinüber und setzte sich auf den Stuhl neben der Frau. »Entschuldigung, aber ich habe Ihre Unterhaltung mit angehört – ich saß ja gleich da drüben. Ich bin Maddy Blake«, sagte sie. Sie biss sich auf die Lippe, als Mrs. Lewis sie misstrauisch beäugte. »Wir hatten heute Abend einen Unfall auf der River Road.«

Der Polizist sah auf seine Notizen hinab. »Fuhren Sie einen grauen Ford Taurus?«

Maddy nickte und sah die Frau neben sich traurig an. »Es tut mir so Leid«, sagte sie zu ihr. »Es war unsere Schuld. Officer, das war allein unsere Schuld.« Sie zögerte kurz und fragte sich, ob sie das besser nicht gesagt hätte. Die Leute verklagten doch heute alles und jeden. Sie konnte sich noch auf die glatte Straße und die Blätter herausreden … Wenn sie nur den Korb nicht in Amys Reichweite gestellt hätte … Doch das hatte sie getan, und nun musste der Mann dieser armen Frau ihretwegen operiert werden. Bei so etwas sollte man nicht versuchen, die eigene Schuld anderen in die Schuhe zu schieben. Sie hasste es, wenn Leute so handelten. Sie selbst würde sich nicht so schäbig verhalten. »Wir hatten ein Kätzchen im Wagen, und das hat sich aus dem Korb befreit und meinen Mann erschreckt«, erklärte Maddy.

Die andere Frau blinzelte hinter ihrer Brille hervor und hielt dem Baby die Ohren zu, als habe Maddy etwas Obszönes gesagt.

»Mrs. Blake, Sie wollte ich als Nächstes ausfindig machen«, sagte der Polizist. »Die Mühe haben Sie mir erspart.«

»Sind Sie mit mir fertig?«, fragte Mrs. Lewis plötzlich. »Ich würde gern mal zur Toilette gehen. Und vielleicht … gibt es hier eine Cafeteria?«

»Das Café ist rund um die Uhr geöffnet, Ma'am. Direkt neben der Eingangshalle.«

Maddy bückte sich nach den Sachen ihrer Nachbarin und reichte sie ihr. »Ich hoffe, Ihr Mann wird bald wieder gesund«, sagte sie voll aufrichtigem Mitgefühl.

Bonnie Lewis nickte, doch ihr Blick blieb argwöhnisch. Sie drückte ihre Tasche und ihren schlafenden Sohn an sich und eilte hinaus.

6

»Fühlst du dich auch wirklich wohl?«, fragte Maddy ihren Mann. »Möchtest du dich nicht lieber hinsetzen? Was hat der Arzt gesagt?«

»Mir geht's gut«, beruhigte er sie. »Wirklich. Er hat mir ein Rezept für ein Schmerzmittel gegeben und im Grunde nur gesagt, dass ich es langsam angehen lassen soll. Ich kann mir die Tabletten auch gleich in der Apotheke hier im Krankenhaus holen.«

»Okay«, sagte Maddy. »Wenn du meinst. Dann rufe ich schnell mal Ruth an. Sie macht sich bestimmt Sorgen.«

»Kein Problem. Nur zu«, sagte er. »Ich hole inzwischen die Tabletten und besorge uns dann ein Taxi.«

Maddy ging in die Eingangshalle hinaus und suchte nach einem Telefon. Sie rief Ruth an, die ihr versicherte, dass Amy tief und fest schlief. Während sie telefonierte, schaute Maddy durch die Glaswand in die Cafeteria. Jetzt mitten in der Nacht war sie beinahe menschenleer. Am Fenster entdeckte sie Bonnie Lewis und ihren Sohn an einem kleinen runden Tisch in der Ecke. Das Baby war wach und saß in einem Kinderstuhl. Er schmierte sich mit einer winzigen Faust Essen in und um den Mund. Bonnie saß steif daneben und nickte mit ängstlichem Gesicht, während ein schlanker Arzt in grüner OP-Kleidung auf sie einredete. Als der Arzt aufstand und sich umdrehte, sah Maddy, dass es sich um eine Ärztin handelte. Sie sah müde aus, doch ansonsten lag über ihren hübschen Gesichtszügen die undurchdringliche Maske aller Ärzte. Als

sie das Café verließ, legte Maddy den Hörer auf und ging zögernd hinüber.
»Mrs. Lewis?«, fragte sie schüchtern. »Ich will Sie nicht stören, aber – geht es Ihnen gut?«
Bonnie blickte verwirrt und erschrocken zu Maddy auf. Sie war so dünn, dass sie fast vogelartig wirkte. »Ja«, sagte sie stumpf.
»War das die Ärztin, die Ihren Mann operiert hat?«, fragte Maddy.
Bonnie nickte. »Die Chirurgin. Sie sagt, Terry hat die Operation überstanden.«
»Wird er wieder ganz gesund?«, fragte Maddy besorgt.
»Ich schätze schon. Er hatte einen Riss in der Milz. Er ist nach vorn geschleudert worden, als wir im Graben gelandet sind. Sie mussten sie rausnehmen. Die Ärztin sagt, das ist nicht so schlimm, wie es sich anhört. Sie hat gesagt, dass er auch ohne Milz ganz gut leben kann.«
»Gott sei Dank«, sagte Maddy.
»Er wird bis morgen früh im Aufwachraum liegen.« Bonnie blickte zu einer Wanduhr auf. »Ich habe gar nicht auf die Zeit geachtet«, entschuldigte sie sich.
»Das passiert einem hier schnell«, sagte Maddy, setzte sich neben sie und legte kurz eine Hand auf Bonnies blassen Unterarm. »Kann ich Ihnen eine frische Tasse Tee holen, oder sonst etwas?«
Bonnie starrte auf das unberührte Tablett, als sehe sie es zum ersten Mal. »Nein, danke«, sagte sie. Ihre Unterlippe begann zu zittern, aber sie rang um Fassung. »Ich darf ihn morgen früh besuchen.« Sie hob die breite Tasse zum Mund und trank einen Schluck. Dann stellte sie sie wieder auf der Untertasse ab, seufzte und schaute aus dem Fenster. Maddy sah, dass sie mit den Tränen kämpfte. Das Baby, das allmählich genug von dem Erdnussbutter-Sandwich hatte,

begann plötzlich zu weinen und sich in dem hohen Stuhl zu winden.
»Nicht weinen, Sean«, sagte Bonnie. »Dem Papi geht es bald wieder gut.«
»Es ist schrecklich, hier herumzusitzen und zu warten, nicht?«, bemerkte Maddy.
Bonnie griff in ihre große Tasche und holte eine Rassel in der Form eines Elefanten hervor. Sean hörte auf zu weinen und betrachtete sie genau. »Das wird eine lange Nacht«, sagte Bonnie grimmig.
Maddy sah sie stirnrunzelnd an. »Wo werden Sie denn übernachten?«
Bonnie wich ihrem Blick aus. Sie schüttelte wieder die Rassel. »Ich schätze, die Eingangshalle wird reichen müssen. Da stehen ein paar Sofas …«
»Aber das wäre furchtbar unbequem«, rief Maddy. »Vor allem mit dem Kleinen.«
»Nun, ich habe keine andere Wahl«, erklärte Bonnie nüchtern. »Ich kann mir kein Hotelzimmer leisten. Terry war lange arbeitslos, und jetzt … ich weiß auch nicht. Dieser Job wird wohl nicht auf ihn warten …«
Maddy zögerte kurz und schämte sich sofort dafür. Sie schaute in die Halle hinaus und sah, dass Doug schon aus der Apotheke gekommen war und sich nach ihr umblickte. Sie war erschöpft, sie wollte nur mit ihrem Mann nach Hause gehen, ins Bett kriechen und sich ein paar Stunden vor der Welt verstecken. Aber, so müde sie auch war, sie wusste, was sie zu tun hatte.
»Hören Sie«, sagte sie. »Das kommt nicht in Frage. Sie kommen mit uns nach Hause. Wir haben reichlich Platz, und ich habe eine dreijährige Tochter, die sich riesig freuen wird, morgen früh ein Baby vorzufinden.«
»Oh, aber das geht doch nicht«, sagte Bonnie hastig.

»Ich bestehe darauf«, sagte Maddy. »Alles andere steht außer Frage. Ich könnte heute Nacht kein Auge zutun, wenn ich wüsste, dass Sie mit Sean hier übernachten müssen. Also, wir machen das so. Mein Mann ruft uns gerade ein Taxi. Morgen früh fahre ich Sie wieder hierher, damit Sie Ihren Mann besuchen können. Sie bleiben bei uns, so lange es nötig ist.«

»Ich schätze, Sie haben selbst genug Probleme«, wehrte Bonnie ab. »Ihr Auto ist doch auch kaputt, oder nicht?«

»Es ist nicht viel passiert«, sagte Maddy fast entschuldigend. »Nur ein platter Reifen. Wir bekommen es morgen früh schon wieder. Außerdem haben wir noch ein anderes Auto.«

Bonnie wirkte peinlich berührt, als sei ihr noch nie in den Sinn gekommen, dass eine Familie zwei Autos haben könnte. Maddy fühlte sich gleich noch schuldiger.

»Wir würden Ihnen doch nur zur Last fallen«, sagte Bonnie schwach.

»Unsinn«, entgegnete Maddy. »Sie würden mir damit einen Gefallen tun. Mein Gewissen beruhigen.«

»Na ja, Sie brauchen ehrlich kein schlechtes Gewissen zu haben, aber ... also gut. Ich schätze ... gut. Danke ...«

Obwohl sie darauf bestanden hatte, wurde Maddy ein wenig nervös, da ihr Angebot nun angenommen war. Sie fragte sich, was Doug dazu sagen würde, und erinnerte sich an den kurzen, bösartigen Blick von vorhin. Doch sie war fest entschlossen, sich ihre Unsicherheit nicht anmerken zu lassen. »Also schön«, sagte sie. »Dann ist das ja geklärt.«

»Kann ich noch kurz raufgehen und nach Terry sehen, bevor wir fahren?«

»Aber natürlich«, sagte Maddy und fragte sich, ob Doug sich über die Verzögerung ärgern würde. Er musste fix und fertig sein. »Gehen Sie nur. Am besten nehme ich Sean so lange. Ich glaube kaum, dass sie ihn in den Aufwachraum lassen würden.«

Bonnie zögerte, und Maddy konnte deutlich sehen, wie ihr Argwohn gegen den Wunsch kämpfte, nicht unhöflich oder undankbar zu erscheinen. Irgendwie erinnerte das Maddy an die Frau im Fernsehen, die flehentlich darum bat, ihr Baby zurückzubekommen; sie konnte Bonnies Zögern gut verstehen.

»Er bekommt vielleicht Angst, wenn ich ihn bei einer Fremden lasse«, sagte Bonnie.

»Da haben Sie Recht«, sagte Maddy. »Lassen Sie nur.«

Bonnie beugte sich vor und hob das Kind aus dem Stuhl. Er jammerte immer noch, doch seine klebrigen kleinen Finger griffen nach dem Ausschnitt ihres Kleides und ihrem gekräuselten Haar. »Es dauert auch nicht lange. Wir schauen nur kurz mal rein.«

»Nur zu. Wir warten hier am Eingang«, versicherte Maddy. »Da ist mein Mann. Wir treffen uns hier unten, sobald Sie fertig sind«, fügte sie hinzu, als sie Bonnie wieder zögern sah.

Bonnie sammelte ihre Taschen ein.

»Soll ich die lieber nehmen?«, bot Maddy an.

Bonnie schüttelte den Kopf.

»Geben Sie mir doch wenigstens die Windeltasche.«

Bonnie warf einen besorgten Blick auf die Tasche, als fürchte sie, Maddy könnte sich damit auf und davon machen. »Nein, ich behalte sie lieber bei mir«, sagte sie. »Vielleicht brauche ich sie.«

Maddy war ein wenig beleidigt, doch sie bemühte sich, das nicht zu zeigen. Einer Fremden sein Kind nicht anvertrauen zu wollen, war eine Sache. Aber eine Wickeltasche? Sie schluckte ihren Protest hinunter. »Also dann, nur zu«, sagte Maddy. »Alles Gute.«

Während Bonnie schwer beladen aus der Cafeteria hastete, spazierte Maddy in die Eingangshalle hinaus.

Doug drehte sich um, als sie näher kam, und lächelte kurz. Dann sah er auf die Uhr. »Bist du so weit?«, fragte er.

Maddy seufzte. »Mach dich auf was gefasst«, sagte sie. »Wir bekommen Übernachtungsbesuch.«

»Besuch? Wen denn?«

Maddy warf einen Blick über die Schulter, wie um sich zu vergewissern, dass sie niemand belauschte. »Die Leute aus dem anderen Auto.«

Doug sah sie stirnrunzelnd an, als spreche sie plötzlich in einer fremden Sprache.

»Bei dem Unfall«, erklärte sie beharrlich. »Weißt du, Schatz, der Mann kommt gerade aus dem OP, ihr Auto ist in der Werkstatt, und sie wissen nicht, wo sie hin sollen. Sie kommen aus Maine und kennen hier keine Seele. Sie ist gerade raufgegangen, um noch einmal nach ihm zu sehen.«

»Warum suchen sie sich nicht ein Hotel?«

»Sie haben kein Geld«, flüsterte Maddy. »Er wollte hier einen neuen Job antreten. Er war arbeitslos. Für diese Lage sollten gerade wir Verständnis haben.«

Doug runzelte die Stirn. »Aber wir könnten ihnen doch Geld fürs Hotel geben.«

»Und wie soll sie von dort wieder zum Krankenhaus kommen? Sie kann sich kein Taxi leisten. Diese Frau hat ein ganz kleines Baby.«

Doug seufzte.

»Wir sind Schuld, dass sie in solchen Schwierigkeiten steckt«, flehte Maddy. »Ich kann sie nicht einfach hier sitzen lassen.«

»Sag das nicht, Maddy«, fuhr er sie an. »Gib ja nicht zu, dass es unsere Schuld war. Das hast du doch nicht zu ihr gesagt, oder?«, fragte er drohend.

Maddy schüttelte den Kopf. Das war eine Lüge, und sie wusste es genau.

»Es war ein dummer Unfall«, sagte er. »Mehr braucht niemand darüber zu wissen.«
»Also schön, es war ein Unfall. Aber können wir uns nicht trotzdem anständig verhalten?«
»Maddy –« Doug brach ab, als er von einem sehr großen jungen Mann mit viel zu kurzen Krücken angerempelt wurde. Er humpelte durch die Eingangshalle, und auf seinem Gesicht spiegelte sich eine schreckliche Mischung aus Wut, Schmerz und Sorge.
Doug sah ihm neugierig nach. »Das ist Cliff Sobranski«, flüsterte er Maddy zu.
»Wer?«, fragte Maddy. Plötzlich sah sie das Ehepaar aus dem Warteraum hinter dem jungen Mann hereilen. Die Frau rief voll mütterlicher Sorge nach ihm, doch der Vater machte ein finsteres Gesicht, das nichts Gutes verhieß.
»Er ist das Top-Talent im Basketballteam der Uni. Der Basketball-Verband hat ihn gleich in seinem ersten Jahr entdeckt«, erzählte Doug.
»Ich habe gehört, wie der Arzt seinen Eltern erklärt hat, er habe einen zweifachen Bänderriss«, flüsterte Maddy.
»O nein«, sagte Doug. Betroffen sah er zu, wie die erschütterte Familie in der Dunkelheit verschwand. »Der arme Junge. Die ganze Welt lag ihm zu Füßen. Er hätte alles erreichen können. Nicht zu fassen.« Maddy beobachtete Doug und sah genau, dass er an seine eigene Verletzung dachte, seine eigene jäh beendete Karriere. Ein Teil von ihr empfand Mitleid mit ihm, doch ein anderer Teil wollte sagen: »Na und? Es gibt viel Schlimmeres im Leben.« Sie biss sich auf die Zunge. Es hatte keinen Sinn, darüber zu diskutieren, denn er sagte immer nur, dass sie das einfach nicht verstand.
In diesem Augenblick erschien Bonnie, blickte sich ängstlich in der Halle um und wiegte das quengelnde Baby, um es zu beruhigen. Ihre Züge entspannten sich, als sie Maddy und

Doug entdeckte. Sie hastete zu ihnen herüber. »Ich dachte schon, Sie wären weg«, sagte sie.
Maddy fragte sich, wie sie darauf kam. »Ich sagte doch, wir warten auf Sie.«
Bonnie zuckte die Achseln, als wollte sie damit ihr mangelndes Vertrauen in solche Versprechungen erklären.
»Bonnie«, sagte Maddy, »das ist mein Mann, Doug Blake. Doug, das ist Bonnie Lewis. Ich habe dir von ihr erzählt.« Sie wandte sich wieder Bonnie zu. »Wie geht es Ihrem Mann? Haben Sie ihn gesehen?«
»Er ist noch nicht aufgewacht. Er hat gar nicht gemerkt, dass ich da bin.« Bonnie wandte sich an Doug. »Ihre Frau hat uns zu Ihnen nach Hause eingeladen«, sagte sie nervös, »aber wenn Ihnen das nicht recht ist …«
Doug rang sich ein knappes Lächeln ab. »Nein, nein«, erwiderte er. »Das ist kein Problem. Ich schaue gleich mal, ob das Taxi schon da ist.«
Maddy lächelte Bonnie aufmunternd zu, als Doug zur Tür ging. »Alles kommt wieder in Ordnung«, sagte sie.
Bonnie nickte verbissen und tätschelte ihrem Baby den Rücken; sein leises Schluchzen hallte in dem stillen Foyer wider.

Maddy ging vor den anderen die Treppe zu den Schlafzimmern hinauf. Sie öffnete die Tür zum Gästezimmer. Drinnen gab es zwei Betten und eine Kommode. In der Ecke stand das Kinderbettchen, aus dem Amy herausgewachsen war. Maddy hatte es hier aufgestellt, für Besuch von Freunden oder Verwandten mit kleinen Kindern. Bonnie sah sich um, und zum ersten Mal hellte sich ihre Miene auf. »Das ist prima«, sagte sie.
Maddy nickte und freute sich über den hübschen Anblick des blassgelben Raumes mit dem geknüpften Teppich und den

geblümten Tagesdecken. Sie dachte daran zurück, wie sie und Doug im vergangenen Frühling dieses Zimmer gestrichen hatten. Zunächst hatte Doug noch genörgelt, weil sie nicht genug Geld hatten, um einen Maler dafür zu bestellen, aber schließlich war es richtig lustig geworden. Sie hatten gestrichen, während Amy fröhlich mit ihrer Puppe um sie herumtanzte.

»Vielleicht können wir ein Haus mieten«, sagte Bonnie. »Wenn das mit dem Job klappt. Wir haben immer nur in kleinen Apartments gewohnt. Aber jetzt, wo Sean da ist …«

»Wie lange sind Sie schon verheiratet?«, fragte Maddy.

Bonnie runzelte die Stirn. »Ach, noch nicht lange. Ein paar Jahre. Ich habe eine Weile gebraucht, bis ich schwanger wurde. Und als ich dann schwanger war, lief alles wie am Schnürchen. Ich habe noch eine Woche vor der Geburt gearbeitet.« Sie legte das Baby in das Kinderbett und zog ihm die gestrickten Stiefelchen aus.

Maddy lehnte sich an den Türrahmen. »Wo haben Sie gearbeitet?«, fragte sie.

»Was?«, fragte Bonnie und drehte sich um. »Oh, in der Bibliothek. Als Assistentin.«

»Dann sollte es kein Problem für Sie sein, hier in der Gegend Arbeit zu finden. In der Bibliothek können sie immer jemanden brauchen.«

»Ich gehe nicht wieder arbeiten«, sagte sie. »Nicht gleich. Terry will für uns die Brötchen verdienen. Wenn der Kleine hier erst in die Schule geht, kann ich mir ja wieder was suchen«, sagte sie verträumt. »Terry und ich haben darüber gesprochen, und wir finden es beide wichtig, dass eine Mutter zu Hause bei ihrem Kind ist.«

Maddy lächelte und betrachtete sie mit neuer Achtung. Sie war nicht mehr jung, vermutlich Mitte Dreißig, und sie war nicht besonders attraktiv. Aber sie hatte einen Ehemann gefunden und ihr erstes Kind bekommen. Dieses Baby musste für sie die Erfüllung all ihrer Träume sein. Kein Wunder, dass sie zu Hause bleiben wollte. Und sie würden sich wahrscheinlich ein schönes Leben aufbauen, wenn man von dem kleinen Albtraum absah, dass der Mann, der das Geld verdienen sollte, ohne Milz im Krankenhaus lag.

Bonnie ging zum Bett hinüber und wühlte in der Wickeltasche herum. Sie holte einen Schlafanzug heraus und legte ihn sanft aufs Bett. »Nur gut, dass diese Sachen nicht im Koffer waren«, sagte sie. Sie nahm auch eine Flasche Babyöl, Puder und flüssige Waschlotion aus der Tasche.

»Ich fahre Sie morgen zur Werkstatt, dann können wir Ihr restliches Gepäck holen«, sagte Maddy.

Bonnie kehrte zu dem Gitterbettchen zurück und zog dem Baby die kleine Kordhose aus. Es begann leise zu quengeln.

»Vielleicht lassen Sie ihn lieber in seiner Kleidung schlafen«, schlug Maddy vor, »damit Sie ihn nicht wecken.«

Bonnie blickte entrüstet auf. »Ich soll ihn so schmutzig und klebrig schlafen legen? Kommt nicht in Frage.«

Kümmere dich um deinen eigenen Kram, ermahnte Maddy sich. Jede Mutter tut diese Dinge auf ihre Weise. »Also, dann lasse ich euch zwei mal allein. Wir sehen uns morgen zum Frühstück.«

»Kein Obst«, sagte Bonnie.

»Was?«, fragte Maddie.

»Kein Obst zum Frühstück. Sean ist gegen die meisten Früchte allergisch.«

Maddy lächelte. »Ach, meine Amy rührt so etwas auch nicht an. Gute Nacht.« Bonnie fuhr fort, das Baby auszuziehen, und Maddy zog leise die Tür hinter sich zu.

Sie ging den Flur entlang zu ihrem Schlafzimmer, auf Zehenspitzen, damit sie Doug nicht weckte. Als sie sich der Tür näherte, meinte sie, von drinnen seine Stimme zu hören. Sie öffnete die Tür und sah ihn auf der Bettkante sitzen, mit hängenden Schultern und schmerzgeplagtem Gesicht.

»Doug, was ist denn?«, fragte sie. »Geht es dir nicht gut?«

»Mir fehlt nichts«, sagte er.

»Vielleicht nimmst du lieber noch eine Schmerztablette.«

Doug schüttelte den Kopf.

»Dafür hat der Arzt sie dir doch verschrieben.«

»Ich brauche keine«, sagte er.

Maddy seufzte. »Okay, wie du meinst. Ich denke, unsere Gäste sind bestens untergebracht.« Vom anderen Ende des Flurs her drang klägliches Babygeschrei zu ihnen herein. Maddy holte ihr Nachthemd aus dem Schrank. »Was für eine Nacht«, sagte sie.

»Maddy …«

Maddy drehte sich um und sah ihren Mann an. »Was?«

»Es gibt da noch ein kleines Problem …«

Maddys Herz begann vor Angst zu rasen. Sie hielt das Nachthemd wie zum Schutz vor den Körper. »Was für ein Problem?« Dann runzelte sie die Brauen. »Mit wem hast du denn eben telefoniert?«

»Das hast du gehört?«, fragte er.

»Ich habe deine Stimme gehört, als ich reinkam. Aber ich habe nicht gehört, was du gesagt hast.«

»Stanley Plank«, sagte er.

»Wer, um alles in der Welt, ist Stanley Plank?«

Doug seufzte. »Unser Versicherungsmensch.«

»Ach ja«, sagte Maddy. »Du hast ihm sicher von dem Unfall erzählt.« Sie schüttelte verwirrt den Kopf. »Also, wo liegt das Problem?«

»Maddy, sieh mal«, begann Doug. »Du weißt doch, die letzten Monate ging alles drunter und drüber. Ich meine wegen dieser Verhandlung. Und ich konnte nicht arbeiten …«

»Ja«, sagte sie und merkte, dass sie den Atem anhielt.

»Vergangenen Monat wollte ich die Rechnungen bezahlen, aber das Geld hat einfach nicht für alles gereicht.«

»Wie meinst du das?«, fragte sie.

»Ich konnte ein paar Sachen nicht bezahlen. Es ging nicht anders.« Er wich ihrem Blick aus und erklärte die Lage stattdessen dem Läufer vor dem Bett.

»Jetzt sag bloß ...«, begann sie. »Nicht die Versicherung für das Auto.«

»Es wird vermutlich nicht drauf ankommen«, sagte er. »Niemand kann nachweisen, dass wir daran Schuld waren.«

Maddy wandte sich mit zusammengepressten Lippen von ihm ab. »Die Autoversicherung, Doug?«

»Es ging einfach nicht anders«, sagte er gereizt. »Außerdem löst sich das vielleicht alles in Wohlgefallen auf ...«

Maddy schüttelte den Kopf. Sie war wie betäubt. »Das glaube ich einfach nicht«, sagte sie. »Was hast du dir nur dabei gedacht? Was, wenn sie uns verklagen oder so?«

Doug sprang vom Bett und baute sich mit blitzenden Augen vor ihr auf. »Nun, wenn sie das tun, dann nur, weil du dich aufgeführt hast, als wären wir an allem schuld. Sie auch noch hierher einzuladen ... du hättest genauso gut gleich gestehen können, dass es unsere Schuld war.«

Maddy wurde rot, denn sie hatte genau das bereits dem Polizisten gesagt.

Plötzlich hörten sie ein Geräusch auf dem Flur. Doug blickte zur Tür. »Wer ist da?«, fragte er laut.

Maddy fuhr herum und sah einen Schatten vor der halb geöffneten Tür ihres Schlafzimmers. Amy war nicht da. Es kam also nur eine Person in Frage. Scham rötete ihre Wangen noch heftiger bei dem Gedanken, dass jemand ihren Streit belauscht haben könnte.

Doug ging zur Tür und riss sie auf. Bonnie stand davor, ein leeres Fläschchen in der Hand.

»Was wollen Sie hier?«, verlangte er zu wissen.

»Entschuldigung«, sagte Bonnie empört. »Ich wollte nur fragen, ob ich ein bisschen Milch für Sean haben könnte. Ich wollte Sie nicht stören.«

»Natürlich«, sagte Maddy geknickt. »Unten. Im Kühlschrank.«

Bonnie reckte das Kinn in die Luft und wandte sich ab. Maddy erhaschte noch einen Blick auf etwas Eisiges in ihren Augen – ein unverkennbar befriedigtes Glitzern.

7

Frank Cameron holte sich eine Tasse Kaffee, gähnte und fuhr sich mit seiner großen Hand über die breiten, hängenden Wangen. Er hatte fast die ganze Nacht auf dem Polizeirevier verbracht oder draußen seinen Kollegen bei der Suchaktion geholfen, und nun war sein Teint beinahe so grau wie sein Haar. Dann war er nach Hause gegangen und hatte zwei Stunden auf dem Sofa in seinem Arbeitszimmer geschlafen; gleich würde er sich wieder auf den Weg zum Revier machen.

Mary Beth saß vor dem offenen Laptop neben einem Teller mit trockenem Toast am Küchentisch. Sie starrte auf den Bildschirm und tippte mit einem lackierten Fingernagel auf den Tasten herum. Sie war fürs Büro elegant zurechtgemacht, makellos geschminkt und trug ein rotes Kostüm, das zugleich seriös und verführerisch wirkte. Frank erinnerte sich an früher, als sie wieder angefangen hatte zu arbeiten. Heather war gerade in die dritte Klasse gekommen, und Mary Beth hatte sich beklagt, dass sie sich zu Hause langweilte. Am Anfang bestand ihre gesamte Garderobe fürs Büro aus zwei Röcken, einer grau und einer marineblau, und ein paar Twinsets. Obwohl ihre Verwandlung ganz allmählich vonstatten gegangen war, kam es ihm so vor, als habe er sie überhaupt nicht mitbekommen – als sei die Frau, die er kannte, eines Tages verschwunden und durch diesen geldgierigen Mini-Immobilien-Hai ersetzt worden.

»Wann bist du denn nach Hause gekommen?«, fragte Mary Beth, ohne den Blick von dem kleinen Bildschirm zu heben.
»Ach, Herrgott, keine Ahnung. Um fünf oder sechs.«
»Habt ihr sie gefunden?«
»Noch nicht, Mary Beth«, erwiderte er. Sie schien seinen beißenden Ton nicht zu bemerken.
Heather schlurfte in die Küche und öffnete die Kühlschranktür.
»Hallo, Heather«, sagte Frank.
»Hallo, Papa.« Sie lächelte ihm kurz zu und wandte sich dann wieder dem Inhalt des Kühlschranks zu. Frank fand es auf einmal seltsam, dass sie alle zur gleichen Zeit im selben Raum waren. Normalerweise ging er aus dem Haus, bevor die beiden aufstanden; wenn er nach Hause kam, saß Heather hinter verschlossener Tür in ihrem Zimmer, und sein Abendessen stand in der Mikrowelle, während Mary Beth an ihrem Handy hing und Termine machte oder im Internet surfte, um sich mit irgendeinem anderen frustrierten Weibsbild gegenseitig etwas vorzujammern.
Er dachte an die Zeit zurück, als Frank Junior und Heather noch Kinder gewesen waren; damals hatten sie meistens gemeinsam gegessen. Abends hatte er sie oft warten lassen, aber so war es trotzdem schöner gewesen. Er beobachtete seine Tochter, die sich gerade mit einer Flasche Saft und einer Teigtasche auf einem Pappteller an den Tisch setzte. Plötzlich überkam ihn eine Welle väterlicher Zärtlichkeit, vermutlich deshalb, weil er sich die ganze Nacht lang Sorgen um Rebecca Starnes gemacht hatte, die etwa im selben Alter war wie Heather. In der ausgebeulten Latzhose, die sie so gern trug, erschien sie ihm verletzlich und niedlich. Er ging zu ihr und strich ihr spontan über das weiche Haar.
Mary Beth schob ihren Stuhl zurück und musterte ihre Tochter mit kritischem Blick. »Heather«, sagte sie, »wie, um Him-

mels willen, bist du auf die Idee gekommen, diese beiden Kleidungsstücke zusammen anzuziehen?«

Heather blickte auf ihr dunkelgrünes Hemd und die lavendelfarbene Latzhose hinab und sah dann gelangweilt ihre Mutter an. »Ist doch okay«, sagte sie.

Mary Beth schüttelte den Kopf. »Das sieht absolut lächerlich aus, Heather. Und da fragst du dich noch, warum du keine Freunde findest.«

Frank nippte an seinem Kaffee und schloss die Augen. Plötzlich sah er Sandi Starnes in ihrer Ketchup-verschmierten Bluse vor sich, das Foto ihrer Tochter in der Hand. Wahrscheinlich legte sie im Stillen alle möglichen absurden Gelübde ab, wenn sie nur ihre Tochter wiedersehen durfte. »Sie sieht doch ganz gut aus«, presste er zwischen den Zähnen hervor.

Mary Beth erhob sich und ging zur Kaffeemaschine, wobei ihre hohen Absätze auf dem Linoleum klapperten. »Was verstehst du denn schon davon, Frank?«, erwiderte sie.

Ein Klopfen an der Hintertür kam seiner Antwort zuvor. Mary Beth öffnete die Tür, bereit, jeden zu erschlagen, der es wagte, ihr friedliches Familienfrühstück zu stören. Doch ihre Miene hellte sich auf, als sie die beiden jungen Leute vor der Tür erkannte.

»Karla«, rief sie mit breitem Lächeln. »Was für eine nette Überraschung. Kommt doch herein.«

Heather wurde beim Anblick der beiden Besucher blass. Karla Needham wohnte zwei Straßen weiter und war eines der beliebtesten Mädchen der ganzen Schule. Sie war Cheerleader, hatte ein makelloses Gesicht, die perfekten Klamotten und einen festen Freund. Einen Freund, bei dem Heather weiche Knie bekam, wenn sie nur an ihn dachte. Einen Freund, der vor ihrer Hintertür stand.

»Und wer ist dein Freund hier?«, fragte Mary Beth.

»Das ist Richie Talbot. Hallo, Heather.«

Heather schluckte hastig die letzte Ecke ihrer Blätterteigtasche hinunter. Als sie den Mund öffnete, um »Hallo« zu murmeln, prustete sie ein paar Krümel über den Tisch. Heather kannte Karla Needham schon ihr ganzes Leben lang. Als kleine Mädchen hatten sie zusammen gespielt. Aber als sie in die fünfte Klasse kamen, entwickelte Karla andere Interessen. Nicht, dass sie nicht nett zu Heather gewesen wäre. Sie sagte immer Hallo und erkundigte sich nach Heathers Eltern. Aber das war alles. Bis jetzt. Bis heute Morgen. Bis zu diesem Moment. Plötzlich wurde Heather schlecht.

»Wir sind zufällig hier vorbeigekommen und dachten, du würdest vielleicht gern mit uns zur Schule gehen«, sagte Karla liebenswürdig.

»Warum?«, fragte Heather.

»Hea-ther«, sagte Mary Beth tadelnd, die hierin die einmalige Gelegenheit für ihre Tochter witterte, endlich einmal mit den richtigen Leuten gesehen zu werden. »Kannst du denn nicht netter reagieren?« Mary Beth wandte sich wieder dem Pärchen in der Tür zu. »Heather wollte auch gerade los, nicht wahr, Schatz? Sie geht bestimmt gern mit euch mit.«

Das Telefon klingelte. Frank hob ab, er war dankbar für jede Ablenkung vom Unbehagen seiner Tochter und der allzu durchschaubaren Taktiererei seiner Frau. Er lauschte einen Moment und nickte dann. »Okay«, sagte er. »Bin gleich drüben.«

Er nahm Schlüssel und Brieftasche vom Küchentisch. »Ich muss los«, sagte er.

»Haben Sie dieses Mädchen und das Baby schon gefunden, Chief Cameron?«, erkundigte sich Karla höflich.

»Noch nicht.« Frank seufzte. »Aber vielleicht ist das jetzt der entscheidende Hinweis. Bitte entschuldigt mich, alle miteinander.« Als sich die Tür hinter ihm schloss, hörte er, wie

Mary Beth ihren Besuch mit Freundlichkeit überschüttete und Heather befahl, sich endlich für die Schule fertig zu machen.

»Was gibt's, Pete?«, fragte Frank, als er schwungvoll die Tür der Polizeiwache aufstieß.

Pete Millards Krawatte hing lose aus seinem offenen Kragen, und sein sonst so ordentlich frisiertes Haar war zerzaust, so oft war er mit nervösen Händen hindurchgefahren. Er nickte mit dem Kopf zum Tisch des diensthabenden Wachtmeisters hinüber. Eine rundliche Frau in Trainingsjacke und Turnschuhen mit einer silberfarbenen Brille und rötlich-blondem Haar, das zu einem unordentlichen Pferdeschwanz zusammengebunden war, blickte sich verächtlich auf der Wache um.

»Eine Zeugin«, erklärte Pete.

Frank zog die Brauen hoch und betrachtete die Frau mit großem Interesse.

»Sie sagt, sie hat heute Morgen in der Zeitung davon gelesen«, sagte Pete.

»Was? Sieht sie denn nicht fern? Das lief die ganze Nacht über in der Glotze.«

»Sie hat keinen Fernseher«, erwiderte Pete. »Das hat sie eigens betont.«

»Eine Intellektuelle«, schnaubte Frank.

»Na, jedenfalls ist sie jetzt hier«, sagte Pete.

»Also schön. Mal sehen, was sie zu sagen hat. Bring sie in Raum eins.«

Frank ging den Flur zu einem der Vernehmungszimmer entlang und schaltete drinnen die Oberlichter an. Sie erhellten jeden Winkel des kränklich-grünen Raumes. Frank ließ sich schwer auf einen der Plastikstühle sinken und sah auf die Uhr. Fünfzehn Stunden waren vergangen, seit das

Mädchen und das Baby als vermisst gemeldet worden waren, und mit jeder weiteren Stunde wurden die Aussichten schlechter.
Die Tür ging auf, und Pete Millard führte die Frau herein. »Chief Cameron, das ist Miss Julia Sewell.«
»Ms. Julia Sewell«, berichtigte sie ihn.
»Vielen Dank, dass Sie gekommen sind, Ms. Sewell«, sagte Frank höflich. Er war zu klug, um es sich mit diesem befremdlichen Wesen zu verscherzen. Sie schien in den Dreißigern zu sein und keine Studentin mehr, wie ihre Jacke zunächst hatte vermuten lassen. »Detective Millard sagt, Sie haben aus der Zeitung vom Verschwinden von Rebecca Starnes und Justin Wallace erfahren.«
»So ist es«, sagte sie.
»Und Sie haben sie auf den Fotos erkannt?«
»Das Mädchen. Ich habe sie gestern gesehen.«
»War sie allein?«
»Nein. Sie hatte das Baby bei sich. Ich könnte nicht beschwören, dass es dieses Baby war. Die sehen für mich alle gleich aus.«
»Wo haben Sie sie gesehen?«
»Ich war im Park und habe gelesen.«
Franks Herz begann zu rasen. »In welchem Park war das, Ms. Sewell?«
»Im Binney Park«, sagte sie. »Ich saß auf einer Bank, bei dem Ententeich. Gegenüber vom Parkplatz. Ich habe gelesen.«
Sie kam ihm irgendwie bekannt vor, aber Frank kam nicht darauf, woher. Er war einfach zu müde. »Um welche Uhrzeit war das?«, fragte er und begann, sich Notizen zu machen.
»Etwa um zwei.«
»Und was haben die beiden gemacht?«
»Sie haben nur da gesessen. Das Baby lag in einem Kinderwagen. Sie saß auf einer Bank.«

»Haben Sie irgendetwas Ungewöhnliches bemerkt? Warum sind sie Ihnen überhaupt aufgefallen?«
»Ein Mann hat sie angesprochen.« Die Frau enthüllte ihm dies mit grimmiger Zufriedenheit.
Frank spürte, wie sich seine Nackenhaare sträubten. Ein Perverser. Ich hab's doch gewusst, dachte er. Was stimmt bloß nicht mit diesen Arschlöchern, dass sie sich ausgerechnet an Kinder heranmachen müssen? Seine Gedanken schweiften ab, zu seiner eigenen Tochter und dieser Geschichte mit ihrem Lehrer. Kinder waren heutzutage wirklich nirgends mehr sicher. Nicht mal in der Schule. »Hatten Sie den Eindruck, dass sie ihn kannte?«
Die Frau kniff die Augen zusammen und schüttelte dann den Kopf. »Nein«, sagte sie. »Er war ihr fremd.«
»Darf ich fragen, warum Sie da so sicher sind?«, fragte Frank freundlich. Er war immer misstrauisch gegenüber Zeugen, denen allzu viel auffiel.
»Körpersprache«, sagte sie ausdruckslos.
Frank nickte und machte noch eine Notiz auf dem Block, der vor ihm lag; er war mit ihrer Antwort nicht zufrieden. Irgendetwas an dieser Frau ließ seine Alarmglocken schrillen. Die meisten Zeugen, die sich von sich aus meldeten, waren eifrig, nicht feindselig. Sie waren erfüllt vom reinen Eifer des unschuldigen Zuschauers, und sie standen hundertprozentig auf der Seite der Polizei. »Können Sie den Mann beschreiben?«, fragte er.
»Sicher«, sagte sie.
»Größe, Gewicht, Alter?«
Die Frau schnaubte vernehmlich. »Ich kann Ihnen nicht genau sagen, wie alt er ist. Dafür war ich zu weit weg. Ich würde sagen, so Mitte dreißig. Dunkelblondes Haar, mittelgroß.«
Frank sah auf einmal einen Mann vor sich, auf den diese Be-

schreibung perfekt passte. Den Mann, der im Gerichtssaal gesessen und geleugnet hatte, Franks minderjährige Tochter zum Sex gezwungen zu haben. Mitte dreißig, sandfarbenes Haar, mittelgroß. Douglas Blake. Franks Interesse war nun auch persönlicher Natur.
»Kleidung?«
»Eine Hose, so eine hellbraune. Und eine dunkle Jacke.«
»Farbe?«
Sie zuckte die Achseln. »Ich bin nicht ganz sicher. Hätte Blau sein können.«
Frank musterte sie mit zusammengekniffenen Augen, und plötzlich fiel es ihm wieder ein – woher er sie kannte. Jetzt wusste er es wieder. Das war schon eine Weile her. Sie hatte damals ausgesagt, dass ein Mann sie überfallen und versucht hatte, sie zu vergewaltigen. Sie hatte ihn mit lautem Schreien vertrieben. Den Kerl hatten sie nie gefunden. »Miss Sewell«, sagte er.
»Mis.«, korrigierte sie ihn.
»Sie kamen mir schon die ganze Zeit über bekannt vor. Haben Sie nicht vor einiger Zeit eine versuchte Vergewaltigung angezeigt? …«
Julia Sewell errötete, doch sie hielt seinem Blick stand. »Ja«, sagte sie. »Vor zwei Jahren. Ihr Jungs habt euch ja auch ungeheure Mühe gegeben, den Kerl zu finden. Aber was hat das hiermit zu tun?«
Frank überflog noch einmal seine Notizen und zuckte mit den Schultern. »Eigentlich gar nichts«, sagte er langsam. »Ich mache mir nur Gedanken, ob Sie aufgrund dieser schlimmen Erfahrung die Situation nicht vielleicht falsch eingeschätzt haben. Uns ist nicht daran gelegen, kostbare Stunden auf die Suche nach irgendeinem Mann zu verschwenden, der Rebecca Starnes vielleicht nur nach der Uhrzeit gefragt hat.«

Julia Sewell sah ihn mit einer Mischung aus Verachtung und Empörung an. Sie hatte schon eine scharfe Erwiderung auf der Zunge, doch sie hielt sich zurück. Ihre erste Reaktion war, ihn für diese Bemerkung heftig zu attackieren. Doch hier stand etwas Wichtigeres auf dem Spiel, und sogar die Bullen, so ermahnte sie sich, versuchten auf ihre ungeschickte, anmaßende Art, dem Mädchen zu helfen. Außerdem hatte sie ein schlechtes Gewissen. Sie fühlte sich schuldig. Sie hätte eingreifen müssen. Sie hätte hinübergehen und den Mann ansprechen müssen, ihm sagen, er solle das Mädchen sofort in Ruhe lassen.

Julia dachte gründlich nach und sammelte sich, bevor sie erwiderte: »Er hat sie angesprochen und sich neben sie auf die Bank gesetzt. Dann hat er ihr etwas angeboten. Ich weiß nicht, was. Sie hat kurz gezögert und dann davon genommen. Daraufhin ist er näher an sie herangerutscht. Sie haben Recht. Er kam mir sofort verdächtig vor, obwohl das in meinem Fall ganz anders ablief. Bei mir war es so, dass ich vor mich hin spazierte, als mich jemand von hinten gepackt und ins Gebüsch gezerrt hat.«

Kurzes Schweigen senkte sich über das Befragungszimmer. Gleich darauf fuhr sie fort. »Sie hatte so einen seltsamen Gesichtsausdruck. Als sei ihr das nicht ganz geheuer. Dann ist sie aufgestanden und weggegangen.«

»Sie ist aufgestanden und weggegangen?«, fragte Frank nach.

»Ja.«

»Und was hat der Mann getan?«

»Er ist noch einen Moment auf der Bank sitzen geblieben. Gerade lang genug, um so zu tun, als sei er gar nicht ihretwegen dort. Dann ist er auch aufgestanden und fortgegangen.«

»In dieselbe Richtung?«

»Ja.«

Frank und Pete Millard wechselten einen ernsten, sehr besorgten Blick.

»Konnten Sie beobachten, was weiter passiert ist?«

»Nein«, sagte sie leise und schlug die Augen nieder. »Ich hätte ihnen folgen sollen. Ich wünschte, ich hätte es getan.«

»Sie konnten doch nicht ahnen, was passieren würde, Ms. Sewell. Also gut«, sagte er forsch. »Wir sollten versuchen, nach Ihrer Beschreibung ein Phantombild zeichnen zu lassen. Dann hätten wir eine Vorstellung, wie der Verdächtige aussieht. Dieses Vorgehen kennen Sie vielleicht noch von Ihrem eigenen Fall. Meinen Sie, Sie könnten das mit unserem Zeichner machen?«

»Ja, natürlich«, antwortete sie.

»Also«, sagte Frank und blickte auf seine Notizen hinunter. »Waren da vielleicht noch andere Leute, die diesen Mann gesehen haben könnten? Haben Sie noch jemanden in dem Park bemerkt? Irgendjemanden, der uns vielleicht bei der Identifizierung helfen könnte?«

Julia seufzte und blickte zu dem imitierten Stuck an der eingezogenen Zwischendecke hinauf. »Da waren ein paar Frauen mit Kindern. Eine mit einem Kinderwagen. Ein paar Jogger, glaube ich …« Sie schüttelte den Kopf. »Moment, da war ein Mann, der Tai Chi gemacht hat das sind so Übungen … eine Art Kampfsport, glaube ich.«

»Ich weiß, was das ist«, sagte Frank gereizt. »Wie hat er ausgesehen?«

»Er war Asiate. Jung – Ende zwanzig, würde ich sagen. Er trug einen Trainingsanzug.«

»Das ist ein sehr guter Anfang«, sagte Frank und stand auf. »Vielen Dank, dass Sie sich gemeldet haben. Wenn Ihnen noch irgendetwas einfällt …«

»Dann rufe ich Sie an«, versprach sie.

Er zögerte und fügte noch hinzu: »Ich wünschte nur, jemand hätte das Gleiche für Sie getan.«
Julia blieb in der Tür stehen. »Hoffentlich ist es noch nicht zu spät«, sagte sie ernst.
»Das hoffe ich auch«, sagte Frank nervös. »Das hoffe ich sogar sehr.«

8

Die riesige Schlagzeile der *Taylorsville Tribune* über den Fotos eines hübschen Schulmädchens und eines lachenden, lockenköpfigen Babys lautete VERMISST. Ellen Henson starrte auf die Fotos und las die Bildunterschrift: »Der sechs Monate alte Justin Wallace und die fünfzehnjährige Rebecca Starnes …«

»Was möchten Sie denn nun?«, fragte der Mann im Kiosk.

Ellen blickte auf, erschrocken über seinen barschen Ton, und hielt ihm ein Päckchen Pfefferminzbonbons hin. »Das hier … und die Zeitung«, sagte sie.

Der Mann kassierte gelangweilt, und Ellen steckte die Zeitung und die Bonbons in ihre Handtasche. Sie spazierte weiter die Straße entlang und betrachtete im Vorbeigehen die Schaufenster. Sie war so in Gedanken versunken, dass sie kaum wahrnahm, was sie da sah. Schließlich merkte sie, dass sie stehen geblieben war und schon länger in ein bestimmtes Schaufenster starrte. Sie las den Namen des Geschäftes und war verstört. Wie lange gab es diesen Laden hier schon?, fragte sie sich. Sie kam sehr selten in die Stadt, aber trotzdem … Das Geschäft hatte es noch nicht gegeben, als sie … als Ken noch ein Baby war. Da war sie ganz sicher.

Sie schob die Tür zu dem Laden namens *Precious Littles* auf und tat vorsichtig einen Schritt hinein. Die Wände waren zartgelb gestrichen und direkt unter der Decke mit einer Bordüre verziert, mit Enten, Gänseblümchen und taumelnden bunten Buchstaben darauf. Ellen betrachtete mit gro-

ßen Augen die Ständer mit Rüschenkleidchen, kleinen Schlafanzügen und winzigen pastellfarbenen Pullovern. Sie traute sich kaum, etwas anzufassen. Sie ging herum und klammerte sich an ihre Tasche, als fürchtete sie sich vor Dieben, dabei war außer ihr nur noch die junge Verkäuferin im Laden; sie saß hinter einem gläsernen Tresen voller Babymützchen und silberner Rasseln.
Die Verkäuferin faltete gerade kleine Frottee-Badetücher mit Kapuzen zusammen und stapelte sie ordentlich auf. Sie lächelte der mageren, alternden Frau zu, die hilflos mitten im Raum stand.
»Kann ich Ihnen behilflich sein?«, fragte sie.
»Ich wollte nur ein paar Sachen besorgen«, sagte Ellen.
»Für Ihr Enkelkind?«, fragte das Mädchen freundlich.
Ellen starrte sie an, als verwirre sie die Frage. »Nein«, sagte sie schließlich. »Nein … nur ein Baby.«
Falls Ellens Antwort die junge Frau überraschte, ließ sie sich jedenfalls nichts anmerken. »Wie alt ist es denn?«, fragte sie routiniert.
Ellen sah sie einen Moment lang verständnislos an. Dann warf sie einen unbewussten Blick auf die Zeitung, die aus ihrer Handtasche ragte, und sagte: »Äh … etwa ein halbes Jahr.«
»Junge oder Mädchen?«
»Junge«, sagte Ellen.
Die Verkäuferin kam hinter ihrem Tresen hervor und führte Ellen zu einem Ständer voll knallbunter Kleidung mit Feuerwehrautos, Hunden und Baseball-Szenen darauf. Die Auswahl war überwältigend. Zärtlich sah Ellen sich ein Outfit nach dem anderen an und bewunderte mit leuchtenden Augen die hübschen Sachen auf den kleinen Kleiderbügeln.
»Mag er Giraffen?«, fragte das Mädchen und holte ein hell-

grünes Sweatshirt mit passender Hose hervor, das mit exotischen Tieren bestickt war.
Ellen starrte auf den kleinen Anzug. »Er liebt alle Tiere«, sagte sie.
»Und was ist mit Autos? Interessiert er sich schon für Autos?«, erkundigte sich das Mädchen weiter, während sie schon ein blau und kanariengelb gemustertes Outfit mit einem Rennwagen darauf von der Stange nahm.
»Das würde ihm bestimmt auch gefallen«, sagte Ellen.
Das Mädchen ging weiter den Kleiderständer entlang, wählte ein halbes Dutzend Hosen und Pullis aus, und Ellen erklärte, sie alle kaufen zu wollen. Erfreut, aber auch ein wenig überrascht, wie leicht diese Kundin zu überreden war, brachte das Mädchen sie zur Kasse.
»Seine Mutter wird begeistert sein«, sagte die Verkäuferin.
Ellen blickte sie misstrauisch an. »Wie meinen Sie das?«
»Na ja, Sie haben hier praktisch eine vollständige Garderobe. Und alles sehr schöne Sachen. Wenn sie irgendwas davon schon hat oder etwas umtauschen will, soll sie es einfach vorbeibringen. Wir tauschen es gerne um.«
»Das ist nett. Ich … ich richte es ihr aus«, sagte Ellen.
»Wie heißt er denn?«, fragte die Verkäuferin.
Ellen straffte die Schultern. »Ken«, sagte sie. »Er heißt Ken.«
»Das ist ein schöner Name«, sagte das Mädchen sanft und legte die Sachen auf den Tresen. Mit einer kleinen Nagelschere entfernte sie die Schilder aus den Kleidern. »Mit welcher Karte zahlen Sie?«
»Bar«, sagte Ellen hastig und wühlte in ihrer Handtasche nach dem Geldbeutel. Sie nahm die Zeitung heraus und legte sie auf den Tisch, mit der Schlagzeile und den Bildern nach oben. Endlich fand sie ihren Geldbeutel. Inzwischen faltete das Mädchen sorgfältig Ellens Einkäufe zusammen und legte sie in eine hellblaue Tüte mit weißen Girlanden darauf.

Die Verkäuferin schaute auf die Zeitung hinab. »Ist das nicht schrecklich?«, sagte sie und schüttelte den Kopf. »Ich meine dieses verschwundene Baby …«
Ellen blickte erschrocken zu ihr auf. »Wie?«, fragte sie. »Ach ja.« Sie reichte dem Mädchen ein Bündel Geldscheine, wobei sie vor lauter nervöser Eile die Zeitung vom Tisch stieß. Sie bückte sich danach.
»Wer würde nur so etwas Schreckliches tun?«, bemerkte das Mädchen und schüttelte wieder den Kopf, während sie die Scheine in die Kasse räumte. »Das ist doch unglaublich. Die armen Eltern müssen ja völlig außer sich sein. Was ist nur aus diesem Land geworden?« Sie sprach im weltmüden Tonfall älterer Menschen. »Ich begreife das einfach nicht«, fuhr sie gedankenverloren fort und gab die Preise von den Schildchen in ihrer Hand in die Kasse ein.
Als sie fertig war, blickte sie auf und wollte Ellen den Kassenzettel geben. Doch die Kundin und die Tüte waren verschwunden. Die Verkäuferin runzelte kopfschüttelnd die Stirn. Sie wusste, wozu das führen würde. Irgendwann nächste Woche würde die Mutter im Laden stehen und die Hälfte der Sachen ohne Kassenbon umtauschen wollen. »Warum sind die Menschen nur so gedankenlos?«, fragte sie laut ihr leeres Geschäft. Immer noch kopfschüttelnd holte sie den Staubwedel hinter dem Tresen hervor und staubte die zum Verkauf ausgestellten Bilderrahmen ab. Dabei bemerkte sie plötzlich einen teuer aussehenden, cognakfarbenen Geldbeutel auf der Theke. Die Türglocke bimmelte, und die Verkäuferin blickte auf; sie erwartete die letzte Kundin, die sicher ihren Geldbeutel vermisste und deshalb noch einmal zurückkam. Doch stattdessen trat eine hübsche, blonde junge Frau mit einem Kinderwagen ein und blickte sich um, während das Mädchen nach dem Geldbeutel griff und hineinsah.

9

Maddy ging den Krankenhaus-Flur entlang und las die Zimmernummern auf den Türschildern. Sie hatte heute Morgen Bonnie und Sean hier abgesetzt und war nun, wie versprochen, zurückgekommen, um sie wieder abzuholen. Maddy unterdrückte ein Gähnen. Es war eine lange Nacht gewesen – Sean hatte viel geweint, und Maddy hatte vor lauter Sorge wegen der fehlenden Versicherung kaum ein Auge zugetan. Die Ereignisse der vergangenen Tage hatten sie völlig erschöpft, und sie wollte sich nur noch irgendwo verkriechen und sich vor der Welt verstecken. Bedauerlicherweise konnte sie in der nächsten Zeit nicht einmal auf eine solche Flucht hoffen.

Vor Zimmer 304 blieb sie stehen und spähte hinein. Es waren keine Besucher da. Der Mann im vorderen Bett saß aufrecht und las Zeitung. Er war fast kahl und dicklich und schien um die vierzig zu sein. Sein Zimmergenosse lag im hinteren Bett und schaute zum Fenster hinaus. Von ihm konnte sie nur etwas längeres schwarzes Haar und eine Tätowierung auf dem Oberarm sehen. Sie wandte sich an den Mann mit der Zeitung. »Mr. Lewis?«, fragte sie.

Der Mann nickte leicht belustigt mit dem Kopf zu dem anderen Bett hinüber und wandte sich wieder seiner Lektüre zu.

Überrascht trat Maddy leise an das andere Bett. »Mr. Lewis?«

Als er ihr das Gesicht zuwandte, konnte Maddy ihre Überraschung kaum noch verbergen. Bonnies Ehemann war überhaupt nicht das, was sie erwartet hatte. Er hatte ein breites

Gesicht mit hohen Wangenknochen; ohne die vielen kleinen Aknenarben wäre er ein sehr gut aussehender Mann gewesen. Er hatte einen kräftigen schwarzen Schnurrbart, wie sein Haar mit Grau durchsetzt, und der Verband um seine Stirn ließ ihn vollends wie einen Piraten aussehen. Ein silbernes Kruzifix hing an einer Kette um seinen starken Hals und ruhte auf dem fadenscheinigen Krankenhaus-Hemd. Sein Blick war benommen, die Lider schwer von den Schmerzmitteln. Er drehte sich im Bett um, und Maddy kam nicht umhin, die kräftigen, beinahe comicartig hervortretenden Muskeln an seinem Oberkörper zu bemerken.

»Sind Sie Mr. Lewis?«, fragte Maddy. Der ungläubige Unterton ihrer Stimme war ihr peinlich.

»Jawohl, das bin ich«, sagte er und versuchte zu lächeln, wobei er kleine, schiefe Zähne entblößte.

Maddy konnte nicht anders, als ihn anzustarren. Sie hätte nie gedacht, dass die unscheinbare, spröde Bonnie einen Mann haben könnte, der aussah wie ein Motorradrocker. Sie merkte, dass er auf eine Erwiderung wartete. »Äh … Ich bin Maddy Blake. Ihre Frau und Ihr Sohn … wohnen zur Zeit bei mir.«

»Oh, ja«, sagte er. »Freut mich.«

»Das alles tut mir schrecklich Leid«, sagte sie hilflos.

»Es war sehr anständig von Ihnen, dass Sie meine Familie bei sich aufgenommen haben«, entgegnete er.

»Nun ja, das war das Mindeste, was ich für Sie tun konnte.« Sie dachte an das Problem mit der Versicherung und fügte rasch hinzu: »Das habe ich gern getan. Wirklich.«

Er verlagerte sein Gewicht im Bett und verzog das Gesicht.

»Wie geht es Ihnen?«, fragte Maddy besorgt.

Der Mann legte vorsichtig eine Hand auf seinen Bauch. »Tut ziemlich weh, muss ich schon sagen. Der Arzt meint, ich soll mich schonen. Aber ich danke Gott für meine Zuversicht.«

Maddy nickte unsicher. »Na, mit dieser Einstellung werden Sie bestimmt schnell wieder gesund.«
»Das hoffe ich«, sagte er seufzend. »Hat Bonnie Ihnen von … uns … unserer Situation erzählt?«
»Sie sagte, Sie wären hierher gekommen, um eine neue Stelle anzutreten.«
Auf seinem Gesicht erschien ein vage trauriger Ausdruck. Er nickte und senkte den Blick. »So ist es«, sagte er.
»Das tut mir alles so schrecklich Leid«, sagte Maddy. »Wird man Ihnen denn die Stelle freihalten? Ich meine, ich rufe gern Ihren zukünftigen Arbeitgeber an und erkläre ihm, was passiert ist. Werden Sie bald wieder arbeiten können? Was hat der Arzt dazu gesagt?«
Terry zuckte die Achseln und verzog wieder das Gesicht. »Er hat gesagt, ich darf nichts heben. Das wird schwierig, ich bin Arbeiter.«
Beim Gedanken an die Schwierigkeiten der Lewises wurde Maddy von heftigen Schuldgefühlen erfüllt. Ein Mann, der Arbeit suchte, ein so kleines Baby. Das erschien ihr sehr belastend. »Es tut mir Leid«, sagte sie.
»Sie brauchen mich nicht zu bedauern«, sagte er. »Ich bin mit so vielem gesegnet. Der Herr beschützt und leitet mich. Alles andere wird sich schon irgendwie finden.«
Maddy rang sich ein Lächeln ab. »Wissen Sie zufällig, wo ich Bonnie und Sean finden kann?«
Terrys glasige Augen leuchteten auf. »Ich glaub, sie wollte mit ihm zum Stillen raus. Wie finden Sie meinen Jungen?«, fragte er stolz.
Diesmal fiel Maddy das Lächeln leicht. »Er ist wunderbar.«
Terry betrachtete lächelnd ein Foto, das Sean als Neugeborenes zeigte, die winzigen Äuglein noch geschlossen. Das Bild lehnte an der Wasserkaraffe auf dem Tablett, das quer über sein Bett ragte. »Ich könnt das Bild immerzu ansehen. War

nie in meinem Leben so stolz wie an dem Tag, an dem mein Sohn geboren wurde.« Er blickte zu Maddy auf. »Haben Sie Kinder?«

»Wir haben eine Tochter – Amy«, sagte Maddy. Sie war ein wenig überrascht, dass Bonnie ihm nichts davon erzählt hatte. »Sie ist drei. Jetzt gerade ist sie im Kindergarten.«

»Gottes schönstes Geschenk, nicht? Egal, was einem passiert, man behält sie immer im Herzen …« Er streckte die Hand aus und strich dem Baby auf dem Foto mit einem kurzen, dicken Finger übers Gesicht.

»Da haben Sie völlig Recht«, sagte Maddy. Dieser Macho-Typ, der seine Liebe zu seinem Kind so unverhohlen zeigte, erfüllte sie mit Sehnsucht. Doug sprach niemals so von Amy. Vielleicht wäre das anders, wenn Amy ein Junge wäre, dachte sie. Sie wusste, dass manche Männer sich mit ihren Söhnen in besonderer Weise verbunden fühlten …

»Hoffentlich bekommen wir auch irgendwann ein kleines Mädchen«, bemerkte Terry. »Eine kleine Prinzessin, die ich auf den Schultern herumtragen kann. Wenn Gott will …«

Seine Worte rissen sie aus ihren Gedanken. »Also dann«, sagte Maddy und straffte die Schultern. »Ich suche jetzt Bonnie und Sean und bringe sie nach Hause.«

»Würden Sie mir meine Bibel geben, bevor Sie gehen?«, bat er und wies auf seinen Nachttisch. »Ich komm nicht dran.«

»Klar«, sagte sie.

Sie suchte die Tischplatte ab, öffnete dann die Schublade und sah das Buch darin liegen. Sie nahm es heraus und reichte es ihm. Seine Finger fühlten sich rau und schwielig an.

»Ah, da sind sie ja«, sagte Terry freudig.

Maddy blickte auf und sah, dass Bonnie mit Sean auf dem Arm am Fuß des Bettes stand.

»Die Madonna und ihr Kind ...«, seufzte er.
Bonnie errötete tief, wich Maddys neugierigem Blick aus und trat ans Bett, um ihn zu küssen.

Maddy fuhr mit der schweigenden Bonnie auf dem Beifahrersitz nach Hause; sie starrte in den trüben Oktobertag hinaus. Auf dem Rücksitz saß Amy neben Sean und tat so, als würde sie ihm aus einem Bilderbuch vorlesen, das sie aus dem Kindergarten mitgebracht hatte. Sean wand sich in ihrem alten Kindersitz und quengelte leise vor sich hin.
Ab und an warf Maddy ihrer Beifahrerin einen verstohlenen Blick zu. Bonnie trug einen langen, grau karierten Rock und einen unförmigen lilafarbenen Rollkragenpulli, der aussah, als sei er schon hundertmal gewaschen worden. Sie hatte Turnschuhe und Tennissocken dazu an, und ihr lockiges, glanzloses Haar wollte sich wohl in keinerlei Frisur fügen. Obwohl ihre Hände im Schoß lagen, ruhten sie nicht. Sie verschränkte und öffnete die dünnen Finger in einer beständigen, rastlosen Bewegung. Ihre grauen Augen schossen hierhin und dorthin, als überwache sie unablässig ihre Umgebung. Maddy dachte an Bonnies sanften, tätowierten, Bibel-lesenden Mann und fragte sich, wie um alles in der Welt diese beiden wohl zueinander gefunden hatten.
»Ihrem Mann geht es anscheinend schon ganz gut«, begann Maddy.
Bonnie fuhr zusammen, als sei sie aus einem beunruhigenden Traum erwacht. Dann legte sie die Stirn in besorgte Falten. »Schon besser, ja«, erwiderte sie.
»Hat der Arzt gesagt, wie lange er noch im Krankenhaus bleiben muss?«
»Wahrscheinlich noch ein oder zwei Tage«, sagte Bonnie. »Möchten Sie, dass wir gehen?«
»Nein«, sagte Maddy, die sich von Bonnies brüskem Tonfall

ein wenig vor den Kopf gestoßen fühlte. »Sie können bleiben, so lange es nötig ist.«
»Wir gehen sicher bald«, sagte Bonnie bestimmt. »Wir brennen darauf, endlich unsere Pläne anzupacken.«
»Das glaube ich gern«, sagte Maddy. »Aber so können Sie sich noch ein bisschen ausruhen. Sie müssen müde sein«, fügte sie hinzu. »Sean hat ja eine schlimme Nacht gehabt.«
»Wie meinen Sie das?«, fragte Bonnie.
Maddy hörte den abwehrenden Unterton und ruderte zurück. »Nun, der arme Kleine hatte einen schweren Tag gestern – der Unfall, das Krankenhaus, ein fremdes Zimmer. Es hat sich so angehört, als hätten Sie beide kaum schlafen können.«
»Ihm geht's gut. Uns beiden geht es gut«, sagte Bonnie.
Maddy seufzte. Sie wollte gar keine Kritik üben, aber Bonnie war offenbar trotzdem beleidigt. »Immerhin gute Neuigkeiten, was Ihren Wagen angeht«, versuchte sie es mit einem anderen Thema. Sie waren bei der Werkstatt vorbeigefahren und hatten erfahren, dass nur die Ölwanne abgerissen war, weiter nichts. Der Mechaniker hatte versprochen, spätestens bis morgen eine neue einzubauen.
Bonnie nickte und starrte durch die Windschutzscheibe. »Ja«, sagte sie. »Wenn man daran denkt, was alles hätte passieren können.«
»Ihr Mann wird bestimmt erleichtert sein. Ich fand ihn sehr nett«, sagte Maddy. »Wir haben uns gut unterhalten.«
Bonnie sah sie mit schmalen Augen an. »Worüber denn?«
Maddy zuckte mit den Schultern; das Misstrauen in Bonnies Stimme war nicht zu überhören. »Er hat vor allem von Sean gesprochen. Er ist ein sehr stolzer Vater.«
Bonnie nickte, und die bitteren Falten um ihren Mund wirkten gleich weicher. »Ich weiß«, sagte sie. »Es war sein größter Traum, einen Sohn zu bekommen.«

»Mami«, jammerte Amy auf dem Rücksitz, »Sean zieht an meinen Haaren.«
»Er spielt doch nur, Schatz. Er ist neugierig, wie sich deine Haare anfühlen.«
Bonnie drehte sich um und streckte den Arm nach hinten. Sie sah Sean mit einer kleinen Strähne von Amys Haar in seiner klebrigen Faust. Sie bog ihm sacht die Finger auf, und Amy zerrte ihre Haare heraus. Dann gab Bonnie dem Baby zweimal einen Klaps auf das winzige Händchen und drohte ihm mit dem Zeigefinger. »Böser Junge«, sagte sie. »Böser, böser Junge.«
Amy beobachtete das mit großen Augen, und Sean begann zu weinen.
Bonnie drehte sich wieder nach vorn und nickte knapp. »Ich halte sehr viel von strenger Disziplin«, sagte sie stolz. »Man muss ihnen schon frühzeitig zeigen, was sich gehört und was nicht.«
Maddy bemühte sich nach Kräften, ihre Bestürzung zu verbergen. Sie wollte einwenden, dass ein Kind in Seans Alter noch gar nicht zwischen richtig und falsch unterscheiden konnte. Sie zwang sich, keine Kritik zu äußern. Jeder erzog seine Kinder auf seine Weise. Aber sie fragte sich, wie Bonnie es ertragen konnte, das Baby derart kläglich schluchzen zu hören. Vermutlich war sie selbst so aufgewachsen, überlegte Maddy. Amy sagte sanft: »Ist schon gut, Sean.« Sie versuchte ihn zu trösten und fühlte sich anscheinend schuldig, weil sie ihm Ärger eingebrockt hatte.
»Wir sind gleich zu Hause«, sagte Maddy mit aufgesetzter Fröhlichkeit. Als sie in ihre Straße einbog, sah Maddy das rote Blitzlicht auf einem schwarz-weißen Streifenwagen und hörte den Polizeifunk quaken. Bonnie richtete sich auf und schaute ängstlich hinaus.
»Was, zum Teufel, soll denn das?«, fragte sie.

»Ich weiß nicht«, sagte Maddy, die plötzlich Angst bekam. »Die stehen vor unserem Haus.«
»Was wollen sie denn da?«, rief Bonnie.
»Wahrscheinlich hat es etwas mit dem Unfall zu tun«, sagte Maddy mit falscher Zuversicht. Sie erkannte Charles Hensons grauen Mercedes in der Auffahrt und spürte, wie sich ihr vor Angst der Magen umdrehte.
»Polizist«, rief Amy aus, während sie sich fast den Hals verrenkte, um aus dem Fenster sehen zu können.

10

Maddy hielt in der Einfahrt an und sprang aus dem Auto. Ein Polizist stand neben einem der zwei Streifenwagen. »Was ist denn hier los?«, fragte sie. Der Polizist schüttelte den Kopf, als wolle er einfach nicht antworten. Maddy kehrte zum Wagen zurück, öffnete die hintere Tür, schnallte Amy ab und hob sie heraus.

»Was wollen die?«, fragte Bonnie mit großen Augen.

Maddy schüttelte den Kopf. »Ich weiß es nicht. Aber ich werde es gleich herausfinden.« Sie trug Amy zur Haustür. Das Mädchen drückte sich an seine Mutter und vergrub das Gesicht in ihren Kleidern, geängstigt von den fremden Menschen und den lauten Geräuschen der Polizeiwagen. Das Gewicht des Kindes auf ihrem Arm half Maddy, die Ruhe zu bewahren.

Sie öffnete die Haustür und trat ein. Doug saß auf einem Stuhl im Flur und hatte den Kopf in die Hände gelegt. Sie sah Charles Henson, der sich im Wohnzimmer mit drei Männern unterhielt. Einer von ihnen war ein Polizist in Uniform, den anderen im zerknautschten Anzug erkannte sie als einen der Detectives, und der dritte war Chief Cameron. »Was, in aller Welt, geht hier vor?«, fragte sie.

Doug blickte grimmig zu ihr auf. Er warf einen Blick auf die Männer im Wohnzimmer und schüttelte den Kopf. Dann murmelte er abwesend: »Er hat's auf mich abgesehen. Das ist ein persönlicher Rachefeldzug wegen Heather. Ich schwöre dir, er wird keine Ruhe geben, ehe er nicht meinen Kopf auf

einem silbernen Tablett bekommt. Du wirst nicht glauben, womit er jetzt wieder ankommt.«
»Doug, was wollen die hier?«, fragte Maddy ängstlich. Amy klammerte sich immer noch an ihren Hals.
Frank Cameron kam aus dem Wohnzimmer herüber und sah sie kalt an. »Nun, Mrs. Blake. So sieht man sich wieder.«
»Warum sind Sie hier?«, fragte sie brüsk. Charles Henson folgte dem Chief in den Flur.
Chief Cameron hielt ihr eine Zeichnung von einem Männergesicht hin. »Erkennen Sie diesen Mann?«, fragte er.
»Antworten Sie nicht«, sagte Charles.
Maddy drückte Amy fester an sich und sah sich das Bild an. Das Gesicht war glatt rasiert und ebenmäßig geschnitten, das helle Haar genau so zurückgekämmt, wie Doug es häufig trug. Sie blickte zu ihrem Mann zurück und wusste auf der Stelle, dass sie in großer Gefahr waren.
»Kommt Ihnen der nicht bekannt vor?«, fragte Chief Cameron milde, doch seine Augen glitzerten grausam.
»Nicht besonders«, sagte Maddy.
»Sprechen Sie nicht mit ihm«, warnte Charles mit scharfer Stimme. »Doug, ich denke, am besten unterstützen wir die polizeilichen Ermittlungen.«
Amy drehte den Kopf und betrachtete die Zeichnung. »Papa«, krähte sie fröhlich.
Chief Cameron kniff die Augen zusammen. »Kindermund …«, sagte er nur.
»Bring sie hier weg«, sagte Doug verärgert.
»Mache ich«, erwiderte Maddy. Sie ging nach hinten durch zur Küche. Ihr Herz hämmerte. Warum, um Himmels willen, war die Polizei diesmal da? Wie lange würde Frank Cameron sie aufgrund von Heathers Lügengeschichten verfolgen? Maddy wusste nicht, ob sie ängstlich oder empört sein sollte. Ihre Wut über Dougs fahrlässigen Umgang mit der Au-

toversicherung war in all der Aufregung schnell verflogen. Was konnte in ihrem Leben noch alles schief gehen? Sie drückte Amy fest an sich – zu fest.
»Mama, lass mich los«, jammerte Amy. Maddy setzte sie ab und bemühte sich, klar zu denken. Amy wand sich aus ihrer Jacke.
»Warte«, sagte Maddy. »Lass die Jacke an. Komm mit Mama mit.« Sie öffnete die Tür, die zur Garage hinaus führte, und verließ das Haus. Ihr Auto stand hinter Dougs in der Auffahrt, und als sie näher kam, sah sie, dass Bonnie noch immer darin saß. Maddy holte den Kinderwagen aus der Garage und zog ihn die Einfahrt hinunter zum Auto. Sie öffnete die Beifahrertür.
Bonnie klammerte sich an den Türgriff und ließ einfach nicht los. »Was wollen die hier?«
»Der Polizeichef führt einen Rachefeldzug gegen meinen Mann«, erwiderte Maddy grimmig. »Ich erkläre es Ihnen später. Wären Sie so nett, kurz mit Amy und Sean spazieren zu gehen, bis sie weg sind? Ich möchte gern hier bleiben, aber ich will nicht, dass Amy …«
Bonnie zog beim Aussteigen den Kopf ein und nuschelte: »Schon gut, schon gut.«
»Gleich da drüben ist ein kleiner Park. Sie können ihn sogar von hier aus sehen«, sagte Maddy und wies ihr den Weg. »Da sind auch Schaukeln.«
Bonnie nickte, ohne hinzusehen. »Okay, hab schon verstanden.«
»Nur, bis sie weg sind.«
Bonnie wandte sich von Maddy ab. Sie öffnete die hintere Wagentür, beugte sich hinein und zog die Kapuze von Seans Sweatshirt zu, bis kaum mehr seine Nase hervorschaute. Dann hob sie ihn aus dem Kindersitz. Er trat mit den kleinen Füßen um sich, als sie ihn herausholte.

Maddy warf einen besorgten Blick auf Amy. »Du solltest auch etwas auf dem Kopf haben«, sagte sie. »Es wird kühl. Warte kurz.« Sie öffnete den Kofferraum und holte ein rotes Strickmützchen heraus. »Wir könnten aus diesem Kofferraum leben«, sagte sie und bückte sich hinab, um Amy die Mütze aufzusetzen. »So, du gehst jetzt mit Sean und Bonnie zu den Schaukeln. Bis bald.«

Amy half schon Bonnie dabei, Sean im Kinderwagen festzuschnallen.

»Danke, Bonnie«, sagte Maddy.

»Kein Problem«, brummte Bonnie.

Maddy drehte sich um und eilte zurück ins Haus. Doug kramte im Schrank im Hausflur herum. »Was machst du da?«, rief Maddy. »Wo willst du hin?«

»Möchten Sie nicht Ihre blaue Jacke anziehen?«, höhnte der Polizeichef.

»Er hat keine blaue Jacke«, sagte Maddy.

Charles Henson trat zu ihr und nahm sie beim Arm. Er sprach leise, aber bestimmt in ihr Ohr. »Sie ermitteln in dem Fall des verschwundenen Babysitters und des kleinen Jungen. Ein Zeuge hat gesehen, wie ein Mann sie im Park ansprach, und Chief Cameron glaubt anscheinend, dass das Phantombild Doug ähnlich sieht.«

»Das könnte doch jeder sein«, rief Maddy. Durch das Fenster sah sie Amys rote Mütze, als ihre Tochter auf der anderen Straßenseite eine Schaukel erklomm. Bonnie saß auf einer Bank unter den kahlen Ästen eines Baumes, den Kinderwagen neben sich.

»Ja, natürlich«, erwiderte Charles ungerührt.

Doug holte seine dunkelgrüne Jacke aus dem Schrank und schlüpfte hinein.

»Und wo gehst du jetzt hin?«, fragte Maddy jammernd. Sie sah die grimmige Miene ihres Mannes.

»Ich muss dieses Spielchen mitmachen«, sagte Doug. »Kümmer dich gar nicht drum. Er braucht dringend Ergebnisse. Dafür würde er alles tun.«
Chief Cameron lief rot an, doch er ging nicht auf diese Anschuldigung ein. »Also, gehen wir's endlich an. Auf dem Revier wartet schon eine Zeugin auf die Gegenüberstellung.«
»Eine Gegenüberstellung?«, rief Maddy entsetzt. »Wollen Sie ihn etwa verhaften?«
»Erst nach der Gegenüberstellung«, drohte Cameron.
Charles legte Maddy beruhigend eine Hand auf den Arm. »Wir werden sie bei ihren Ermittlungen unterstützen, unabhängig von deren Motiven, und wir sind bestimmt bald zurück.«
»Ich komme mit«, sagte Maddy.
»Nein«, erwiderte Charles streng. »Sie bleiben hier. Ich bringe ihn so schnell wie möglich wieder nach Hause.«
Doug entschuldigte sich: »Es tut mir Leid, Schatz. Ich finde es schrecklich, was du alles mit mir durchmachen musst. Du hast in den letzten Monaten weiß Gott schon genug mitgemacht.«
Maddy griff nach seiner Hand und drückte sie. »Es ist nicht deine Schuld. Ich schaffe das schon«, sagte sie bestimmt. Mit klopfendem Herzen sah sie ihnen nach.
Das Telefon klingelte, und sie zuckte zusammen.
»Mrs. Blake«, sagte eine hohe, nervöse Stimme.
»Ja.« Maddy wappnete sich innerlich gegen den Störenfried. Sie hoffte inständig, dass es nicht wieder Reporter waren.
»Hier spricht Ellen Henson.«
»Oh, hallo«, sagte Maddy erleichtert. »Suchen Sie Ihren Mann? Der ist eben gegangen.«
»Tatsächlich? Nein. Ich wollte nur … Ich habe in der Zeitung von dem Unfall gelesen. Ist Ihnen auch nichts passiert? Wie geht es Ihrer Familie?«

Maddy schaute aus dem Fenster auf die Streifenwagen, die gerade ihre Einfahrt verließen, und seufzte zittrig. »So einigermaßen«, sagte sie.

»Und was ist mit dem Kätzchen?«, fragte Ellen.

Maddy runzelte die Stirn, und dann fiel es ihr wieder ein. »Ach, das Kätzchen. Ich fürchte, in dem ganzen Durcheinander letzte Nacht ist es weggelaufen. Es hat sich bestimmt irgendwo im Wald verkrochen. Amy hat sich schrecklich darüber aufgeregt.«

»Haben Sie es denn noch nicht gefunden?«

»Ach, es herrschte ein solches Chaos«, sagte Maddy. »Mein Mann wurde verletzt ... Ich habe mich nach dem Kätzchen umgesehen, aber es war dunkel.«

»Es könnte da draußen sterben«, rief Ellen entsetzt. »Es ist doch noch so klein.«

Maddy stiegen Tränen in die Augen. »Ich weiß«, sagte sie. »Es tut mir Leid.« Plötzlich sah sie das Kätzchen durch den Wald irren; sein kleines Leben war völlig auf den Kopf gestellt, und es konnte doch gar nichts dafür. Ein Opfer unglücklicher Umstände. »Da haben Sie Recht«, sagte sie. »Es tut mir wirklich Leid.«

»Nein«, sagte Ellen gereizt. »Es ist meine Schuld. Ich hätte es Ihnen nicht mitgeben dürfen. Ich habe das Kind gesehen und ... ich habe nicht nachgedacht. Sie haben mich ja nicht um ein Kätzchen gebeten. Ich wollte nur dem Kind so gern eines schenken. Warum nur tun wir so etwas, wider besseres Wissen?«

»Es tut mir Leid«, wiederholte Maddy hilflos. »Ich hätte gründlicher suchen sollen.«

»Aber nicht doch«, sagte Ellen verbissen. »Ich allein bin schuld daran.«

Bevor Maddy etwas erwidern konnte, wurde die Verbindung unterbrochen.

11

Pater Nicholas Rylander streckte die Arme aus und nahm einen Stapel Bücher aus einem der Regale im Wohnzimmer, um sie in eine Kiste zu packen, die auf dem Boden stand. Er hatte drei Zimmer im Pfarrhaus – dieses Wohnzimmer, von dem aus man auf den Binney Park hinausblickte, eine kleine Küche und ein zellenartiges Schlafzimmer. Er hatte nicht mehr viel zu packen, aber er fand es so öde, dass er es so lang wie möglich hinausgeschoben hatte. Ab und zu hielt er inne und schloss die Augen; hinter seiner linken Braue tobten schlimme Kopfschmerzen. Es fühlte sich an, als habe er einen furchtbaren Kater, obwohl er keinen Schluck getrunken hatte. Unter seinen Lidern schien Sand zu knirschen, und sein Nacken war steif vor Anspannung. Er hob einen großen Kunstband herunter, und das Buch fiel offen auf den Schreibtisch. Nick starrte auf Botticellis *Heiligen Sebastian* hinab. Auf dem Gemälde blickte der Heilige ergeben zum Himmel auf, während er aus allen Richtungen von Pfeilen durchbohrt wurde. Die Abtötung aller Begierden des Fleisches – ein Ideal, das jeder Priester anstrebte. Das war der Wille Gottes. Nick klappte das Buch zu und rieb sich die Stirn. Dann packte er es zu den anderen in die Kiste. Morgen, dachte er. Morgen bist du weg, weit fort von hier. Es konnte ihm gar nicht schnell genug gehen.

Er war nicht gläubig erzogen worden. Im Gegenteil, seine Eltern hatten sich ständig gestritten und sich fast in Alkohol ertränkt. Das Vorbild dieser qualvollen Ehe hatte dafür gesorgt, dass er selbst nie heiraten wollte. Während er an der Universität Kunstgeschichte studierte, so weit weg von ihnen wie nur möglich, hatte er immer mehr die Inspiration der Künstler in der Renaissance bewundert. Allmählich fühlte er sich zum Katholizismus hingezogen: Sein Studium hatte ihn zum Glauben geführt. Das Priesteramt war ihm als natürliche Konsequenz dieses Glaubens erschienen.

Nun versuchte er, sich im Geiste in Kanada zu sehen. Das Kloster lag tief in den Wäldern, weit fort von der Art von Problemen, die ihn hier beschäftigt hatten. Er würde Kunstwerke restaurieren und sein Leben wieder in den Griff bekommen. Er würde noch einmal neu anfangen und diesmal die richtigen Entscheidungen treffen. Entscheidungen, die Gott gutheißen würde. Er würde sich nicht wieder von Wollust verwirren lassen. Sich wirklich bemühen, keine Fehler mehr zu machen.

»Nick?«, fragte eine sanfte Stimme.

Es war, als hätten seine Gedanken sie heraufbeschworen. Ihre Stimme hallte in seinem ganzen Körper wider; er hatte das Gefühl, in ein bodenloses Loch zu fallen. Er fand es schrecklich, dass seine Sinne wie die eines Jugendlichen auf ihre Gegenwart reagierten – sehen, riechen, hören. Ans Tasten versuchte er nicht zu denken. Er fühlte, dass er rot wurde. Wie sollte er das jemals überwinden?

Er blickte auf und sah Maddy Blake, ihre Tochter an der Hand, schüchtern an seine offene Tür klopfen. Sie spähte ins Innere des dunkel getäfelten Raumes. Er bemerkte, dass er sie zwar sehen konnte, sie ihn aber nicht. Er nutzte diesen Augenblick, um sie zu betrachten. Ihr dunkles Haar glänzte im schwachen Licht der Lampe auf dem Flur. Was mag ihr Haar so zum Glänzen bringen?, fragte er sich. Auch ihre Haut schien zu strahlen, trotz der dunklen Ringe unter ihren

Augen. »Nick?«, rief sie wieder, und ihre Stimme hallte in ihm wie ein Glockenschlag.

»Hier«, sagte er. »Nur hereinspaziert.«

Maddy führte Amy in den düsteren Raum. An den Wänden standen Bücherregale, die nun fast alle leer waren. Ein silbernes Kruzifix war am dunklen Holz der Wand über dem Kaminsims befestigt. Das Zimmer verriet wenig über den Mann, der es bewohnte. »Oh, hallo. Ich bin froh, dass Sie noch da sind. Störe ich?«, fragte sie.

Nick unterdrückte ein bitteres Lächeln. Sie hatte ja keine Ahnung, wie sie ihn verstörte – sich in seine Gebete einmischte, seine Träume sprengte. »Nein«, sagte er. »Kommen Sie ruhig rein. Ich freue mich über jeden Vorwand, der mir eine Pause beschert. Was verschafft mir das Vergnügen?«

»Ich sehe doch, dass Sie beschäftigt sind«, sagte sie nervös. Auch sie schien nicht viel Schlaf bekommen zu haben, doch er bezweifelte, dass sie aus demselben Grund wach gelegen hatte wie er.

»Nein, ich bin froh, dass Sie da sind«, sagte er. »Ich habe das Einpacken satt.«

Maddy zuckte hilflos mit den Schultern. »Ich war zuerst in Ihrem Büro, aber der Küster hat mich hier heraufgeschickt.«

»Ist schon recht«, sagte er und räumte eine halb volle Kiste vom Sofa. »Setzen Sie sich. Du auch, Amy. Ihr seid mir beide sehr willkommen.«

Maddy langte in ihre große Handtasche und holte ein »Sprechendes Buch« heraus. Amy griff begierig danach und begann sofort, auf die verschiedenen Knöpfe zu drücken. Maddy ließ sich auf der Sofakante nieder. Sie erschauerte und blickte sich um. »Brrr … es ist kalt hier.«

»Ich übe schon mal für Kanada«, sagte Nick lächelnd und wies auf seinen dicken grauen Pullover.

»Sieht aus, als seien Sie fast fertig«, sagte sie traurig.

»Niemand braucht so lange wie ich, um so etwas auf die Reihe zu bringen«, sagte er. Doch er sah, dass sie ihm gar nicht richtig zuhörte.
Maddy blickte sich mit sorgenvollen Augen um. »Es muss schön sein, ein einfaches Leben zu führen, unkompliziert, ohne all diese Probleme«, murmelte sie.
Er lächelte wehmütig in sich hinein. »Es kommt nur darauf an, wie man es betrachtet«, sagte er. »Maddy, Sie sind doch bestimmt nicht hier, um über meinen Umzug zu sprechen. Was haben Sie auf dem Herzen? Gestern Nacht im Krankenhaus sagten Sie noch, es sei alles in Ordnung … Ist irgendwas passiert?«
Maddy schüttelte den Kopf. »Nicht in dieser Angelegenheit«, sagte sie.
»Was ist es dann?«
Maddy stand auf und ging in dem kleinen Zimmer herum. »Ich weiß auch nicht, warum ich gekommen bin«, sagte sie. »Ich bin nicht besonders gläubig. Ich meine, Sie haben sicher auch schon bemerkt, dass ich nicht zu den eifrigsten Kirchgängern gehöre.«
Nick hob eine Hand, als wolle er sie unterbrechen, doch nun konnte Maddy gar nicht mehr aufhören. »Ich bin nicht hier, um mit Ihnen als Priester zu sprechen. Ich schätze, ich brauche einen Freund – jemand, dem ich vertrauen kann.«
Er errötete und war froh über die schlechte Beleuchtung.
»Es liegt wahrscheinlich daran, dass ich Sie gestern Abend dort gesehen habe, und, Sie wissen schon, dass wir zusammen gearbeitet haben. An den Fenstern. Ich habe das Gefühl, Sie kennen mich. Aber Sie haben zu tun, und ich stehle Ihnen Ihre Zeit. Ich habe kein Recht dazu.«
Nick beugte sich vor und versuchte, ihren Blick aufzufangen. »Maddy, hören Sie auf.«
»In Gedanken haben Sie diese Stadt vermutlich schon hinter

sich gelassen. Ich weiß, wie das ist, wenn man umzieht. Die letzten paar Tage läuft man nur noch auf Automatik.«

»Nicht in allen Dingen«, sagte er. Er wunderte sich darüber, wie schwer von Begriff sie war. Tat sie absichtlich so? Wie konnte ihr entgehen, welche Wirkung sie auf ihn hatte? Er ermahnte sich, dass sie wahrscheinlich nur hier war, weil sie jemanden zum Reden und ein wenig Trost brauchte. Egal, was sie sagte, sie hatte sich an ihn gewandt, weil er Priester war und sie sich auf seine Verschwiegenheit verlassen konnte.

»Vielleicht liegt es auch daran, dass Sie fortgehen«, sagte sie, als denke sie laut nach. »Und ich weiß, dass Sie weggehen und all die schrecklichen Dinge mit fortnehmen werden, die ich Ihnen sage. Und ich werde Ihnen danach nicht wieder gegenübertreten müssen.«

Nick brauchte all seine Willenskraft, um sich nicht anmerken zu lassen, wie sehr ihn diese Bemerkung verletzte. »Maddy«, drängte er, »was ist seit gestern Nacht geschehen? Ich dachte, es sei alles in Ordnung. Erzählen Sie mir, was passiert ist.«

Maddy seufzte. »Also schön«, sagte sie. Sie atmete tief durch. »Wir haben die Leute, die auch in den Unfall verwickelt waren, bei uns zu Hause aufgenommen, weil sie nicht wussten, wo sie bleiben sollten.«

»Wie geht es dem Mann, der in dem anderen Auto saß?«, fragte er.

»Heute Morgen ging es ihm ganz gut. »Sie wissen doch, wie Krankenhäuser heutzutage sind. An einem Tag operieren sie einen, und am nächsten Tag setzen sie ihn schon vor die Tür. Es liegt an den Krankenversicherungen. Die wollen nicht dafür bezahlen«, sagte sie und verzog das Gesicht, als habe sie plötzlich Schmerzen.

»Es war sehr gütig von Ihnen, seine Familie bei sich aufzunehmen«, sagte Nick.

»Das musste ich«, sagte Maddy und drehte gedankenverloren das silberne Armband um ihr Handgelenk. »Ich hatte ihretwegen ein so schlechtes Gewissen.«
Nickt lächelte sie wissend an. »Schuldgefühle«, sagte er nachdenklich. »Wie sollten wir nur ohne sie zurechtkommen?«
»Nun, ich würde ja gern behaupten, es war reine, heilige Nächstenliebe«, erklärte Maddy offen, »aber in Wahrheit hatte ich wirklich nur Schuldgefühle.«
»Sie sind ein aufrichtiger Mensch, Maddy Blake.«
Maddy schüttelte den Kopf. »Nein, das ist es nicht. Als wir gestern Nacht endlich zu Hause waren und ich ihnen ihr Zimmer gezeigt hatte, hat Doug mir erzählt … dass er die Prämie für unsere Autoversicherung nicht bezahlt hat. Wenn sie uns also verklagen, sind wir dran.«
Nick verzog das Gesicht. So ein Idiot, dachte er. Er verstand sehr viel mehr von solchen Problemen des Alltags, als die meisten seiner Schäfchen glaubten. Er hatte erlebt, wie Menschen an einer Arbeitsstelle festhielten, die sie nicht ausstehen konnten, nur weil sie ihre Versicherung nicht verlieren wollten. Er hatte erlebt, wie Menschen ohne Versicherung in den Ruin getrieben wurden. Douglas Blake hatte diesen Schutz leichtfertig verspielt und seine Familie dem Schicksal ausgeliefert. Er spürte, wie Zorn auf diesen Mann in ihm hochstieg.
»Das war dumm«, sagte Maddy ärgerlich.
»Sie nehmen mir das Wort aus dem Mund«, sagte er.
Sie sprach hastig weiter. »Ich war so wütend auf ihn. Nach allem, was wir gerade mit Heather Cameron durchgemacht haben.« Sie blickte zu ihm auf. »Tun Sie nicht so, als wüssten Sie nichts davon.«
Er wich ihrem herausfordernden Blick aus. »Nun ja. Wir haben nie darüber gesprochen.«
»Ich weiß«, sagte Maddy. »Ich habe mit niemandem darüber

gesprochen. Aber ich hatte das Gefühl …« Hoffnungslos winkte sie ab. »Ist nicht so wichtig. Ich kann das jetzt nicht alles erklären. Es ist so, heute war die Polizei bei uns, vor einer Stunde erst, und hat ihn zur Befragung mitgenommen. Wegen dem vermissten Babysitter und dem kleinen Jungen.«
»Was?«, rief Nick, ehrlich erschrocken.
Maddy sah ihn flehentlich an. »Nick, ich weiß nicht, was ich denken soll. Ich meine, Doug würde niemals … Ich meine, er ist … manchmal verantwortungslos. In letzter Zeit war er sogar manchmal gemein und sehr gereizt. Aber das …«
Nick schüttelte den Kopf. »Nein, bestimmt nicht«, sagte er.
»Aber ich kann nicht anders, als mich trotzdem zu fragen, ob …«, jammerte sie.
»Nein. Nein, natürlich fragen Sie sich das.«
Amy, die mit ausgestreckten Beinen auf dem Boden saß, jauchzte auf, als sie zu der Seite kam, auf der ein Vogel sang. Maddy streckte die Hand aus und strich ihrer Tochter zärtlich über das blonde Köpfchen. Ihre schmale Hand streichelte Amys seidiges Haar, und das silberne Armband glitzerte zwischen den platinblonden Locken des Kindes. Maddy hob die Hand und spielte nachdenklich an dem Armband herum. »Sie kennen meinen Mann kaum«, sagte sie.
»Ja«, stimmte Nick zu. Er hatte das Gefühl, als würde sie gleich Doug in Schutz nehmen, und das wollte er nicht unbedingt hören.
Maddy legte sinnend den Kopf schief und seufzte. »Er … Bevor ich ihn kennen lernte, dachte ich, er sei nur ein verwöhnter, egozentrischer Kerl. Er sah gut aus, und damals hatte er Geld, mit dem er ziemlich angegeben hat. Er war mal Basketball-Profi. Wussten Sie das?«
Nick schüttelte den Kopf. »Ich bin kein großer Sportfan.«
»Nun, ich auch nicht. Ich schätze, ich hatte die üblichen Vorurteile, dass Sportler dumm sind und so weiter. Aber das ist er

nicht. Doug ist sogar ziemlich intelligent, und er ist ein guter Lehrer. Er hat das Herz am rechten Fleck.« Sie zögerte.
»Aber …?«, ermunterte Nick sie.
Maddy schüttelte den Kopf. »Nein, so meine ich das nicht. Ich meine, er sieht aus, als würde ihm alles zufliegen, aber sein Leben war ganz und gar nicht leicht. Er hatte es als Kind ziemlich schwer. Seine Eltern … seine Mutter ist eine sehr kalte Frau. Sie ruft ihn nie an. Nicht einmal an seinem Geburtstag. Sie hat ihm nie auch nur eine Glückwunschkarte geschickt. Können Sie sich das vorstellen? Und sein Vater ist ein Schlappschwanz. Er hat sich immer nur um seinen Kram gekümmert und Doug sich selbst überlassen. Das war nicht leicht für ihn, wissen Sie?«
Nick nickte und erinnerte sich an seine ewig streitenden Eltern; beide hatten versucht, ihn auf ihre Seite zu ziehen und gegen den jeweils anderen aufzuhetzen. »Es ist schon erstaunlich, was Kinder durchmachen müssen«, sagte er. »Und es ist erstaunlich, dass so viele Leute eine traumatische Kindheit überstehen, ohne bleibende Schäden davonzutragen.«
»Ich weiß«, sagte Maddy eifrig. »Ich hatte es so leicht. Meine Eltern haben mich und meinen Bruder sehr geliebt. Ich weiß gar nicht, wie das ist, so vernachlässigt zu werden. Also denke ich immer, wenn er kühl oder ungeduldig ist, dass ich dafür Verständnis haben sollte. Wenn er sich so verhält, heißt das ja nicht, dass er uns nicht liebt oder dass er so etwas … dass er so schreckliche Dinge getan haben könnte wie diese Sache mit Heather. Oder jetzt mit dem vermissten Mädchen. Das ist nur seine Art, mit dem Leben fertig zu werden.«
Nick nickte wieder, als stimme er ihr zu, aber eigentlich konnte er so etwas nicht verstehen. Wie konnte Doug Blake dieses Geschenk verplempern, all diese Liebe als selbstverständlich hinnehmen? Selbst als er noch kein Priester gewesen war, hatte es Nick nichts ausgemacht, allein zu leben. Die

Stille war ein Segen nach all dem Gebrüll bei seinen Eltern. Als er erst einmal zum Glauben gefunden hatte, war er auch nie mehr einsam. Er empfand einen tiefen Frieden, wenn er mit Gott sprach, und genoss wiederum die Stille nach den Ansprüchen, die seine Gemeinde an ihn stellte. Dann lernte er Maddy kennen, und allmählich sehnte er sich nach der Gegenwart eines ganz bestimmten Menschen. Das hatte ihm seinen Seelenfrieden geraubt. Nun musste er selbst erfahren, was Einsamkeit bedeutete, weil sie nicht bei ihm war. Er blickte in ihre dunklen, sorgenvollen Augen, die auf seine Antwort zu warten schienen. »Und jetzt wissen Sie nicht, ob Sie ihm weiterhin glauben sollten, Maddy. Das ist es doch, was Sie mich fragen wollten, nicht?«
Maddy nickte matt.
»Nun, ich glaube, Sie kennen die Antwort bereits. Nach allem, was Sie mir gerade gesagt haben, glauben Sie immer noch an ihn. Und er braucht Sie jetzt an seiner Seite.«
»Ich weiß, dass der Polizeichef ihn wegen Heather hasst«, sagte Maddy.
»Die Menschen sind oft unvernünftig, wenn sie sich rächen wollen«, bemerkte Nick.
»Stimmt«, sagte sie. »Darum geht es eigentlich, nicht? Um Rache.«
»Na ja, ich weiß nicht. Könnte schon sein.«
»Es hat nichts mit irgendwelchen tatsächlichen Ereignissen zu tun. Wie kann ich so etwas über Doug auch nur denken?«, rief sie.
Nick sah sie unverwandt an, doch er hatte das Gefühl, als schieße sein Verstand wie ein Gummiball im Zimmer umher. Es war gar nicht schwer, schlecht von Doug Blake zu denken. Nick traute ihm nicht, und er hielt es sehr wohl für möglich, dass Heather Cameron die Wahrheit gesagt hatte. Er wusste tief in seinem Herzen, dass er Doug Blake beneidete und des-

halb ablehnte, weil Doug Blake mit der Frau verheiratet war, die Nick liebte. Er konnte dem Mann gegenüber also unmöglich fair sein. Sein Urteil über ihn war zweifelhaft.

Wenn er ihr jetzt sagte, sie sollte das Schlimmste von ihm annehmen, würde er womöglich mit ein paar Worten einen Keil zwischen die beiden Eheleute treiben. Das wäre eine Sünde. Er hatte sich für seine Berufung entschieden und beschlossen, diese fehlgeleitete Neigung zu ihr ein für allemal zu überwinden. Er durfte nicht derjenige sein, der ihre Ehe zerstörte. Nicht, wenn er seine Seele noch retten wollte.

»Wenn Sie nicht an ihn glauben«, fragte Nick langsam, »wer soll ihm dann noch beistehen? Er kann von seiner Ehefrau Loyalität erwarten.«

Maddy seufzte und lächelte ihn dann an. »Sie haben Recht«, sagte sie. »Ich muss mir den Glauben an ihn bewahren.« Sie stand auf. »Sie werden doch niemandem erzählen, dass ich solche Sachen gesagt habe ...« Sofort wurde ihr klar, wie beleidigend sich das anhörte. »Entschuldigung«, sagte sie. »Ich weiß, dass Sie das nie tun würden. Ich bin ja gerade deshalb hergekommen, weil ich wusste, dass ich Ihnen vertrauen kann.«

»Und weil Sie wussten, dass ich fortgehe«, sagte er und erhob sich ebenfalls.

Maddy kam quer durch den Raum zu ihm und hielt ihm die Hand hin. Seine Miene war so traurig, dass der Anblick ihr wehtat. Er ist traurig, weil er fortgeht, dachte sie. Es hat nichts mit mir zu tun. Doch als sich ihre Blicke trafen, wusste sie, dass das nicht stimmte. Sie begriff, dass es sehr viel mit ihr zu tun hatte. Sie hatte das Gefühl, ein beängstigendes, seltsam erregendes Geheimnis zu hüten. Sie folgte einem plötzlichen Impuls und umarmte ihn. Er schlang die Arme um sie und sog tief ihren Duft ein. Zärtliche Worte lagen ihm auf der Zunge, doch er gab kein Murmeln, kein Stöhnen von sich.

Maddy seufzte und spürte dann, wie etwas in ihrem Inneren in seiner Umarmung nachzugeben drohte. Sie sagte sich, dass es ganz normal war, einen Freund zum Abschied zu umarmen. Doch es war nicht Freundschaft, was sie empfand, als sie in seinen Armen die Augen schloss. Sie sehnte sich danach, sein Haar zu berühren, ihre Wange an seine zu schmiegen und seinen Mund zu spüren. Nein, sagte sie sich. Sie war nur erschöpft, und seine Kraft war so tröstlich. Trotzdem erschrak sie vor diesen Gefühlen. Abrupt schob sie ihn von sich weg.

»Ich muss jetzt wirklich los«, sagte sie und wich seinem Blick aus. »Vielleicht ist Doug schon wieder zu Hause. Danke … Nick. Komm, Schatz«, sagte sie, bückte sich und hob Amy vom Fußboden auf. »Wir dürfen Pater Nick nicht länger aufhalten. Er muss noch packen.«

»Fährt er in Urlaub?«, fragte Amy.

Maddy blickte zu ihm auf und sah den tief betroffenen Ausdruck auf seinem Gesicht. »Nein, leider nicht, Schatz. Er zieht weg.«

Amy drehte sich um und winkte. »Wiedersehen«, sagte sie ernst, offensichtlich nicht ganz überzeugt von der Erklärung ihrer Mutter. »Bis bald, wenn Sie wieder zurückziehen.«

Maddy sah ihn nicht an, als sie das Kind vor sich her zur Tür hinausschob.

12

Ernest Unger spürte die Bewegung in einem fernen Gebüsch eher, als dass er sie sah, und er empfand die vertraute Erregung, die eine solche Bewegung stets mit sich brachte. Mit geübter Geschicklichkeit fuhr er fast lautlos herum und entdeckte das Wild. Der Hirsch stand dort drüben, bebte in Schussweite vor Ernests Gewehr; sein gewaltiges Geweih erstreckte sich zwischen zwei Bäumen. Oh, was für ein schöner Kerl, dachte Ernest und bewunderte seine Beute, während er sein Vorgehen plante. Er konnte diesen stolzen Kopf schon beinahe an der Wand seines Kellers sehen. Marie duldete seine Trophäen nirgendwo sonst im Haus. Ernest hängte nur die allerbesten auf. Und dieser Prachtkerl da – der gehörte auf jeden Fall dazu. Das war einer, von dem man noch nach Jahren erzählen konnte. Ernest lief ein Schauer der Vorfreude über den Rücken. Freu dich nicht zu früh, ermahnte er sich. So mancher Schuss ging daneben, und so manches Prachtexemplar entkam.
Leise brachte er sich in Position; der Hirsch rührte sich nicht. Wenn jetzt nur dieser Schwachkopf von einem Schwiegersohn blieb, wo immer er gerade war. Ernest nahm Dan äußerst ungern mit auf die Jagd. Obwohl Marie und Susie ihn mit dem neuesten Schnickschnack ausstaffiert hatten und Dan durchaus willig war, von ihm zu lernen, hatte er keinen blassen Schimmer von der Jagd. Er war ungeschickt und laut und hatte Ernest schon jede Menge guter Chancen verdorben. Er wusste, das sollte ihn und den Jungen eigentlich ein-

ander näher bringen – so wie Vater und Sohn. Ernest sehnte sich nach der guten alten Zeit, als Männer einfach zusammen loszogen, um ihren Spaß zu haben, und diese ganze Gefühlsduselei den Frauen überlassen blieb. Jagen war ein Sport für echte Männer. Eine der wenigen Beschäftigungen, denen ein Mann noch nachgehen konnte, ohne dass eine Horde Frauen auch schon da war und mitspielen wollte. Aber Dan mitzunehmen war fast so schlimm, wie die Damen dabeizuhaben.

Um ehrlich zu sein, hatte Ernest den Verdacht, dass Dan ein bisschen zimperlich war und eigentlich gar nicht lernen wollte, wie man richtig jagt. Er war kein übler Schütze. Ernest hatte selbst gesehen, wie er bei Zielscheiben ziemlich genau traf. Es war wohl das Blut, das ihm zu schaffen machte. Susie war mit Jägern aufgewachsen und hatte versucht, Dan die ökologische Funktion der Jagd zu erklären – dass das Jagdwild sich nicht unbegrenzt vermehren durfte. Sie hatte ihm auch davon vorgeschwärmt, wie sie nach der Saison den ganzen Winter über Wild zu essen bekämen. Dan hatte brav dazu genickt, aber Ernest hatte gesehen, wie er Maries köstliches Hirschsteak nur auf dem Teller herumgeschoben hatte. Nun, Ernest würde sich da nicht einmischen. Wenn Dan nicht damit klarkam, würde er das von sich aus zugeben müssen. Aber bis dahin war er bei jedem Jagdausflug ein lästiger Klotz am Bein.

Der Hirsch hob den Kopf und schnupperte misstrauisch, jeden Muskel sprungbereit. Ernest spannte ebenso jede Faser seines stämmigen Körpers, hob langsam und vorsichtig das Gewehr und zielte. Einen Augenblick lang waren sie eins, Jäger und Gejagter, wie vom Schicksal selbst verbunden. Ernest krümmte sanft den Finger um den Abzug und zog langsam an.

Ein furchtbarer Schrei zerriss die Stille. Ernests Finger zuckte, der Schuss ging los, und er fiel beinahe hintenüber. Der Hirsch schwang sein prachtvolles Geweih herum, blickte Ernest kurz in die Augen und sprang davon. Mit lautem Krachen brach er durch das trockene Unterholz.

Verflucht, dachte Ernest. Jetzt reicht's. Und wenn sie mich auf Knien anbetteln, nie wieder nehme ich diesen dämlichen, nichtsnutzigen ... Er erkannte Dannys Stimme, die in einem lauten, heiseren Schrei seinen Namen rief. Ernest schulterte das Gewehr, flammend rot vor Zorn. Er hielt sich für einen friedlichen, vernünftigen Mann, der niemals im Zorn zur Waffe greifen würde. Doch während er in seinen tarnfarbenen Jagdklamotten durch den Wald stapfte, konnte er sich auf einmal vorstellen, wie solche Situationen zwischen bewaffneten Männern manchmal außer Kontrolle gerieten.

»Was, zum Teufel, soll das?«, fragte Ernest, als er sich seinem Schwiegersohn näherte. Dan lehnte an einem Baum, das Gesicht grau wie der Bauch einer Taube.

»Papa«, flüsterte er mit einer so kindlichen, so verängstigten Stimme, dass Ernests Wut sofort verrauchte und sich stattdessen der Vaterinstinkt in ihm erhob wie ein Bär, der sich auf die Hinterbeine stellte.

»Schau«, sagte Dan und zeigte mit zitternder Hand auf ein Grüppchen knorriger Bäume.

Ernest trat zu ihm und schaute. »O Gott«, keuchte er. »O mein Gott.«

Neben ihm beugte sich Dan vornüber und erbrach sich. Entsetzt starrte Ernest auf den geschundenen, zerschlagenen Leichnam des Mädchens. Ihr Pulli war aufgerissen, ihre Hose heruntergezerrt. Würmer und Insekten hatten sich bereits über dieses fremde Wesen in ihrer Mitte hergemacht. Ihre Augen waren geöffnet und blicklos.

Ernest sagte nichts. Er nahm keine Sekunde den Blick von ihrem Gesicht, streckte nur die Hand aus und tätschelte Dan wie automatisch den Rücken. Dann lehnte er sein Gewehr an einen Baumstamm, zog die Jacke aus und ging langsam zu ihr hinüber. Er kniete sich neben sie und bedeckte sie sacht mit der Jacke, wie ein Vater, der in der Nacht nach seinem schlafenden Kind sieht.

Eine halbe Stunde später hatte sich der stille Wald in einen gespenstischen Rummelplatz verwandelt. Polizisten, Fotografen und Reporter trampelten durchs Gehölz, und hinter dem grellgelben Band, das die unmittelbare Umgebung des Fundorts abriegelte, liefen schon die Kameras. Funkgeräte quakten, und der Vertreter des Staatsanwalts besprach sich über Handy mit der Polizei und seiner Behörde.
Ernest Unger saß mit fahlem Gesicht auf einem umgedrehten Eimer, den Dan in seinem Kofferraum gefunden hatte, und nippte an einer abgestandenen Cola, die ihm sein Schwiegersohn im Deckel der Thermoskanne gereicht hatte. Dan stand neben dem alten Mann, die Hände wie beschützend auf seine Schultern gelegt, während sie geduldig sämtlichen Polizisten, die sie fragten, immer wieder erzählten, wie sie über die Leiche gestolpert waren.
Frank Cameron wandte die Augen von dem kläglichen Anblick ab, den Rebecca Starnes' Leiche bot. Die Männer von der Gerichtsmedizin bedeckten sie sorgfältig und legten sie auf eine Trage, um sie von ihrem grausigen Grab auf dem Waldboden fortzubringen. Er wandte sich an den Coroner. Dr. Simon Tillis war selbst hergekommen und packte gerade seine Instrumente wieder ein.
»Wie ist sie gestorben, Doc?«, fragte Frank.
»Sie wurde erschossen. In den Kopf, aus nächster Nähe. Anhand der Eintrittswunde würde ich auf eine kleine Handfeuerwaffe schließen, aber wir brauchen das Projektil, um ganz sicher zu sein«, sagte der Pathologe.

»Sie war übel zugerichtet«, bemerkte Frank.
»Sie ist hierher geschleift worden. Und sie war nicht sofort tot.«
»Wie schön«, sagte Frank und dachte an die Mutter des Mädchens mit dem Schulfoto ihrer Tochter in der Hand. »Wurde sie sexuell missbraucht?«
Der Coroner zuckte die Achseln. »Sieht ganz danach aus. Aber das wissen wir erst mit Bestimmtheit, wenn wir die Laborergebnisse haben.«
»Diese Perversen stehen doch eigentlich eher auf Messer, oder sie erwürgen ihre Opfer«, rätselte Frank.
Dr. Tillis seufzte. »Stimmt, aber nach dem Zustand zu urteilen, in dem wir sie gefunden haben ...«
»Verstehe«, sagte Frank. »Wann erfahren wir mehr?«
»Morgen, würde ich sagen.«
»Na, dann machen Sie denen mal Feuer unterm Hintern. Ich will die Ergebnisse gestern«, knurrte Frank.
Dr. Tillis nahm seine Wut nicht persönlich. »Mach ich«, erwiderte er.
Pete Millard trat neben Frank, und zusammen sahen sie zu, wie der verhüllte Leichnam in den Wagen der Gerichtsmedizin geladen wurde. »Also, was haben wir bis jetzt?«, fragte Pete. »War es eine Vergewaltigung, oder wollten die nur an das Baby kommen?«
»Lässt sich noch nicht sagen. Sieht nach Sexualverbrechen aus, aber wir brauchen erst das Labor.«
»Aber wenn es ein Sexualverbrechen war ...«, begann Pete.
»Ja. Irgendwelche Anzeichen ...?«, fragte Frank.
Pete verstand seinen Chef ohne viele Worte. Er fragte nach Justin. »Sie kämmen gerade den ganzen Wald durch«, sagte er.
»Wir sind zu spät gekommen«, sagte Frank.
Pete nickte.

»Scheiße«, fluchte Frank. »Die arme Frau.« Ihm graute davor. Vor dem bevorstehenden Moment, wenn er an Sandi Starnes' Tür klingeln und ihr erklären musste, was mit ihrem geliebten, lächelnden kleinen Mädchen passiert war.

»Vielleicht finden wir den Kleinen noch«, sagte Pete hoffnungsvoll. »Wenn er nicht irgendwo hier ist, ist das wohl ein gutes Zeichen.«

»Ja«, schnaubte Frank, dessen Blick rastlos über die Bäume des stillen Waldes glitt. »Ich bin begeistert.«

13

Heather Cameron saß allein mit ihrem Tablett vor sich an einem Tisch für sechs Personen und gab vor, ein Buch zu lesen. Sie bemühte sich, den Anschein zu erwecken, als merke sie gar nicht, dass ihre Mitschüler sie mieden. Sie bildete sich ein, dass ein Murmeln durch den Lärm der Cafeteria lief, aus dem sie ihren Namen deutlich heraushörte. Sie würde nicht aufblicken, nicht ein einziges Mal. Diese Befriedigung würde sie ihnen nicht verschaffen. Ihr Herz begann vor Angst zu hämmern, als sie aus dem Augenwinkel zwei Leute auf ihren Tisch zukommen sah. Sie hielt den Blick starr auf das Buch gerichtet und betete, dass sie einen anderen Tisch ansteuern würden. Stattdessen wurden zwei Tabletts abgesetzt, eines ihr gegenüber und eines direkt neben ihrem. Sie fühlte sich belagert und kämpfte mit den Tränen. Sie zog den Kopf ein, als erwarte sie einen Schlag. Über ihr ertönte eine freundliche Stimme: »Hallo, Heather.« Heather blickte argwöhnisch auf. Karla und Richie waren heute Morgen mit ihr zur Schule gegangen und hatten dabei vor sich hin geschwatzt, als wüssten sie gar nichts von Heathers Schande, öffentlich als Lügnerin gebrandmarkt worden zu sein. Nun standen sie vor ihrem leeren Tisch. Richie stand ihr gegenüber, Karla neben ihr. »Hi«, nuschelte Heather. Sie beäugte das Pärchen misstrauisch. Heute Morgen hatte sie noch geglaubt, die beiden wollten nur nett sein. Immerhin waren sie und Karla zusammen aufgewachsen. Und weil Karla immer hübsch gewesen war und Freunde gehabt

hatte, war es auch leicht für sie, nett zu sein, dachte Heather. Doch das hier kam ihr ein bisschen zu nett vor. Als wollten sie Heather irgendwie hereinlegen. Sie sah, wie die beiden sich einen verschwörerischen Blick zuwarfen.
»Dürfen wir uns zu dir setzen?«, fragte Karla.
»Klar, wenn ihr wollt«, sagte Heather. Doch sie lächelte nicht.
Karla ließ sich neben ihr nieder und stupfte den Strohhalm ein paar Mal auf die Tischplatte, um ihn dann auszuwickeln. »Hast du das mit dem Mädchen von Perpetual Sorrows gehört?«, fragte sie.
Heather runzelte die Stirn. »Was für ein Mädchen?«
»Das, das mit dem Baby verschwunden ist.«
»Ach, ja«, sagte Heather.
»Sie haben sie gefunden. Dein Vater war im Fernsehen.«
»Geht es ihr gut?«, fragte Heather.
»Nein«, antwortete Richie. »Sie ist tot.«
»O Gott«, sagte Heather und klappte ihr Buch zu. Die drei saßen einen Moment lang schweigend beisammen, wie gelähmt von der Vorstellung, dass jemandem in ihrem Alter, aus ihrer kleinen Stadt, etwas so Schlimmes zugestoßen war.
»Ich habe gehört, dass sie Mr. Blake deswegen verhört haben«, sagte Richie. »Dein Vater hat ihn aufs Revier gebracht.«
Heather wurde flammend rot. Sie wünschte, der Boden würde sich auftun und sie verschlucken. »Das ist doch Blödsinn«, sagte sie.
»Warum? Er ist pervers«, entgegnete Richie. »Das hast du doch selbst gesagt.«
Karla warf Richie einen warnenden Blick zu. Heather griff nach ihrem Buch und schlug es wieder auf.
»Was liest du da?«, fragte Karla freundlich.
Heather musste erst auf das Buch sehen, bevor sie antworten konnte. »Algebra«, sagte sie. Sie spähte zu Richie hinüber, der gerade seine Coladose aufriss und ihrem Blick auswich.

Dann sah sie Karla an. »Warum seid ihr zwei so nett zu mir?«, fragte sie.

Richie blickte mit Unschuldsmiene auf, als habe ihn diese Frage verletzt. Karla jedoch machte sich nicht die Mühe, Unverständnis zu heucheln. Sie schob den Strohhalm in den kleinen Karton Milch und rührte darin herum.

»Ihr müsst doch irgendeinen Grund haben«, sagte Heather störrisch.

»Können wir denn nicht einfach mal nett sein?«, empörte sich Richie.

Heather verzog das Gesicht. »Versucht bloß nicht, mich zu verarschen. Ich bin schon oft genug verarscht worden. Erst geht ihr mit mir zur Schule. Jetzt sitzt ihr mit mir beim Mittagessen. Alle halten mich doch seit dieser Sache mit Mr. Blake für eine Art Aussätzige.«

»Okay, Heather. Du hast Recht. Wir sind wirklich absichtlich nett zu dir«, sagte Karla. »Ich meine, wir haben nichts Schlimmes mit dir vor. Das verspreche ich dir.«

»Aber ihr wollt etwas von mir.«

Richie seufzte und machte sich über seine Pizza her.

»Irgendwie schon«, sagte Karla.

Heather spürte Enttäuschung in sich aufsteigen. Obwohl sie sich immer wieder sagte, sie habe es ja gewusst, hatte sie dennoch einen Funken Hoffnung gehabt, dass diese beiden wunderbaren Menschen vielleicht, nur vielleicht aus irgendeinem Grund mit ihr befreundet sein wollten. Es war keine große Enttäuschung, denn sie hatte ja nur einen Vormittag lang gehofft. Aber dennoch …

Karla legte ihr eine kleine, perfekt geformte Hand auf den Arm. »Sieh mal, Heather, wir kennen uns schon fast unser ganzes Leben lang, richtig?«

Heather nickte und bekam kaum noch Luft, so groß war der Kloß in ihrem Hals geworden.

»Ich glaube dir, Heather. Ich meine, irgendwie schon.«
Heather zuckte die Achseln, als habe sie nichts anderes erwartet.
Richie beugte sich über den Tisch, näher zu ihr. Seine hübschen grünen Augen sahen sie jetzt ernst an, und Heather hatte auf einmal Schmetterlinge im Bauch. Wie war es wohl, wenn ein solcher Junge einen wirklich mochte?, fragte sie sich.
»Sieh mal, Heather, ich weiß, dass alle Mr. Blake für einen coolen Typen halten und so, aber ich finde das nicht. Er hat mir letztes Jahr eine Vier im Zeugnis verpasst, und deswegen durfte ich nicht ins Football-Team.«
»Hattest du sie verdient?«, fragte Heather spitz.
»Ich habe eine Prüfung nicht mitgeschrieben, weil ich mich beim Training verletzt hatte. Er hat sie mich nicht nachschreiben lassen. Er hat gesagt, damit kriege ich automatisch eine Sechs.«
»Warum hast du dir denn keine Entschuldigung geben lassen?«, fragte Heather teilnahmslos.
»Hab ich ja. Aber er hat gesagt, wenn ich so schwach wäre, gehöre ich sowieso nicht in die Mannschaft. Er ist ein Arschloch.«
»Warum hast du es nicht deiner Mutter oder dem Rektor gesagt?«
»Ja, das hat bei dir ja wirklich viel gebracht«, gab Richie zurück.
Heather seufzte. »Aber warum? Warum hat er das getan?«
Richie verzog das Gesicht und quetschte seine Coladose, bis sie eine große Delle bekam. »Ich glaube, er hat es wegen Karla gemacht«, sagte er.
»Ach, hör schon auf«, sagte Heather.
»Nein, wirklich. Er hat mir alle möglichen Fragen über sie gestellt. Er hat gesagt, dass sie mir vielleicht gern helfen würde, es in die erste Mannschaft zu schaffen.«

»So etwas würde er doch nicht machen«, protestierte Heather. »Er macht …«
»Macht was nicht? Ich denke, dich hat er für eine gute Note dazu gezwungen.«
Heather zuckte mit den Schultern. »Ich will nicht darüber reden«, sagte sie.
»Wir haben ehrlich gehofft, dass er gefeuert wird für das, was er dir angetan hat«, erklärte Karla.
»Ja, ich auch«, sagte Heather.
»Wäre er wahrscheinlich auch, wenn du nicht andauernd deine Geschichte geändert hättest«, sagte Karla streng. »Warum hast du das getan? Warum bist du nicht bei Gericht erschienen und so weiter?«
Heather reckte das Kinn vor und starrte auf ihr Tablett. Ihr Gesicht brannte, und sie wünschte, die beiden würden endlich weggehen. »Ist doch egal«, sagte sie.
»Du hattest ihn gern, oder?«, fragte Karla.
»Nein«, flüsterte Heather.
Karla und Richie wechselten einen Blick. »Es ist so, Heather, ich habe schon vorher Gerüchte über ihn gehört«, sagte Karla. »Nichts Genaues. Nur Gerede, weißt du …«
Heather schnaubte verächtlich. »Versuch das mal zu beweisen.«
Karla beugte sich zu ihr heran und ergriff ihren Arm. »Genau das haben wir vor«, sagte sie. »Wir wollen ihn erwischen, und wir haben da schon eine Idee, wie es klappen könnte.«
Heathers Herz hämmerte plötzlich vor Aufregung und noch etwas anderem. Eine Art Hoffnung. Ihr war gar nicht klar gewesen, selbst während dieser Sache mit dem Gericht und so, wie sehr sie es ihm heimzahlen wollte. Die Entscheidung, ihn laut und in aller Öffentlichkeit anzuklagen, war eher eine Kurzschlussreaktion gewesen. Sie hatte ja nicht geahnt, dass das solche Dimensionen annehmen würde. Aber jetzt, da sie

es völlig vergeigt hatte und in aller Augen selbst als die Dumme dastand – jetzt erkannte sie ihren Fehler. Erstaunt blickte sie ihre viel versprechenden neuen Verbündeten an.
»Tatsächlich?«, fragte sie.
»Ja«, sagte Karla. »Willst du uns helfen?«

14

Paulina Tomcuk sah auf die Uhr und runzelte die Stirn. Sie suchte nun schon seit über einer Stunde nach Ellen, aber sie hatte bisher kein Glück gehabt. Es war frustrierend. Sie konnte einfach überall sein. Paulina hatte es schon an ein paar Orten versucht, die sie für wahrscheinlich hielt – die Gärtnerei, in der Ellen ihre Pflanzen holte, die wenigen Geschäfte, in denen sie manchmal einkaufte. Sie war langsam die geschäftigeren Straßen und Parkplätze in Taylorsville abgefahren, sah jedoch keine Spur von Ellens rotem Jeep.

Ich bin Köchin, keine Detektivin, dachte sie gereizt und bog in die Einfahrt des Friedhofs ab, wo Kenny begraben war. Die düstere, windige weite Fläche war still und leer. Trockene Blätter wehten über den grünen Rasen, bis sie an den kahlen grauen Grabsteinen zur Ruhe kamen. Paulina fuhr die gewundenen Straßen des Friedhofs entlang und hielt kurz an, um den Weg entlangzuschauen, der zum Grab des Kindes führte. Sie hatten eine Stelle unter einem Hartriegel-Baum gewählt, der im Frühling wunderhübsch war. Jetzt, in der herbstlichen Düsternis, streckte der Baum klagend, schützend seine Zweige über die Grabsteine, wie eine Mutter mit ausgebreiteten Armen.

Zu dieser Jahreszeit machte Mr. H sich immer die meisten Sorgen um seine Frau. Um den Geburtstag herum. Der Geburtstag war immer am schwersten. Paulina fand, dass es Ellen am Geburtstag anscheinend ganz gut gegangen war. Fast, als hätte sie gar nicht daran gedacht. Sie war gedankenverloren und nervös gewesen, was Mr. H offenbar mehr Sorgen machte, als wenn sie geweint hätte. So langsam glaubte Paulina, dass er damit Recht hatte.

Nicht, dass sie sich mit psychisch Kranken auskannte. Paulina hatte vier Kinder großgezogen, die alle gesund und normal waren, Gott sei Dank; ihre Enkel ebenso. Aber die hatten ja auch nicht dasselbe durchmachen müssen wie Ellen. Das war etwas, worüber eine Frau nicht so einfach hinwegkam.

Als sie heute Nachmittag zur Arbeit bei den Hensons erschienen war, hatte Mr. H angerufen, und Ellen war nirgends zu finden gewesen. Er sagte, er habe es den ganzen Tag lang immer wieder versucht, aber sie hob nicht ab, und er klang schon sehr besorgt. Sie wusste, warum – Ellen ging kaum je aus dem Haus, und wenn doch, überlegte sie sich das vorher stundenlang und war auch sofort wieder zurück. Er hatte Paulina gebeten, herumzufahren und nach ihr zu suchen. Sie hatte die Schürze ausgezogen, war ins Auto gestiegen, und da war sie nun, eine Stunde später, und immer noch nichts.

»Ich kann doch keine Gedanken lesen«, sagte sie laut. Sie war verärgert. Verärgert, weil man sie mit diesem Auftrag losgeschickt hatte, und verärgert, weil sie ihn nicht erfüllen konnte. »Ich bin doch kein Detektiv«, erklärte sie dem Auto.

Vielleicht ist sie schon wieder zu Hause, überlegte Paulina. Vielleicht haben wir uns knapp verpasst. Und ich muss noch den Kuchen für die Nachspeise fertig bekommen, jammerte sie still. Ich fahre wieder zurück, beschloss sie.

In der Ausfahrt des Friedhofs hatte Paulina eine Eingebung. Der Tierarzt. Ellen machte sich solche Sorgen um diese kleinen Kätzchen – vielleicht war sie zum Tierarzt gefahren. Ein letzter Versuch, dachte sie und lenkte den Wagen zur River Road. Ein paar Minuten später verriet ihr ein Blick auf den

Parkplatz vor der Tierarztpraxis, dass das auch nicht die richtige Antwort war.

»Ich muss mich jetzt wirklich an den Kuchen machen«, sagte sie laut. Sie konnte nicht den ganzen Tag lang nur so herumfahren. Paulina warf einen Blick auf die Statue der Heiligen Jungfrau auf ihrem Armaturenbrett. »Du wirst auf sie aufpassen müssen, Heilige Mutter«, sagte sie, während sie die kurvige River Road entlangfuhr. Kaum hatte sie diese Worte ausgesprochen, da entdeckte sie etwas Rotes am Straßenrand. Sie bremste ab und stellte sich hinter den roten Jeep, der schief geparkt an der Straße stand. Paulina presste besorgt die Lippen zusammen, als sie aus dem Wagen stieg. Es war niemand zu sehen. Der Jeep war leer.

»Mrs. H«, rief sie. »Ellen.« Bis auf das Rascheln der Blätter und klagende Rufe eines Vogels war es still im Wald. Auf der Straße waren schwarze Bremsstreifen, und im braunen Gras vor ihr lag ein Stück eines geplatzten Reifens. »Ellen«, rief Paulina wieder. Sie fuhr herum, als sie im Gebüsch hinter sich etwas rascheln hörte.

Sie konnte niemanden sehen und nahm an, es musste ein Tier gewesen sein. Dann hörte sie unter den Bäumen knackende Schritte und ein leises, ersticktes Schluchzen. Paulina war keine besonders mutige Person, aber plötzlich war sie wild entschlossen, Ellen zu helfen. Sie schlug sich durch das immergrüne Gestrüpp am Straßenrand. Sie hatte erst ein paar Schritte in den Wald hinein getan, als sie sie sah.

Ellen krabbelte auf Händen und Knien über den Boden.

»Mrs. H«, rief Paulina. Sie rannte auf sie zu, wobei Zweige und Ranken ihr am Knöchel unter den kräftigen Wollhosen die Kniestrümpfe zerrissen. Ihre flachen, marineblauen Halbschuhe waren nicht dafür geschaffen, durch den Wald zu laufen, aber sie stürmte dennoch auf die zarte Frau zu, die vor ihr über den Boden kroch.

Ellen blickte auf, und Paulina sah sofort, dass sie völlig außer sich war. Sie hob die Arme wie ein Kind, und Paulina streckte die großen Hände nach ihr aus, an denen noch ein wenig Mehlstaub hing. »Was ist, um Himmels willen?«, rief Paulina aus.
»Ich habe nach dem Kätzchen gesucht«, sagte Ellen und umklammerte Paulinas Hände.
Paulina sah sie verständnislos an. »Was für ein Kätzchen denn?«
»Das ich dem kleinen Mädchen geschenkt habe«, sagte Ellen ernst.
Paulina brauchte einen Moment, bis sie begriff, wovon ihre Arbeitgeberin überhaupt sprach. »Aber wie kommen Sie denn darauf, dass es hier ist? Ist es nicht bei denen geblieben?«
Ellen krallte sich an die Ärmel von Paulinas Jacke. »Das Kätzchen ist weggelaufen. Niemand hat nach ihm gesucht. Es ist doch noch so klein. Ich habe es verschenkt. Das hätte ich nicht tun dürfen. Ich habe überall nach ihm gesucht. Ich muss es finden …«
Paulina kniete sich auf den Waldboden und ignorierte die trockenen Blätter auf ihrer Hose und den Matsch an ihren Schuhen. Sie verstand immer noch nicht, wovon Ellen eigentlich sprach, und das machte ihr Angst. Was wollte sie hier draußen, warum kroch sie im Wald herum? Mr. H hatte sich völlig zu Recht Sorgen gemacht. Paulina legte die Arme um die schmalen Schultern der zierlichen Frau und strich ihr über die wirren grauen Locken. »Ist schon gut«, sagte sie. »Der Katze passiert schon nichts. Sie müssen jetzt mit mir nach Hause kommen.«
»Aber Sie verstehen nicht«, sagte Ellen kopfschüttelnd. »Dass das gerade jetzt passiert, das ist ein Zeichen. Meine Strafe.«
»Unsinn«, sagte Paulina. »Kommen Sie. Wir fahren jetzt besser nach Hause.«

Ellen nickte. Paulina versuchte sich vorzustellen, wie sie das hier Mr. H erklären sollte. Es war unschwer als eine Art psychische … Krise zu erkennen. Ihr graute davor, sein Gesicht zu sehen, wenn er davon erfuhr. Nicht zum ersten Male wünschte Paulina, ihre Arbeitgeber könnten Kraft im starken Glauben finden. Sie selbst hatte im Gebet immer Trost gefunden, während die Perlen des Rosenkranzes wie eine Lebensader durch ihre arthritischen Finger glitten. Paulina begann zu beten, als sie Ellens Arm nahm und sie auf die Füße zog; sie stützte sie auf dem Weg zurück durch das immergrüne Gebüsch.

Obwohl der gepflegte Bungalow von Donna und Johnny Wallace voller Menschen war, hörte man kaum etwas außer dem Fernseher, der ununterbrochen lief. Die Küche stand voller Essen in Alu- und Frischhaltefolie, und jeder verfügbare Sitzplatz war mit einer Tante, einem Onkel oder Cousin belegt. Johnny Wallace trank Bier, denn ihm fiel nichts anderes ein, um sich zu beruhigen. Er lehnte am Küchenschrank und starrte Löcher in die Luft, während sein älterer Bruder am Küchentisch saß und auf ihn einredete; er versuchte, die Situation optimistisch zu sehen.

Im Schlafzimmer saß Donna Wallace auf dem Bett zwischen Bergen von Stofftieren. Sie trug noch immer ein Hemd von Johnny über ihrem Nachthemd, dazu Plüschhündchen als Hausschuhe, und mit der Rechten umklammerte sie eine Hand voll feuchter Papiertaschentücher. Sie starrte auf ein Foto von Justin auf dem Nachttisch. Auf dem Bild schnupperte gerade der Hund seiner Großmutter an ihm, und das Kind quietschte vor Freude.

Donna Wallace wusste, was sie zu tun hatte. Die Nachricht über Rebecca hatte sie beinahe gleichzeitig per Telefon und über den Fernseher erreicht. In den Tagen und Stunden seit Justins Verschwinden war die Menschenmenge im Haus nicht wieder geschrumpft. Ihre wütende Verwandtschaft hatte die Reporter verjagt und ließ auch sonst niemanden an sie heran. Aber Donna konnte sich der Pflicht nicht entziehen, die ihr nun bevorstand. Sie warf die Taschentücher in das Abfallkörbchen neben dem Bett und stand mit zittrigen Knien auf. Sie legte das Flanellhemd ab, zog sich das Nachthemd über den Kopf und kleidete sich sorgfältig an – eine frische Bluse und eine dunkle Hose. Dann schlüpfte sie in Socken und ordentliche Schuhe. Keine Turnschuhe. Nicht hierfür.

Als sie fertig war, schaute sie in den Spiegel. Ihr Gesicht war weiß, mit grauen Flecken unter den Augen. Sie verteilte ein wenig Rouge auf den Wangen. Sorgfältig trug sie Lippenstift auf. Ihr Haar war ein hoffnungsloser Fall. Sie versuchte es nicht einmal. Als sie die Schlafzimmertür einen Spalt öffnete, lugte ihre Cousine Rose, die draußen stand wie auf Wache, misstrauisch zu ihr herein.

»Was ist denn, Liebes?«, fragte Rose.

»Sag bitte Johnny, dass wir jetzt gehen können«, antwortete sie.

»Meinst du wirklich –«

»Sag ihm einfach Bescheid, Rose«, bat Donna.

Rose verzog sich von der Tür und kehrte bald darauf mit Johnny zurück. Er schlüpfte mit Donnas Parka in der Hand herein. »Den wirst du brauchen«, sagte er.

Donna schaute ihn an und sah, dass er sich rasiert hatte. Sie nickte anerkennend und legte eine Hand an sein Gesicht.

»Wir gehen hinten raus«, sagte er, als sie sich den Parka überzog. Ihre Arme und Schultern schmerzten, als habe sie Fieber.

»Okay«, flüsterte sie.

»Fertig?«, fragte er und sah sie mit seinem unerschütterli-

chen Blick an, und wieder einmal war sie froh, dass sie ihn geheiratet hatte. Sie nickte.
Johnny nahm ihre Hand, und sie schlichen zur Hintertür hinaus. Hinter sich hörten sie einen Streit im Wohnzimmer. Es war ein kalter Tag, und Donna zitterte selbst in ihrem Parka. Johnny nahm sie fest bei der Hand, und so gingen sie durch den kleinen Garten hinter ihrem Haus und durch die beiden kleinen Gärten daneben, vorbei an einem rostigen Grill und bunten Kinderautos. Glücklicherweise hatte keiner ihrer Nachbarn einen Gartenzaun. Sie erreichten den vertrauten Hof hinter Sandi Starnes' kleinem Haus; die grünweißen Gartenmöbel aus Plastik standen immer noch draußen; das Geflecht der Stühle war an vielen Stellen ausgefranst und zerrissen. Der zusammengefaltete Sonnenschirm, der mitten aus dem weißen Tisch ragte, sah grau und modrig aus.
Johnny und Donna wechselten einen Blick, und Donna nickte. Johnny klopfte leise an die Schiebetür, vor der von innen die Vorhänge zugezogen waren.
Ein großer, mürrischer Mann trat an die Tür, schob die Vorhänge ein Stück auf und glotzte sie finster an. Dann machte er ein verwirrtes Gesicht, als er die Wallaces erkannte. »Dürfen wir hereinkommen?«, fragte Johnny.
Der Mann wandte sich ab, ließ den Vorhang wieder zufallen und richtete ein paar barsche Worte an jemanden im Haus. Donna und Johnny standen bibbernd auf dem Hof und blickten zum grauen Himmel auf.
Hinter dem Fenster bewegte sich etwas, und dann schob Sandi Starnes die Vorhänge zurück. Sie öffnete die Schiebetür. Ihr ganzes Gesicht war vom Weinen gerötet.
Donna spürte, wie es ihr das Herz im Leibe umdrehte. »Sandi«, sagte sie.
»Hallo, Donna«, erwiderte Sandi.

Einen Moment lang glaubte Donna, dass sie überhaupt nichts herausbringen würde, dass sie nur steif auf dieser Terrasse stehen bleiben würde, wie eine Statue. Dann plötzlich purzelten die Worte nur so aus ihrem Mund. »Sandi, du willst vielleicht nie wieder mit uns reden, und das könnte ich gut verstehen, aber wir haben gerade das von Rebecca gehört und mussten einfach herkommen … und dir sagen … dir sagen …« Das Ende ihres Satzes ging in Schluchzen unter.
Johnny räusperte sich mannhaft und fuhr fort, wo seine Frau geendet hatte. »Und dir sagen, das es uns schrecklich Leid tut und wir uns sehr … schämen, dass wir je denken konnten … oder sagen, dass vielleicht Rebecca …« Er schluckte schwer. »Sie war doch so ein braves Mädchen.«
Donna wandte sich von der Tür ab und barg das Gesicht in den Händen, doch Sandi, die nur eine dünne graue Strickjacke trug, trat hinaus in den Hof und legte Donna eine Hand auf die Schulter.
Donna drehte sich um und sah die um einige Jahre ältere Sandi an. In ihren Augen stand Angst, aber auch die Bereitschaft, alles einzustecken, was Sandi ihr an den Kopf werfen mochte. »Du hasst mich bestimmt«, sagte sie kläglich. »Ich hasse mich ja selbst.«
Sandi schüttelte den Kopf. Sie spürte eine seltsame Ruhe in sich. Sogar Mitgefühl für diese beiden. Wer weiß, fragte sie sich, was ich gedacht hätte, wenn dieses Baby meine Rebecca gewesen wäre? Man denkt doch lauter verrückte Sachen. Man nimmt gleich das Schlimmste an. Normalerweise stellte sich dann heraus, dass gar nichts passiert war. Jemand hatte unterwegs noch ein Eis gegessen. Jemand hatte einfach vergessen anzurufen. Ein Auto hatte einen Platten. Normalerweise stand man all diese Ängste umsonst aus. Man malte sich im Geiste all diese Schreckensszenarien aus, und dann ging plötzlich die Tür auf, und da stand das geliebte Kind, strah-

lend und herzerquickend wie ein Regenbogen. Und dann schrie man es an, weil man sich solche Sorgen gemacht hatte.
Sandi sah Donna und Johnny an. Sie sahen so verletzlich aus, beinahe selbst noch wie Kinder. Aber sie waren keine Kinder. Sie waren die zu Tode geängstigten Eltern eines verschwundenen Babys.
Sandi streckte die Hand aus und drückte Donnas zitternde Finger. Donna griff nach Sandis Hand und presste sie verlegen und dankbar an die Lippen.
»Zumindest ist für mich das Warten vorüber«, sagte Sandi.

15

Paulina gab dem Priester im Foyer der Henson'schen Villa die Hand. »Danke, dass Sie gekommen sind, Pater. Ich weiß, Sie wollen bald abreisen …«

Nick schüttelte den Kopf. »Ist schon gut, Paulina. Ich war sowieso gerade nicht besonders fleißig.« Er dachte an Maddy in seinen Armen, an diese kurze Umarmung, die ihn vor Aufregung fiebern ließ. Nachdem sie gegangen war, hatte er versucht, weiter zu packen, aber es war sinnlos. »Ich war froh über Ihren Anruf«, gestand er. Er hatte dankbar die Gelegenheit ergriffen, sich von seinen sündigen Gedanken abzulenken und sich um das Wohl anderer zu kümmern, wie er es versprochen hatte, als er sein Gelübde ablegte.

»Ich konnte ihren Mann immer noch nicht erreichen. Er ist Anwalt, und in seinem Büro ist er nicht. Also habe ich an Sie gedacht. Sie ist keine Katholikin, Pater. Aber sie ist eine gepeinigte Seele, das kann man wirklich sagen. Ich dachte, vielleicht könnten Sie mit ihr reden. Sie können doch so gut mit Menschen umgehen. Ich bin ja selbst oft genug mit meinen Problemen zu Ihnen gekommen.«

Nick lächelte. »Ich werde es gern versuchen. Sie sagen, sie hat ihren Sohn verloren?«

»Das war vor vielen Jahren, und danach hatte sie einen Zusammenbruch. Es war immer schwierig, aber diesmal … Es ist wie eine schwere Last, die sie erdrückt. Mein Glaube hat mir so oft geholfen. Ich will sie ja nicht zwingen, an irgendetwas zu glauben, aber ich weiß nicht, wie ich ihr sonst helfen soll.

Ich habe ihr gesagt, dass ich Sie anrufe, aber sie hat mich anscheinend gar nicht gehört. Wenn sie Sie sieht, sagt Sie Ihnen vielleicht nur, dass Sie verschwinden und sie in Ruhe lassen sollen.«

»Da wäre sie nicht die Erste«, sagte er lächelnd. »Wir können nichts weiter tun, als unsere Hilfe anzubieten.« Er bedeutete ihr voranzugehen, und Paulina führte ihn die breite Treppe hinauf.

»Das ist ja ganz gut gelaufen«, sagte Doug fröhlich und lockerte seine Krawatte. Er saß in einem Ledersessel neben dem Mahagonischreibtisch in Charles Hensons Büro bei Henson, Newman & Pierce. Die Büroräume lagen in einem hübsch renovierten Haus im Queen-Anne-Stil gegenüber der Stadtbibliothek; Charles' Büro konnte mit einem offenen Kamin mit verziertem Sims, persischen Teppichen und großzügig verteilten Tiffany-Lampen aufwarten.

Charles, der eben dabei war, seine Aktentasche auszupacken, hielt inne und starrte seinen Mandanten an, der einen Arm lässig über die Lehne des Ledersessels gelegt hatte. Er verstand natürlich, dass Doug erleichtert war. Julia Sewell hatte ihn bei der Gegenüberstellung nicht identifizieren können, und obwohl die Polizei mit weiteren Zeugen gedroht hatte, standen die offenbar zur Zeit nicht zur Verfügung. Nachdem Charles mit einer Klage wegen Belästigung gedroht hatte, hatte die Polizei ihn gehen lassen.

»Ich an Ihrer Stelle würde die Krawatte noch anbehalten«, sagte Charles kühl. »Noch ist es nicht vorüber.«

Dougs selbstzufriedene Miene fiel in sich zusammen, als er sich aufrecht hinsetzte und die Krawatte wieder in Ordnung brachte. Charles schalt sich für seinen barschen Tonfall. Der junge Mann hatte allen Grund, erleichtert zu sein. Charles überlegte, ob er vielleicht nur deshalb so ungehalten war, weil er sich solche Sorgen machte. Er hörte das Telefon im Vorzimmer klingeln und fragte sich, ob seine Sekretärin schon zurück war und abnehmen konnte. Sie war nicht an ihrem Platz gewesen, als sie hereinkamen. Automatisch spitzte Charles die Ohren und hoffte, dass endlich der Anruf von Paulina kam. Doch einen Moment später erlosch das Licht an seinem Telefon, und Charles wühlte weiter in seiner Aktentasche herum.

»Was meinen Sie damit, es ist noch nicht vorüber?«, fragte Doug argwöhnisch.

»Nun, als wir vorhin aufs Revier gefahren sind, ging es um zwei Vermisste. Jetzt haben wir es mit einem Mord zu tun«, sagte er mit Bezug darauf, dass man inzwischen Rebeccas Leiche gefunden hatte. »Cameron würde Sie am liebsten sofort wieder einkassieren. Er hat es auf Sie abgesehen.«

»War das Ihr Ernst, was Sie über die Klage wegen Belästigung gesagt haben?«, fragte Doug.

Charles tippte mit seinem Mont-Blanc-Füller auf die gewölbte Lehne seines Ledersessels. »Ich glaube, wir könnten uns dazu gezwungen sehen. Als eine Art Präventivschlag. Damit er begreift, dass er Sie nicht jedes Mal aufs Revier schleifen kann, wenn es eine neue Entwicklung gibt.«

»Ist da viel Geld drin?«, fragte Doug gierig. »Meinen Sie, wir könnten Recht bekommen?«

Charles sah förmlich die Dollarzeichen in Dougs Augen leuchten. »Doug, das ist nicht so, als würde man im Lotto gewinnen. Solche Prozesse können sich jahrelang durch verschiedene Instanzen hinziehen. Im Moment haben wir auch nicht viel Munition.«

»Aber dieses Bild war so ungenau, das hätte sonst wer sein können«, sagte Doug empört.

»Aber das hätten auch Sie sein können. Es hatte schon Ähnlichkeit mit Ihnen. Es ist ja nicht so, als hätte die Zeugin einen kleinen, kahlköpfigen Dicken beschrieben …«

»Sie hat mich nicht erkannt«, protestierte Doug.

»Nein, das hat sie nicht. Hoffen wir, dass die Sache damit erledigt ist.«

»Warum haben Sie dann überhaupt mit dieser Klage gedroht?«, fragte Doug enttäuscht.

»Man hat Sie gerade von sehr schwerwiegenden Vorwürfen freigesprochen, und Sie versuchen, Ihren Ruf wiederherzustellen. Wir wissen doch alle, dass die Presse solche Vorwürfe eifrig verkündet, aber den Freispruch dann nur nebenbei erwähnt.«

»Das stimmt«, sagte Doug.

»Also. Auf einmal stehen Sie wieder in den Schlagzeilen, erscheinen in den Fernseh-Nachrichten, und sei es nur, weil der Polizeichef nicht wahrhaben will, dass seine Tochter gelogen hat …«

»So sehe ich das auch«, sagte Doug.

»Nun, eine Klage könnte unsere letzte Möglichkeit sein, uns zur Wehr zu setzen. Ich meine, falls er weiterhin versucht, Sie an den Pranger zu stellen.«

»Also sollten wir ihn doch verklagen«, sagte Doug.

»Nein. Ich hoffe, dass die Drohung ausreichen wird, um den Mann wieder zur Vernunft zu bringen. Ich hoffe, dass er Sie ab sofort in Ruhe lässt. Sie wollen doch Ihrer Familie nicht noch mehr zumuten, oder?«

Doug biss sich gedankenverloren auf die Unterlippe. »Nein …«

Charles schaute auf die Uhr und dann auf das Telefon.

Doug spreizte die Hände. »Ich weiß nur nicht, was ich sonst tun sollte. Wie soll ich ihn davon abhalten, mich jedes Mal aufs Revier zu schleppen, wenn irgendein Mädchen ein komisches Geräusch vor seinem Fenster hört? Ich bin ja schon so etwas wie der schwarze Mann. Ich will, dass das aufhört. Ich kann mir kaum vorstellen, dass ein solcher Prozess für meine Frau schwerer zu ertragen wäre als die jetzige Situation.«

Charles seufzte. »Nun, wie gesagt, ich hoffe, dass die bloße Drohung ausreicht. Wenn nicht, müssen wir unsere Möglichkeiten genau abwägen. Ihnen muss eines klar sein: Wenn wir das Department verklagen, werden die Sie eine ganze Weile wie unter dem Mikroskop beobachten. Ich weiß doch, wie Maddy sich darauf gefreut hat, endlich wieder ein normales Leben zu führen.«

»Aber das hier ist nicht normal«, beharrte Doug. »Es ist nicht normal, nach Lust und Laune des Polizeichefs abgeführt zu werden. Das wird Maddy bestimmt verstehen.«

»Zugegeben«, sagte Charles, dem es allmählich zu viel wurde. »Aber die Androhung einer Klage ist eine Taktik, die das vielleicht schon verhindert. Bisher hat der Polizeichef seine Kompetenzen nicht ernsthaft überschritten.« Er beugte sich zu Doug vor. »Ein Mädchen ist tot. Ein Baby wird immer noch vermisst. Er muss alles versuchen, jede Möglichkeit ausschöpfen, egal, wem er dabei auf die Zehen tritt. Wenn Sie jetzt Klage einreichen, nur weil Sie ein paar Fragen beantworten mussten, garantiere ich Ihnen, dass Sie als Staatsfeind Nummer eins dastehen werden.«

Doug sank in seinem Sessel zusammen. »Also schön«, brummte er. »Ich schätze, Sie haben Recht. Für den Moment.«

Das Telefon auf Charles' Tisch klingelte, und der Anwalt fuhr zusammen. »Entschuldigen Sie mich einen Moment«, bat er. Als er abhob, meldete seine Sekretärin, dass Paulina ihn sprechen wollte. »Stellen Sie sie durch«, sagte er.

Doug betrachtete einen eingerissenen Fingernagel an seiner rechten Hand und schien ganz in Gedanken vertieft,

während Charles der schrillen Stimme seiner Haushälterin lauschte.
»Wie geht es ihr?«, fragte Charles. »Fehlt ihr etwas?« Er hörte wieder zu und sagte dann: »Ich bin schon unterwegs.« Er legte sanft den Hörer auf und erhob sich. »Doug, Sie müssen mich entschuldigen. Ich muss sofort los.«
Doug stand auf und reichte ihm verlegen die Hand. »Ich möchte mich noch einmal bei Ihnen bedanken, Charles.«
Charles schüttelte kurz die dargebotene Hand und drückte sich dann an ihm vorbei, um zur Tür zu gelangen. »Wir sprechen uns später«, sagte er. Doug verstand den Wink und hastete vor ihm zur Tür hinaus.

Charles raste nach Hause, wich dem zähen Stoßverkehr aus und riskierte einen Strafzettel wegen Geschwindigkeitsüberschreitung, wann immer er freie Bahn hatte. Er schaltete weder das Radio noch den CD-Player an. Seine Nerven vertrugen keine zusätzliche Ablenkung mehr. Er konzentrierte sich ganz darauf, das ruhig dahinfahrende Auto zu lenken, und bemühte sich, seiner Panik Herr zu werden. Er versuchte sich einzureden, dass alles in Ordnung war, aber eine innere Stimme flüsterte ihm unablässig das Gegenteil ein.
Gestern Abend hatte er bemerkt, dass das alte Vorhängeschloss von der Tür des Spielhäuschens im Müll lag und durch ein glänzendes neues ersetzt worden war. Reste abgeblätterter Farbe auf dem Gartenweg wiesen darauf hin, dass sie die verschalte Fassade abgeschliffen hatte, um sie neu zu streichen. Sie hatte gesagt, es ginge ihr gut. Er wusste, dass es ihr nicht gut ging. Das wusste er schon seit Tagen.
Charles kam zu Hause an und stellte seinen Mercedes hinter Ellens rotem Jeep und einem schwarzen Buick, den er noch nie gesehen hatte, in der Auffahrt ab. Er stieß die Haustür auf

und rief nach Paulina, während er seine Aktentasche auf dem intarsienverzierten Schränkchen im Flur abstellte. Der heimelige Duft von Zimt und gebackenen Äpfeln erfüllte das elegante Haus.

Paulina kam aus der Küche herbeigeeilt, wobei sie den Kopf schüttelte und sich die Hände an einem Küchentuch abwischte. »Ich bin froh, dass Sie da sind«, sagte sie. »Pater Rylander ist gerade bei ihr oben.«

»Pater Rylander? Wer ist das?«

Paulina winkte ihn in die Bibliothek. Er folgte ihr in den düsteren, nüchtern wirkenden Raum. Schwere seidene Wandbehänge und maßgeschreinerte Bücherregale bestimmten die Wände. Ein Arrangement aus Chrysanthemen, Lilien und Astern auf dem großen Tisch hob sich als prächtiger Farbklecks vor den antiken Fenstern ab. »Pater Rylander ist der Gemeinde-Pfarrer«, erklärte Paulina.

»Was fehlt ihr denn?«, drängte Charles. »Warum haben Sie einen Priester gerufen?«

»Ich konnte Sie länger nicht erreichen und wusste nicht, was ich sonst tun sollte.«

»Was ist passiert?«

»Zuerst konnte ich sie nicht finden. Ich bin überall rumgefahren und habe sie gesucht. Sie wissen schon, an den Orten, wo sie manchmal hingeht. Das sind ja nicht viele.«

Charles wusste, was sie meinte, und nickte. Er legte der Haushälterin eine Hand auf die stämmige Schulter. »Gott sei Dank, dass wir Sie haben, Paulina.«

»Als ich sie nicht finden konnte, wollte ich schon aufgeben und heimfahren. Dann habe ich ihr Auto an der River Road gesehen. Es stand fast im Graben.«

»Was wollte sie denn an der River Road?«, fragte Charles.

Paulina runzelte die Stirn. »Sie hat gesagt, sie sucht die Katze. Die sie den Leuten neulich Abend geschenkt hat. Ich habe sie im Wald gefunden, auf Händen und Knien. Sie ist völlig zerschrammt.«

»Sie hatten einen Unfall, und die Katze ist weggelaufen«, erklärte Charles.

»Davon hat sie nichts gesagt«, erwiderte Paulina.

»Was sagten Sie am Telefon über dieses Geschäft für Kinderkleidung?«, fragte er.

»Als wir nach Hause kamen, hat jemand von dem Laden angerufen und gesagt, dass sie heute Vormittag ihren Geldbeutel dort vergessen hat«, sagte Paulina.

Charles zuckte ungeduldig die Achseln. »Ich hole ihn morgen«, sagte er. »Vielleicht hat sie ein Geschenk für das Kind oder Enkelkind einer Freundin gekauft.«

Paulina schüttelte den Kopf. »Das Mädchen von dem Laden hat gesagt, dass sie fünf komplette Garnituren gekauft hat.«

»Manchmal ist sie eben etwas zu großzügig«, nahm er seine Frau in Schutz und ging im Geiste ihre gesamte Bekanntschaft durch, auf der Suche nach jemandem, für den ein solches Geschenk bestimmt sein könnte.

»Sie hat dem Mädchen erzählt, dass die Sachen für ein Baby wären – namens Ken.«

Charles hatte das Gefühl, ihm würde eine eisige Flüssigkeit über den Rücken geschüttet.

»Das habe ich in ihrem Auto gefunden«, sagte Paulina. Sie hielt eine Tüte mit dem Logo von *Precious Littles* hoch, von deren Griff sich ein weißes Band über die Fläche schlängelte. »Sie war leer. Sie hatte sie unter dem Sitz versteckt. Als ich sie danach gefragt habe, ist sie wütend geworden und hat gesagt, sie wüsste gar nicht, wovon ich spreche. Dann ist sie nach oben gegangen.«

Charles wandte sich von der Haushälterin ab und starrte durch die mit Mittelpfosten verzierten Fenster hinaus auf das Grundstück hinter seinem Haus. Die Blumen in Ellens Garten waren nun verblüht. Nur hier und da zeigte sich ein Fleckchen Rosa oder Rot zwischen den braunen Blättern, wo ein paar Fleißige Lieschen ausharrten oder eine verspätete Rose sich noch an ihre kahlen Ranken klammerte. Inmitten ihres Gartens stand das Spielhäuschen, still und dunkel, mit seinen leeren Fensterhöhlen, dem spitz zulaufenden Dach und den abblätternden Bretterwänden. Es war groß genug, dass eine ganze Schar von Kindern darin hätte spielen können, aber es war leer und wirkte trübselig und verfallen. Charles' Augen wurden feucht, als er so hinausblickte und die Vergangenheit kurz vor ihm aufleuchtete, um sich dann wieder zu verdüstern.

»Ach, Paulina«, flüsterte er. »Was geschieht nur mit ihr?«

Paulina stand auf und wischte sich noch einmal die Hände an dem Küchentuch ab. »Sie sollten lieber mal nach ihr sehen. Ich hatte schon Angst, sie wird vielleicht wütend, weil ich den Pfarrer gerufen habe, aber er ist jetzt schon eine ganze Weile bei ihr oben.«

Charles nickte, ging hinaus ins Foyer und blickte die Treppe hinauf. Religion. Paulinas Antwort auf alles und jedes. Und für sie und ihre Familie schien das auch die richtige Antwort gewesen zu sein. Aber Ellen hatte seit Kennys Beerdigung keine Kirche mehr betreten. Seufzend machte er sich auf den Weg zum Schlafzimmer im ersten Stock.

Er akzeptierte die Schwächen seiner Frau. Er wusste besser als jeder andere, wie sehr sie gelitten hatte. Er hatte auch gelitten. Aber er war wieder in die Welt hinausgegangen, hatte den Kampf wieder aufgenommen, weil er musste. Sie hatten ein Haus zu erhalten und ihren Lebensstandard zu finanzieren, und auf ihn wartete Arbeit. Ellen hatte schon vorher praktisch nur hier gelebt, in und um dieses Haus, mit ihrem Sohn, und da war sie auch geblieben. Nach einer Weile hatte er versucht, sie aus ihrem Schneckenhaus hervorzulocken, doch sie hatte darauf beharrt, dass sie am liebsten hier blieb. Und nach einer langen Weile schien sie sich allmählich zu erholen. Sie wurde nicht wieder ganz normal. Aber wer von uns ist schon ganz normal?, fragte er sich.

Als Charles das Schlafzimmer erreichte, ging die Tür auf, und Pater Rylander trat heraus.

»Pater?«

»Mr. Henson?«, fragte Nick und streckte ihm die Hand hin. »Freut mich, Sie kennen zu lernen. Ich habe mich mit Ellen unterhalten. Sie hält große Stücke auf Sie.«

Charles zog die Brauen zusammen. »Sagte sie etwas … haben Sie eine Ahnung, was ihr so zu schaffen macht?«

Nick zögerte. »Ich bin für sie natürlich nur ein Fremder. Wir haben darüber gesprochen, warum der Herrgott gibt und nimmt, und wie schwer das für uns zu verstehen ist. Ich weiß nicht, ob ihr das geholfen hat.«

»Danke, dass Sie gekommen sind, Pater«, sagte Charles.

»Das habe ich gern getan.« Nick drückte Charles ermutigend den Arm, als er im Flur an ihm vorbeiging. Dann stieg er die Treppe hinunter.

Charles stand noch zögernd vor der Schlafzimmertür. In diesem Raum hatten sie einen Großteil ihres gemeinsamen Lebens verbracht. Anfangs hatten sie zusammen gelacht und sich geliebt, später getrauert, und oft Vergessen gesucht. Nun war er von Angst erfüllt. Es ließ sich nicht mehr leugnen, dass es mit ihr eine Wendung zum Schlechteren genommen hatte. Er konnte mit allem fertig werden, nur damit nicht … Er gestattete sich nicht einmal, daran zu denken. Er schob die Tür auf und schaute hinein.

Sie lag auf dem Bett, hatte sich unter der Tagesdecke aus Satin zusammengerollt wie ein Fötus. Auf Zehenspitzen schlich er hinein. Sie drehte den Kopf und sah ihn an. Ihre Augen wirkten dunkel und ängstlich.

»Liebling?«, fragte er. »Geht es dir gut? Ich habe gerade Pater Rylander auf dem Flur getroffen.«
»Er war sehr nett«, sagte sie.
»Ja, fand ich auch.«
»Ich konnte das Kätzchen nicht finden«, klagte sie.
Er trat ans Bett und setzte sich neben sie auf die Bettkante. Er strich zärtlich über ihre prächtigen grauen Locken. Er dachte daran zurück, wie sie früher golden geglänzt hatten. »Ist schon gut«, sagte er beruhigend. »Es wird alles wieder gut.«
Er wusste, dass er sie auf den Kinderladen ansprechen musste. Er versuchte, sich besonders vorsichtig auszudrücken. »Ich hole morgen deinen Geldbeutel von dem Kindermoden-Geschäft ab«, sagte er.
Ellen drehte den Kopf weg. »Sie müssen ihn auf der Straße gefunden haben«, beharrte sie. »Ich habe bei einem Kiosk ganz in der Nähe etwas gekauft. Was sollte ich denn in einem Geschäft für Kindermode?«
Und was ist mit der Tüte?, wollte er rufen. Wo sind die Sachen? Warum sollte die Verkäuferin lügen? Er schwieg. Der Mann, der sich vor Gericht durch die unerbittlichsten Verhöre kämpfte, saß ganz still auf der Bettkante und sagte nichts. Er wollte sich nicht selbst den letzten Hoffnungsschimmer nehmen, indem er sie zwang, zu antworten.
Ellen wandte sich ihm wieder zu und betrachtete sein graues Haar, sein besorgtes Gesicht. Sie nahm seine große, starke Hand in ihre zarte, alternde. »Es tut mir Leid, Charles«, flüsterte sie. »Ich habe nur solche Angst. Ich hatte noch nie im Leben so schreckliche Angst.«
Charles streichelte ihr mit der freien Hand den Kopf. Sein Herz erbebte unter der Bedeutung ihrer Worte. »Warum hast du Angst?«
Sie zögerte und entschloss sich dann, nichts zu sagen. Sie lag da und zitterte unter der warmen Decke.

»Du brauchst keine Angst zu haben«, tröstete er sie. »Ruh dich ein bisschen aus. Du hast nichts zu befürchten.« Seine Stimme war gefasst und beruhigend. Doch sein Herz schrie: Bitte, lieber Gott, nicht das. Hast du mir nicht schon genug genommen? Bitte, oh, bitte. Nicht auch das noch.

16

Am nächsten Morgen standen Doug und Maddy in ihrer Einfahrt, froren in der morgendlichen Kühle und sahen zu, wie Amy herbstlich bunte Blätter sammelte. Doug seufzte. »War das eine lange Nacht«, sagte er.

Maddy nippte an ihrem Becher Kaffee und betrachtete über den Rand hinweg ihre friedliche Nachbarschaft. Sie hatten eine weitere Nacht wach gelegen und Seans Weinen und Jammern gelauscht; beide hatten dunkle Ringe unter den Augen. Doug und sie hatten nebeneinander gelegen und weder geschlafen noch miteinander gesprochen. Sie wusste, dass er sie für diese schreckliche Nacht verantwortlich machte. Sie wollte nicht darüber sprechen.

»Und, wo willst du jetzt hin?«, fragte sie.

»Ich schaue mal in der Werkstatt vorbei«, sagte er, »und frage, ob ihr Wagen schon fertig ist. Sollte doch heute Morgen soweit sein.«

Maddy nickte. »Unseren konnten wir ja praktisch gleich wieder abholen. Hoffentlich geht es bei dem Kombi auch so schnell.«

»Wenn nicht, bleibe ich so lange da stehen, bis sie fertig sind«, sagte Doug grimmig. »Noch so eine Nacht halte ich nicht aus. Ich muss morgen wieder zur Arbeit, Maddy. Wir müssen sie aus dem Haus kriegen, damit ich morgen fit bin.«

»Ich weiß«, sagte Maddy.

»Es wird auch so schwer genug, diese Schule wieder zu betreten. Die Blicke und das Geflüster zu ignorieren. Als würde das nicht schon reichen, müssen die mich auch noch abführen und verhören, wegen diesem Kind und seinem Babysitter. Glaub ja nicht, dass die ganze Schule nicht auch davon sprechen wird.« Doug schüttelte den Kopf. »Ich sage dir, Maddy, ich freue mich richtig darauf, die Polizei zu verklagen. Ich habe es endgültig satt, für die den Prügelknaben zu spielen.«

»Du bist rehabilitiert«, sagte Maddy tonlos.

»Das interessiert doch keinen, die Gerüchte sind viel spannender. Du bist absolut weltfremd, wenn du glaubst … Ach, vergiss es. Ich weiß nur, ich muss endlich mal wieder ruhig schlafen, bevor ich zur Arbeit gehe.«

»Ich weiß«, sagte sie. »Ich weiß, dass du Ruhe brauchst. Die brauchen wir beide.«

»Während ich weg bin, solltest du mit ihr reden und ihr sagen, dass sie heute noch hier verschwinden müssen.«

»Ist ja gut, ist ja gut«, erwiderte Maddy. Sie rief nach Amy. »Komm, Schatz. Gehen wir Sean besuchen.«

Amy tapste zu ihr und reichte ihr den Strauß Herbstblätter. Maddy nahm ihn mit abwesendem Lächeln und küsste ihre Tochter, während Doug ins Auto stieg und in Richtung Werkstatt davonfuhr. Maddy öffnete die Haustür, und Amy ging hinein. Maddy sah sich bestürzt im Haus um. Durcheinander und Unordnung, wohin sie schaute. Nicht, dass Bonnie schlampig gewesen wäre. Im Gegenteil, sie war geradezu pedantisch. Aber zwei zusätzliche Personen waren in dem Chaos der letzten zwei Tage der Tropfen, der das Fass zum Überlaufen brachte. Im Erdgeschoss waren Bonnie und Sean nicht. Sie mussten sich also oben im Gästezimmer aufhalten. Sie setzte Amy an ein Puzzle und räumte auf. Die vertraute Routine der Hausarbeit beruhigte sie. Während sie die Waschmaschine belud, fiel ihr ein, dass ihre Gäste wahrscheinlich auch etwas zu waschen hatten. Wenn sie sie schon auf die Straße setzen musste, konnte sie ihnen wenigstens eine Ladung frischer Wäsche mitgeben.

Sie stieg die Treppe hinauf und ging den Flur entlang zum Gästezimmer. Als sie sich der Tür näherte, hörte sie Seans vertrautes Wimmern. Sie klopfte sanft an, und Bonnie rief barsch von drinnen: »Was wollen Sie?«

Maddy öffnete die Tür und trat ein. Im Zimmer herrschte absolute Ordnung. Bonnies Sachen waren alle direkt neben ihrem Koffer gestapelt, als wolle sie es sich hier gar nicht erst gemütlich machen. Sie saß auf dem Bett und las. Maddy warf einen Blick auf das Buch und sah, dass es ein historischer Kitschroman war. Sean saß an einen Stuhl gelehnt auf dem Boden, jammerte vor sich hin und lutschte an seinen Fingern. Neben ihm lag Mr. Bird, Amys großer Stofftier-Vogel.

»Ich wollte gerade Wäsche waschen«, sagte Maddy. »Wenn Sie etwas zu waschen haben, stecke ich es gern mit in die Maschine.«

Bonnie blickte widerwillig auf den kleinen Haufen Kleidung neben ihrem Koffer.

»Vielleicht ein paar von Seans Sachen?«, fragte Maddy.

Bonnie schwang die Beine vom Bett und ging zu dem Koffer hinüber. Im Gegensatz zur abgetragenen, schäbigen Garderobe seiner Mutter waren Seans sämtliche Kleidungsstücke strahlend neu. Typisch, dachte Maddy. Die Kleidung unserer Kinder ist uns immer wichtiger als unsere eigene.

Bonnie hielt zögernd ein paar Hosen und Hemdchen in der Hand und reichte sie dann widerstrebend Maddy. »Na ja, wenn Sie sowieso waschen …«, sagte sie.

Maddy nahm die Sachen und knüllte sie in den Händen zusammen. Sie musste Bonnie jetzt sagen, dass sie gehen musste. Sie hatte es Doug versprochen, aber nun, da es so weit war, brachte sie die Worte nicht heraus. Sie fragte sich,

wie viel von diesem Gespräch über die Versicherung Bonnie gehört hatte. Keiner von ihnen hatte das Thema seitdem wieder angeschnitten, doch Maddy fragte sich, ob Bonnie es vielleicht jetzt tun würde. Bonnie konnte sie sogar damit erpressen, wenn Maddy sie darum bat, das Haus zu verlassen. Bonnie hatte so eine launische Art; möglicherweise ging sie ja in die Luft, wenn sie sie so überraschend damit konfrontierte. Schieb es nicht auf, ermahnte Maddy sich. Sag es ihr einfach, dann werden wir schon sehen, wie sie reagiert.
»Äh, Bonnie, ich muss mit Ihnen reden.«
Bonnie zog den Reißverschluss des kleinen Koffers zu und blickte argwöhnisch zu ihr auf.
»Ich weiß, ich habe gesagt, Sie könnten so lange bleiben, wie es nötig ist … und es tut mir auch schrecklich Leid, aber …«
»Sie wollen, dass wir gehen«, sagte Bonnie tonlos.
Maddy verzog bedauernd das Gesicht. »Doug sieht gerade nach, ob Ihr Wagen schon fertig ist.«
Bonnie stellte den Koffer so vorsichtig wieder auf den Boden, als enthalte er Sprengstoff. Maddy konnte ihr Gesicht nicht sehen.
»Ich möchte eigentlich nicht, dass Sie gehen«, erklärte Maddy hastig. »Es ist nur das Baby, das nachts so viel weint … Mein Mann hat eine Zeit lang nicht gearbeitet, aber morgen fängt er wieder an, und er … befürchtet, dass er wieder nicht schlafen kann.«
Bonnie richtete sich auf, sah Maddy jedoch nicht an. Einen Moment lang hatte Maddy den Furcht erregenden Eindruck, dass die Frau wutentbrannt auf sie losgehen würde.
»Es tut mir wirklich Leid, Bonnie«, sagte Maddy.
Bonnie setzte sich wieder aufs Bett und betrachtete Sean mit kaltem Blick. Er wimmerte immer noch. »Ist schon gut. Ich halte es ja selbst kaum noch aus«, sagte sie.
Aus ihrer Stimme sprach keine Wut auf Maddy. Ihr Tonfall

war sogar beinahe freundlich. Dadurch fühlte sich Maddy nur noch schuldiger. »Es ist schwer, wenn sie so viel weinen«, bestätigte sie.
Bonnie betrachtete ihr Kind mit gerunzelten Brauen. »Manchmal kommt man einfach nicht drauf, was sie wollen.«
»Ja, allerdings«, sagte Maddy und blieb in der Tür noch einmal stehen. »Es wird leichter, wenn sie sprechen können.«
Bonnie sagte mit teilnahmsloser Stimme: »Meine Mutter hat mir immer prophezeit, ich würde eine grauenvolle Mutter abgeben. Sie hat mich gewarnt. Aber sie hat mir ja überhaupt nie etwas zugetraut. Sie hat auch gesagt, ich würde nie einen Mann finden. Dass mich niemand nehmen würde.« Sie lachte bellend. »Sie wusste eben auch nicht alles.«
Maddy sah für einen Moment den Ausdruck eines verletzten Kindes über das Gesicht der anderen Frau huschen. Was trieb eine Mutter dazu, das Selbstbewusstsein ihres Kindes derart zu unterminieren?, fragte sie sich. Kein Wunder, dass Bonnie sich immer gleich in die Defensive gedrängt fühlte.
»Na ja, das erste Jahr mit einem Baby ist das schwerste, glaube ich. Zumindest kam es mir so vor«, sagte Maddy.
»Für Sie war es auch schwer?«
»Du meine Güte, ja«, sagte Maddy. »Es ist alles so neu und verwirrend, und man weiß oft nicht, ob man das Richtige tut.«
»Wenn sie die ganze Zeit weinen, fühlt man sich wie ein absoluter Versager«, sagte Bonnie. Sie ließ die Schultern hängen, und Maddy hätte sie am liebsten in den Arm genommen.
»Das ist nur eine Phase«, sagte Maddy. »Ich glaube, man tut schon sehr viel für sie, wenn man sie möglichst oft im Arm hält.«
Bonnie blickte zu Sean hinüber, als sei ihr dieser Gedanke noch gar nicht gekommen. Ich wette, es gab niemanden, der

dich häufig in den Arm genommen hat, dachte Maddy und betrachtete Bonnie traurig. »Vielleicht zahnt er ja«, sagte Maddy vorsichtig. »Amy hat damals auch so geweint. Manchmal hilft es, wenn man ihnen ein feuchtes Tuch gibt, auf dem sie herumbeißen können.«

Bonnie wurde steif, als wolle sie gleich auffahren, doch dann nickte sie. »Vielleicht«, meinte sie.

»Ich hole Ihnen eins«, sagte Maddy. Bevor Bonnie protestieren konnte, holte sie einen frischen weißen Waschlappen aus dem Wäscheschrank und hielt ihn kurz unter den Wasserhahn im Bad. Sie brachte ihn ins Gästezimmer und reichte ihn Bonnie.

»Hier, Sean, guck mal«, säuselte Bonnie, doch das Kind blickte nicht auf. Maddy fragte sich nicht zum ersten Mal, ob der Junge vielleicht taub war. Er reagierte eigentlich nie, wenn jemand seinen Namen rief. Das würde auch erklären, warum er so frustriert war. Sie entschied sich jedoch dafür, nichts zu sagen; Bonnie würde das gewiss wieder als Einmischung empfinden. Wenn er schlecht hörte, würde sich das noch früh genug herausstellen.

Bonnie beugte sich hinab, um ihn hochzuheben. Sean erschrak und heulte auf. Bonnie hob die Hand, als wollte sie ihn schlagen, und setzte ihn sofort wieder auf den Boden. »Er will das nicht«, sagte sie brüsk.

Maddy empfand sowohl Mitleid mit ihr als auch Sorge um das Baby. Sean konnte ja nichts dafür, aber Bonnie fühlte sich durch sein Verhalten zurückgewiesen.

»Er hat eben schon seinen eigenen Kopf«, sagte Maddy lahm.

»Er mag mich nicht«, jammerte Bonnie, der Tränen in die Augen stiegen.

»Natürlich mag er Sie«, widersprach Maddy. »Er liebt Sie. Sie sind seine Mutter.«

Bonnie schob ihre Brille hoch und wischte sich ungeduldig

die Augen. »Entschuldigung. Ich bin nur ... so erschöpft«, sagte sie.

Maddy nickte. Sie sah selbst, wie sich diese Erschöpfung in Bonnies Zügen spiegelte und in ihrer niedergedrückten Haltung. Sie kannte dieses Gefühl. Es war schwer mit einem ständig jammernden Baby, und noch dazu lag ihr Ehemann im Krankenhaus. Und nun musste Bonnie auch noch eine Unterkunft für sie alle finden. Ein solcher Erschöpfungszustand konnte dem Kleinen gefährlich werden – er konnte ja nicht wissen, dass er seiner Mutter ein wenig Ruhe gönnen musste.

Maddy stand zögernd in der Tür und überdachte, was Doug gesagt hatte – dass sie heute aus dem Haus mussten. Warum denn so eilig?, dachte sie. Was machte es schon aus, wenn sie einen weiteren Tag blieben? Konnten sie nicht normale menschliche Güte und Freundlichkeit walten lassen? »Hören Sie«, sagte Maddy. »Warum schlafen Sie nicht ein Weilchen? Ich kümmere mich inzwischen um Sean. Amy würde bestimmt auch gern mit ihm spielen. Ich fahre Sie dann später rüber ins Krankenhaus.«

»Ich muss uns ein Zimmer suchen«, sagte Bonnie müde.

»Das hat noch Zeit«, beharrte Maddy. »Sie haben ja noch nicht einmal den Wagen wieder.«

Bonnie warf einen sehnsüchtigen Blick auf das Kopfkissen. »Ich bin müde«, sagte sie.

»Hier«, sagte Maddy bestimmt und nahm Bonnie den nassen Waschlappen aus der schlaffen Hand. »Sie legen sich jetzt erst mal ein bisschen hin.«

Gehorsam schwang Bonnie die Beine aufs Bett und drehte sich um. »Danke«, nuschelte sie. »Sie sind wirklich nett zu mir.« Sie sagte das in einem Ton, der darauf schließen ließ, dass sich wenige Menschen je um sie bemüht hatten.

»Kein Problem«, sagte Maddy. Sie bückte sich und hob Sean vom Boden auf. Im Vergleich zu Amy kam er ihr federleicht vor. Sean griff nach dem weißen Waschlappen, den Maddy noch in der Hand hielt. Maddy gab ihm den Frotteelappen, und er untersuchte ihn neugierig. Dann steckte er ihn in den Mund und begann begeistert darauf herumzukauen. Maddy drehte ihn weg, damit Bonnie es nicht bemerkte, falls sie aufblickte. In ihrem Zustand wäre sie sicher eifersüchtig und wütend geworden. Aber die Gefahr bestand wohl nicht. Sie lag zusammengekrümmt auf dem Bett, das Gesicht zur Wand, als schlafe sie bereits.

»Ruhen Sie sich nur aus«, sprach Maddy zu Bonnies Rücken und zog die Tür hinter sich zu. »Sean und ich kommen prima zurecht.«

17

Maddy schaltete den Fernseher in ihrem Atelier ein, ließ Amy, die heute Morgen ein wenig matt wirkte, Trickfilme schauen und gab ihr ein paar Haferkekse. Sean saß in Amys altem Schwingsitz und kaute immer noch auf dem Waschlappen herum. Maddy setzte sich auf den hohen Stuhl hinter dem riesigen Resopal-Tresen, an dem sie arbeitete. Sie hatte reichlich Glas einzufassen, und das konnte sie ebenso gut jetzt machen. Bei diesem Arbeitsschritt brauchte man sich nicht besonders zu konzentrieren, und das war gut, denn sie war heute Morgen so müde. Die Kinder waren recht still, und im Atelier herrschte Frieden. Maddy nippte an ihrer zweiten Tasse Kaffee und bog den Kupferdraht um die Kanten der Glasstücke, die sie für ein Buntglasfenster ausgeschnitten hatte. Jedes einzelne Stück Glas musste ganz mit Draht eingefasst sein; dann wurden die einzelnen Stückchen miteinander verlötet. Für sie war Einfassen so etwas wie das Kämmen der Wolle für einen Weber – eine der langweiligen, aber notwendigen Arbeiten, die zu ihrem Handwerk gehörten.

Amy kicherte, als ihr liebster Zeichentrick-Kater eine Maus jagte, der er nicht gewachsen war. Sean kaute und schaukelte in dem Sitz herum und schien sich überhaupt nicht für den Fernseher zu interessieren. Maddy fragte sich wieder einmal, ob er vielleicht schlecht hörte. Es war schwer, seine Aufmerksamkeit zu erringen. Sie trank noch einen Schluck Kaffee und nahm ein pfauenblaues Stück Glas zur Hand. Ihr Entwurf für dieses Fenster war großartig, und sie glaubte, es könnte ihr bislang schönstes Werk werden. Sie empfand flüchtiges Bedauern darüber, dass Pastor … dass Nick nicht mehr da sein würde, um es zu bewundern.

Der Gedanke an Nick rief ihr die kurze Umarmung ins Gedächtnis, mit der sie sich gestern voneinander verabschiedet hatten. Sie errötete, als sie sich an ihre Gefühle in seinen Armen erinnerte. Sie wunderte sich nur darüber, dass sie vorher nichts davon bemerkt hatte. Vielleicht hatte sie es ja auch bemerkt, es sich aber nicht eingestehen wollen. Schließlich war er ein Priester. Sie hatte immer geglaubt, dass Priester, die das Zölibat ja selbst gewählt hatten, eine Art mentalen Schutzwall gegen solche Gefühle der Anziehung besaßen.

Nun gestand sie sich ein, dass niemand gegen die Versuchung gefeit war. Wenn man ein Gelöbnis ablegte – sei es das Gelübde des Zölibats oder der Ehe –, dann bedeutete das nur, dass man der Versuchung nicht mehr nachgeben würde. Was man geschworen hatte, daran hielt man sich. So einfach war das.

Doch wenn sie an die gestrige Unterhaltung dachte, musste sie sich eingestehen, wie sehr sie ihn vermissen würde. Seine Freundschaft und die Gespräche mit ihm waren ihr im Laufe des letzten Jahres, während ihrer gemeinsamen Arbeit, sehr wichtig geworden. Es kam oft vor, dass ihr etwas einfiel, was sie ihm gern erzählt hätte. Sie war unleugbar traurig darüber, dass sie sich solche Beobachtungen nun nicht mehr für ihn zu merken brauchte. Nick ging fort, und es hatte keinen Sinn, sich einzubilden, dass sie miteinander in Kontakt bleiben würden. Vor allem jetzt nicht mehr, da sie sich eingestand, dass sie auch Verlangen nach ihm empfand. Es war vermutlich ganz gut, dass er ging – gut für sie beide. Ihre Freundschaft zu Nick drohte ein allzu wichtiger Teil ihres Lebens zu werden. Obwohl Doug sich mit seinem Verdacht

irrte, es könnte sich etwas Unschickliches zwischen ihnen entwickeln, so hatte er womöglich doch etwas gespürt, bevor es ihr selbst bewusst wurde.
Was wirklich zählte, so ermahnte sie sich, war Nicks Rat: Sie musste ihren Mann unterstützen und sich den Glauben an seine Unschuld bewahren. Wie enttäuscht sie auch von Doug sein mochte, es gab einen gewaltigen Unterschied zwischen achtlosem und bösartigem Verhalten. Außerdem musste sie ihre Ehe einfach wieder in Ordnung bringen – sowohl um Amys als auch um ihrer selbst willen. Sie hatte in diese Ehe sehr viel eingebracht, und sie musste versuchen, die Basis des Vertrauens zwischen ihnen wieder aufzubauen. Gestern hatte alles noch sehr düster ausgesehen, aber heute fühlte sie sich besser. Immer noch etwas wackelig, aber von der Hoffnung eines neuen Tages erfüllt.
Der Trickfilm war zu Ende, und Kurznachrichten unterbrachen das laufende Programm. Es gab zahlreiche neue Informationen zum Tod von Rebecca Starnes. Maddy schüttelte traurig den Kopf beim Gedanken an das arme Mädchen, dessen junges Leben so brutal beendet worden war. Plötzlich wurde sie wütend auf Chief Cameron; obwohl er wegen seiner Tochter sehr wütend sein mochte, war es einfach ungeheuerlich, dass er ihren Mann eines solchen Verbrechens verdächtigte. Der Nachrichtensprecher kündigte an, dass der Sender nun noch einmal die Bitte der Eltern von Justin Wallace ausstrahlen würde, ihnen ihr Kind gesund zurückzugeben. Dieser Appell von Donna und Johnny Wallace war herzzerreißend. Donna Wallace hielt ein Polaroid-Foto ihres Sohnes hoch, auf dem er leider aussah wie eine Milchflasche mit roten Augen und einem Wust von Locken obendrauf.
»Wer auch immer Sie sind, wenn Sie unseren Sohn haben, bitte geben Sie ihn uns zurück. Wir sind nicht wütend auf Sie. Wie werden Sie auch nicht anzeigen. Wir wollen nur unseren

Justin wiederhaben.« Donna Wallace begann zu weinen, und Johnny Wallace legte einen Arm um sie und beugte sich zum Mikrofon vor.
»Bitte geben Sie uns unseren Sohn zurück«, sagte er, wobei seine tiefe, barsche Stimme beinahe brach.
Maddy, die voller Mitleid zugehört hatte, während sie weiter arbeitete, hörte plötzlich einen seltsamen Laut von Sean. Er saß aufrecht in dem Sitz, so gerade, wie ein kleines Baby eben konnte, und war offensichtlich völlig fasziniert von dem, was er auf dem Bildschirm sah. Seine Äuglein waren weit aufgerissen, und er gab einen leise grunzenden Laut von sich, der sich anhörte wie »Pa... pa ...«
Maddy sträubten sich die Haare im Nacken. Das Kind war nun sehr erregt, schaukelte wild in dem Babysitz herum und wiederholte immer denselben Laut. »Pa ... pa ...«
Amy drehte sich zu ihrer Mutter um. »Was sagt er da, Mama?«
Maddy starrte das Baby an. »Ich weiß nicht«, flüsterte sie.
»Es hört sich an wie Papa«, sagte Amy.
»Ich weiß«, erwiderte Maddy.
Nun begann eine Gameshow, und Amy sagte: »Das will ich nicht sehen.«
Sean begann jämmerlich zu weinen und streckte die winzigen Finger nach dem Fernseher aus.
Maddy kam wie betäubt hinter ihrem Tresen hervor, schaltete zur *Sesamstraße* um und bückte sich, um Sean den Waschlappen aus den kleinen Händen zu nehmen. Sie ging zum Waschbecken und ließ Wasser darüber laufen. Sei nicht albern, sagte sie sich. Sie dachte an Terry Lewis im Krankenhaus. Er hatte dunkles Haar, genau wie Johnny Wallace. Und Johnny Wallace wirkte in seiner Verzweiflung auch etwas zerzaust, genau wie Terry Lewis. Das war vermutlich alles. Sean sah einen Mann im Fernsehen, der ihn an seinen Papa erinnerte. Wenn ... wenn es das war, was er hatte sagen wollen.

Sie tränkte den Waschlappen mit Wasser, wrang ihn aus und machte ihn noch einmal nass. Sie drehte sich wieder zu den Kindern um. Sean zeigte immer noch auf den Fernseher. »Brr ...«, heulte er.
»Er will ›Barney‹ sagen«, informierte Amy ihre Mutter. »Sean kann sprechen.«
Maddy ging langsam zu dem Baby hinüber. Sean würde nicht versuchen zu sprechen, wenn mit seinem Gehör etwas nicht stimmte, dachte sie. Aber das bedeutet gar nichts, sagte sie sich. Niemand konnte wissen, was Babys dachten. Sie betrachtete Sean mit ganz neuen, kritischeren Augen. Er sah dem vermissten Baby nicht sehr ähnlich. Nun ja, die Haarfarbe stimmte schon, aber das Baby auf dem Bild hatte Locken. Lange Korkenzieherlocken. Sie legte den Kopf schief und betrachtete Seans weiches, kurz geschorenes Haar. Es hatte dieselbe Farbe, na und? Was für eine verrückte Idee, dachte sie. Sei nicht albern. Das hier ist Bonnies Baby. Bonnies und Terrys Baby. Sean.
Er schaukelte immer noch und weinte bittere Tränen, als trauere er den Bildern im Fernsehen schrecklich nach. Maddy stellte sich hinter ihn und hielt ihm den nassen Waschlappen hin. »Justin«, flüsterte sie.
Sean fuhr herum und staunte sie überrascht an. Dann lächelte er zahnlos und griff nach dem Waschlappen.

18

Dr. Larry Foreman fuhr mit dem Aufzug zu seinem Büro im zweiten Stock, eine Tüte mit einem Becher Kaffee und einem Rosinenbrötchen in der Hand. Er schalt sich dafür, so ungesund in den Tag zu starten, aber manchmal war ihm eben nicht danach, gegen den inneren Schweinehund anzukämpfen.

Heute war ein kalter, scheußlicher Morgen, nichts als grauer Himmel, und Larry litt unter Sonnenschein-Mangel. Doch er konnte im Moment nichts anderes tun, als von der Ferienwohnung seiner Schwiegereltern in Florida zu träumen. Wenn die drückende Hypothek nicht gewesen wäre, und drei Töchter, die Zahnspangen brauchten und College-Ausbildungen und irgendwann Hochzeiten, dann hätte er ein paar Wochen Luxus-Urlaub in der Karibik machen können. Wie die Dinge lagen, würde er nur dann lang genug leben, um irgendwann einmal die Karibik wieder zu sehen, wenn er die Treppe nahm und zum Frühstück ein trockenes Brötchen aß – aber man konnte die Selbstkasteiung auch übertreiben.

Die Tür zu seinen Büroräumen war offen und das Licht an, was bedeutete, dass seine Sekretärin schon bei der Arbeit war. Da er den ersten Termin für heute erst in vierzig Minuten hatte, würde er also reichlich Zeit für sein süßes Frühstück und den liegen gebliebenen Papierkram haben. Er begrüßte Arlene, die mit dem Kopf auf die Stühle im Wartebereich wies. Larry drehte sich stirnrunzelnd um und erblickte

Charles Henson, der auf der Stuhlkante saß, die Aktentasche auf den Knien.
»Charles«, sagte er, überrascht, den Anwalt höchstpersönlich hier vorzufinden. Er war ein paar Mal für Charles Henson als Gutachter vor Gericht aufgetreten, aber das hatten sie immer telefonisch vereinbart, oder vielmehr ihre Sekretärinnen, lange bevor sie sich dann trafen.
Vor vielen Jahren, als die Praxis noch neu und die Patienten dünn gesät gewesen waren, hatte er Charles Henson unter ganz anderen Umständen kennen gelernt. Er hatte Ellen Henson nach dem Tod ihres Sohnes wegen Depressionen behandelt. Sie hatte sich sehr spät in Behandlung begeben – Ellen war bereits tief in der Depression versunken, als Charles sie endlich überreden konnte, sich helfen zu lassen – zu spät, wie sich herausstellte. Auf seine Empfehlung hin hatte Ellen sich in die psychiatrische Klinik begeben, wo sich dank intensiver Therapie und geeigneter Medikamente allmählich eine Besserung einstellte.
Charles Henson stand auf. Sein Gesicht war aschfahl und abgespannt. »Larry«, sagte er. »Ich muss Sie sprechen.«
Nach einem Blick auf Charles' Gesicht vermutete Larry, dass sein Besuch nichts mit einem Mandanten zu tun hatte. Zu seinem Bedauern würde er den Papierkram nun doch nicht erledigen können, aber natürlich winkte er den Anwalt in sein Zimmer.
»Setzen wir uns doch ans Fenster. Stört es Sie, wenn ich meinen Kaffee trinke, während wir uns unterhalten?«, fragte er.
Charles ließ sich gehorsam am Fenster nieder und bedeutete Larry mit einem fahrigen Winken, dass er nichts gegen den Kaffee hatte.
Larry hatte schon viele Menschen gesehen, die depressiv oder von Verzweiflung überwältigt waren, und er erkannte

die Anzeichen. Er verstaute sein Frühstück in der Schreibtisch-Schublade, ging zum Fenster und setzte sich. Er sah den Anwalt mitfühlend an.

»Worum geht es, Charles? Was kann ich für Sie tun?«

Charles Henson seufzte. »Es geht um Ellen.«

Larry nickte. »Das hatte ich mir fast gedacht. Sie wirken sehr besorgt. Wo liegt denn das Problem?«

Charles öffnete den Mund, zögerte und nahm dann noch einen Anlauf. »Ich habe seit einiger Zeit versucht, gewisse Anzeichen zu ignorieren, Larry. Aber ich weiß noch genau, wozu das letztes Mal geführt hat. Als ich mir einredete, dass alles wieder gut wird. Dass man den Dingen einfach ihren Lauf lassen sollte …«

»Nun, es ist ja bekannt, dass das bei Menschen nicht funktioniert, die stark belastet sind«, sagte Larry diplomatisch.

»Ich fürchte, da ist etwas ganz und gar nicht in Ordnung …«

»Erzählen Sie mir davon«, sagte Larry.

Charles beschrieb die Ereignisse der vergangenen Tage so prägnant und nüchtern, wie er konnte. Was er erzählte, klang sehr ernst, und Larry verhielt sich völlig still, bis Charles fertig war.

»Irgendwann um diese Jahreszeit ist doch Kens Geburtstag, nicht?«, fragte er.

Charles nickte. »Er wäre diese Woche einundzwanzig geworden.«

»Nun, Sie wissen ja, ein Geburtstag oder ein anderer Jahrestag – so etwas kann hart sein.«

»Im Herbst war sie immer depressiv«, stimmte Charles zu. »Aber dieses Jahr, dieses Verhalten …« Seine Stimme erstarb.

Larry seufzte und sagte: »Charles, ich kann allein aufgrund Ihrer Schilderung keine Diagnose stellen, aber wenn Sie mich fragen wollen, ob sie jemanden aufsuchen sollte, dann rate ich dringend dazu …«

»Würden Sie sie wieder behandeln, wenn ich sie dazu überreden kann?«, fragte Charles.
»Sehr gern«, antwortete Larry.
Charles erhob sich abrupt. »Also gut«, sagte er. »Dann weiß ich, was ich zu tun habe.«
Larry begleitete ihn zur Tür hinaus und durch das Vorzimmer. Als sie am Wartebereich vorbeikamen, sprang eine elegant gekleidete Frau von ihrem Stuhl auf und sprach ihn an.
»Dr. Foreman.«
Larry drehte sich um und sah Heather Cameron, seine erste Patientin heute, die mit ihrem strähnigen Haar um das Mondgesicht über eine Zeitschrift gebeugt dasaß. Die Frau, die auf sie zukam, war Mary Beth Cameron, deren leuchtend rote Lippen ein entschuldigendes und zugleich forderndes Schnütchen zogen.
»Würden Sie draußen auf mich warten?«, bat Larry Charles. Dann drehte er sich wieder um und lächelte Mary Beth höflich an.
»Mrs. Cameron, was kann ich für Sie tun?«
»Ich habe Heather heute etwas früher hergebracht, weil ich heute Vormittag drei Termine habe, und da dachte ich, Sie beide könnten vielleicht ein bisschen eher anfangen.«
»Das ist mir recht«, sagte Larry und dachte wehmütig an sein Frühstück.
»Glauben Sie, Sie können ihr helfen, Doktor?«, fragte Mary Beth in vertraulichem Tonfall. Heather seufzte vernehmlich, doch Mary Beth fuhr fort: »Ich denke, wenn Sie einfach ein wenig an ihrem schwachen Selbstbewusstsein arbeiten würden, dann müsste sie nicht mehr … Sie wissen schon, in einer Fantasie-Welt leben. Sie braucht Freunde, Gleichaltrige, sie sollte auch mal ausgehen wie die anderen Mädchen.«
»Wenn Sie über Ihre Tochter sprechen möchten, machen Sie am besten für sich selbst einen Termin. Heather kann inzwi-

schen gern hier warten«, sagte Larry bestimmt. »Bitte entschuldigen Sie mich.«
Mary Beth reckte empört das Kinn, drehte sich dann um und warf Heather eine Kusshand zu. »Ich muss jetzt los, Heather.« Sie wartete nicht auf eine Reaktion.
Larry stieß auf dem Flur wieder zu Charles, während Mary Beth an ihnen vorbeirauschte, ohne sie eines Blickes zu würdigen.
»Ist das nicht Heather Cameron da drin?«, fragte Charles leise.
Larry nickte. »Das Gericht hat angeordnet, dass sie sich in psychotherapeutische Behandlung begibt.«
»Na, einen Besseren als Sie hätte sie nicht finden können«, sagte Charles freundlich.
Larry zog die Brauen hoch. »Dabei bin ich gar nicht sicher, ob sie diejenige ist, die hier eine Therapie braucht.«
»Ihre Familie, meinen Sie?«, fragte Charles.
Larry seufzte. »Zum Beispiel. Ihre Mutter glaubt, sie hätte sich die ganze Geschichte nur ausgedacht«, sagte er kopfschüttelnd. Dann fiel ihm plötzlich ein, dass Charles Douglas Blakes Anwalt war.
Charles sah ihn überrascht an. »Und Sie glauben das nicht?«, fragte er.
Larry runzelte die Stirn. »Ich … darf darüber nicht sprechen.«
»Aber sie hat ihre Geschichte ein halbes Dutzend Mal geändert«, protestierte Charles.
»Charles. Sorgen Sie dafür, dass Ellen mich anruft. Und machen Sie sich keine Sorgen. Ich bin sicher, dass wir ihr helfen können.« Er verabschiedete sich mit einem freundschaftlichen Schulterklopfen und ging in sein Büro zurück, bevor Charles ihm weitere unbequeme Fragen stellen konnte.

19

Maddy ging im Wohnzimmer auf und ab und schaute alle zwei Minuten aus dem Fenster, ob Doug endlich von der Werkstatt zurückkam. Das Krankenhaus hatte angerufen, Terry war bereit zur Entlassung. Maddy hoffte, dass Doug zurückkam, bevor Bonnie sich fertig gemacht hatte, um ihren Mann vom Krankenhaus abzuholen.

Endlich erschien eine ganze Kolonne von Autos in der Einfahrt – zuerst Doug, dann Bonnies Kombi, und noch ein Wagen von der Werkstatt, der den Kombi-Fahrer wieder zurückbringen sollte. Doug dankte den beiden Mechanikern und sah ihnen nach, als sie wegfuhren. Dann kam er aufs Haus zu. Maddy eilte hinaus, um ihn an der Vordertreppe zu begrüßen. Sie warf einen raschen Blick zurück ins Wohnzimmer, wo Amy und Sean still vor sich hin spielten.

»Mission erfüllt«, sagte er. »Der Kombi ist so gut wie neu. Jetzt haben sie keinen Vorwand mehr, noch länger hier zu wohnen.«

Maddy packte ihn am Ärmel und sprach leise auf ihn ein. »Doug, hör zu. Ich werde Bonnie sagen, dass Amy krank ist und zu Hause bleiben muss. Das Krankenhaus hat angerufen, Terry wird heute entlassen. Du musst Bonnie zum Krankenhaus fahren und ihr helfen, Terry abzuholen. Und dort mit ihr warten.«

»Was?«, protestierte er und fuhr sich mit beiden Händen durchs Haar. »Warum? Ich habe schon genug zu tun. Ich muss morgen wieder in die Schule. Ich muss noch meine Stunden vorbereiten.«

»Du kannst doch die Unterlagen mitnehmen und im Krankenhaus daran arbeiten.«

»Warum müssen wir ihr überhaupt helfen? Lass Bonnie ihn abholen, und dann können die beiden zusammen in den Sonnenuntergang reiten. Da steht ihr Wagen. Warum können sie jetzt nicht einfach verschwinden?«

»Doug, bitte vertrau mir, dieses eine Mal. Du musst sie hier wegbringen. Hör mir zu, das ist wichtig. Ich meine es sehr ernst.«

Doug riss sich von ihr los. »Maddy, worüber regst du dich denn so auf?«

Maddy holte tief Luft. »Doug, halt mich bitte nicht für verrückt. Lass mich nur ausreden.« Sie blickte wieder durchs Fenster zurück ins Wohnzimmer. Von Bonnie war immer noch nichts zu sehen. »Ich glaube, Sean könnte das entführte Baby sein.«

Doug verdrehte die Augen. »Ach, um Himmels willen.«

»Hör mir doch bitte zu, ja? Die Kinder haben heute Morgen ferngesehen, und als die Eltern des entführten Kindes zu sehen waren, ist Sean richtig durchgedreht, er hat gebrabbelt und auf den Fernseher gezeigt.«

Trotz ihrer Bitte sah Doug sie an, als sei sie verrückt geworden. »Er ist ein Baby. So was machen Babys nun mal. Sie brabbeln vor sich hin und zeigen auf den Fernseher.«

»Er reagiert nicht auf seinen Namen. Ich dachte schon, er sei vielleicht taub. Aber als ich ihn Justin genannt habe, hat er mich direkt angeschaut.«

Doug sah sie mit wachsender Ungeduld an. »Maddy … das ist lächerlich. Sie sind aus Maine. Sie waren nicht einmal hier, als …«

»Wir wissen nicht, wie lange sie schon in dieser Gegend sind.

Außerdem ... verhält sie sich einfach nicht, als wäre sie seine Mutter«, beharrte Maddy.

»Nicht so, wie sich deiner Meinung nach eine Mutter verhalten sollte«, korrigierte er sie. »Mütter sind nun einmal verschieden. Meine Mutter hat mich immer behandelt, als wäre ich ein Nachbarskind. Das heißt noch lange nicht, dass sie nicht meine Mutter –«

»Also gut, ich weiß, es klingt weit hergeholt, aber tu mir doch den Gefallen. Ich will sie aus dem Haus haben, damit ich mir ihre Sachen ansehen kann. Kannst du bitte wenigstens das für mich tun?«

»Ich habe dir gesagt, du sollst sie rauswerfen. Ihnen sagen, dass sie gehen müssen.«

»Aber sie sind noch da«, beharrte sie leise, »und ich möchte, dass du das für mich tust. Es ist ja nicht nur für mich, weißt du. Wenn das das vermisste Baby ist, bist du endgültig von jedem Verdacht reingewaschen. Ich meine, Chief Cameron würde dich immer noch gern als den Mörder von Rebecca Starnes verhaften.«

»Sieh mal, wenn du hier Privatdetektivin spielen willst, dann tu nicht auch noch so, als würdest du das meinetwegen machen«, sagte er.

»Und was, wenn ich Recht habe, Doug? Was, wenn Sean das verschwundene Kind ist? Meinst du nicht, das wäre ein paar Minuten deiner kostbaren Zeit wert? Um das herauszufinden?«

»Willst du damit sagen, du glaubst, Terry Lewis hätte sie getötet?«

Maddy dachte an Terry, der aussah wie ein Seeräuber, streng gläubig war und aufrichtig stolz auf seinen Sohn. »Ich weiß es nicht«, sagte sie. »Vielleicht bilde ich mir das wirklich nur ein, aber ich muss einfach versuchen, es herauszufinden.«

Doug hob ergeben die Hände. »Also gut, schön, wie du willst. Ich bin zu müde, um jetzt darüber zu streiten.«
»Über was zu streiten?«, fragte eine Stimme.
Bonnie stand in der Tür und spähte argwöhnisch zu ihnen hinaus.
Maddy lächelte sie strahlend an. »Ich habe Doug gerade gebeten, Sie zum Krankenhaus zu fahren, weil Amy sich fiebrig anfühlt und ich lieber mit ihr zu Hause bleiben würde.«
Bonnie warf einen Blick auf die Kinder im Wohnzimmer. »Sie sieht mir aber ganz gesund aus.«
»Na ja, ich mache mir eben Sorgen um sie«, sagte Maddy gepresst.
»Ich fahre Sie hin«, erklärte Doug. »Sammeln Sie Ihre Sachen zusammen.«
»Wenn Sie Sean hier lassen möchten, ich passe gern auf ihn auf«, sagte Maddy.
»Ich lasse ihn doch nicht bei ihr, wenn sie krank ist«, empörte sich Bonnie, und Maddy fragte sich, ob sie deshalb das Schlimmste von dieser Frau dachte, weil sie ihr so unsympathisch war. »Schön«, sagte sie, »wie Sie meinen.«
Ohne ein weiteres Wort ging Bonnie ins Haus zurück und packte ein, was sie zum Krankenhaus mitnehmen wollte. Sie zog Sean eine Mütze und einen Pulli mit Kapuze an, nahm ihre Handtasche und die Wickeltasche. Maddy konnte es kaum erwarten, dass sie endlich verschwanden. Doug packte Unterlagen ein, an denen er im Krankenhaus arbeiten wollte, und folgte Bonnie und Sean zur Tür. Er blickte zu Maddy zurück, als wolle er sagen: »Du schuldest mir was.« Maddy war plötzlich wütend, weil er sich wie ein Märtyrer aufführte. Hatte sie ihm nicht während dieser ganzen Schlammschlacht beigestanden, ohne sich zu beklagen? Hatten sie sich nicht gemeinsam so hoch verschuldet, dass sie vielleicht nie alles abbezahlen konnten, nur um seinen guten Ruf zu

verteidigen? War es da so viel verlangt, wenn sie ihn bat, diese Frau zum Krankenhaus zu fahren?
Dennoch winkte sie ihm wie eine gute Ehefrau von der Tür aus nach, damit alles so normal wie möglich aussah.
Sobald das Auto verschwunden war, ging sie zu Amy, die auf dem Boden saß. »Amy, möchtest du mit mir raufgehen und in deinem Zimmer spielen?«
Amy holte ihr Lieblingsbuch, ein riesiges Märchenbuch, aus einem Haufen Spielzeug unter dem Couchtisch hervor. »Lies mir was vor. Lies mir ›Das hässliche Entlein‹ vor.«
»Das geht jetzt nicht, mein Schatz«, sagte Maddy. »Ich habe oben zu tun. Komm doch einfach mit rauf.«
»Ich will ›Das hässliche Entlein‹«, quengelte sie.
Maddy seufzte und schaute auf die Uhr. Sie hatte reichlich Zeit. Es würde eine ganze Weile dauern, bis Terry tatsächlich gehen konnte. »Also gut, also gut. Ich lese dir ›Das hässliche Entlein‹ vor, und dann kommst du mit Mami nach oben, ja?«
Amy nickte fröhlich und kuschelte sich an ihre Mutter. Maddy bemühte sich, nicht zu hetzen, während sie vorlas, damit Amy Gelegenheit hatte, etwas zu der Geschichte zu sagen. Das tat sie immer, sie beschwerte sich über die gemeinen Enten und bedauerte das arme Schwanenküken, das ganz allein im Winter fror und Angst hatte.
»Also«, sagte Maddy und klappte das Buch zu. »Gehen wir rauf und schauen mal nach, was Amy oben für schönes Spielzeug hat.«
Maddy legte das Buch wieder auf den Haufen, und Amy rappelte sich auf. »Ich will Saft, Mama.«
Maddy stemmte die Hände in die Hüften und blickte in das unschuldige Gesichtchen hinab, das zu ihr aufschaute. »Wie sagt man?«
»Bitte?«, sagte Amy.

»Also gut«, antwortete Maddy seufzend. »Einen Saft, und dann gehen wir. Du kannst ihn mit in dein Zimmer nehmen, wenn du gut aufpasst, dass du nichts verschüttest.« Amy folgte ihrer Mutter in die Küche und suchte sich ihren Lieblingssaft aus dem Kühlschrank aus.

»Ich mache dir den Strohhalm oben rein, ja?«, sagte Maddy. »Jetzt komm aber, wir müssen uns beeilen.«

Amy nahm das als Aufforderung, durch das Haus zu rasen und vor Maddy die Treppe hinaufzurennen. Als Maddy fast den Fuß der Treppe im Flur erreicht hatte, klopfte es an der Tür.

Ihr Herz setzte einen Schlag aus. Was ist nun schon wieder?, dachte sie. Sie ging zur Tür und zog sie auf. Heather Cameron stand davor und blickte wie durch einen Vorhang strähniger Haare zu ihr auf.

Beim Anblick dieses Mädchens, das Doug fälschlich beschuldigt hatte und nun frech auf der Schwelle ihres Hauses stand, stieg Maddy das Blut in die Wangen. Heather trug ein enges, billiges T-Shirt, eine viel zu weite Jeans und grüne Turnschuhe ohne Schnürsenkel. »Ich würde gern mit Doug sprechen, bitte«, sagte sie. Ein abgetragener, karierter Rucksack baumelte in ihrer linken Hand.

Maddy fand die Sprache wieder, doch ihr Ton war eisig. »Mr. Blake ist gerade nicht da.«

»Wissen Sie, wann er zurückkommt?«

»Er bringt … eine Bekannte von uns ins Krankenhaus. Das dauert sicher länger.«

Heather stand vor der Schwelle und biss sich auf die Unterlippe. Dann blickte sie zu Maddy auf. »Welches Krankenhaus?«, fragte sie.

Maddy begann zu beben. »Wie kannst du es wagen, hierher zu kommen, Heather? Schämst du dich denn nicht, nach allem, was du uns angetan hast?«

Heather drückte den Rucksack an ihre Brust. »Ich habe nichts Falsches getan«, sagte sie stur.
»Was willst du eigentlich?«, rief Maddy. »Hast du uns denn nicht schon genug Kummer gebracht? Glaubst du vielleicht, wir haben schon vergessen, was du alles gesagt hast …«
»Ich bin nicht hier, um Sie zu ärgern. Ich will nur wissen, was mit ihm und Karla war«, sagte Heather trotzig. »Karla erzählt allen, dass sie und D … Mr. Blake scharf aufeinander sind, und ich will wissen, ob das stimmt.«
Maddys Herz raste, aber sie bemühte sich um eine gelassene Miene. »Wovon sprichst du überhaupt?«
»Karla Needham«, sagte Heather und reckte das Kinn. »Sie ist echt cool, sie gehört zu den Cheerleadern, und sie kann jeden Jungen kriegen, den sie haben will. Sie erzählt allen, dass es zwischen ihnen gewaltig knistert.«
»Warum sprichst du so mit mir, Heather? Ich bin nicht eine deiner Schulfreundinnen. Mein Mann ist nicht irgendein Junge aus deiner Klasse. Ist dir denn nicht klar, dass es hier um meine Ehe geht? Um meinen Ehemann?«
»Na ja, Ihnen geht es wahrscheinlich genauso wie mir. Sie können ihm von mir ausrichten, dass er es lieber nicht mit ihr tun sollte. Denn wenn er das macht, wäre das ziemlich mies mir gegenüber«, sagte Heather. »Und ich kriege es raus, dafür sorge ich schon.«
Maddy wusste nicht, was sie mehr schockierte, Heathers Andeutungen oder die Tatsache, dass sie einfach zu ihr nach Hause kam und so mit ihr sprach. Anscheinend hatte das Mädchen aus der ganzen hässlichen Erfahrung mit den Ermittlungen und der Verhandlung überhaupt nichts gelernt.
»Ich dachte, du gehst zu einem Psychologen und lässt dir helfen, Heather«, sagte Maddy. »Ich werde deine Eltern anrufen und ihnen erzählen müssen, dass du hier warst, um mit meinem Mann zu sprechen.«

»Nein, tun Sie das nicht«, sagte Heather. »Ich wollt's ja nur wissen. Tut mir Leid. Ich wollte Sie nicht ...«
»Du hast ein ernsthaftes Problem, Heather«, sagte Maddy.
»Sagen Sie ihm nur, dass ich hier war«, erwiderte Heather. Sie drehte sich um und hüpfte die Stufen hinunter, als sei das alles nur ein Spiel. Maddy sah ihr wie vor den Kopf geschlagen nach, während Heather die Einfahrt entlanghopste und die Straße überquerte. In einiger Entfernung sah sie sie in einen kleinen Ford Escort steigen. Maddy konnte erkennen, dass noch jemand darin saß.
Was, um Himmels willen, konnte sie dazu treiben, hier aufzutauchen und anzudeuten, dass Doug sich mit einer weiteren Schülerin eingelassen hat?, wunderte sich Maddy. Dieses Mädchen ist ernsthaft gestört, dachte sie. Vielleicht ist das so eine Art Obsession. Vielleicht ist sie endgültig übergeschnappt. Obwohl es schon beängstigend war, im eigenen Haus von einem obsessiven Teenager belästigt zu werden, fand Maddy diesen Gedanken tröstlich. Das bewies, dass Heather wirklich gestört war. Nur ein Mensch, der nicht recht bei Trost war, konnte sich so verhalten. Dieses Zusammentreffen hatte Maddy erschüttert, aber sie war fest entschlossen, nicht mehr daran zu denken. Sie musste sich um andere Dinge kümmern.
»Mami«, rief Amy von oben.
»Ich komme schon«, sagte Maddy grimmig.

20

Pflichtbewusst begleitete Doug Bonnie und den schlafenden Sean bis hinauf zu der Station, wo Terry lag. Eine hübsche junge Krankenschwester saß am Empfang und flirtete mit einem Assistenzarzt. Bonnie wartete, bis er weg war, und trat dann an den Tresen. »Ich bin Mrs. Lewis«, sagte sie barsch auf den Gruß der Schwester hin. »Ich möchte meinen Mann abholen. Er liegt auf Zimmer 304. Terry Lewis.«

»Oh, ja«, sagte die Schwester. »Die Ärztin ist gerade bei ihm drin. Sie müssen diese Papiere unterschreiben, und dann schicken wir jemand mit einem Rollstuhl für ihn.«

Bonnie verlagerte Sean, ihr Taschenbuch und die Wickeltasche auf den anderen Arm, um die Papiere zu unterzeichnen. Sie setzte ihre Unterschrift auf alle erforderlichen Stellen und schob die Unterlagen über den Tisch zurück. Die Schwester sammelte sie ein und sah sie sich an. Dann blickte sie zu Bonnie auf.

»Wissen Sie, eigentlich ist es nicht erlaubt, Babys auf diese Station mitzunehmen.«

Bonnie funkelte sie an. »Ich war doch schon mal mit ihm hier.«

Die Schwester zuckte die Achseln. »Es ist nur zum Schutz der Kinder. Wir wollen sie vor Infektionen schützen.«

Bonnie richtete sich zu voller Größe auf. »Der Vater meines Babys ist verletzt, nicht krank.«

»Vielleicht könnte Ihr Begleiter ihn inzwischen nehmen«,

sagte die Schwester mit einem Nicken zu Doug. »Neben dem Foyer ist ein sehr hübscher Warteraum.«

Doug seufzte genervt. Er hatte ja geahnt, dass er hier nicht würde arbeiten können. »Also gut. Wenn's sein muss«, sagte er.

Widerstrebend reichte Bonnie ihm das Baby.

»Darf ich ihn mal sehen?«, fragte die Schwester freundlich, kam hinter ihrem Tresen hervor und reckte den Hals, um Sean sehen zu können. »Ich liebe Babys.«

»Nein«, herrschte Bonnie sie beleidigt an. »Hier fliegen eh schon viel zu viele Bakterien rum. Das haben Sie doch selbst gesagt.«

Die Schwester verzog das Gesicht und kehrte hinter ihren Tresen zurück. Doug legte sich das Baby auf der Schulter zurecht. »Sie geben mir lieber auch die Tasche mit seinem ganzen Zeug«, sagte Doug.

»Die brauchen Sie nicht«, erwiderte Bonnie und klammerte sich an die Tasche. »Sie werden ihn nicht wickeln. Halten Sie ihn einfach nur fest. Weiter brauchen Sie gar nichts zu tun. Wir kommen dann runter, wenn wir hier fertig sind.«

Doug biss die Zähne zusammen und ging zum Aufzug. Er drückte auf den Knopf und wartete; versonnen strich er dem Baby über den Rücken und beobachtete Bonnies wiegenden Gang, während sie zum Zimmer ihres Mannes marschierte. »Blöde Kuh«, flüsterte er.

Er war wütend, weil er seinen letzten freien Tag damit zubringen musste, diese widerlichen Leute herumzukutschieren. Aber der Blick in Maddys Augen hatte ihm gesagt, dass Widerspruch zwecklos war. Ihre fixe Idee, dass Bonnie nicht die Mutter des Babys war, rührte nur daher, dass Bonnie das Kind nicht mit Wärme überschüttete und einen Riesenwind darum machte, so wie Maddy bei Amy. Maddy war einfach nicht klar, dass viele Mütter wie Bonnie waren. »Tut mir Leid

für dich, Kumpel«, flüsterte er. »Aber du hast nun mal sie abgekriegt.«
Doug trat in den Aufzug und drückte auf den Knopf für das Erdgeschoss. Als die Türen zuglitten, meinte er, eine ihm bekannte Gestalt im Flur vorbeihuschen zu sehen. Es war dieser wilde Schopf grauer Locken. Wie viele Leute haben schon solche Haare?, dachte er. »Ellen«, wollte er noch rufen, aber der Spalt zwischen den Türen schloss sich, und die anderen Leute im Aufzug sahen ihn ohnehin schon so komisch an. Selbst wenn sie es war, erinnerte sie sich vielleicht gar nicht an ihn. Schließlich hörte man ja überall, dass sie nicht ganz richtig im Kopf war. Er schluckte den Namen hinunter und nahm den teilnahmslosen Ausdruck aller Aufzugfahrenden an.

Ohne sich noch einmal umzusehen, ging Bonnie den Flur hinunter zu Terrys Zimmer. Vor der Tür von 304 holte sie eine Puderdose aus ihrer Handtasche. Im Flur war es düster, aber sie bemühte sich, ihr Gesicht in dem kleinen Spiegel genau zu mustern. Sorgfältig zog sie sich die Lippen nach und fuhr mit dem Kamm durch ihr sprödes, störrisches Haar, um wenigstens das Beste daraus zu machen. Das war nicht leicht. Ihre Haare hatten sich noch nie einer Frisur gefügt. Die Haare hast du von deinem Vater, hatte ihre Mutter immer angewidert gesagt und den Kopf geschüttelt, wenn sie in Bonnies Zimmer platzte und sie bei dem Versuch erwischte, dem Gekräusel mit Gel und Lockenwicklern Herr zu werden. Ihre Mutter hatte wunderschönes, weiches blondes Haar gehabt und immer perfekt ausgesehen. Bis zum bitteren Ende.
Bonnie steckte den Kamm wieder ein, rückte die Brille auf ihrer Nase zurecht und holte tief Luft. Er liebt dich so, wie du bist, ermahnte sie sich. Er ist dein treu ergebener, liebender Ehemann, und für ihn bist du schön. »Für ihn bin ich

schön«, murmelte sie, als müsse sie sich Mut zusprechen. »Für ihn bin ich die schönste Frau auf der ganzen Welt.«
Sie öffnete die Tür und ging hinein. Den Mann im vorderen Bett ignorierte sie. Dr. Tipton, die Chirurgin, wirkte attraktiv und kompetent in ihrem weißen Kittel. Sie stand neben Terry, der angekleidet auf der Bettkante saß. Nun, da er richtig angezogen war, sah Terry schwächer aus als zuvor. Und so blass. Bonnies Herz hüpfte in ihrer Brust und schien dann dahinzuschmelzen, wie immer, wenn sie ihn sah. Er blickte auf, als sie eintrat. Sie lächelte ihn strahlend an.
»Hey, Baby«, sagte er und winkte matt. »Wo hast du meinen großen Jungen gelassen?«
Bonnies Lächeln erlosch. »Die Schwester hat mir nicht erlaubt, ihn mit reinzubringen. Dieser Mr. Blake ist mit ihm unten.«
Terry nickte. »Zu schade. Ich habe gerade der Frau Doktor von ihm erzählt.«
»Mrs. Lewis«, fiel die Ärztin ein, »ich habe Ihrem Mann gerade erklärt, dass er es nicht übertreiben darf. Er muss sich noch sehr schonen und sollte zwei Wochen lang nichts heben und nicht Auto fahren. Wenn er jetzt auf sich Acht gibt, wird er keine bleibenden Schäden davontragen. Wie ich Ihnen schon erklärt habe, kann er sehr gut ohne seine Milz leben. Aber die Narben dürfen auf keinen Fall wieder aufbrechen. Ich möchte ihn in zwei Wochen wieder hier sehen.«
»Vielleicht, vielleicht auch nicht«, sagte Bonnie.
»Nun, wenn Sie nicht mehr hier sind, dann gehen Sie auf jeden Fall irgendwo zu einem Arzt. Die Narbe muss kontrolliert werden.«
»Ich kümmere mich schon darum. Ich kann sehr gut selbst auf meinen Mann aufpassen, vielen Dank.«
»Na gut.« Die Ärztin seufzte. »Alles Gute, Mr. Lewis.« Sie gab Terry die Hand.

»Ich will Sie nicht länger aufhalten, Doc. Sie müssen doch weiter die Kranken heilen. Ich möchte Ihnen für alles danken, was Sie für mich getan haben.«

»Gern geschehen«, sagte die Ärztin und wandte sich zum Gehen. Bonnie setzte sich neben ihren Mann aufs Bett, und Terry stöhnte auf.

»Was ist?«, rief sie.

»Ach«, sagte er, »das Bett hat sich so geneigt. Das hat ein bisschen wehgetan.«

Bonnie sprang auf, und er stöhnte wieder. »Tut mir Leid, tut mir Leid«, jammerte sie.

»Schon okay, macht nichts«, sagte er, aber sein Gesicht war schmerzverzerrt.

Einen Augenblick lang herrschte Schweigen zwischen ihnen, und dann begannen beide gleichzeitig zu sprechen.

»Was –«

»Wie –«

Bonnie wirkte beinahe erschrocken, weil sie ihm ins Wort gefallen war. »Du zuerst«, sagte sie.

»Wie geht es unserem Kleinen heute?«, fragte er. »Hat er gut geschlafen?«

»Ihm geht's gut«, sagte Bonnie.

Wieder Schweigen.

»Was wolltest du sagen?«, fragte Terry.

»Ich dachte nur, wir sollten heute noch weg.«

»Weg?«

»Von diesen Leuten. Den Blakes«, sagte sie säuerlich. »Ich kann es kaum erwarten, da endlich wegzukommen.«

»Aber sie waren so gütig zu uns«, sagte Terry.

»Glaub mir«, sagte Bonnie, »das haben sie nicht gemacht, um gütig zu sein. Ich habe gehört, wie sie sich unterhalten haben, und sie hatten nur Angst, dass wir sie verklagen könnten. Ich habe ihnen nicht gesagt, dass wir versichert sind. Sollen sie sich doch Sorgen machen. Übrigens, wir haben den Wagen wieder. Wir können also los, wann immer wir wollen.«

Terry runzelte die Stirn. »Na gut, ich versuch's. Ich komme wahrscheinlich nicht weit.«

»Nur von denen weg«, sagte sie. »Wir nehmen uns ein Zimmer.«

Terry seufzte, und sie schwiegen sich wieder an. »Na, ich bin jedenfalls froh, dass ich hier rauskomme«, bemerkte Terry nach einer Weile und blickte sich in dem Krankenzimmer um.

»Die Schwester bringt dir einen Rollstuhl«, sagte Bonnie.

Wie aufs Stichwort erschien die Schwester in der Tür. »Okay, Mr. Lewis, dann wollen wir Sie mal hier hineinverfrachten.«

Terry stemmte sich langsam vom Bett hoch. Bonnie eilte an seine Seite und schlang vorsichtig die Arme um seinen breiten Rücken. »Hier, stütz dich auf mich«, sagte sie. Die Schwester trat hinzu und wollte helfen, doch Bonnie starrte sie böse an, so dass sie zurückwich.

»Ich kann das schon«, sagte Bonnie.

»Kein Problem«, sagte Terry. Er schlurfte langsam zu dem Rollstuhl und setzte sich hinein. Bonnie ließ ihn mit einem Ausdruck des Bedauerns auf dem Gesicht aus ihren Armen gleiten. Sie schienen zu glühen, wo sie ihn berührt hatten.

Die Schwester trat hinter den Rollstuhl.

»Ich kann ihn schieben«, sagte Bonnie.

»Vorschrift«, erwiderte die Schwester. »Sie können seine Sachen nehmen.« Unter dem Fenster stand eine kleine Plastiktüte mit Terrys Foto von Sean, seiner Bibel und ein paar anderen persönlichen Dingen. Bonnie hob sie auf und versuchte sich dann zwischen den Rollstuhl und die Wand zu quetschen, aber sie musste doch hinter der Schwester zurückbleiben.

Terry winkte seinem Bettnachbarn zu, als er an ihm vorbeirollte. »Gott segne dich, Bruder«, sagte er.
»Mach's gut, Prediger«, sagte der Mann trocken und schaute ihn über den Rand seiner Halbbrille hinweg an.
»So nennt er mich. Prediger«, vertraute Terry stolz seiner Frau an, als sie den Flur erreichten und sie endlich neben ihm gehen konnte.
»Das ist nett«, sagte sie.
Im Zentralbereich drückte sie auf den Knopf, um den Aufzug zu holen. Die Türen glitten auf und sie stiegen ein. Keiner von ihnen sagte ein Wort. Im Erdgeschoss angekommen, schob die Schwester Terrys Rollstuhl aus dem Aufzug ins Foyer.
»Ich suche Sean und diesen Mr. Blake«, erklärte Bonnie. »Der kann dann das Auto holen.«
»Wenn Sie nichts dagegen haben, gehe ich lieber wieder hoch auf meine Station«, sagte die Schwester. »Wir sind heute unterbesetzt.«
Terry strahlte sie an. »Kein Problem. Ich bin gesegnet. Ich habe eine Frau, die sich sehr gut um mich kümmern wird.«
Bonnie blickte zärtlich auf ihn hinab. »So ist es, mein Liebling«, sagte sie.

21

Maddy stemmte die Hände in die Hüften und starrte neugierig auf die Stapel von Kleidung auf dem Bett. Sie hatte alles durchgesehen, was Bonnie gehörte, bis auf die Tasche, die sie mit ins Krankenhaus genommen hatte. Maddy hatte ein schlechtes Gewissen, sagte sich aber, dass ihre Schnüffelei gerechtfertigt wäre, falls sich ihre Vermutung über Sean bestätigen sollte. Wenn nicht, so redete sie sich ein, dann richtete sie ja auch keinen Schaden an. Aber ihr war nicht wohl dabei, in fremden Sachen herumzuschnüffeln. Immerhin waren diese Leute Gäste in ihrem Haus. Das gab ihr nicht das Recht, ihre Privatsphäre zu verletzen. Sie fand die Sachen zwar etwas seltsam, hatte aber noch keinen Hinweis darauf gefunden, dass hier etwas ernsthaft nicht in Ordnung war.

Die beiden Koffer waren alt und abgenutzt. Bonnies gesamte Garderobe bestand aus abgetragenen, unförmigen T-Shirts, ein paar Pullis voller verfilzter Knötchen, zwei »Woll«-Röcken aus Synthetik, etwas schäbiger Unterwäsche und einem glänzenden blauen Nachthemd mit kratziger Spitze und Spaghettiträgern, an dem noch das Preisschild hing. Maddy kam sich fast grausam vor, als sie Bonnies spärliche Besitztümer so vor sich sah. Im Gegensatz dazu waren Seans Sachen fast alle neu. Das war nicht überraschend bei einem Baby. Die Leute schenkten einem Baby immer massenweise Kleidung, und selbst die ärmste Mutter bemühte sich, ihrem Kind schöne neue Sachen zu kaufen.

Nein, merkwürdig war vor allem Terrys Kleidung. Auch seine Sachen waren sämtlich brandneu. Die weißen Socken waren sogar noch verpackt. An zwei neuen Jeans hingen die Preisschilder, und bei drei neuen Karo-Hemden steckten noch Nadeln im Kragen. Selbst die Unterwäsche war neu und noch in Dreier-Sets abgepackt. Es war ja ganz normal, dachte sie, dass man sich was Neues zum Anziehen kaufte, wenn man einen neuen Job antrat, aber da war nicht ein Stück dabei, das je getragen worden war. Seltsam ... Sie wühlte in den Seitentaschen der Koffer herum, förderte aber nur einen Kulturbeutel, einen Lippenstift und ein paar von Bonnies Taschenbüchern zu Tage. Nichts Persönliches. Nichts, was einem viel über die Menschen sagen konnte, die mit diesem Gepäck reisten.

Maddy seufzte frustriert. Plötzlich meinte sie, eine Tür zuschlagen zu hören. Erschrocken richtete sie sich auf und lauschte. Aus Amys Zimmer drang der Singsang ihrer Kassette mit Kinderliedern, und Amy hämmerte im Takt auf dem Deckel einer Keksdose herum. Das ist alles; es ist nur Amy, sagte sie sich. Ich bin so nervös, weil ich Angst habe, hierbei erwischt zu werden. Und noch während sie das dachte, musste sie sich eingestehen, dass der kurze Besuch von Heather sie deprimiert und geängstigt hatte, wie ein Schatten, der über ihr Leben fiel.

Hör auf, dachte sie. Hör auf, über Heather nachzugrübeln, und kümmere dich lieber hierum. Ich sollte die Sachen jetzt wieder einräumen, dachte sie. Hier war nichts, was ihr etwas Neues verraten hätte. Sie öffnete die Koffer und versuchte sich genau zu erinnern, wo welches Kleidungsstück gelegen hatte. Maddy konzentrierte sich ganz auf diese Aufgabe und packte alles ordentlich ein, als sie plötzlich hinter sich jemanden spürte.

Ihr sträubten sich die Haare, und ihr Herz begann zu rasen.

Einen schrecklichen Augenblick lang erstarrte sie; warum waren sie so schnell wieder zurück? Warum hatte Doug sie nicht gewarnt? Sie versuchte sich eine Erklärung zurechtzulegen und ein gefasstes Gesicht zu machen, bevor sie sich umdrehte.
»Maddy?«, fragte Pater Nick und sah sie verwundert an. »Ich habe geklopft, aber Sie haben mich wohl nicht gehört.«
»Oh, Nick, haben Sie mich erschreckt.«
»Tut mir Leid. Ich habe gerufen, aber Sie waren wohl ganz in die Arbeit vertieft. Was tun Sie denn da?«, fragte er mit einem Blick auf die Koffer. »Verreisen Sie?«
Maddy schüttelte den Kopf. »Nein. Nein. Ich bin froh, dass Sie da sind. Nur einen Moment, ich muss das hier schnell fertig machen.« Eilig, aber sorgfältig legte sie alles zurück und stellte die Koffer wieder an ihren Platz. Als sie fertig war, stand er immer noch in der Tür und beobachtete sie.
»Kommen Sie mit runter. Ich mache Ihnen einen Tee. Lassen Sie mich nur kurz nach Amy sehen«, sagte sie. Sie ging den Flur entlang und steckte den Kopf durch Amys Tür. Das kleine Mädchen spielte fröhlich vor sich hin. Maddy kehrte zur Treppe zurück und winkte Nick, ihr zu folgen.
Als sie in die Küche kamen, stellte sie den Teekessel auf den Herd. Ihre Hände zitterten, als sie den alten Gasofen anzündete.
»Was ist denn los?«, fragte er. »Sie sehen ja völlig fertig aus.«
Maddy setzte sich zu ihm an den Küchentisch und schüttelte den Kopf. »Das bin ich auch. Wenn ich es Ihnen erzähle, halten Sie mich wahrscheinlich für verrückt.«
Nick zuckte die Achseln. »Probieren Sie's aus.«
»Ich habe Ihnen doch von den Leuten erzählt, die auch in den Unfall verwickeln waren. Die wir bei uns aufgenommen haben?«
»Ja«, sagte er.

»Na ja, irgendwie bin ich auf die Idee gekommen, dass sie diejenigen sind, die das Baby entführt haben. Sie wissen schon, das vermisste Kind der Wallaces.«

»Haben Sie die Polizei gerufen?«, fragte er.

Maddy seufzte. »Und was soll ich denen sagen? Diese Leute haben ein Baby, und die Mutter benimmt sich ihm gegenüber nicht normal? Das Baby hat Laute von sich gegeben, als es die Wallaces im Fernsehen gesehen hat?«

»Sie haben doch im Fernsehen Bilder von dem Baby gezeigt, oder? Konnten Sie ihn nicht anhand dieser Bilder erkennen?«

Maddy schüttelte den Kopf. »Sie haben ein Polaroid von einem kleinen Jungen mit einem Lockenkopf gezeigt; das könnte jedes beliebige Baby gewesen sein. Dieses Foto hilft nicht viel weiter. Ich habe diese Leute bei mir aufgenommen, und was soll ich jetzt machen? Ihnen die Polizei auf den Hals hetzen? Das wäre ja eine schöne Form von Gastfreundschaft.«

Nick nickte. »Ich verstehe.«

Sein Verständnis tat ihr gut. Sie sah ihm einen Moment lang in die Augen, und der Blick, den sie tauschten, sagte mehr als tausend Worte. Hastig wandten beide die Augen ab.

»Außerdem«, fuhr sie rasch fort, »haben wir weiß Gott genug von der Polizei. Ich habe Ihnen ja erzählt, was Doug passiert ist. Sie wissen schon, dass sie Doug abgeführt und verhört haben, nur weil das verschwundene Mädchen ein Teenager ist.«

»Richtig. Wie ist das denn ausgegangen?«, erkundigte sich Nick.

»Sie hatten Recht damit, dass ich ihm vertrauen sollte. Es hat zu gar nichts geführt. Die Zeugin konnte ihn nicht identifizieren. Unser Anwalt hat damit gedroht, das Department wegen Belästigung zu verklagen.«

Nick nickte. »Dann ist ja alles wieder in Ordnung«, sagte er zurückhaltend.

Maddy musste wieder an Heather vor ihrer Tür denken und seufzte. Dann stand sie auf, um den Tee aufzubrühen. Nick betrachtete sie, während sie geschäftig in der Küche herumlief.

»Maddy?«

»Ja, alles bestens«, sagte sie. »Bis auf die Tatsache, dass ich die Sachen meiner Gäste durchwühle, weil ich sie für Kidnapper halte.«

»Wer sind diese Leute überhaupt?«, fragte Nick. »Sie sagten, sie kämen nicht von hier.«

Maddy goss dampfendes Wasser in eine Tasse. »Sie heißen Lewis und kommen aus Maine. Ein sehr seltsames Paar. Er sieht aus wie ein Motorradrocker, und sie ist eine graue Maus von Bibliothekarin. Er scheint aber sehr religiös zu sein.«

Nick blickte überrascht drein. »Terry Lewis.«

Maddy drehte sich um und starrte ihn an. »Das stimmt. Er heißt Terry.«

»Und Bonnie. Und Sean«, sagte Nick.

»Sie kennen sie?«, fragte Maddy ungläubig.

»Ja, ich kenne sie. Ich kenne sie sogar sehr gut. Terry ist erst vor kurzem rausgekommen.«

»Raus?«, fragte Maddy. »Wo raus?«

»Aus dem Gefängnis«, sagte Nick ruhig.

»Gefängnis!«, rief Maddy aus.

»Erinnern Sie sich noch, dass ich Ihnen von einem Mann erzählt habe, der wegen Mordes unschuldig im Gefängnis saß, bis der wahre Mörder die Tat gestand? Und der dann freigelassen wurde?«

Maddy blieb der Mund offen stehen. »Sie haben neulich Nacht erzählt, sie kämen gerade aus dem Gefängnis.«

Nick nickte und lächelte. »Ich habe mich dort von Terry verabschiedet. Maddy und Sean waren da, um ihn abzuholen.«
»Nein«, rief Bonnie. »Nein, das kann nicht sein. Nein. Das kann doch nicht stimmen. Sie sind aus Maine. Ihr Nummernschild …« Sie wusste nicht mehr, wo ihr der Kopf stand.
»Bonnie kommt aus Maine. Sicher war das ihr Wagen. Terry war zu lebenslänglicher Haft verurteilt. Es ging um einen Tankstellenüberfall, und einer der Kunden hat Terry als den Täter identifiziert. Er hatte schon fünf Jahre abgesessen, als der wahre Schuldige gestand. Sie hatten ihn wegen eines ähnlichen Überfalls verhaftet, und da hat er auch das Verbrechen gestanden, wegen dem Terry verurteilt wurde.«
»Ich kann das gar nicht fassen«, sagte Maddy und dachte an den Mann, den sie erst einmal in seinem Krankenhausbett gesehen hatte. Er sah jedenfalls aus wie ein Mann, der Jahre im Gefängnis verbracht hatte.
»Ich habe ihn jede Woche bei meinem Besuch im Gefängnis gesehen. Er war sehr tapfer, wirklich bewundernswert. Hat sogar dem anderen Mann vergeben, der ihn hat schmoren lassen. Ich weiß nicht, ob ich an seiner Stelle so großzügig sein könnte. Das war eine sehr aufwühlende Szene. Jedenfalls haben sie ihn vorgestern entlassen …«
»Das erklärt die neuen Kleider«, sagte Maddy.
»Was für neue Kleider?«
»In ihrem Koffer. Alle seine Kleider sind brandneu. Sie muss sie für ihn gekauft haben.«
»Er hat mir erzählt, dass er bald ein Vorstellungsgespräch hat, als er entlassen wurde. Ja, das war er.«
»O Gott, Nick. Aber ein Mann, der so lange im Gefängnis saß … Er muss doch schon vorbestraft gewesen sein oder so, wenn er lebenslänglich bekommen hat. Und all diese Jahre in dieser gewalttätigen Umgebung … Und ich habe sie auch noch zu uns eingeladen.«

Nick hob die Hand, um sie zum Schweigen zu bringen. »Denken Sie daran, er gehörte nicht dorthin, so wenig wie Sie und ich. Er war auch ein ziemlich rauer Bursche, bevor er ins Gefängnis kam. Ich gebe zu, das war nicht das erste Mal, dass er mit dem Gesetz in Konflikt geraten ist. Aber ich glaube, diese Erfahrung hat ihn wirklich verändert. Ich bin fest davon überzeugt, dass Terry noch einmal ganz neu anfangen kann.«

»Warten Sie nur, bis Doug das erfährt«, murmelte Maddy kopfschüttelnd.

»Gerade Doug sollte andere nicht vorschnell verurteilen«, sagte Nick mit einem tadelnden Unterton.

Maddy sah ihn über den Tisch hinweg an und spürte wieder, wie es zwischen ihnen knisterte. Sie schlug die Augen nieder und trank einen Schluck Tee.

»Sie sind also wirklich verheiratet?«, fragte sie.

»Ich habe sie getraut«, erwiderte Nick schlicht.

»Im Gefängnis?«

»In der Gefängniskapelle. Es war eine sehr bescheidene Feier«, sagte er.

»Wie in aller Welt sind diese beiden zusammengekommen?«

»Es war eine dieser Briefromanzen. So etwas haben viele Häftlinge. In diesem Fall ist eine Ehe daraus geworden.«

»Ich hatte das Gefühl, dass sie sehr einsam gewesen ist«, sagte Maddy.

»Da haben Sie sicher Recht«, sagte Nick. »Es hat damit angefangen, dass sie ihm Bücher schickte, und dann ergab eins das andere.«

»Und Sean?«, fragte Maddy.

»Oh, das ist ihr gemeinsames Kind, ganz sicher.«

»Ich dachte, im Gefängnis könnte man nicht … ich meine … Sie wissen schon …«

»Sex haben?«, fragte er, denn er bemerkte ihre Verlegenheit.

Maddy nickte.

»O doch, das geht«, sagte er und lächelte betrübt. »Das war sogar so etwas wie eine Muss-Heirat. Nicht, dass jemand Terry gezwungen hätte. Er wollte durchaus. Und niemand hat sich wohl je in ihrem Leben so viel aus Bonnie gemacht wie er. Aber ja. Sean ist ihr Sohn. Ich habe ihn selbst getauft. Erst vor ein paar Monaten.«

»Oh«, sagte Maddy überrascht, erleichtert, aber zugleich auch irgendwie enttäuscht.

Nick bemerkte ihre Reaktion. »Haben Sie vielleicht gehofft, dass Sie Entführer bei sich beherbergen?«

»Nein«, sagte Maddy und runzelte die Brauen. »Nein, natürlich nicht. Vielleicht ... Ich schätze, mir tut nur diese Mutter Leid. Ich wünsche mir so, dass sie ihr Baby wieder bekommt, gesund und munter. Es zerreißt einem das Herz, wenn man dieses junge Paar im Fernsehen sieht.«

»Ja, das ist wirklich traurig«, stimmte er zu.

Sie saßen einen Moment lang schweigend zusammen und tranken ihren Tee. »Ich bin ja so froh, dass Sie vorbeigekommen sind«, sagte Maddy. »Was Sie mir erzählt haben, ist eine echte Beruhigung.« Dann legte sie den Kopf schief. »Warum sind Sie überhaupt gekommen? Wollten Sie nicht heute abreisen?«

»Ja«, gestand er. »Ich fürchte, ja.« Er kramte in seiner Jackentasche. Er war sozusagen in Zivil, und Maddy fiel auf, wie viel weniger streng und ernst er in seinem blauen Hemd wirkte als in seiner schwarzen Soutane.

»Hier«, sagte er, fischte ein dünnes silbernes Armband aus der Tasche und legte es zwischen sie auf den Tisch. »Das hatte sich an meinem grauen Pullover verhakt.«

»Aber wie ...?« Dann errötete Maddy tief, als sie sich an die kurze Umarmung in seinem Wohnzimmer erinnerte. »Das gibt es doch gar nicht. Ich habe nicht mal gemerkt, dass es weg war.« Sie nahm das Armband und betrachtete es.

»Ich dachte, Sie hätten es bestimmt gern zurück«, sagte er.
Wieder senkte sich Schweigen über sie, und diesmal wussten sie beide, dass sie damit nur das endgültige Lebewohl hinauszögern wollten.
»Also, ich muss noch das Auto beladen, bevor ich mich auf den Weg machen kann«, sagte er und stand auf.
Maddy erhob sich ebenfalls und rieb die Hände über ihre Jeans. »Kommen Sie denn heute Abend noch dort an?«, fragte sie.
»Nein, ich ... lasse es langsam angehen. Ich übernachte irgendwo unterwegs. Morgen bin ich dann da.«
Maddy traute sich nichts mehr zu sagen.
Nick rang sich ein Lächeln ab. »Begleiten Sie mich noch zum Wagen?«, fragte er.
»Sicher«, flüsterte Maddy. Sie wurde von plötzlichem, heftigem Kummer überwältigt, weil sie ihn nie wieder sehen durfte. Als sie nach draußen kamen, war sie froh, dass es zu kalt war, um noch lange zu zögern. Sie standen sich mit ernsten Mienen gegenüber.
»Es tut mir Leid, Nick«, sagte sie.
Er wollte sie nicht berühren, aber sie sollte seine Augen nicht sehen, also streckte er die Arme aus und zog sie an sich. Sie drückte sich mit aller Kraft an ihn. Der Duft ihres Haars und ihr zarter Körper in seinen Armen waren Schuld daran, dass er sie zu lange festhielt. Er hörte ein Auto in der Einfahrt und ließ sie los, als hätte er sich an ihr verbrannt.
Doug parkte neben Nicks Wagen und stieg aus. Bonnie schlängelte sich vom Rücksitz hinter ihm heraus und ließ den wütend heulenden Sean dort zurück. Terry, der auf dem Beifahrersitz saß, hatte seinen riesigen, tätowierten Unterarm ins offene Fenster gelegt und beugte sich hinaus.
»Pater Nick!«, rief er.
Bei seinem Anblick hellte sich Nicks Miene auf. Er ging

zum Auto hinüber und schüttelte Terry vorsichtig die Hand. »Hallo, mein Freund. Sie hatten einen Unfall, habe ich gehört.«
»Vom Regen in die Traufe«, scherzte Terry und zeigte beim Lächeln seine schiefen Zähne.
»Ich helfe Ihnen da raus«, sagte Nick. Er öffnete die Tür und hievte den schweren Mann halb aus dem Auto.
»Danke, Pater«, sagte Terry und richtete sich langsam auf. »Keinen Ärger mehr. Ich versprech's.«
Nick lächelte und wandte sich an Bonnie. »Hallo, Bonnie. Wie ich höre, wohnen Sie und Sean derzeit hier.«
»Pater Rylander«, sagte sie überrascht.
»Passen Sie mir gut auf Ihren Mann auf.«
»Mach ich«, sagte sie in ihrer brüsken Art. Dann blickte sie schüchtern auf ihre Schuhe hinunter.
Nick beugte sich in den Wagen und winkte den quengelnden Baby zu. »Und auf Sean auch. Er ist ein lieber kleiner Junge.«
»Terry sollte jetzt reingehen«, sagte Bonnie.
Doug warf Maddy einen fragenden Blick zu. »Ich erzähl's dir später«, flüsterte Maddy.
»Ja, ich muss jetzt auch los.« Nick warf Doug ein falsches Lächeln zu und hielt ihm die Hand hin. »Bin nur vorbeigekommen, um mich zu verabschieden.«
Doug gab ihm die Hand. Er blickte grimmig drein.
Bonnie legte einen Arm um Terry und half ihm zur Tür. Nick stieg in sein Auto, ohne sich noch einmal umzublicken. Maddy spürte, wie Doug einen Arm um ihre Taille schlang. Sie hatte größte Mühe, die Tränen zurückzuhalten.

22

Maddy wandte sich von Nicks davonfahrendem Auto ab und seufzte. Doug warf ihr einen misstrauischen Blick zu. In diesem Moment ertönte lautes Weinen aus ihrem Wagen. »Holst du bitte Sean heraus?«, bat Maddy und entwand sich dem besitzergreifenden Arm ihres Mannes. »Ich mache ihnen die Tür auf.« Sie sah, dass Bonnie und Terry das Haus schon fast erreicht hatten; zugleich fiel ihr auf, dass sie Terry noch nie aufrecht stehend gesehen hatte. Er war kein großer Mann – kaum größer als seine Frau. Als sie die Stufen vor dem Eingang erreichten, eilte Maddy an ihnen vorbei zur Tür und öffnete sie. Terry war bleich vor Anstrengung. »Kommen Sie herein«, sagte sie. »Sie sind bestimmt froh, aus diesem Krankenhaus entlassen zu sein.«
Terry nickte und ging behutsam die Treppe hinauf. Bonnie beobachtete ihn ängstlich und wich nicht von seiner Seite. Terry trat in den Flur und sah sich um.
»Alles in Ordnung?«, fragte Bonnie.
»Mir geht's gut«, erwiderte er. Er bewunderte das bescheidene Haus der Blakes. »Das ist ja ein Palast«, sagte er bewundernd.
»Danke«, sagte Maddy. »Kommen Sie rein, setzen Sie sich.«
»Ich will meinen Jungen in den Arm nehmen. Das will ich als Allererstes tun.«
»Er ist da drin«, sagte Maddy und deutete auf das Wohnzimmer. Doug hatte Sean aus dem Auto geholt und hereingebracht.

Terry schien die Aussicht, Sean im Arm zu halten, sofort neue Kraft zu geben. Er humpelte zum Wohnzimmer und schaute hinein. »Da ist er ja«, rief er.
»Versuch ja nicht, ihn hochzuheben!«, warnte Bonnie. Sie sauste an ihrem Mann vorbei und beugte sich rasch zu Sean herab. Als sie das überraschte Baby vom Boden aufhob, begann es zu weinen.
»Setzen Sie sich doch hierher, und wir setzen ihn neben Sie«, meinte Maddy.
Terry runzelte die Stirn, folgte aber ihrem Vorschlag. Er ließ sich auf das Sofa fallen und rieb sich den Bauch, während er es sich bequem machte. »Okay«, sagte er. »Ich sitze gut. Bring ihn mir.«
Maddy sah gespannt zu, wie Bonnie das Kind zu seinem Vater brachte. Zu einem Vater, den der Junge kaum kannte, dachte sie, doch als Sean neben Terry auf das Sofa sank, hörte er auf zu weinen. Mit großen Augen blickte er in das vernarbte, dunkle Gesicht auf, streckte dann eine kleine Hand aus und zog an Terrys Schnauzer. Terry lachte begeistert auf und spielte mit dem Kleinen. Maddy blickte zu Bonnie hinüber und erwartete, ein mildes Lächeln auf deren Gesicht zu sehen. Doch Bonnie, die mit vor der Brust verschränkten Armen abseits stand, beobachtete die beiden mit finsterem Blick.
Maddy sprach sie vorsichtig an. »Hören Sie, Bonnie, ich habe nachgedacht … Terry sollte nicht die Treppe hochsteigen. Im Spielzimmer steht ein Gästebett, das Sie gern benutzen können. Ich wollte nur nicht Ihre Sachen umräumen, ohne Sie vorher zu fragen.«
»Das ist nicht nötig«, sagte Bonnie barsch. »Wir gehen.«
»Heute noch?«, fragte Maddy. Sie war zugleich überrascht und erleichtert. Aber sie machte sich auch Sorgen um Terry, der erst vor so kurzer Zeit operiert worden war. Er wirkte

schwach und schien Schmerzen zu haben. »Halten Sie das wirklich für klug?«, fragte sie. »Kann Ihr Mann denn überhaupt reisen?«

»Wir machen das schon«, erwiderte Bonnie.

»Aber wo wollen Sie denn bleiben?«

»Was interessiert Sie das?«

»Bonnie … ich mache mir eben Gedanken um Sie, okay? Ich habe Ni … Pater Rylander versprochen, mich um Sie zu kümmern.«

»Hören Sie, ich weiß, warum Sie uns aufgenommen haben«, sagte Bonnie. »Sie wollten nicht bloß nett sein. Sie hatten Angst wegen dem Unfall. Dass wir Sie vor Gericht zerren.«

»Das ist wirklich unfair«, erwiderte Maddy. Dieser direkte Vorwurf traf sie bitter, aber sie musste zugeben, dass er teilweise berechtigt war.

Bonnie zog ein Gesicht, als rieche sie ein faules Ei.

»Also gut«, sagte Maddy. »Also gut. Ich habe mir deswegen Gedanken gemacht. Aber ich habe mich vor allem Ihretwegen gesorgt. Man hat für alles seine Gründe. Ich bin eben auch nur ein Mensch.«

Bonnie ließ sich erweichen. »Sie brauchen keine Angst zu haben. Wir sind versichert. Ich habe Terry bei mir mitversichert, als wir geheiratet haben. Den Wagen habe ich auch versichert. Sie werden nie mehr von uns hören, wenn wir wegfahren.«

Maddy dachte an Doug, der in der Küche verschwunden war. Er würde sehr erleichtert sein. In letzter Zeit war er schrecklich nervös gewesen. Diese Nachricht würde ihn sicher beruhigen, obwohl sie wusste, dass er sich nicht darauf verlassen würde. Er würde daran festhalten, dass die Lewises sich jederzeit anders entscheiden konnten. Trotzdem würde ihn das aufheitern, egal, wie sehr er ihren Beteuerungen misstraute.

»Was habt ihr zwei Mädels denn zu bequatschen?«, fragte Terry. Sean hielt seinen Daumen umklammert, und Terry zog ihn hoch und runter.
»Wann wir abreisen«, sagte Bonnie.
»Ich habe ihr gerade gesagt, dass Sie nicht so aussehen, als sollten Sie so bald wieder aufbrechen«, sagte Maddy.
Terry seufzte. »Es ging mir schon besser«, gab er zu.
»Möchten Sie etwas trinken? Eine Tasse Tee vielleicht?«
»Kaffee wäre mir lieber, wenn Sie welchen haben.«
»Klar«, sagte Maddy fröhlich. »Bonnie, möchten Sie auch etwas?«
Bonnie schüttelte den Kopf und setzte sich aufs Sofa, auf Seans andere Seite. Sie gaben ein rührendes Bild ab, fand Maddy. Sie hatten wirklich viel durchgemacht. Sie dachte daran, was Nick ihr über die Lewises erzählt hatte. Terry hatte einen Albtraum erlebt, wie … Maddy dachte an Doug. Wie wir ihn uns allzu gut vorstellen können, vervollständigte sie ihren Gedanken. Es war durchaus möglich, dass ein unschuldiger Mann ruiniert oder gar ins Gefängnis gesteckt wurde. Bonnie hatte nicht nur zu ihm gehalten, sie hatte ihn sogar geheiratet. Sie glaubte wirklich an ihren Mann, dachte Maddy. Das war eigentlich bewundernswert. Noch einen Tag, dachte sie. Das kriegen wir sicher hin. Sie brauchen ein bisschen Ruhe.
Maddy ging in die Küche und setzte Wasser auf. Doug saß am Küchentisch. Er blickte mit einem feindseligen Ausdruck in den Augen zu ihr auf. Sie spürte, dass er sie beobachtete, während sie in der Küche beschäftigt war – den Kaffee aus der Tüte löffelte, die Tassen auf den Tisch stellte. Maddy wusste, dass sich unter seinem Schweigen und seinem unablässigen Blick etwas zusammenbraute. Sie tat so, als bemerke sie es nicht.
»Was hatte der hier zu suchen?«, fragte Doug vorwurfsvoll.

23

Maddy schaute in den Flur hinaus und schloss dann die Küchentür. Sie bedeutete Doug, leise zu sprechen. »Er wollte mir nur mein Armband wiederbringen«, sagte sie und zeigte auf die zarte silberne Kette um ihr Handgelenk.

Doug blickte stirnrunzelnd auf das Armband, das er Maddy zu ihrem ersten Hochzeitstag geschenkt hatte. »Wie kam er denn zu deinem Armband?«

Maddy musste unwillkürlich daran denken, wie sich das Armband in Nicks Pulli verfangen hatte. Sie erinnerte sich an die spontane Umarmung, die überraschend tiefen Gefühle zwischen ihnen, und wurde rot. »Es ist irgendwo in seinem … Büro hängen geblieben, als ich neulich bei ihm war.«

»Warum warst du bei ihm?«, fragte er.

»Ich wollte mit ihm reden«, sagte Maddy gereizt.

»Sind diese Leute deshalb immer noch hier? Weil sie so gute Freunde von ihm sind?«

»Nein. Sie sind immer noch hier, weil dieser Mann vor nicht einmal einer Stunde aus dem Krankenhaus entlassen wurde.«

»Ich habe dich gebeten, sie loszuwerden, aber nein, wenn Pater Nick will, dass sie bleiben …«

»Lass ihn da raus. Er hat nichts damit zu tun.«

»Oh, Verzeihung«, sagte Doug. »Meine Bedürfnisse stehen offensichtlich ganz weit unten auf deiner Liste …«

»Ach, Herrgott noch mal«, sagte Maddy.

»Und erzähl mir nicht, dass ich mir das nur einbilde. Ich habe doch gesehen, wie dieser Priester dich anhimmelt. Er glotzt dich an wie ein krankes Kalb. Meinst du vielleicht, dass er dich eben in der Einfahrt nur mal freundschaftlich an sich gedrückt hat?«

Sie hatte ein schlechtes Gewissen, ärgerte sich aber auch über seine Vorwürfe. Tatsache war, dass sich zwischen ihr und Nick nichts Verbotenes abgespielt hatte. Sie musste sich daran erinnern, dass sie sich für nichts zu entschuldigen brauchte. »Sei nicht so eklig, Doug. Wir sind gute Freunde. Er fährt heute ab und wollte nur Auf Wiedersehen sagen.«

»Na, das glaubst *du* vielleicht«, herrschte er sie an.

Maddy schüttelte den Kopf. »Möchtest du einen Kaffee?«, fragte sie gelassen.

»Was, jetzt bedienst du die auch noch?«

»Reg dich nicht auf«, sagte Maddy.

»Wenn er diese Leute so gern hat, warum hat er sie dann nicht bei sich aufgenommen? Nein, er erwartet, dass du das tust. Warum machst du einfach, was er will? Ich meine, bist du ihm gegenüber zu irgendwas verpflichtet? Oder ist da was, wovon ich nichts weiß?«

Maddy funkelte ihn an. »Selbst wenn du mit Nick Recht hättest, und das hast du nicht, verstehe ich nicht, dass du mir nicht vertraust. Wie kannst du auch nur einen Moment lang denken …«

»Manchmal passiert so was einfach«, sagte Doug achselzuckend.

Maddy starrte ihn empört an. Seine moralische Haltung hatte etwas allzu Flexibles. »Nein, solche Dinge passieren nicht einfach«, sagte sie säuerlich. »Man muss sie schon passieren lassen. Ich bin deine Frau. Ich habe geschworen, dir treu zu sein, wenn du dich erinnerst, und über einen Schwur setze ich mich nicht so leicht hinweg.«

Er senkte den Blick. »Lassen wir's gut sein«, sagte er.

Sie starrte ihn an, und plötzlich fiel ihr wieder ein, wie Heather vor ihrer Tür gestanden hatte. Einen Augenblick lang war sie nicht mehr sicher. Glaubte er wirklich, dass solche Sachen einfach so passierten und er nichts dagegen tun konnte? Hätte zwischen ihm und Heather einfach so etwas passieren können? Sie wollte es ihm eigentlich nicht erzählen, aber sie konnte nicht anders. »Heather Cameron war heute hier«, sagte sie.

»Was, zum Teufel, wollte sie denn?«, fragte Doug nervös.

Maddy seufzte. Sie sagte sich, dass es nicht fair wäre, ihn auf die Folter zu spannen. Er war von diesen Vorwürfen freigesprochen worden. Sie erinnerte sich an Heathers merkwürdiges Benehmen, das sie in ihrem Glauben an Doug bestärkt hatte. »Ich glaube, sie ist nicht ganz richtig im Kopf. Sie sagte, sie sei eifersüchtig, weil du angeblich etwas mit einem anderen Mädchen namens Karla hättest.«

»Karla?«

»Auch eine Schülerin, die in dich verschossen ist oder so. Sie war ganz außer sich, als wärst du ihr untreu. Kannst du dir vorstellen, dass sie hierher kommt und mir so etwas erzählt? Das war wirklich verrückt. Hat mir sogar ein bisschen Angst gemacht. Ich hätte fast die Polizei gerufen. Aber sie ist wieder gegangen, ohne mir eine Szene zu machen.«

»Karla … Needham?«, fragte er ungläubig. »Die ist in mich verschossen?«

»Das ist wohl kaum der springende Punkt, Doug«, sagte Maddy kalt.

»Nein, natürlich nicht«, sagte er kopfschüttelnd. »Diese Heather ist wirklich krank. Sie braucht Hilfe.«

Maddy war sicher, dass er bei diesen Worten an etwas ganz anderes dachte.

»Also«, sagte er abrupt. »Was hast du gefunden beim Detektiv-Spielen? Irgendwas Interessantes? Eine Schatzkarte vielleicht?«

»Sei nicht so herablassend zu mir«, sagte sie.

»Bin ich nicht.« Er kam um den Tisch herum und legte seine Hände auf ihre Arme. »Tut mir Leid. Ehrlich. Es tut mir Leid, dass Heather hier war und dir Angst gemacht hat. Ich wünschte, ich wäre zu Hause gewesen. Der hätte ich was erzählt. Und … ich bin neugierig. Was unsere Gäste angeht. Hast du etwas gefunden?«

Maddy sah ihn traurig an.

»Maddy, es tut mir ehrlich Leid. Das war gemein von mir.«

»Ja, das war es«, sagte sie bitter.

»Okay, und …?«

Maddy schüttelte den Kopf. »Ich habe nichts gefunden. Aber Nick hat mir interessante Dinge über sie erzählt.«

»Ah«, sagte er und hatte offenbar eine sarkastische Bemerkung auf den Lippen, doch er hielt sich zurück.

»Anscheinend wurde Mr. Lewis vorgestern aus dem Gefängnis entlassen.«

Doug sprang von seinem Stuhl auf. »O Gott. Und das erzählst du mir jetzt erst! Warum hast du das nicht gleich gesagt? Warum weiß ich nicht schon längst davon? Warum hast du mich reden lassen, und es mir nicht sofort gesagt?«

»Es ist nicht so, wie es sich anhört. Er hat für eine Tat gesessen, die er nicht begangen hat. Der wahre Mörder hat gestanden, und Terry wurde freigelassen.«

»Mörder? Mörder? Na großartig. Du meinst, er hat wegen Mordes gesessen?«, rief Doug.

»Er hat niemanden umgebracht«, flüsterte Maddy und bedeutete ihm, die Stimme zu senken.

Doug gestikulierte wild mit den Armen. »Sie sitzen in unserem Wohnzimmer.«

»Und sie können auch noch eine Nacht hier bleiben.«

»Noch eine Nacht? Meinst du ernsthaft, ich würde einen Gewaltverbrecher unter einem Dach mit meiner Familie schlafen lassen?«

»Schrei nicht so«, sagte Maddy. »Sieh mal, ich hab's dir doch erklärt. Er war's nicht. Er wurde freigelassen, weil er nichts getan hat. Nick hat mir alles erzählt. Er hat ihn in den vergangenen Jahren oft im Gefängnis besucht. Er sagte, dass Terry die ganze Sache erstaunlich gut verkraftet hat.«

»Oh, na klar doch«, rief Doug. »Ein Scheinheiliger lobt den anderen. Das glaubst du doch nicht im Ernst, Maddy. Ich meine, denk doch mal nach.«

»Was soll das denn heißen? Nick ist kein Scheinheiliger.«

»Von der schlimmsten Sorte. Läuft rum und wirft mit frommen Sprüchen um sich, während er meiner Frau hinterhergiert. Warum sollten wir ihm glauben, dass dieser Sträfling da draußen harmlos ist? Aber sicher doch … Ich will dir mal was sagen, Maddy. Dieser Ex-Knacki verlässt auf der Stelle mein Haus. Hast du das verstanden?«

»Wage es nicht, so mit mir zu sprechen. Das ist nicht allein dein Haus.«

Die Küchentür flog auf, und Bonnie stand auf der Schwelle.

»Terry hätte gern seinen Kaffee«, sagte sie.

Maddy und Doug wechselten einen eisigen Blick, dann rannte Doug hinaus in den Flur und ging zur Treppe.

»Ist schon fast fertig«, sagte Maddy und hob mit zitternder Hand den Wasserkessel vom Herd.

»Worüber hat er sich denn so aufgeregt?«, fragte Bonnie.

»Ich habe ihm gerade erzählt, dass Terry im Gefängnis war. Pater Nick hat mir alles erklärt. Doug war nur ein wenig überrascht.«

»Hat Pater Rylander Ihnen auch erzählt, dass Terry es nicht war?«

»Ja«, sagte Maddy.

»Also geht es keinen was an, wo er war. Es war nicht seine Schuld, dass er gesessen hat.«

»Ich weiß«, sagte Maddy. »Das wollte ich meinem Mann ja eben erklären.«

Bonnie starrte sie finster an. »Wir wollen nicht hier bleiben. Ich kann es kaum erwarten, hier wegzukommen. Und von Ihnen und Ihrem ach so perfekten kleinen Leben. Wir wollen nur in Ruhe gelassen werden, uns ein neues Zuhause suchen und eine richtige Familie werden. Je weniger Leute über die Vergangenheit Bescheid wissen, umso besser.«

Maddy seufzte und dachte, dass ihr Leben ganz und gar nicht so perfekt war, wie es vielleicht nach außen hin wirkte. »Das kann ich verstehen«, sagte sie.

»Wenn man mal im Knast war, wollen die Leute einem einfach keine Chance geben. Egal, wie die Wahrheit am Ende aussieht«, klagte Bonnie.

»Ich finde es großartig, wie Sie hinter Ihrem Mann stehen. Er hat wirklich Glück, dass er eine Frau wie Sie gefunden hat«, sagte Maddy.

Bonnie sah sie mit zusammengekniffenen Augen an. »Meinen Sie das ernst?«, fragte sie argwöhnisch.

»Absolut«, sagte Maddy. »Und ich hoffe wirklich, dass es ab sofort besser für Sie läuft. Nick hat mir erzählt, wie Sie sich kennen gelernt haben. Dass Sie ihm geschrieben und ihm Bücher geschickt haben.«

»Wir haben uns zwei Jahre lang nur geschrieben, bevor wir uns zum ersten Mal gesehen haben«, gestand Bonnie. »Ich hatte vorher noch nie einen Freund.«

»Das ist irgendwie romantisch«, sagte Maddy.

»Und dann hat er mir sein Foto geschickt, und er sah so gut aus, da wollte ich ihm kein Bild von mir schicken. Ich habe behauptet, ich hätte keines, das ich ihm schicken könnte. Ich dachte, er würde mich nicht mehr mögen, wenn er mich erst mal gesehen hatte. Aber er mochte mich trotzdem.« Bonnies Gesicht leuchtete bei der Erinnerung auf. »Er sagte, ich sei eine Augenweide.«

Aus dem Wohnzimmer ertönte lautes Geheul. »Liebling, Sean weint!«, rief Terry.

Seine Stimme schreckte Bonnie aus ihrer romantischen Träumerei; ihr Gesicht nahm wieder den üblichen verkniffenen Ausdruck an, und das Strahlen verflog wie Aschenputtels prächtiges Gewand beim letzten Glockenschlag.

»Kinder«, sagte Maddy verständnisvoll. »Können die Romantik ganz schön ankratzen.«

»Ich muss nach ihm sehen«, brummte Bonnie und verschwand ohne ein weiteres Wort.

24

Das ist gerade aus der Gerichtsmedizin hierher geschickt worden«, sagte Delilah Jones, eine hübsche schwarze Polizeischülerin, die gerade frisch von der Akademie kam.

»Ich bring's dem Chief«, sagte Officer Len Wickes. Er war sehr neugierig auf den Inhalt dieses Berichts. Er und die anderen Männer waren seit der Entdeckung von Rebecca Starnes' Leiche kaum mehr auf dem Revier gewesen. Sie hatten stattdessen an unzählige Türen geklopft und die Leute gesucht, die sich am Tag von Rebeccas und Justins Verschwinden im Park aufgehalten hatten. Sie hatten jeden Skateboarder befragt, jede Mutter, die sie im Park antrafen, und jeden Mann mit asiatischem Nachnamen, den sie in der Stadt auftreiben konnten. Wenn sie nicht damit beschäftigt waren, schwärmten sie durch den Wald, drehten jeden Stein und jedes Blatt um, suchten jeden Bach mit Schleppnetzen ab oder krabbelten einfach auf Händen und Füßen herum und forschten nach irgendwelchen Hinweisen auf das verschwundene Baby. Aber nichts. Gar nichts. Len lag es wie eine Art Übelkeit schwer im Magen, dass sie Justin noch nicht gefunden hatten. Natürlich konnte man in gewissem Sinne sagen, dass sie ihn gar nicht finden wollten. So lange er nicht gefunden wurde, bestand Hoffnung, dass er noch am Leben war. Len machte sich auf den Weg zu Chief Camerons Büro und klopfte an die Tür.

»Herein«, knurrte der Polizeichef.

Len öffnete die Tür und sah seinen Chef am Schreibtisch sitzen und ein paar Fotos betrachten. »Bericht der Gerichtsmedizin, Sir.«
Frank Cameron sprang auf. »Lassen Sie mal sehen, Wickes.«
Len reichte ihm den Bericht und blieb in strammer Haltung vor dem Schreibtisch stehen, in der Hoffnung, der Chief würde ihm etwas über den Inhalt des Berichts erzählen. Frank riss den Umschlag auf und überflog das Computerformular, wobei er die Informationen übersprang, die ihm schon bekannt waren.
»Na, so was«, sagte Frank. »Was sagt man dazu? Kein sexueller Missbrauch. Da wollte aber jemand unbedingt, dass wir von einer Vergewaltigung ausgehen.«
Len räusperte sich vernehmlich, und Frank Cameron blickte auf.
»Sir?«
Frank fand Len Wickes militärisches Gebaren meist ein wenig albern.
»Ja, Officer Wickes?«
»Vielleicht hat der Mörder es versucht, Sir, konnte aber nicht«, schlug Len vor.
Frank nickte nachdenklich. »Ist schon vorgekommen. Manchmal bringen sie ihr Opfer dann um, damit niemand je von ihrer Schlappe erfährt.«
»Ist nur so ein Gedanke, Sir«, sagte Len, der sich freute, dass sein Vorschlag beim Chief auf offene Ohren stieß.
»Holen Sie mir Pete her, und Rocky Belmont«, sagte der Chief.
Len stand stramm, als wolle er gleich salutieren, und marschierte dann forsch durchs Revier, um Detective Millard und Officer Belmont davon in Kenntnis zu setzen, dass der Polizeichef sie zu sehen wünschte. Pete und Rocky wechselten einen Blick und folgten Len Wickes zu Chief Camerons Büro.

Als sie hereinkamen, hob Frank den Bericht hoch und winkte damit. Er bat sie nicht einmal, Platz zu nehmen. »Meine Herren«, sagte er, »der Bericht der Gerichtsmedizin. Kein Hinweis auf sexuellen Missbrauch an Rebecca Starnes.«
Pete und Rocky taten murmelnd ihre Überraschung kund.
»Aber«, sagte Frank, »wie Officer Wickes hier rasch erkannt hat, bedeutet das nicht, dass der Täter es nicht versucht hat.«
Len strahlte.
»Wie wir alle wissen, werden diese Perversen rasend vor Wut, wenn sie keinen hochkriegen. Doch dieses Opfer wurde ohne übermäßige Anwendung von Gewalt umgebracht. Keine Verstümmelungen. Ich meine, er hat nicht vierzigmal auf sie eingestochen oder so. Nein, wir müssen zwar jede Möglichkeit in Betracht ziehen, aber wir müssen uns auch an die bekannten Fakten halten. Und diese Fakten deuten darauf hin, dass es kein Sexualverbrechen war. Wenn es kein Sexualverbrechen war, muss es dabei um das Baby gegangen sein. Aber es hat keine Lösegeldforderung gegeben. Also könnte das heißen, dass jemand das Baby für sich haben wollte. Wer will ein Baby für sich selbst?«
»Frauen«, sagte Pete mit Nachdruck.
Frank Cameron nickte. »Also könnte es gut sein, dass wir nach einer Frau suchen, nicht wahr?«
Len Wickes hob einen Finger und wackelte damit herum, um den Chief auf sich aufmerksam zu machen. Frank Cameron nickte ihm zu.
»Aber wir können den Schwarzmarkt nicht ausschließen, Sir«, sagte Len. »Es gibt eine riesige Nachfrage nach weißen Adoptivbabys in diesem Land, Sir. Heutzutage braucht man gar kein Lösegeld zu fordern, um von einer Kindesentführung zu profitieren. Man braucht nur einen willigen Käufer zu finden.«
»Da hat er Recht«, stimmte Rocky Belmont zu.

Frank Cameron sah den jungen Polizisten skeptisch an. Dies war der sprichwörtliche frühe Vogel, der den Wurm fangen würde. Ein Mensch, der für seine Arbeit lebte. Noch war er ungeschliffen und unerfahren, doch sein Eifer war unverkennbar. Frank erinnerte sich, auch einmal so begierig gewesen zu sein, und dass jeder Fall eine aufregende Herausforderung für ihn dargestellt hatte. Vielleicht würde Len Wickes eines Tages sein Nachfolger werden. Der Gedanke war Frank nicht unangenehm. Heute erschien ihm das geradezu als Erleichterung.

»Diese Möglichkeit müssen wir bedenken«, sagte Frank anerkennend. »Es könnte jemand sein, der hier völlig fremd ist. Es könnte eine maskierte Bande mit organisierten Fluchtwagen und guten Beziehungen zu skrupellosen Anwälten mit reichen Mandanten sein. Seien wir mal ehrlich. Für die Art Informationen brauchen wir Zugang zu den überregionalen Behörden, zu den FBI-Akten. Haben sich schon irgendwelche auffälligen Entsprechungen gefunden?«

Pete schüttelte den Kopf. »Wir haben schon die Datenbanken aller nationalen Behörden angezapft. Aber bisher waren unsere Anhaltspunkte zu vage – wir hatten einfach keine spezifischen Informationen zu dem Verbrechen, mit denen wir den Computer füttern konnten. Dieser Autopsiebericht hilft uns sicher weiter. Jetzt können wir das Suchgebiet einschränken, auf ähnliche Verbrechen – ermordeter Babysitter, entführtes Kind. Das ist schon wesentlich spezifischer.«

»Gut«, sagte Frank. Er verstand nicht viel von Computern, aber er hatte gehörige Achtung vor den Ergebnissen, die sie hervorbrachten. Er persönlich fühlte sich allerdings mit der guten altmodischen Polizeiarbeit wesentlich wohler. »Gehen wir mal von einem Täter hier aus der Gegend aus. Und von dieser Idee mit der Frau. Also, was für eine Frau entführt ein Baby? Wir haben hier wahrscheinlich eine Frau, die keine

Kinder kriegen kann oder deren Baby gestorben ist, und die vielleicht einen ziemlichen Knacks hat, wenn ihr wisst, was ich meine. Vielleicht hat sie schon versucht, ein Kind zu adoptieren, hatte aber kein Glück. Irgend so was. Pete, setz dich mit den Adoptionsagenturen in Verbindung. Rocky, du stellst fest, ob in dieser Gegend in letzter Zeit irgendwelche Babys gestorben sind.«

»Da habe ich schon jemanden drangesetzt«, entgegnete Pete.

»Gut«, sagte der Chief. »Ich muss euch wohl nicht erklären, dass das eine ziemlich heikle Sache ist? Wir müssen an diese Informationen rankommen, ohne dabei jemandem auf die Zehen zu treten.«

Die drei anderen nickten.

Len war enttäuscht, dass seine Theorien so in den Hintergrund gedrängt wurden. »Was kann ich dabei tun, Sir?«

In diesem Moment klopfte Delilah Jones an die offene Tür. »Chief«, sagte sie, »es ist Zeit für die Pressekonferenz.«

Frank schnaubte. »Scheiße. Ich hasse das. Ich habe nichts Neues für sie, aber ich muss so tun, als würden wir tolle Fortschritte machen.«

»Sir?«, fragte Len Wickes.

»Sie besetzen die Telefone, Wickes. Vorerst mal. Pete, Rocky, ihr kommt mit mir.«

Len wirkte niedergeschlagen. »Anrufe entgegennehmen?«, fragte er. Er wollte seinen Ohren nicht trauen. Hier liefen Ermittlungen wegen Mord und Entführung.

»Das sagte ich doch«, herrschte Frank ihn an und marschierte an ihm vorbei zur Tür. Delilah Jones stieß er beinahe um, als er sich an ihr vorbeidrängte. Sie warf Len einen Blick zu und zuckte mit den Schultern.

Len strich rastlos durch das Polizeirevier. Jeder Polizist in dieser Stadt war draußen und sammelte Informationen, und er sollte nur am Telefon hocken. Als wolle es sich über ihn

lustig machen, klingelte prompt das Telefon auf Pete Millards Schreibtisch. Len ging hinüber und hob ab.
»Apparat Detective Millard«, sagte er.
»Hallo«, meldete sich eine liebliche Stimme am anderen Ende der Leitung. »Hier spricht Caitlin Markus von der *Rainbow Adoptionsvermittlung.* Ich habe die Informationen, um die Detective Millard gebeten hatte, und ich wollte sie ihm direkt per E-Mail schicken.«
»Kein Problem«, sagte Len Wickes, setzte sich an Pete Millards Schreibtisch und schaltete dessen Computer ein. »Schicken Sie's uns rüber.« Während Len darauf wartete, dass die Daten über adoptionswillige Paare auf Millards Bildschirm erschienen, hob er ein paar ausgedruckte Seiten hoch, die auf dem Tisch lagen. Es war ein Auszug aus dem Register des Bezirksamtes, eine Liste aller Kinder, die in den letzten fünfundzwanzig Jahren in Taylorsville gestorben waren, mit Namen und Geburts- und Todesdaten. Als er die Liste überflog, kam ihm eine Idee. Er suchte auf der Liste nach Todestagen im November und dann nach dem Tag. Es war einen Versuch wert. Warum nicht? Zwei Daten auf der Liste stimmten mit dem Tag der Entführung überein. Er überprüfte daraufhin die Liste der Adoptionsvermittlung. Eines der Paare tauchte auch dort auf, hatte aber eine Adoption erfolgreich abgewickelt. Das andere hatte sich nicht um eine Adoption bemüht. Er notierte sich beide Namen. Und was ist mit den anderen Agenturen?, dachte er. Das könnte eine sehr zeitaufwändige Arbeit werden. Also fing er am besten gleich an, Listen zu sammeln. Auf Rocco Belmonts Schreibtisch klingelte das Telefon. Er sah sich um und fing Delilah Jones' Blick auf. »Würden Sie da rangehen, Delilah?«, bat er. »Ich will hier noch etwas nachsehen.«
Delilah warf ihm einen skeptischen Blick zu. Sie würde sich von keinem dieser Kerle zum Laufburschen machen lassen.

Sie hatte nach ihrer Ausbildung exakt dieselbe Qualifikation wie die. Aber sie verstand, dass Len sich besonders wichtig machen wollte, um das Gesicht zu wahren, nachdem er zum Telefondienst verdonnert worden war. Er tat ihr ein bisschen Leid. Er war übereifrig, aber er hatte etwas Liebenswertes an sich. Er war wie ein kleines Kind, das sich so sehr wünschte, bei den großen Jungs mitspielen zu dürfen. Sie ging zum Telefon und hob ab.

Len wandte sich wieder der Liste zu. Sein Blick fiel auf die Geburtsdaten. Er beschloss, auch diese mit zu überprüfen. Warum nicht?, dachte er. Es konnte nicht schaden, gründlich vorzugehen. Er brachte die Finger über der Tastatur in Stellung und fuhr sich nervös mit der Zunge über die Lippen. Was, wenn ich in diesem Fall den großen Durchbruch schaffe?, dachte er. Laurie wäre so stolz auf mich. Der Gedanken an die Bewunderung seiner Frau lenkte ihn ab. Er verscheuchte seine Tagträume und wandte sich seiner Arbeit zu.

25

Als Doug zum Abendessen nicht herunterkam, erfand Maddy eine Ausrede für ihn. Er müsse noch zu viel vorbereiten, weil er morgen zum ersten Mal wieder in die Schule ging, behauptete sie. Die Lewises schien das überhaupt nicht zu interessieren, so sehr genossen sie es, wieder vereint zu sein. Doug erschien auch nicht, als es Schlafenszeit für Amy war, also brachte sie das Kind mit dem Versprechen zu Bett, dass Papa ihr noch einen Gute-Nacht-Kuss geben würde, wenn er mit der Arbeit fertig war. Schließlich hielt sie es nicht mehr aus. Maddys Mutter hatte ihr einmal anvertraut, dass sie und ihr Mann niemals schlafen gingen, ohne sich vorher versöhnt zu haben. Die Ehe ihrer Eltern hatte Maddy immer schon beeindruckt, und sie versuchte sich auch mit Doug an diese Regel zu halten, obgleich es ihr nicht immer gelang.

Sie hasste Streitereien, die sich ewig hinzogen. So etwas war schlecht für die Beziehung, und es war auch nicht gut, wenn Amy darunter leiden musste. Kinder bekamen es mit, wenn ihre Eltern Streit hatten. Sie brauchten gar nicht zu wissen, worum es ging. Sie spürten nur die konfliktgeladene Atmosphäre. Also war es besser, das klärende Gewitter hinter sich zu bringen. Maddy legte ihr Küchentuch auf die Arbeitsplatte und stapfte durchs Haus und die Treppe hinauf. Warum muss immer ich den ersten Schritt tun?, dachte sie.

Sie seufzte und sagte sich, dass es für Doug eben schwieriger war. Er war in einem lieblosen Elternhaus aufgewachsen. Sein Vater wurde von seiner herrschsüchtigen, unnahbaren Frau schikaniert, und Doug geriet ständig zwischen die Fronten. Oft erhoffte er sich Unterstützung von seinem Vater, doch immer umsonst. Er war zu unterwürfig, um sich für seinen Sohn stark zu machen. Maddy hatte Doug kurz vor dem Tod seines Vaters kennen gelernt. Zu Frances Blake hatten sie praktisch keinerlei Kontakt. Sie lebte ihr eigenes Leben, und das betonte sie jedes Mal, wenn Doug und Maddy sie doch einmal anriefen. All das hielt Maddy sich nun vor Augen, während sie die Treppe hinaufstieg, damit sie ihm gegenübertreten konnte, ohne allzu verärgert zu sein. Das nutzte schließlich überhaupt nichts. Aber sie hatte es langsam satt. In jeder Beziehung gab es Muster. In ihrer Ehe hieß das, dass sie immer diejenige war, die sich zuerst entschuldigte. Es wäre schön gewesen, wenn er ein Mal, nur ein einziges Mal, die Initiative zur Versöhnung ergriffen hätte. Aber, so ermahnte sie sich, es gab in jeder Ehe Dinge, mit denen man einfach leben musste.

Maddy klopfte sacht an die Tür von Dougs Arbeitszimmer. Als keine Antwort kam, drehte sie am Knauf und öffnete die Tür. Es war dunkel im Raum; nur eine kleine Schreibtischlampe erhellte das Zimmer. Doug saß an seinem Schreibtisch und hielt ein Foto in der Hand. Sein Gesicht war verzerrt, und Tränen liefen ihm über die Wangen.

Maddys Wut war sofort verflogen. »Schatz«, sagte sie, »was ist denn?« Sie ging zum Tisch und sah, dass das Foto ihn selbst zeigte, im Trikot der Philadelphia Phillies, bevor seine Knieverletzung ihn um seine Karriere brachte. Als sie sich kennen gelernt hatten, hatte er diese Enttäuschung noch nicht überwunden. Manchmal glaubte Maddy, er sei immer noch nicht darüber hinweg. Sie schaute über seine Schulter auf das Bild. Seine Kluft wirkte zeitlos, und er selbst ewig jung. Aus seinem

Gesicht strahlte das glückliche Lächeln des Siegers, ungetrübter Jubel.
Doug drehte den Rahmen um, legte ihn mit dem Bild nach unten auf den Schreibtisch und versuchte unauffällig die Tränen fortzuwischen. »Was willst du?«, fragte er.
Maddy legte besänftigend eine Hand auf seine Schulter, doch er zuckte vor ihr zurück. »Ich habe mir Sorgen gemacht, als du nicht zum Essen runtergekommen bist. Warum bist du so traurig?«, fragte sie.
»Tut mir Leid«, sagte er. »Es ist einfach alles zu viel. Mir graut davor, morgen wieder in die Schule zu gehen.«
Maddy holte sich das kleine Kissen vom Ohrensessel in der Ecke, setzte sich neben ihn auf den Boden und blickte zu ihm auf. »Du musst mir gegenüber nicht immer eine fröhliche Miene aufsetzen. Ich weiß, dass du eine schwere Zeit durchgemacht hast.«
Er betrachtete sie einige Augenblicke lang mit undurchdringlicher Miene. »Du bist so loyal«, sagte er. Die Worte klangen kalt und beinahe kritisch, obwohl sie sicher war, dass er ihr damit etwas Nettes sagen wollte.
»Ich bin deine Frau. Wir sind Partner. Natürlich stehe ich zu dir«, sagte sie. »Ich weiß, dass es nach all dem sehr schwer sein wird, wieder ein Klassenzimmer zu betreten. Du musst nur daran denken, dass das Gericht dich für unschuldig befunden hat, und dass Heather im Unrecht ist.« Sie erinnerte sich an Heathers Besuch. »Ich hoffe nur, sie verfolgt dich morgen nicht durch die ganze Schule.«
»Ich kümmere mich schon um Heather«, sagte er grimmig.
»Ich glaube, es ist besser, du gehst ihr einfach aus dem Weg«, schlug Maddy vor.
»Ich komme damit schon klar«, sagte er durch zusammengebissene Zähne. »Ich brauche keine guten Ratschläge von dir.«

Maddy schwieg verletzt.
Er machte einen halbherzigen Versuch, ihr seine Stimmung zu erklären. »Es ist nicht nur das.«
»Na, was denn noch?«, fragte sie bissig. »Geht es vielleicht darum, dass die Lewises hier sind?«
»Das ist mir egal«, sagte Doug. »Sie können ruhig hier bleiben. Eine weitere Nacht wird so oder so keinen Unterschied machen.«
»Was ist es dann?«, rief Maddy. Sie streckte den Arm aus und legte eine Hand auf seine. Er zog die Hand nicht fort, doch er erwiderte die Berührung nicht. Seine Hand war kalt wie Stein. »Bist du sauer, weil ich dich wegen der Versicherung genervt habe?«
»Nein, Maddy, nein«, sagte er matt.
»Schau mal, ich weiß, was für einen Albtraum du durchstehen musstest, und vielleicht hätte ich dich manchmal noch mehr unterstützen sollen, aber ...«
Doug zog ruckartig die Hand unter ihrer fort und hob das Foto wieder auf. »Du warst perfekt, okay? Es hat nichts mit dir zu tun.« Sehnsüchtig betrachtete er das Foto. »Ich sehe den Jungen auf diesem Bild und frage mich, was aus ihm geworden ist. Was ist aus dem jungen Mann geworden, dem die ganze Welt zu Füßen lag, dem alles nur so zugeflogen kam? Dieser Junge war glücklich und erfolgreich, und alle haben ihn bewundert. Die Mädchen liefen ihm scharenweise hinterher, und die Jungs baten ihn um ein Autogramm. Warum musste sich das alles in nichts auflösen? Warum musste ich alles verlieren?«
Maddy erhob sich wackelig von dem Kissen und trat einen Schritt zurück. Diese Beleidigung ihrer Ehe und ihres gemeinsamen Lebens traf sie wie ein Schlag. Sie versuchte sich einzureden, dass er es nicht so gemeint hatte. Manchmal waren die Leute eben traurig und sagten Dinge, die sie nicht so

meinten. Aber es tat weh. Es tat ihr wirklich weh, und er schien es nicht einmal zu bemerken. »Es tut mir Leid, dass wir dich nicht glücklich machen«, sagte sie bitter.
»Ach, so ist das doch nicht«, entgegnete er gedankenverloren und starrte weiter auf das Bild. »Ich meine, sieh dir den Jungen auf diesem Bild an. Er hat alles, was er sich nur wünschen kann. Was könnte da je mithalten?«
Maddy hatte das Gefühl, sich gleich übergeben zu müssen. »Vielen Dank«, sagte sie.
Doug blickte überrascht zu ihr auf und runzelte die Stirn. »Ach, nimm das doch nicht gleich persönlich, Maddy.«
»Nimm das nicht persönlich? Wie soll ich es denn dann nehmen? Amy und ich tun unser Bestes, um dich glücklich zu machen. Offensichtlich ist das in deinen Augen nicht viel wert.«
»Wenn du raufgekommen bist, um dich mit mir zu streiten, kann ich auf deine Gesellschaft verzichten«, sagte er.
»Natürlich, du bist ja viel zu sehr damit beschäftigt, an dich selbst zu denken«, erwiderte sie zornig. »Herrgott, ich hab dein Gejammer so satt.«
Er fuhr herum und packte sie am Handgelenk. Seine Augen blitzten. Sie war so überrumpelt, dass es ihr den Atem verschlug. Er hatte noch nie die Hand gegen sie erhoben. Sie erwiderte seinen eisigen Blick, fest entschlossen, nicht vor Schmerzen aufzuschreien, denn er tat ihr wirklich weh.
»Lass mich los«, flüsterte sie. Ihre Stimme klang fest, doch sie fühlte sich alles andere als stark und mutig. Einen schrecklichen Augenblick lang fragte sie sich, ob er sie loslassen oder ihr das Handgelenk brechen würde.
Gleich darauf ließ er ihre Hand fallen wie ein schleimiges Etwas. »Wusste ich doch, dass du das nicht verstehst«, sagte er. »Du hast mich noch nie verstanden.« Er vergrub den Kopf in den Händen.

Plötzliche Müdigkeit überfiel Maddy, und das Verlangen, einfach die Augen zu schließen und ein paar Tage zu schlafen. Sie wollte von ihm fortkommen, von seinen Worten und allem, was dahinter stand.

Auf zittrigen Beinen verließ sie sein Arbeitszimmer und rieb sich das Handgelenk. Als sie den Flur erreicht hatte, lehnte sie sich an die Wand und schloss die Augen. Er täuscht sich in mir, dachte sie. Sie befürchtete allmählich sogar, ihn nur zu gut zu verstehen.

26

Auf ein kräftiges Klopfen hin öffnete Paulina die Haustür einen Spalt breit und sah den Polizisten, der davor stand, misstrauisch an. »Ja?«, sagte sie.
Len Wickes stand auf der Schwelle und atmete tief die frische, herbstliche Morgenluft ein. Die Mütze trug er tief in die Stirn gezogen. Er hatte die ganze Nacht lang an seiner selbst gesetzten Aufgabe gearbeitet. Das ging weit über seine Dienstpflichten hinaus. Während seine Frau Laurie ihn mit Kaffee versorgte, hatte Len die ausgedruckten Unterlagen studiert und Anrufe getätigt. Heute galt es nur noch, Antworten auf ein paar bestimmte Fragen zu finden. »Kann ich bitte Mr. und Mrs. Henson sprechen?«
»Mr. Henson ist nicht hier. Er ist in der Kanzlei.«
Damit hatte Len gerechnet. Er hatte von Charles Henson gehört. Bei der Polizei von Taylorsville hatte jeder schon von dem großartigen Anwalt gehört. Charles Henson wollte er auch gar nicht sehen. »Dann Mrs. Henson?«, fragte er höflich.
»Kommen Sie herein«, sagte Paulina. Sie hielt ihm die Tür auf, und Len trat ins Foyer der fantastischen Tudor-Villa. Er nahm seine Dienstmütze ab und behielt sie in der Hand. »Warten Sie hier drin«, sagte sie und deutete auf das Wohnzimmer. »Ich sehe mal nach, ob sie da ist.« Paulina ging zur Treppe, drehte sich dann aber wieder um. »Worum geht es denn?«, fragte sie.
»Nur eine Routineangelegenheit«, sagte Len und bemühte sich um einen besonders beiläufigen Tonfall.

Paulina gehörte nicht zu den Menschen, die die Handlungsweise der Polizei hinterfragten. Ihrer Erfahrung nach waren Polizisten Leute, denen man vertrauen durfte, Leute, die einen beschützten. Obwohl Ellens Nerven in letzter Zeit arg strapaziert waren und Paulina sie abschirmen wollte, gab es doch eine gewisse Grenze. Sich mit der Polizei anzulegen, lag jenseits dieser Grenze. Sie warf einen besorgten Blick zurück zu dem Polizisten und stieg die Treppe hinauf.

Len ging ins Wohnzimmer und sah sich um. Das war ein Einblick in ein anderes Leben, ein Leben, das ihm fremd war. Er fragte sich, wie viel ein solches Haus kosten mochte. Mehr Geld, als er in seinem ganzen Leben zu sehen kriegen würde. Aber Len war kein habgieriger Mensch. Er war neugierig, nicht neidisch. Er blickte zu dem Ölgemälde über dem Kamin auf, ein Porträt der Mutter mit ihrem längst verstorbenen Sohn, und dachte sich, dass man Glück sowieso nicht kaufen konnte. Kein Geld der Welt konnte diesen Jungen wieder zum Leben erwecken. Aus den Unterlagen mehrerer Agenturen ging hervor, dass die Hensons vergeblich versucht hatten, ein Kind zu adoptieren. Len dachte kurz an Laurie und ihre gemeinsamen Hoffnungen für die Zukunft. Zwei oder drei Kinder, und er zweifelte nicht daran, dass sie sie bekommen würden, wenn sie so weit waren. Ja, es gab wirklich einiges, was nicht mit Geld zu bezahlen war.

Er drehte sich um, als er ein leises Räuspern hörte. Ellen Henson war in Socken, ohne Schuhe, leise hereingekommen. Sie war eine sehr zierliche Frau Ende vierzig, vielleicht Anfang fünfzig, schätzte er. Sie hatte erstaunliche Haare, lang, lockig und kaum gebändigt, eine grau-blonde Mähne. Sie sah ihn besorgt an.

»Was gibt es denn, Officer? Was kann ich für Sie tun?«

»Mrs. Henson«, sagte er und fragte sich, während er sie betrachtete, ob sie zu solcher Gewalttätigkeit fähig wäre, wenn ihre Sehnsucht nach einem Kind ihre Sicherungen durchbrennen ließ. Sie sah nicht verrückt aus – vielleicht ein bisschen verängstigt, aber nicht verrückt. Aber das konnte man ja nie auf den ersten Blick wissen. Er hatte die Listen sämtlicher Agenturen gesammelt, außerdem die Geburts- und Todesregister der Stadt, über Jahre zurück; all diese Unterlagen hatte er gestern Abend mit nach Hause genommen und gewälzt, bis er die Verbindungen gefunden hatte, die er suchte. Die anderen drei Namen auf seiner Liste hatte er schon überprüft. Er war ziemlich sicher, dass bei den anderen alles in Ordnung war. Er hatte diese Informationen für sich behalten und nicht seinen Kollegen mitgeteilt, wie er eigentlich sollte. Aber hier bot sich ihm die Möglichkeit, den großen Coup zu landen, der ihm endlich den verdienten Respekt verschaffen würde. »Wie Sie sicher wissen, ermitteln wir derzeit im Fall des verschwundenen Justin Wallace.«

»Ja«, sagte sie. »Ich habe aus der Zeitung davon erfahren. Möchten Sie sich nicht setzen?«

Sie nahm Platz, und Len tat es ihr gleich; er setzte sich auf die Stuhlkante. Er hoffte nur, dass er seine Frage dezent genug formulieren konnte. »Wir gehen jeder Möglichkeit nach und sprechen mit Leuten, die aus irgendeinem Grunde versuchen könnten, mit allen Mitteln an ein Baby zu kommen.«

»Ich verstehe nicht ganz«, sagte Ellen.

»Mrs. Henson, das ist bestimmt nur ein Zufall, aber aus dem Register der Stadt geht hervor, dass Ihr verstorbener Sohn an dem Tag Geburtstag hatte, an dem Justin Wallace verschwand. Wir wissen auch, dass Sie vergeblich versucht haben, ein Kind zu adoptieren.«

Ellens Augen blitzten auf, doch er redete hastig weiter. »Ich habe noch ein wenig weiter nachgeforscht und erfahren, dass Sie einige Zeit in der psychiatrischen Abteilung des

Shady Groves Hospital verbracht haben. Ich wüsste gern, wegen welcher Diagnose Sie dort behandelt wurden.«

»Ich litt an Depressionen«, sagte Ellen. »Ausgelöst durch den Tod meines einzigen Kindes.« Ihre Stimme klang ruhig, doch ihr gesamter Körper bebte. »Finden Sie das vielleicht merkwürdig, Officer Wickes?«

»Nein, Ma'am, nicht unbedingt«, erwiderte er verbissen. »Könnten Sie mir sagen, wo Sie sich an dem Tag aufhielten, an dem Justin Wallace verschwunden ist?«

Ellen saß vollkommen still. Len meinte schon, ins Schwarze getroffen zu haben. Er beobachtete ihr verzerrtes Gesicht mit einem Anflug von Triumph – er hatte es rausgekriegt. Diese Frau verbarg etwas. Da war er sicher. Er konnte es spüren. Wenn sie ihm die Frage nicht innerhalb einer Minute beantworten konnte, würde er sie fragen, ob er sich im Haus umsehen dufte. Sie wusste sicher, was ein Durchsuchungsbefehl war, denn sie war ja mit einem Anwalt verheiratet, aber manchmal brachen die Leute einfach zusammen und plauderten alles aus. Und sie sah so angespannt aus, so voller angestauter Emotionen, dass er das sichere Gefühl hatte, der Zusammenbruch stehe unmittelbar bevor …

»Mrs. Henson«, mahnte er in strengem, aber mitfühlendem Ton.

Schließlich holte sie tief Atem. »Junger Mann«, sagte sie. »Mir ist bewusst, dass Sie hier nur Ihre Arbeit tun und dass jeglicher Schmerz, den Sie mir zufügen, nichts ist im Vergleich zu den Qualen dieser armen Eltern.« Sie hielt einen Moment inne, als ringe sie um Fassung. Dann fuhr sie fort: »Diese armen jungen Leute, die so leiden müssen und nicht wissen …« Sie schloss mit tragischer Miene die Augen. »Ich darf gar nicht daran denken«, sagte sie. »Ich darf nicht daran denken«, und sie sagte das nicht zu ihm, sondern zu sich selbst. Wie eine Warnung.

»Mrs. Henson, würden Sie bitte meine Frage beantworten.«
Sie starrte ihn an, als habe sie so viel zu sagen, brächte es aber einfach nicht über sich, damit herauszurücken. »Ich war den ganzen Tag über hier«, sagte sie schließlich. »Ich habe das Haus gar nicht verlassen. Meine Haushälterin kann Ihnen das bestätigen. Wenn Sie noch weitere Fragen haben, wenden Sie sich bitte an meinen Mann.« Sie erhob sich. »Und jetzt verlassen Sie mein Haus.«
»Ich würde mich gern etwas umsehen«, sagte er. »Wenn Sie nichts dagegen haben.«
»Ich habe allerdings etwas dagegen. Ohne einen Durchsuchungsbefehl werden Sie keinen Fuß mehr in dieses Haus setzen. Nein, Sie dürfen sich nicht umsehen«, sagte sie. »Und jetzt gehen Sie. Bevor ich anfange zu schreien.«
Len fand ihr Verhalten äußerst verdächtig. Er würde wohl keine Schwierigkeiten haben, den Chief von der Notwendigkeit eines Durchsuchungsbefehls zu überzeugen. Nicht, wenn er ihm das hier schilderte. »Also schön«, sagte er. »Aber ich denke, wir werden uns wiedersehen.«
Ellen marschierte steif zur Tür und schloss sie hinter ihm, ohne ein weiteres Wort. Paulina schlich die Treppe hinunter und sah sie dort stehen, wie eine zerbrochene Puppe, das Gesicht an die Haustür gepresst. »Ist alles in Ordnung mit Ihnen?«, fragte sie besorgt.
Ellen nickte.
»Was wollte er denn?«, fragte Paulina.
»Er wollte wissen, ob ich das Wallace-Baby entführt habe. Dieses Baby, das verschwunden ist.«
»Gott im Himmel«, rief Paulina aus und griff sich an die Brust, als wolle sie sich damit vor einer so entsetzlichen Vorstellung schützen. »Ist der Mann verrückt? Ach, du meine Güte. Wie, um alles in der Welt, ist er denn nur auf Sie gekommen?«

»Das Kind ist an Kens Geburtstag verschwunden.«
»Na und?«, erwiderte Paulina.
»Und sie wissen, dass wir vergeblich versucht haben, ein Kind zu adoptieren.«
»So ergeht es vielen Leuten«, sagte die getreue Paulina.
»Er hat mich überprüft. Er hat herausgefunden, dass ich nach Kennys Tod eine Zeit lang in einer psychiatrischen Klinik war.« Ellen drehte sich um lächelte Paulina an, doch in ihren Augen standen Tränen. »Er hält mich für verrückt. Vielleicht hat er ja Recht.«
»Sagen Sie doch so was nicht«, tadelte Paulina scharf.
Das Telefon klingelte. »Ich gehe ran«, sagte Ellen. Sie ging zum Telefon hinüber und nahm ab. Paulina konnte nicht verstehen, was sie sagte, aber sie sah, wie Ellens schmächtiger Körper sich anspannte, als sie die Stimme des Anrufers hörte. Und dann sah sie, wie Ellens Schultern herabsanken, als werde sie gleich in sich zusammenfallen.
Paulina ging zur Haustür. Sie beobachtete, wie der Streifenwagen davonfuhr, schüttelte den Kopf und dachte daran, wie Charles Henson die Polizei hierfür büßen lassen würde, wenn er davon erfuhr.
Ellen legte den Hörer auf. Einen Moment lang stand sie ganz still. Dann trat sie vorsichtig vom Telefon zurück, als wäre der Boden aus dünnem Glas. »Ich gehe hinaus ... zum Spielhäuschen«, sagte sie.
»Warum?«, fragte Paulina. »Da draußen ist doch nichts.«
Ellen antwortete nicht.
»Warten Sie«, bat Paulina und eilte ihr nach. »Kommen Sie, essen Sie erst etwas.«
Ellen ging weiter, als hörte sie nichts. Paulina folgte ihr durch das Haus und sah zu, wie sie zur Hintertür hinausging. »Ziehen Sie wenigstens eine Jacke an!«, rief sie ihr nach.
Ellen reagierte nicht. Sie ging über den Hof und öffnete das

Vorhängeschloss am Spielhaus. Paulina zögerte noch einen Moment und beobachtete ängstlich, wie Ellen in dem kleinen Gebäude verschwand. Dann drehte sie sich um und hastete zum Telefon.

27

Nick erwachte im Dunkel des Motelzimmers, drehte sich um und schaute auf die Uhr. Was er sah, überraschte ihn. Er schlief selten so lang. Freiheit, dachte er wehmütig, und wieder verspürte er einen Stich im Herzen. Er blickte zum Fenster und sah, dass ein schmaler Streifen graues Tageslicht durch den Spalt zwischen den schweren Vorhängen fiel. Er rieb sich die Augen, stand auf und ging zum Fenster, um seine Umgebung zum ersten Mal bei Tage zu betrachten. Er schob die Vorhänge ein wenig auseinander und spähte hinaus. Der Parkplatz des Motels war fast leer. Um diese Jahreszeit reisten nicht viele Leute mitten in der Woche. In ein paar Wochen, um Thanksgiving herum, würden bestimmt mehr Menschen unterwegs sein, aber jetzt wirkte das Motel verlassen. Es war nichts weiter zu sehen als der trübe Himmel und das satte Blaugrün der Fichten, die auf den umliegenden Hügeln einen gezackten Horizont zeichneten. Er war erst ein paar Stunden Fahrt von Taylorsville entfernt, aber er kam sich schon vor wie in der Wildnis.

Gestern war er nicht weit gekommen. Nachdem er sich von Maddy verabschiedet hatte, war er nach Hause gefahren in der Absicht, alles ins Auto zu laden und loszufahren. Aber ganz so einfach war das natürlich nicht. Immer wieder schauten Leute vorbei, um ihm Lebewohl zu sagen, und Jim Warren, sein Nachfolger, hatte viele Fragen an ihn gerichtet. Außerdem fand Nick immer noch Sachen im Pfarrhaus, die er entweder einpacken oder loswerden musste. Es schien sich ewig hinzuziehen. Als er endlich fortkam, war es schon fast fünf, und er fuhr, bis es dunkel wurde und Hunger und ständiges Gähnen am Steuer ihm sagten, dass es für heute genug war. Er hatte es schließlich nicht eilig. Niemand erwartete ihn. Im Kloster rechnete man erst gegen Ende der Woche mit ihm. Niemand wartete irgendwo auf ihn.

Nick ließ den Vorhang wieder zufallen und entschied sich für eine Dusche. Im Vorbeigehen warf er einen Blick auf das Telefon, als könnte es klingeln, während er unter der Dusche stand, was sonst meistens der Fall war; doch dann fiel ihm ein, dass niemand wusste, wo er war. Niemand würde ihn hier anrufen. Er versuchte sich dafür zu begeistern – genau die Freiheit und Anonymität, die er gesucht hatte.

Doch als er in die Wanne stieg und den Duschvorhang zuzog, merkte er, dass er trotzdem lauschte. Reine Gewohnheit. Er hatte sich so an die ständigen Anforderungen seiner Tätigkeit gewöhnt: dass die Leute sich stets an ihn wandten, wenn sie Hoffnung brauchten, ein Wunder oder sonst etwas, das er ihnen nicht geben konnte. Er ließ sich Zeit, seifte sich gründlich ein, genoss das prickelnde Wasser auf seiner Haut und versuchte, sich über die Ruhe zu freuen, diese Befreiung von den Bedürfnissen anderer Menschen. Aber er fand nicht viel Freude daran. Stattdessen wünschte er sich, stellte sich sogar vor, nicht allein hier zu sein. Dass er sich an diesem dunklen, anonymen Ort befand, weit weg von allen, die er kannte, mit dem einzigen Menschen …

Es tat so weh, dass er es kaum ertragen konnte. Aus alter Gewohnheit verbannte Nick diesen Gedanken aus seinem Kopf. Er brauchte doch nicht mehr so zu tun, als liebe er sie nicht. Er konnte es in die Welt hinausschreien, hier in diesem einsamen Motel. Schließlich gehörte sie nun der Vergangenheit an. Sie würde nie erfahren, welche Qualen sie ihm bereitet hatte mit ihrer Anmut und ihrem Lächeln und dieser seltsamen, unvollendeten Unterhaltung. Er sah sie vor sich, wie er sie gestern gesehen hatte, in ihrer Küche, wie sie ihm Tee machte, als gehörten sie zusammen. Er konnte die Bilder von ihr vor seinem inneren Auge abspielen wie ein Video. Sie ging geschäftig in der Küche herum, dachte an andere Dinge und nahm ihn überhaupt nicht als Mann wahr. Er war nur Pater Nick, der ihr ein paar Fragen beantwortete, sie in ihrer Sorge ein wenig tröstete. Und dann erinnerte er sich an ihre Worte beim Abschied. Nicht »Auf Wiedersehen«, sondern »Es tut mir Leid.« Warum hatte sie das gesagt? Was tat ihr Leid? Bedauerte sie wie er, dass sie sich viel zu spät begegnet waren? Nein, sagte er sich. Das ist der alberne Traum eines Schuljungen. Du baust Luftschlösser, gegründet auf ein paar harmlose Worte von einer Frau, die nie einen weiteren Gedanken an dich verschwendet hat.

Aber das glaubte er nicht ganz. Er war nicht völlig unerfahren, was Frauen anging. Bevor er das Priesteramt gewählt hatte, hatte es einige ziemlich unbefriedigende Begegnungen mit diversen Frauen gegeben. Genug, um den Unterschied zwischen »gleichgültig« und »möglicherweise« zu erkennen. Das war mit ein Grund dafür, dass er Taylorsville verlassen hatte. Wäre er noch länger geblieben, hätte er vermutlich dem Drang nicht widerstehen können, es herauszufinden. Er fürchtete sich davor, dass er sie früher oder später wie zufällig streifen und ihre Reaktion beobachten oder etwas sagen würde, das er besser nicht gesagt hätte. Sie war eine verheiratete Frau, und er war immer noch Priester. Welche Sünden er auch im Geiste und im Herzen begangen haben mochte, er würde sie gewiss nicht zum Ehebruch verführen. Mit all seinen Fehlern und Schwächen würde er trotzdem der Versuchung nicht nachgeben und seinem Berufsstand Schande bereiten.

Nick stieg aus der Dusche, trocknete sich ab und zog sich an. Eine gelbe, doppelseitig bedruckte Karte auf dem Fernseher erklärte ihm, dass ihn in der Lounge ein kostenloses Frühstück erwartete. Am besten packte er also zusammen und ging noch eine Tasse Kaffee trinken, bevor er sich wieder auf den Weg machte. Er packte seine kleine Tasche für die Nacht und trug sie zum Auto. Als er den Kofferraum aufschloss und seine Habseligkeiten verstaute, merkte er, dass seine Aktentasche fehlte.

»Wie konnte ich die vergessen?«, sagte er laut. Er war so abgelenkt gewesen, so … belagert, als er endlich abreisen wollte, dass er sie wohl einfach übersehen hatte. Und gestern Abend war er zu müde gewesen. Er klimperte nachdenklich mit den Autoschlüsseln, schloss dann das Auto wieder ab und ging zurück in sein Zimmer.

Er setzte sich auf die Bettkante des nicht benutzten zweiten Bettes und wählte die Nummer seines Büros. Es klingelte und klingelte, bis sich endlich eine vertraute Stimme meldete. »Pfarrhaus …«

»Marge?«, fragte Nick, der die Stimme der Haushälterin erkannte.

»Pater Nick?«

»Jawohl.«

»Rufen Sie aus Kanada an?«, fragte Marge Sheehan.

»O, nein. Ich bin noch nicht mal aus diesem Staat heraus. Hören Sie, ist Jim da? Ich glaube, ich habe meine Aktentasche im Büro vergessen.«

»O nein«, sagte Marge betroffen. »Er hält heute Gottesdienst für das ermordete Mädchen.«

»Rebecca Starnes? Ich wusste gar nicht, dass die Familie katholisch ist.«

»Nun, sie ist nicht hier zur Kirche gegangen. Aber sie ist katholisch getauft. Sie ging auf die Perpetual Sorrows. Ihr Vater war katholisch, und er hat darauf bestanden, dass sie von einem katholischen Priester beerdigt wird. Monsignore Hathaway wollte das nicht machen, weil sie geschieden sind, also haben sie Pater Warren angerufen. Um die Wahrheit zu sagen, die Mutter trauert viel zu sehr, als dass sie das kümmern würde. Ach, das ist ja so eine traurige Sache«, sagte Marge.

»Ja, ist es«, entgegnete Nick und hatte ein schlechtes Gewissen, weil er nicht für die Familie da war, obwohl er sie nicht einmal kannte. Nein, dachte er. Vergiss es, dieser Abschnitt deines Lebens ist vorüber. »Haben sie das Baby schon gefunden?«

»Das arme kleine Ding ist im Himmel, Pater. Das sage ich Ihnen.«

»Da könnten Sie Recht haben, Marge.«

»Also«, sagte Marge, »Soll ich Pater Warren ausrichten, dass er Sie anrufen möchte?«

»Na ja, ich bin unterwegs«, sagte Nick. »Wenn er die Tasche findet, soll er sie doch bitte einfach an das Kloster schicken, ja? Ich habe Ihnen die Adresse …«

»Ich mache das«, versprach Marge.

»Ich rufe ihn an, wenn ich in Kanada angekommen bin.«

»Wir vermissen Sie jetzt schon, Pater Nick«, sagte Marge aufrichtig.

»Danke, Marge«, sagte Nick. »Sie alle fehlen mir auch.« Er verabschiedete sich und legte auf. Dann saß er auf dem Bett und dachte an Rebecca Starnes. Was war dem Mädchen an jenem Tag im Park zugestoßen? Er dachte an Douglas Blake. Er hatte Maddy geraten, ihrem Mann zu vertrauen, ihm beizustehen. War das ein guter Rat gewesen? Oder hatte er das nur gesagt, weil ihm der Abschied leichter fallen würde, wenn sie treu zu ihrem Mann stand und nicht bei ihm selbst Trost suchte? Hatte er ihr geraten, einem schlechten Menschen zur Seite zu stehen, einem Mann, der zu einem Mord fähig war?

Ein Klopfen an der offenen Tür hinter ihm ließ ihn zusammenfahren. Er drehte sich um. Eine drahtige Frau mit einem grauen Pferdeschwanz und einer weißen Schürze über ihrer Jeans stand in der Tür. »Zimmermädchen«, sagte sie. »Dürfen wir das Zimmer in Ordnung bringen?«

Nick stand auf. »Ja, ich schätze schon.« Er sah sich ein letztes Mal um, damit er nicht noch etwas vergaß. Dann ging er hinaus zu seinem Auto, während das Zimmermädchen ihren Wagen mit frischer Wäsche zu seinem Zimmer rollte. An der Autotür zögerte er noch einen Moment. Jetzt gibt es kein Zurück mehr, sagte er sich, setzte sich ans Steuer und ließ den Motor an. Du hast ihr nur zu dem geraten, was sie hören wollte. Sie ist mit Doug Blake zusammen, weil sie das so will. Du hast dich ehrenhaft verhalten. Jetzt vergiss sie und bring dein Leben auf die Reihe.

28

Doug fuhr in einem Bogen mit dem Schwamm über die Tafel und seufzte. Wenn nur alle Fehler so leicht aus der Welt zu schaffen wären. Wenn man nur mit einem weichen Schwamm darüber wischen und sie verschwinden lassen könnte. Er trat zurück und betrachtete die grüne Tafel. Er konnte sehen, wo die Kreide gewesen war. Ein elfenbeinfarbener Schleier lag noch immer über dem grünen Feld und ließ die Farbe stumpf erscheinen.

Dies würde schwieriger werden, als er erwartet hatte. Er sah es in ihren Blicken. Alle gaben ihm die Hand und lächelten und beglückwünschten ihn, doch dieser Verdacht blieb einfach an ihm haften. Heute Morgen hatte er als Erstes an der Lehrerkonferenz teilgenommen und dann drei Stunden unterrichtet. Niemand hatte etwas zu ihm gesagt. Nichts, was auch nur im Entferntesten als Verachtung ausgelegt werden konnte. Doch es war da, klebte förmlich an ihm. Und unter dieser Schicht von Sorgen lag eine weitere. Viele weitere Schichten, korrigierte er sich. Alle hatten mit dem Tod von Rebecca Starnes zu tun. Aber anscheinend war er vorerst einmal relativ sicher. Wenn sie es bis jetzt nicht herausgefunden hatten …

Doug legte den Schwamm auf das kleine Tablett unter der Tafel, wischte sich die Hände ab und ging zu seinem Pult hinüber. Er legte ein paar Papiere in seine Aktentasche und ließ sie zuschnappen. Noch im selben Moment fragte er sich, warum er sich die Mühe machte, dieses Zeug mit nach Hause zu nehmen. Er würde sich ohnehin nicht konzentrieren können, aber er folgte einfach der Gewohnheit. Er schlüpfte in seine dunkelgrüne Jacke, nahm seine Tasche und wappnete sich dafür, hinaus auf den Gang zu treten. Schüler liefen vorbei, schepperten mit den Türen ihrer Spinde und riefen durcheinander. Sie denken gar nicht an dich, ermahnte er sich. Die haben ihre eigenen Sorgen. Er entschloss sich, eine Abkürzung zum Parkplatz zu nehmen, zur Seitentür hinaus und über die Wiese. Mit je weniger Leuten er reden musste, desto besser.

An der frischen Luft fühlte er sich gleich ein wenig wohler. Er blieb an der Mauer stehen, die die Schule umgab, und sah kurz der Hockey-Mannschaft der Mädchen zu, die auf dem Rasen trainierte. Sie sahen so engelsgleich aus, so sorglos, mit wehendem Haar und langen, flinken Beinen. Glückselig sahen sie aus. Es machte ihn hungrig, ihnen nur zuzusehen. Gedankenverloren griff er in seine Jackentasche und holte eine offene Packung Käsecracker heraus. Er steckte sich einen in den Mund und kaute. Der Cracker war nicht mehr frisch und zerbröselte fade auf seiner Zunge.

»Mr. Blake«, ertönte hinter ihm eine leise Stimme.

Er schluckte den Klumpen in seinem Mund herunter und stopfte die Packung wieder in die Tasche. Dann drehte er sich um und erblickte Karla Needham. Sie trug eine große, blau und grau gestreifte Sportjacke mit dem Logo der Football-Mannschaft darauf. Das glänzende dunkelbraune Haar lag wie eine Wolke um ihre Schultern. Sie lächelte ihn an – große, traurige Augen, diese Lippen – das volle Programm.

»Hallo, Karla«, sagte er sanft. Kaum ein anderes Mädchen an dieser Schule hatte eine so gute Figur, von der allerdings nicht viel zu sehen war unter dieser dicken, unförmigen Jacke. Er ließ den Blick rasch, suchend, von Kopf bis Fuß an ihr hinabgleiten, als sie neben ihn trat. Sie drückte ihre Bücher an die Brust und blickte auf den Sportplatz hinaus. Ihr Ellbogen und seiner waren sich ganz nahe. Er spürte, wie trotz all seiner Selbstbeherrschung sein Herz zu rasen begann. Er musste immerzu daran denken, was Maddy ihm berichtet hatte. Dass Heather sie zu Hause aufgesucht und ihm eine Affäre mit Karla vorgeworfen hatte. Sie hatte gesagt, Karla sei in ihn verknallt.

»Ich freue mich, dass Sie wieder da sind«, sagte Karla.

Er lächelte in sich hinein. Er hatte immer schon vermutet, dass sie ihn mochte. Ihre Augen leuchteten auf, wenn er in ihre Nähe kam. Es war dieser Blick, mit dem sie einen ansahen, den Kopf leicht schief gelegt. Diesen Blick hatte er schon bei vielen Mädchen gesehen. Sie waren jung, aber sie wussten, was sie wollten. Die Leute taten immer so, als seien diese Mädchen naiv und unschuldig, während in Wirklichkeit ihre Hormone in ständiger Bereitschaft waren. Sie liefen den ganzen Tag herum, streiften zufällig irgendwelche Jungen und schielten ihnen dann auf die Hose, um zu sehen, ob sie eine Reaktion hervorriefen.

»Danke«, sagte er. »Ich freue mich auch darüber.«

Sie drehte sich um und lehnte sich mit dem Rücken an die Wand, so dass sie ihm nun zugewandt war. »Ich finde, das war nicht fair, was Ihnen da passiert ist«, sagte sie.

Er warf ihr einen raschen Blick zu. Ihre dunklen Augen glitzerten, als werde sie gleich in Tränen ausbrechen.

»Ist schon gut«, murmelte er. »So etwas passiert eben.«

»Nein, wirklich«, sagte sie und zeichnete mit der Spitze ihres makellos weißen Tennisschuhs Muster in den schmutzigen Kies zu ihren Füßen. Der Kies schien dort wie Katzengold zu schimmern. Sie warf ihr dichtes Haar über die schmalen Schultern zurück. »Alle wissen, dass Heather Cameron in Sie verknallt war. Letztes Jahr haben wir sie ständig damit aufgezogen.«

»Sie ist ein verwirrtes junges Mädchen«, sagte er sanft. »Sie hat viele Probleme und … ich fürchte, sie hat das an mir ausgelassen …«

Karla blickte durch lange, geschwungene Wimpern zu ihm auf. Er konnte kaum den Blick davon abwenden. »Ich bin froh, dass es nicht wirklich so war«, sagte sie.

»Nein«, erklärte er verächtlich. »Das war nur so eine Wunschvorstellung von ihr …«

»Ich fände die Vorstellung schrecklich, sie mit Ihnen zusammen«, sagte Karla leise.

Doug schloss die Augen und spürte das vertraute, gefährliche Verlangen durch seinen Körper schießen. Bist du wahnsinnig?, dachte er. Wie kannst du auch nur daran denken? Du stehst hier noch auf dem Schulgelände. Deine Feinde warten nur darauf, dass du einen Fehler machst. Denk nicht mal daran.

Aber er dachte daran. Und während er darüber nachdachte, fühlte er den betörenden Nektar durch seine Adern fließen, der ihm sagte, dass er wieder lebendig war, ein Held, ein Eroberer. Es war, als hätten die Götter dieses wunderhübsche Geschenk für ihn hier hingestellt, und er konnte es nicht einfach stehen lassen, was auch immer dagegen sprechen mochte.

»Möchtest du ein Stück spazieren gehen?«, fragte er heiser.

Sie nickte, als sei sie zu überwältigt, um zu sprechen.

Er legte eine Hand auf ihren Rücken und glaubte, durch den dicken Stoff der Jacke ihre Haut spüren zu können. Zärtlich, mit kribbelnden Fingerspitzen, führte er sie. Er schaute in beide Richtungen, bevor sie die Straße überquerten, als achte er auf den Verkehr, während er tatsächlich die Umgebung nach Kollegen und Schülern absuchte. Sie schienen ganz allein zu sein. Er drückte sich sachte an sie, als wolle er sie zur Eile antreiben, als könne er nicht mehr warten. Er konnte es auch kaum erwarten, endlich außer Sichtweite der Schule zu kommen. Danach würde er sich Zeit lassen. Junge Mädchen brauchten Zeit und eine gewisse ... Raffinesse.

Er führte sie eine ruhige, von alten Häusern gesäumte Straße entlang, in Richtung des kleinen Parks gegenüber der Bank, die schon geschlossen hatte. Sie zögerte neben zwei steinernen Säulen und blickte zu ihm auf. Er schaute in ihre warmen, feuchten Augen und nickte, und zusammen betraten sie den Park. Im Frühling und Sommer war dieser botanische Garten im Mini-Format ein beliebter Ort für Spaziergänge, aber im Herbst war es ruhig hier, mit kreuz und quer verlaufenden kleinen Pfaden, Gaslaternen, Büschen und Bäumen. An so einem Ort gingen junge Mädchen gern spazieren und malten sich romantische Begegnungen aus. Er war hier einmal mit Heather spazieren gegangen. Mit anderen Mädchen auch. Das war immer ein guter Anfangspunkt.

»Es ist hübsch hier«, sagte sie.

Sie sagen alle dasselbe, dachte er. Sie sind alle gleich, schüchtern und erregt, sie beben und warten nur darauf, genommen zu werden; sie können gar nicht mehr richtig denken und bringen keine längere Unterhaltung mehr zu Stande als eine Bemerkung über das Wetter oder den Park.

»Dann passt du ja gut hierher«, sagte er. Sie schlenderten einen der Pfade entlang, der so von einer zugewachsenen Laube eingefasst wurde, dass er beinahe einem Tunnel glich; im Frühling bedeckte sie immer ein zarter weißer Blütenschleier. Unter einem der Bäume stand eine kleine Bank mit schneckenförmig verzierten Armlehnen. Er deutete darauf, und sie ging hin und setzte sich, ohne ein Wort zu sagen. Er setzte sich neben sie und ließ ein Knie beiläufig an ihrem nackten Bein ruhen.

Sie blickte schüchtern darauf hinab. Sie hatte die kleinen, weichen Hände über den Büchern gefaltet. Er starrte sie an, als glühten sie von innen heraus. »Ich bin ein bisschen nervös«, kicherte sie.

»Warum?«, fragte er. Als sie den Kopf schüttelte, streckte er die Hand aus und streichelte zärtlich eine ihrer Hände, als reibe er an einem glimmenden, mystischen Opal, der sich seltsam warm anfühlte.

Sie blickte mit großen, schmelzenden Augen zu ihm auf. »Ich hatte immer gehofft, dass Sie vielleicht … dass Sie mich auf … andere Weise sehen.«

»Ich finde, du bist ein wunderschönes Mädchen«, sagte er leise.

»Wirklich?«, fragte sie.

»Aber natürlich«, sagte er. Das Verlangen, sie zu nehmen, kam wie eine Welle über ihn, trug ihn mit sich, versetzte ihn in Taumel. Sie bot sich ihm ja förmlich dar. Er wusste, dass er aufhören musste, aufstehen und fortgehen, aber es war immer dasselbe. Seine eigene Verwegenheit, die Gefahr dieser Situation, erfüllte ihn mit unglaublicher Erregung. Es machte ihn high. Seine Sinne wurden von Farben und Düften überflutet, wie die eines Kindes. Und nicht nur ihr Anblick und ihr Duft. Nein, es war alles. Die frische Luft, die raschelnden Blätter, all die Schönheit um ihn herum, die ihm in seinem alltäglichen Leben so langweilig und überflüssig erschien. Plötzlich war er wie neugeboren. Er war jung, ein Held. Er war rein und unschuldig, und alles fing erst an. Die Erfüllung all seiner Träume tanzte vor seinen Augen. Endloses Vergnügen und keine Verantwortung.

Doch als er die Augen schloss, sah er Maddy, die auf Erklärungen und verbindliche Abmachungen bestand. Eine endlose Tretmühle von Ansprüchen. Er verscheuchte den Gedanken an sie und schlug die Augen auf, um Karla anzusehen, ein frisches Gesicht, das ihn anhimmelte. Es war wie eine Zeitreise. Zurück in ein goldenes Zeitalter. Er jubelte innerlich auf und spürte, wie die Last seines Elends leichter wurde. Er aalte sich in purem, sinnlichem Genuss. Wenn er sich selbst gegenüber ehrlich war, war auch seine Jugend natürlich nicht idyllisch gewesen. Seine Romanzen an der Highschool – ungeschickt und enttäuschend. Als junger Mann hatte er unter einem schmerzenden Körper und einem einsamen, heimatlosen Leben gelitten. Die goldene Vergangenheit, die er suchte, hatte es für ihn nie wirklich gegeben. Sie war nur ein Traum vom Kindsein, von reiner Glückseligkeit, von der alles überstrahlenden Liebe einer Frau, die nur lebte, um einen anzubeten und im Arm zu halten. Das hatte er nie gekannt. Niemals. Aber er suchte es trotzdem. Er musste versuchen, das selbst zu erfahren, es irgendwie zu fassen bekommen, denn zu was sollte das Leben sonst gut sein?

Doug streckte wieder die Hand aus, spürte die länger werdenden Schatten in seinem Rücken, die ihn schon fast berührten. Er ließ die Hand unter die warme, weiche Jacke gleiten und umfasste die vollkommene, köstliche weiche Rundung von Karlas Brust. Zugleich beugte er sich zu ihrem schmachtend erhobenen Gesicht hinab und suchte die gleiche köstliche Weichheit auf ihren Lippen.

In seinem dunklen Auto, das er in der ruhigen kleinen Straße abgestellt hatte, die mitten durch den Park führte, stützte Richie Talbot die Linse der Videokamera seines Vaters auf dem Rand des offenen Fensters ab. »Er hat angebissen«, sagte er leise. »Gute Arbeit, Heather.«

»Er hat gesagt, das ist unser ganz besonderer Platz«, sagte Heather wie betäubt auf dem Beifahrersitz. Sie hatte all seine Lügen geglaubt, sein ganzes Gerede von wegen wie hübsch sie war, und etwas ganz Besonderes. Sie hatte ihn nur verpfiffen, weil er mit ihr Schluss gemacht hatte, als das neue Schuljahr anfing. Und jetzt saß er da und versuchte dasselbe bei Karla, genau wie Richie vorhergesagt hatte. Tränen stiegen Heather in die Augen, als ihr endlich klar wurde, dass sie ihm nie etwas bedeutet hatte.

»Jetzt haben wir ihn«, sagte Richie lächelnd. Er wusste, dass ihre Worte auch auf dem Band sein würden. Das war ihm egal. Ein Bild sagte mehr als tausend Worte.

29

Paulina stand an dem antiken eichenen Arbeitstisch in der Küche und knetete Brotteig auf dem mit Mehl bestreuten Brett. Sie drückte und walkte an der klebrigen Masse herum und versuchte, sie in etwas Glattes, Seidiges zu verwandeln, wie sie es gelernt hatte, wie sie es schon tausendmal zuvor getan hatte. Wenn sie sich mit ihrem ganzen Gewicht auf den Handballen hineinstemmte und im Teig versank, schien ihr Herz ein wenig leichter zu werden.

Die Küchentür ging auf, und Charles Henson stand auf der Schwelle, das Gesicht so weiß wie das Mehl an ihren Händen.

»Ich bin gekommen, so schnell ich konnte«, sagte er. »Ist sie immer noch da draußen?«

Paulina nickte und schaute wieder aus dem Fenster.

»Ich habe den Polizeichef angerufen, nachdem wir telefoniert hatten. Ich habe ihm genau erklärt, was ich von dieser Taktik halte. Ich habe ihm versichert, dass es ihnen noch Leid tun wird, sich mit mir angelegt zu haben. Wie kommen die überhaupt auf die Idee …? Das Mädchen wurde ermordet, wissen Sie das schon?«

Paulina nickte. »Ich hab's gehört.«

»Ellen kann doch keiner Fliege etwas zu Leide tun. Es ist ungeheuerlich.«

Sie standen einige Minuten schweigend herum. Dann fragte er: »Wie hat sie es aufgenommen?«

»Sie war erschüttert. Dann hat jemand angerufen, und sie ist da hinausgegangen«, sagte Paulina und wies mit dem Kopf auf das Spielhäuschen.

Charles ließ die Schultern hängen, seine Empörung verrauchte. »Ich habe mit dem Psychologen gesprochen«, sagte er. »Mit demselben Arzt, der sie vor Jahren behandelt hat. Damals mochte sie ihn. Er hat einen hervorragenden Ruf«, sagte Charles ernst. »Ich habe ihm alles geschildert, und er meint, er kann ihr helfen.«

»Sie wird da nicht hingehen«, sagte Paulina.

»Das wird sie müssen, Paulina. Ich weiß nicht, was ich sonst tun soll.«

Paulina ließ die Hände noch tiefer in den Teig sinken. »Das geht nur Sie beide etwas an«, sagte sie.

»Machen Sie etwa mich dafür verantwortlich? Ich will ihr doch nur helfen. Das wissen Sie.«

»Ich weiß«, sagte sie. »Niemand ist daran Schuld.«

Charles trat ans Fenster und blickte zu dem Spielhaus hinaus. »Dann gehe ich mal und versuche, mit ihr zu reden.«

Paulina blickte nicht auf. Sie wollte den Ausdruck auf seinem Gesicht nicht sehen.

Charles öffnete die Hintertür, ging hinaus und zog sie hinter sich wieder zu. Auf bleischweren Füßen legte er den kurzen Weg zu dem Spielhaus zurück. Er erinnerte sich an damals, als die Arbeit der Schreiner am Haus beendet war, als der letzte Pinselstrich Farbe an der Tür aufgetragen und das Haus für fertig erklärt wurde. Kenny war außer sich vor Entzücken über sein neues Versteck gewesen. Das war ein Versteck für echte Männer, hatte Charles seinem Sohn erklärt, als sie Hand in Hand zwischen Blumenrabatten eben diesen Gartenweg entlangspaziert waren. Kenny hatte erklärt, es erinnere ihn an Winnie-Pus Haus im Hundert-Morgen-Wald, und Charles hatte ihm Recht gegeben, genau so sei es.

Trotz des trüben Tages konnte Charles beinahe die warme kleine Hand in seiner spüren und die Sonne, die seine Schultern und seinen Kopf streichelte. Bei Kens Geburt war er fünfunddreißig gewesen, und er hatte seinen Sohn niemals als Selbstverständlichkeit betrachtet – nicht einen Augenblick im kurzen Leben seines Sohnes war Charles zu müde oder zu beschäftigt gewesen, um dieses Glück zu genießen. Charles hatte seine Vaterrolle geliebt. Das war ihm in den vergangenen Jahren oft ein Trost gewesen. Er versuchte, diese Zeit als Geschenk für sie zu sehen. Ein Geschenk, das sie wahrlich sehr geschätzt hatten.

Als er das Spielhaus erreichte, tat er das Einzige, was ihm angemessen erschien. Er klopfte an.

»Wer ist da?«, rief sie von drinnen.

Sie klang normal, fast fröhlich, und selbst das erfüllte ihn mit Entsetzen. Was hatte das alles zu bedeuten? War dies die manische Ouvertüre des nächsten Zusammenbruchs? Er wollte nicht, dass sie wieder fort musste. Er war nicht sicher, ob sie dann je zu ihm zurückkäme. Er erinnerte sich an ihren Klinikaufenthalt als an eine der schlimmsten Zeiten in seinem Leben. Wenn er sie besuchte, starrte sie ihn nur an, als erkenne sie ihn gar nicht. Wenn er nach Hause kam, war niemand da, um ihn zu begrüßen. »Ich bin's, Liebling«, sagte Charles, und seine Liebe zu seiner Frau schwang in der ängstlichen Stimme mit.

»Komm rein«, sagte sie.

Er öffnete die Tür und zog den Kopf ein, um das kleine Haus zu betreten. Seine Augen brauchten einen Moment, bis sie sich auf die Dunkelheit eingestellt hatten. Ellen saß auf einer Decke auf dem Boden, die Knie an die Brust gezogen. Eine Kerze in einer kleinen Laterne sorgte für ein wenig Licht. Sie klopfte neben sich auf die Decke.

»Komm, setz dich«, sagte sie.

»Möchtest du nicht lieber mit zurück ins Haus kommen, Liebling?«, fragte er. »Es ist kühl hier draußen.«
»Nein«, sagte sie. »Ich wäre gar nicht darauf gekommen, aber das ist perfekt. Komm, setz dich zu mir.«
Im Kerzenschein sah sie beinahe jung aus, dachte er. Ihre Locken glänzten golden, und auch ihr Gesicht schien zu strahlen. Sie wirkte seltsam friedvoll. Das machte ihm mehr Angst, als wenn sie geschrien und getobt hätte.
»Ich weiß, du hast einen von den guten Anzügen an«, sagte sie.
»Das ist doch ganz egal«, erwiderte er, zog die messerscharfe Bügelfalte an seiner feinen Kammgarn-Hose hoch, kreuzte die glänzenden schwarzen Lederschuhe und ließ sich im Schneidersitz nieder. »Nur du bist mir wichtig«, sagte er. »Paulina hat mir erzählt, dass die Polizei hier war.«
Ellen nickte traurig. »Sie versuchen, dieses Baby zu finden«, sagte sie.
»Es tut mir furchtbar Leid, dass sie dich belästigt haben, Liebling, und dass ich nicht da war, um sie rauszuschmeißen.«
»Ist schon gut«, sagte sie und nahm seine Hand. »Ich mache ihnen keinen Vorwurf.«
»Warum gehen wir nicht ins Haus?«, fragte er sanft. »Wie wäre es mit einem Sherry? Zum Aufwärmen.«
Sie lächelte ihn an, streckte die Hand aus und strich mit den Fingerspitzen über sein akkurat gekämmtes weißes Haar. »Du siehst immer noch so gut aus«, sagte sie.
Er sah sie überrascht an. »Und du bist immer noch die Schönste für mich«, sagte er.
»Wir sind nicht mehr jung«, entgegnete sie.
»Nein.«
»Charles, ich muss dir etwas sagen. Ich habe dir etwas verheimlicht«, gestand sie. »Ich hatte schon eine Weile den Verdacht, aber gestern war ich beim Arzt, im Krankenhaus …«

Er geriet in Panik, seine Handflächen wurden feucht. Natürlich benahm sie sich seltsam. Sie sagte, sie hätte Angst. Wie konnte ich bloß so blöd sein?, fragte er sich. Sie ist krank. Nicht psychisch. Körperlich krank. Natürlich. Jetzt ergab alles einen Sinn. Krebs, dachte er. Der kam in ihrer Familie häufiger vor. Krebs. »O nein«, stöhnte er.
Sie schüttelte den Kopf. »Nein«, sagte sie, als habe sie seine Gedanken gelesen. »Ich bin nicht krank. Ich bin … schwanger.«
Sein Verstand machte eine Kehrtwendung zurück zur Diagnose: Seelisch instabil. Er starrte sie an und versuchte, sich seine Gedanken nicht anmerken zu lassen.
»Ich weiß«, sagte sie. »Das dachte ich auch. Als ich die ersten Symptome bemerkte, dachte ich, ich hätte eine schreckliche Krankheit. Oder dass ich mir das nur einbilde. Dass ich meinem Verstand nicht trauen dürfte. Dann kam ich langsam darauf. Das kam mir vor wie ein grausamer Trick der Götter. Du weißt schon, nur noch einmal an der Streckbank-Kurbel drehen, weil es so schön wehtut.«
»Aber du bist zu …«
»Alt«, sagte sie lächelnd. »Sag es ruhig. Genau dasselbe habe ich auch gedacht.«
»All diese Jahre … und wir haben es nie …«
»Ich weiß«, sagte sie. »Ich weiß.« Sie nahm seine Hände und drückte sie so fest, dass es wehtat und er über ihre Kraft staunte. »Aber es stimmt. Verstehst du, was ich dir sagen will?«, fragte sie. »Trotz alledem bekommen wir ein Kind.«
»O Gott«, sagte er. Er kämpfte mit seinen schmerzhaft verschlungenen Beinen, um zu ihr zu kommen. Es schien ihm so richtig, hier zu sitzen, in diesem Spielhäuschen, denn er war verängstigt wie ein kleines Kind. »O Gott, Ellen.«
Sie lachte. Ein fröhliches, unkompliziertes Lachen.
»Aber … in deinem … Alter. Die Risiken. Da könnte so viel

schief gehen.« Er wollte sich das gar nicht erst vorstellen. Er empfand nur nackte Angst.

Geduldig nahm sie wieder seine Hände. »Ich weiß, wie du dich jetzt fühlst. So geht es mir seit Wochen. Aber jetzt bin ich darüber hinweg«, sagte sie. »Ich habe jede Angst ausgestanden, die man sich nur denken kann. Aber, weißt du«, flüsterte sie, »auf einmal ist das vorbei. Der Arzt hat heute Morgen angerufen, gleich nachdem der Polizist gegangen war. Er sagt, es sieht alles sehr gut aus. Ich muss Hormonpräparate nehmen. Kannst du dir das vorstellen? Dass es so einfach ist? Nur ein paar Hormone. Und natürlich Vitamine. Es ist erstaunlich. Ist das nicht erstaunlich? Seither sitze ich in diesem Häuschen. Erinnere mich. Erinnere mich an alles. Und schmiede Pläne. Weißt du was, Charles? Ich habe überhaupt keine Angst mehr. Ich bin ganz ruhig. Ich bin mir sicher. Das ist unser persönliches Wunder, Liebling.«

»Ellen, was, wenn … wir können doch nicht wissen …«

»Was gibt es da zu wissen?«, fragte sie ruhig. »Alles wird uns zur rechten Zeit enthüllt werden. Wir müssen nur vorwärts gehen und abwarten, was Gott noch für uns vorgesehen hat. Ich muss all diese Untersuchungen machen, die bei Frauen in meinem Alter nötig sind. Um festzustellen, ob das Baby gesund ist. Ich weiß einfach, dass es gesund ist. Und bald werden wir es auf einem Bildschirm sehen können. Da gibt es ein Gerät, einen speziellen Ultraschall. Der Arzt meinte, er könnte uns bald sagen, ob es ein Junge oder ein Mädchen wird. Ich habe ihm gesagt, dass ich es nicht wissen will. Ist dir das recht?«, fragte sie sanft. »Ich habe gesagt, das wäre uns völlig egal.«

Einen Moment lang saß Charles nur da wie vor den Kopf geschlagen, völlig benommen. Hätte sie ihm gesagt, dass sie bald sterben würde, hätte ihn das vermutlich nicht weniger aufgewühlt. Er kroch in ihre Arme und ließ sich von ihr halten, während seine Ängste und Hoffnungen in ihm tobten und ihn zittern ließen wie im Fieber. Sie kamen in Wellen, mit Tälern und Kämmen, eine nach der anderen rollte über ihn hinweg. Und die ganze Zeit über hielt sie ihn fest, wiegte ihn in ihren Armen, flüsterte ihm zu, dass sie ihn verstand, und versprach, dass alles gut gehen würde.

30

Len Wickes war noch immer in Uniform. Er zog den Reißverschluss seiner Lederjacke hoch und machte sich auf über die verschlungenen Pfade des Binney Park. Der Park war eine Studie in Dunkelgrün und Grau, völlig still bis auf gelegentliches Vogelgezwitscher und die gleichmäßigen Schritte eines joggenden Paares. Len sah ihnen nicht in die Augen, als sie an ihm vorbeikamen. Er hatte das Gefühl, als würden sie ihn ansehen und betrübt den Kopf schütteln. Es kam ihm so vor, als müsste die ganze Welt von seiner Demütigung wissen.

Er war aufs Revier zurückgekehrt, begierig darauf, von seinem Verdacht gegen Ellen Henson zu berichten, nur um Chief Cameron mitten in einem Wutausbruch anzutreffen. Nicht nur Charles Henson, sondern auch eine der anderen Frauen, die er befragt hatte, hatten angerufen und sich beim Polizeichef beschwert. Anstatt ein Lob für seine Überstunden einzusammeln, war er in Grund und Boden verdammt und obendrein noch eine Woche unbezahlt vom Dienst suspendiert worden.

Wie soll ich das nur Laurie beibringen?, dachte Len. Sie arbeitete noch im Kosmetik-Salon, aber wenn sie nach Hause kam und ihn dort vorfand … Len seufzte. Sie war so aufgeregt gewesen, als er die Listen mit nach Hause gebracht und lange daran gearbeitet hatte. Sie fand es bewundernswert, dass er immer ein bisschen mehr tat, als nur seine Pflicht zu erfüllen. Sie blickte zu ihm auf, weil er Polizist war, und ein guter noch dazu. Es schmerzte ihn, sich auszumalen, wie sie sich fühlen würde, wenn sie das erfuhr. Sie war immer so stolz auf ihn.

Er verstand immer noch nicht, warum das, was er getan hatte, so schlimm gewesen sein sollte. Er war es nicht gewohnt, getadelt zu werden. Wenn überhaupt, dann neckten ihn die Leute wegen seiner hilfsbereiten, eifrigen Art, aber das machte ihm nichts. Er war ja zur Polizei gegangen, um Menschen zu helfen. Wenn etwas Schlimmes passierte, wie der Tod von Rebecca Starnes oder die Entführung dieses Wallace-Babys, ging ihm das näher als vielen anderen. Alles, was er wollte, mit jeder Faser seines Wesens, war diesen Fall zu lösen.

Len strich ziellos um den Ententeich herum, denn er wusste nicht, wo er sonst hingehen sollte. Er sah eine Stockente träge über das Wasser gleiten. Eine Mutter saß auf einer Bank und beobachtete ihren kleinen Sohn, der am Ufer mit einem Segelboot spielte. Len und die Frau lächelten sich zu, und Len blieb einen Moment stehen, um dem Jungen zuzusehen. Eines Tages, dachte er, habe ich hoffentlich auch einen Sohn. Er und Laurie würden gute Eltern sein. Da war Len ganz sicher. Beim Gedanken an Laurie fühlte er sich wieder niedergeschlagen und gedemütigt. Gott, er hasste es, ihr das sagen zu müssen.

Das Kind hatte Schwierigkeiten, das kleine Boot vom Kentern abzuhalten. Len kniete sich neben den Jungen, zeigte ihm, wie er das Boot gerade halten musste, und richtete sich wieder auf. Er nickte der Frau auf der Bank zu und ging weiter. Vielleicht gehe ich rüber zum Imbissstand, dachte er, und hole mir eine Tasse Kaffee. Er wollte nicht nach Hause gehen. Was sollte er da?

Er ging über die Lichtung auf der anderen Seite des Teichs, den Kopf gesenkt, die Hände in den Taschen vergraben, und rempelte fast einen Mann an, der auf einem Bein in der Wiese stand und mit den Armen ein L in die Luft zeichnete.

»'Tschuldigung«, nuschelte Len und wich dem Mann aus. Dann blieb er abrupt stehen und drehte sich um. Der Mann hatte eine andere, weniger gefährliche Position eingenommen. Len beobachtete ihn staunend, als stehe er vor einem Phantom. Die Polizei hatte diesen Park Tag und Nacht abgesucht und jeden Menschen asiatischer Abstammung in Taylorsville kontaktiert, aber vergebens. Jeder, mit dem sie sprachen, hatte von der Entführung gehört, vom Mord an Rebecca Starnes, und manche interessierten sich auch für Tai Chi, aber nicht einer von ihnen hatte je im Binney Park trainiert, schon gar nicht am fraglichen Tag.

Das ist er, dachte Len, und Erregung durchfuhr ihn wie ein elektrischer Schlag. Das ist unser Mann. Er ist hier. Vorsichtig drehte Len sich um und ging auf den Mann zu. »Entschuldigen Sie bitte«, sagte er und bemühte sich um einen gelassenen Tonfall. »Könnte ich Sie einen Moment sprechen?«

Das breite, ruhige Gesicht des Mannes verzog sich zu einem Stirnrunzeln, und seine schwarzen Augen blickten misstrauisch drein. Er richtete sich auf, mit leicht gebeugten Armen, zur Verteidigung bereit. »Ja«, sagte er mit tiefer Stimme.

»Ich bin Officer Leonard Wickes vom Taylorsville Police Department«, sagte Len mit schlechtem Gewissen, denn offiziell gehörte er ab heute nicht mehr zur Polizei. »Ich würde Ihnen gern ein paar Fragen stellen zum Tod von Rebecca Starnes und der Entführung von Justin Wallace.«

»Davon weiß ich nichts«, protestierte der Mann.

»Ist das Tai Chi, was Sie da machen?«, fragte Len.

»So ist es.«

»Machen Sie Ihre Übungen häufig hier im Park?«

Der Mann nickte. »Wenn ich in der Stadt bin. Ich bin geschäftlich viel unterwegs.«
»Nun, Mr., äh …«
»Ishikawa«, sagte der Mann ein wenig zögernd.
»Mr. Ishikawa … ist der Name chinesisch?«
»Japanisch. Meine Eltern sind Japaner. Ich bin Amerikaner«, erklärte der Mann mit einem Anflug von Ungeduld in der Stimme.
»Japanisch also«, sagte Len. »Wohnen Sie hier in Taylorsville?«
»Ja«, sagte er. »In dem Apartmenthaus da drüben.«
»Dann müssen Sie doch davon gehört haben, was hier am Dienstag passiert ist.«
»Nein, tut mir Leid. Ich bin über die Neuigkeiten in der Stadt nicht auf dem Laufenden. Ich war verreist. Was ist denn passiert?«
Verreist, jubelte Len innerlich. Das erklärt einiges. Kein Wunder, dass er sich nicht gemeldet hat. Er war gar nicht da. Lens Herz wurde leichter, bekam Flügel. Er hatte den fehlenden Zeugen gefunden. Er konnte es kaum erwarten, dem Chief das zu erzählen. Sie würden ihn sofort wieder in Dienst stellen. Ganz bestimmt. »Sie waren also geschäftlich unterwegs«, sagte Len freundlich.
»Nein«, erwiderte der Mann, »ich hatte Karten für das letzte Baseball-Spiel der Series.«
Len blieb der Mund offen stehen. Diese Information erstaunte ihn dermaßen, dass er seine Probleme und den Fall für den Augenblick ganz vergaß. »Die World Series? Sie haben Karten gekriegt? Sie haben es gesehen?«
Mr. Ishikawa nickte, ein wenig beschämt über diese unverhohlene Bewunderung. »Ich bin ein großer Baseball-Fan«, sagte er.
»Wow«, sagte Len beeindruckt. »Wow.«

Donna und Johnny Wallace saßen auf den Stühlen vor Frank Camerons Schreibtisch und starrten den Polizeichef mit wütenden, verweinten Augen an. Frank, der kaum mehr Schlaf bekommen hatte als die zu Tode geängstigten Eltern, versuchte sie zu beruhigen und ihnen zu erklären, dass er alles tat, was getan werden konnte.

Johnny Wallace sprang mitten in Franks Erklärungen auf und begann zu schreien. »Wir wollen keine Ausreden!«, brüllte er. »Wir wollen unser Baby wiederhaben!«

»Das verstehe ich«, sagte Frank. »Das wollen wir ja auch. Aber wenn wir nichts von dem Entführer hören, können wir nichts weiter tun als das, was wir im Moment machen. Wir überprüfen jeden Verdächtigen. Gehen jeder kleinsten Spur nach. Und jetzt möchte ich wissen, was Sie beide hier zu suchen haben? Was, wenn der Kidnapper mit einer Lösegeld-Forderung anruft, und keiner von Ihnen ist zu Hause?«

»Ich konnte einfach nicht mehr da herumhocken«, sagte Donna entschuldigend.

»Stellen Sie das nicht so hin, als wären wir Schuld daran«, rief Johnny.

»Meine Schuld ist es auch nicht«, sagte Frank, der seine Feindseligkeit kaum noch zügeln konnte.

»Er hat Recht«, sagte Donna müde zu ihrem Mann. »Einer von uns sollte zu Hause bleiben.« Sie stand auf, und neue Tränen strömten ihr die Wangen hinunter. »Sie rufen uns doch an, nicht wahr, Chief?«, fragte sie tonlos.

»Wenn es irgendetwas ... Neues gibt«, sagte Frank und legte ihr eine Hand auf die Schulter. Sie tat ihm wirklich Leid. Alle beide taten ihm Leid, auch wenn sie es vielleicht nicht merkten.

Das Telefon auf seinem Schreibtisch klingelte, und Frank schaute argwöhnisch darauf. Er riss sich ein Bein aus, um endlich eine Spur zu Justin Wallace zu finden, und noch dazu durfte er kostbare Zeit darauf verschwenden, erzürnte Bürger zu beschwichtigen, die sich über Len Wickes ungeheuerliche Befragungen beschweren wollten. Frank war schon halb darauf gefasst, bald wieder von Charles Henson zu hören. Frank hatte Len Wickes regelrecht zusammengefaltet, als er erfahren hatte, wie dieser eigenmächtig die Adoptionsunterlagen bearbeitet und dann mit fragwürdigen Methoden die Leute ausgequetscht hatte, die am dringendsten und erfolglosesten versucht hatten, ein Baby zu adoptieren. Frank brauchte im Moment jeden verfügbaren Polizisten, aber derart grobe Extratouren durften nicht ungestraft bleiben. Len war mit hängenden Schultern hinausgeschlichen.

Frank streckte die Hand nach dem Telefonhörer aus, als greife er nach einer entsicherten Handgranate, und meldete sich barsch. Zu seiner Erleichterung hörte er die Stimme von Pete Millard am anderen Ende. Pete hatte sich nach den Fortschritten der Taucher erkundigt, die den See im Wald nach dem kleinen Leichnam von Justin Wallace absuchten. Bisher ohne Ergebnis. Frank wusste nicht, ob er den Wallaces diese Information weiterreichen sollte oder nicht. Solange sie keine Leiche fanden, gab es noch Hoffnung. Aber die Vorstellung, dass ihr Baby ertrunken im schlammigen Gras auf dem Grunde eines Sees liegen könnte, war vielleicht mehr, als Donna Wallace im Moment vertragen konnte.

»Wann tut sich denn in dem Fall endlich mal was?«, fragte Frank gereizt.

Pete wusste, dass das eine rhetorische Frage war. »Ich kümmere mich darum«, sagte er.

»Halte mich auf dem Laufenden«, erwiderte Frank und legte auf, als Delilah Wallace den Kopf durch die Tür steckte.

»Was gibt's?«, knurrte er die Polizeischülerin an.

Delilah lächelte wie die Grinsekatze. »Len ist hier«, sagte sie.
Frank wuchtete sich aus seinem Bürostuhl. »Ich habe diesem Idioten –«
»Das wird Ihnen gefallen«, unterbrach sie ihn und winkte lockend mit einem lackierten Fingernagel.
Frank konnte sich nie mit diesen roten Nägeln zu der strengen Polizei-Uniform abfinden. Er runzelte die Brauen, doch er schöpfte neue Hoffnung. Delilah würde es nie wagen, Len Wickes' Erscheinen auf dem Revier so zu verkünden, wenn sie nicht absolut sicher war, dass er tolle Neuigkeiten hatte. Frank setzte seine strengste Miene auf und marschierte hinaus.
Len Wickes stand neben Rocco Belmonts Schreibtisch. Beim Anblick seines stirnrunzelnden Chefs zuckte er ein wenig zusammen, doch er blieb tapfer stehen. Neben ihm, auf Belmonts Stuhl, saß ein gut aussehender Asiate Ende zwanzig in einem Trainingsanzug. Frank starrte Len finster an.
»Was wollen Sie hier?«, fraget er.
»Chief, darf ich Ihnen Mr. Tom Ishikawa vorstellen? Ich habe ihn im Binney Park gefunden, wo er gerade seine Tai-Chi-Übungen gemacht hat.«
»Sie sind suspendiert«, erinnerte Frank ihn streng. Dann wandte er sich Mr. Ishikawa zu, der sich höflich erhoben hatte, und sagte barsch: »Guten Tag.«
»Mr. Ishikawa war an dem Tag im Park, als Rebecca Starnes und Justin Wallace verschwunden sind«, sagte Len. »Er hat sie gesehen.«
Frank betrachtete den Zeugen mit laserscharfem Blick. »Stimmt das?«
»Ich habe sie gesehen.«
»Wir haben überall nach Ihnen gesucht. Lesen Sie denn keine Zeitung?«
»Er war verreist«, nahm Len seinen Zeugen in Schutz.

»Also, haben Sie gesehen, ob sie jemand angesprochen hat?«, fragte Frank.

Mr. Ishikawa nickte. »Ein Mann.«

»Können Sie den Mann beschreiben?«

Len und Delilah wechselten einen Blick. Len holte tief Luft, und Delilah lächelte in Vorfreude auf das Sahnehäubchen.

»Ja, ich kenne ihn sogar«, sagte Tom Ishikawa.

Frank starrte ihn ungläubig an.

»Nun ja, nicht persönlich. Aber ich weiß, wer er ist. Er hat zwei Jahre in einem kleinen Baseball-Team gespielt und eine Saison bei den Philadelphia Phillies. Sein Name ist Doug Blake.«

Frank spürte, wie ihm das Blut aus dem Gesicht wich, als er sich an den Schreibtisch lehnte. »Und da sind Sie ganz sicher?«, sagte er ruhig.

»Absolut«, erwiderte der Baseball-Fan.

»Der Dreckskerl«, brummte Frank.

»Uns hat er erzählt, er sei nicht da gewesen«, sagte Len stolz.

Frank richtete sich auf und nickte. »Vielen Dank, dass Sie sich gemeldet haben, Mr. Ishikawa. Bitte geben Sie uns eine Telefonnummer an, unter der wir Sie erreichen können.«

Tom warf einen unsicheren Blick in Lens Richtung, als wolle er sagen: »War das alles?« Len nickte, und Frank kehrte in sein Büro zurück, um von der Tür her Befehle zu brüllen. »Jones, holen Sie mir Pete Millard ans Telefon. Sofort. Wickes, Sie sind wieder im Dienst. Aber bauen Sie nicht wieder irgendwelchen Mist. Sie können mit mir kommen. Wir gehen jetzt Mr. Douglas Blake einen Besuch abstatten.« Seine Stimme triefte vor Hass, als er den Namen des Verdächtigen aussprach.

»Papa, Papa«, ertönte plötzlich Heathers Stimme.

Frank, der gerade in seine Jacke schlüpfte, blickte auf und

sah seine Tochter, flankiert von zwei anderen Teenagern, in der Tür stehen.

»Jetzt nicht, Heather«, sagte er. »Ich habe etwas Wichtiges zu erledigen.«

Heathers Lächeln erlosch, als sie ohne ein Wort der Begrüßung abgewiesen wurde, doch Richie Talbot ließ sich von Chief Cameron nicht so leicht beeindrucken. »Ich denke, das wird Sie interessieren, Sir«, sagte er.

Frank blickte stirnrunzelnd auf das Videoband, das der Junge in der Hand hielt. »Was ist das?«, fragte er argwöhnisch.

Richie Talbot wedelte mit dem Video herum, als versuche Frank, es ihm wegzuschnappen. »Ein ganz toller Film«, sagte er.

»Ich habe jetzt keine Zeit für Spielchen, Junge«, erwiderte Frank drohend.

»Er zeigt Mr. Douglas Blake auf frischer Tat.«

Frank schaute gierig auf die schwarze Plastikhülle. »Was genau soll das heißen?«, fragte er.

»Haben Sie einen Videorecorder hier?«, fragte Richie mit breitem Lächeln. »Ich glaube, Sie werden das hier sehr faszinierend finden.«

Frank Cameron rieb sich das Kinn und sah zu Delilah und Len, die sich hinter den Teenagern an der Tür drängelten. »Ich denke, dafür haben wir noch Zeit«, sagte er.

31

Maddy kam durch die Hintertür ins Haus. Arbeiten konnte sie heute nicht. Sie hatte in ihrem Atelier gesessen, auf die Schablonen gestarrt und sich umsonst bemüht, sich zu konzentrieren. Sie und Doug waren gestern zu unterschiedlichen Zeiten zu Bett gegangen, ohne miteinander zu sprechen. Heute Morgen hatte er etwas reumütig gewirkt und sie gebeten, ihm viel Glück zu wünschen, als er zur Schule aufbrach. Sie hatte versucht, für seinen schwierigen Wiedereinstieg ein paar passende gute Wünsche zu finden, aber sie konnte immer nur daran denken, wie sich seine Finger um ihr Handgelenk geschlossen und wie feindselig er sie angesehen hatte, als er auf sie losgegangen war.

»Mrs. Blake?«

Maddy hängte gerade ihre Jacke auf und fuhr zusammen, als hinter ihr eine Stimme ertönte. Es war Terry Lewis. Bonnie war losgefahren, um Windeln und Babynahrung zu kaufen und sich bei den umliegenden Motels nach einem Zimmer umzusehen. Maddy sah Terry besorgt an. Der Mann war immerhin ein ehemaliger Häftling, und Maddy fühlte sich nicht recht wohl, so ganz allein mit ihm. »Was?«, fragte sie vorsichtig.

»Sean ist auf dem Sofa eingeschlafen«, sagte er. »Ich kann ihn nicht hochheben. Würden Sie ihn hinauf in sein Bettchen bringen?«

Maddy war sehr erleichtert über diese alltägliche Bitte. »Klar«, erwiderte sie. »Gerne.«

Sie ging ins Wohnzimmer, während Terry hinter ihr langsam den Flur entlangkam. Sean schlief tief auf dem Sofa und atmete mit offenem Mund durch die rosigen Lippen. Seine langen Wimpern zuckten auf den Wangen. Sein kurzes, weiches Haar war feucht und lockig. Als sie ihn aufhob, ließ er sich schwer an ihre Brust fallen.

»Ich würde mich gern ein bisschen ausruhen, solange er schläft«, sagte Terry.

Maddy strich Sean sacht über den Rücken und ging zur Treppe. »Das ist eine gute Idee«, sagte sie. Sie trug Sean hinauf ins Gästezimmer und legte ihn vorsichtig in das Kinderbett. Das Zimmer war aufgeräumt, die Koffer gepackt. Bonnie hatte das erledigt, bevor sie losgefahren war. Sean schloss die kleine Faust um ein Stückchen Decke und schlief friedlich weiter.

Maddy schloss die Tür und ging wieder zur Treppe. Plötzlich hörte sie Terry wieder ihren Namen rufen, diesmal in drängendem Flüsterton, unten an der Treppe. »Was ist denn?«, fragte sie und eilte hinunter, angetrieben von der Angst in seiner Stimme.

»Die Polizei ist da«, sagte er. »Was wollen die hier?«

Maddy kam die Treppe herunter, mit wütendem Gesicht. »Ich weiß es nicht«, antwortete sie, obwohl ihr Kopf voller böser Ahnungen war.

»Ich will nichts mehr mit der Polizei zu schaffen haben«, sagte Terry.

Maddy nickte. »Es geht wahrscheinlich um den Unfall«, sagte sie, um sich und ihn zu beruhigen.

»Ich gehe da rein«, sagte er und zeigte auf das kleine Fernsehzimmer am Ende des Flurs.

Maddy war es egal, wo er hinging. Ihre ganze Aufmerksamkeit galt dem Hämmern an der Tür, dem schwarz-weißen Auto in der Einfahrt. Sie sammelte sich, so gut sie konnte, und öffnete die Tür. Chief Cameron stand draußen, begleitet von einem Kollegen in einem zerknitterten Anzug und einem uniformierten Polizisten.

»Chief Cameron«, sagte Maddy kühl. »Nicht schon wieder.«

»O ja, schon wieder«, sagte er und drängte sich an ihr vorbei in den Flur.

»He«, protestierte Maddy. »Ich habe Sie nicht hereingebeten.«

»Wo ist Ihr Mann?«, fragte der Polizeichef.

»Ich weiß nicht«, sagte Maddy. »Vermutlich hat er länger in der Schule zu tun. Aber ich denke, ich rufe jetzt meinen Anwalt an. Wir lassen uns nämlich nicht mehr von Ihnen schikanieren.« Sie klang erbost, aber in ihrem Magen spürte sie einen harten kleinen Knoten. Wo, zum Kuckuck, steckte Doug?, fragte sie sich. Warum ist er nach der Schule nicht gleich nach Hause gekommen?

»Sie sollten wirklich Ihren Anwalt anrufen, Sie werden ihn brauchen«, sagte der Chief mit grimmiger Befriedigung.

»Worum geht es überhaupt?«, fragte Maddy.

»Um den Mord an Rebecca Starnes, zum Beispiel. Wir haben einen Zeugen, der Ihren Mann bei einem ausgedehnten Gespräch mit Ms. Starnes beobachtet hat, im Park, kurz bevor sie starb. Sie wissen schon, zu der Zeit, als er angeblich nicht einmal in der Nähe des Parks war?«

Maddys Herz klopfte heftig. Vielleicht war das wieder nur ein Bluff. »Na und«, sagte sie und reckte das Kinn vor. »Vielleicht irrt sich Ihr Zeuge. Wie beim letzten Mal, wenn ich mich recht erinnere.«

Chief Cameron funkelte sie an. »Hören Sie, Mrs. Blake. Sie wissen es noch nicht, aber Sie werden es bald feststellen. Sie haben all diese Lügen über meine Tochter geglaubt. Das kann ich Ihnen nicht vorwerfen. Aber ich warne Sie, machen Sie sich auf was gefasst. Schlechte Neuigkeiten verbreiten sich

rasend schnell.« Er konnte seine Freude kaum verhehlen, und seine Gewissheit jagte ihr Angst ein.
Der Detective im Anzug sah sich so gründlich im Haus um, als wolle er es mieten. Der uniformierte Polizist starrte sie mit einer Mischung aus Verachtung und Mitleid an. In Maddy stieg Panik auf. »Mein Mann ist nicht hier«, sagte sie mit zusammengebissenen Zähnen. »Bitte gehen Sie jetzt.«
In diesem Moment klingelte das Telefon. »Vielleicht ist das ja Ihr Schatzi«, sagte Frank Cameron gehässig.
Maddy ging zum Telefon und nahm steif den Hörer ab. »Hallo?«, meldete sie sich.
»Hallo, Maddy. Ich bin auf dem Heimweg und dachte mir, ich bringe uns ein Video mit. Was würdest du denn gern sehen?«
Maddy zuckte zusammen, als sie seine Stimme hörte. Warm und schmeichelnd. Versöhnlich. »Hallo, Ruth«, sagte sie. »Soll ich kommen und Amy holen?«
»Was ist los?«, fragte Doug erschrocken. Dann sagte er: »Ist die Polizei da?«
Woher weiß er das?, dachte sie. Warum sollte er erwarten, dass die Polizei wiederkommt? Was ist hier los? »Ja«, sagte sie.
»O Gott«, rief er.
»Wo bist du?«, fragte sie.
Schweigen.
»Ich hole sie sofort ab, sag mir nur, wo wir uns treffen sollen«, sagte Maddy.
Er schwieg und dachte nach.
»Nein, Ruth, ich bestehe darauf«, drängte Maddy.
»Also gut. An der alten Festung. Am Wachhaus.«
Fort Wynadot. Das war eine historische Ruine, die im Sommer viele Besucher anzog. Zu Kolonialzeiten war sie Schauplatz einiger Kämpfe zwischen Indianern und weißen Sied-

lern gewesen. Jetzt war sicher niemand dort. »Okay«, sagte sie. »Bei St. Annes. Sagen wir in fünfzehn Minuten?«
Er legte auf, ohne ihr zu antworten. Mistkerl, dachte sie. Ich will ein paar Antworten, bevor die Polizei dich schnappt, bevor Charles Henson dir wieder vorschreibt, was du sagen sollst. Sie legte auf und kehrte in den Flur zurück. »Ich muss jetzt meine Tochter abholen«, behauptete sie.
»Da drinnen raucht jemand«, sagte Frank Cameron.
»Wir haben Besuch«, sagte Maddy.
»Pete«, sagte der Polizeichef und bedeutete seinem Detective, in dem Zimmer am Ende des Flurs nachzusehen.
Pete Millard ging hin und öffnete die Tür zum Fernsehzimmer. Terry Lewis kauerte auf dem Sofa und zog nervös an einer filterlosen Zigarette. Pete sah den Mann mit dem rauen, verdächtig wirkenden Äußeren finster an.
»Wie geht's, Mann?«, fragte Terry ängstlich, blickte auf und hielt dem Blick des Detective nur einen Moment stand.
Pete erwiderte nichts. Er betrachtete Terry argwöhnisch und kehrte dann in den Flur zurück. »Das ist er nicht«, sagte er.
»Ich muss los«, sagte Maddy. »Meine Tochter wartet auf mich.«
»Also gut, gehen Sie«, sagte Frank und streckte die Arme aus, als wolle er sich gleich verbeugen. »Lassen Sie sich nur nicht aufhalten.«
Sie holte ihre Jacke und ermahnte sich, dass sie als Erstes, sobald sie außer Sichtweite der Polizisten war, Ruth Crandall anrufen und mit ihr ausmachen musste, Amy tatsächlich abzuholen. Sie wollte auf keinen Fall, dass Ruth sie vorbeibrachte, während die Polizei hier war, und ihre Lüge aufflog. Sie versuchte nachzudenken. Bei dem Laden um die Ecke gab es ein Telefon. Sie konnte auf dem Weg zum Fort dort vorbeifahren. Sie fragte sich, ob Doug wirklich kommen würde. Sie fragte sich, was passieren würde, wenn die Polizei

sie bei einer Lüge ertappte. Wegen so etwas konnten sie sie nicht verhaften, oder? Was wussten sie wirklich? Was war die schreckliche Wahrheit?

Frank Cameron sah misstrauisch zu, wie sie sich anzog. »Ich muss mal Ihr Telefon benutzen«, verkündete er, als sie in ihrer Handtasche nach Geldbeutel und Schlüsseln wühlte.

»Nur zu«, sagte sie unnötigerweise, denn er wählte bereits. Er blickte auf sie hinab, wie sie da bei der Tür stand und mit ihren Schlüsseln klimperte. Darauf wartete, dass sie endlich gingen.

»Sie tun mir ehrlich Leid, Lady«, sagte er. »Hören Sie auf meinen Rat und geben Sie dem Kerl den Laufpass. Dann kriegen Sie und die Kleine vielleicht nicht allzu viel von seinem Dreck ab.«

Maddy rief mit bemüht normaler Stimme nach Terry. »Terry, ich muss für eine Weile weg. Amy holen. Ich bin bald wieder da.«

Sie ignorierte seine gemurmelte Antwort. Sie trat hinaus auf die Stufen vor dem Haus, wo die drei Polizisten sich besprachen. In diesem Moment kam ein weiterer Polizist in einem schwarz-weißen Streifenwagen mit heulender Sirene die Straße entlanggebraust.

Na großartig, dachte Maddy. Lasst es doch die ganze Nachbarschaft mitkriegen. Dann erschauerte sie. Es hatte ganz den Anschein, als würden sie es ohnehin bald erfahren. Sie stieg in ihr Auto und rief sich ihren Plan ins Gedächtnis. Erst zum Laden, Ruth anrufen. Ihr Adressbuch hatte sie in der Handtasche. Dann zum Fort. Sie sah auf die Uhr. Sie würde in einer Viertelstunde dort sein. Länger brauchte sie nicht. In fünfzehn Minuten würde er es ihr sagen müssen. Sie würde dafür sorgen, dass er ihr alles erzählte.

32

Fort Wynadot, oder was davon übrig war, lag auf einem Hügel mitten im Naturschutzgebiet außerhalb von Taylorsville. Von den Wehrgängen aus konnte man den Hudson River sehen, und unzählige Kinder hatten in der hölzernen Festung Davy Crockett und Lederstrumpf gespielt. Es gab alte Kanonen, klein, kompakt und schwer, auf denen kleine Kinder gerne saßen oder Kanonen-Schießen spielten, obwohl sie natürlich nicht mehr funktionstüchtig waren.
Für eher historisch interessierte Besucher wurden im Sommer Führungen veranstaltet, mit Studenten im Lederstrumpf-Kostüm als Führern, der authentischen Atmosphäre zuliebe. Die umliegenden Wiesen und Wälder waren bei schönem Wetter beliebte Picknickplätze. Heute, an diesem trüben, herbstlichen Spätnachmittag, waren das Fort und das Gelände verlassen. Maddy fuhr langsam durch den Wald und bog auf den Parkplatz ein, der dem Hügel am nächsten war. Sie stellte ihren Wagen neben Dougs ab. Sie stieg aus und sah sich um. Nichts von ihm zu sehen. Er hatte gesagt, er würde am Fort warten, doch er ließ sich nicht blicken, also erklomm sie den Hügel.
Als sie oben ankam, schaute sie sich um. Aus dieser Entfernung sah der Hudson aus wie ein winziges Bächlein, das sich silbrig durch sein staubiges, grün-braunes Tal zog. Sie ging einmal um das Fort herum und fragte sich, wo in aller Welt er sein mochte. Sie ärgerte sich immer mehr über das Versteckspiel, das er anscheinend mit ihr trieb.

»Doug«, rief sie laut.

Auf ihren dritten Ruf antwortete er. »Hier oben.« Sie blickte auf und sah ihn in einer Ecke des Forts stehen, an ein Münzfernglas gelehnt, das einen Vierteldollar schluckte und unweigerlich wieder schwarz wurde, sobald man gefunden hatte, was man sich ansehen wollte.

»Komm hier runter«, forderte Maddy.

»Warum kommst du nicht rauf?«, erwiderte er. »Die Aussicht von hier oben ist toll. Innen sind Stufen.«

»Mir ist nicht nach toller Aussicht zu Mute«, sagte Maddy eisig.

Er warf einen letzten, sehnsüchtigen Blick auf die Landschaft und verschwand dann mit resigniertem Gesicht vorübergehend aus ihrem Blickfeld. Eine Minute später kam er im Tor des Forts wieder zum Vorschein. Sie erwartete ihn mit verschränkten Armen.

Er kam zu ihr und küsste sie brav auf die Wange. Dann deutete er auf eine Bank am nächsten Wanderpfad. »Sollen wir uns hinsetzen?«, fragte er.

»Nein«, sagte Maddy.

»Also so willst du es haben«, seufzte er. »Okay.«

»Okay?«, wiederholte sie. »Okay? Ich habe den Polizeichef angelogen, um hier raufzukommen.«

»Was wollen sie denn?«

»Sie wollen mit dir reden«, sagte sie.

»Wirklich? Warum?«, fragte er unschuldig.

»Du weißt, warum. Tu nicht so, als wüsstest du von nichts.«

»Nein. Ich weiß es nicht«, sagte er. »Kapiert? Ich weiß es nicht.«

»Es geht um Rebecca Starnes. Sie haben einen Zeugen, der dich mit ihr gesehen hat, kurz bevor sie ermordet wurde.«

Doug schnaubte. »Das haben sie letztes Mal auch behauptet.

Weißt du noch? Ich sollte lieber Henson anrufen. Noch eine Runde von diesem Spielchen. Das ist lächerlich.«

»Wenn es so lächerlich ist, warum versteckst du dich dann hier draußen?«, fragte Maddy.

»He, als ich dich angerufen habe, hast *du* so getan, als wäre ich Ruth Crandall. Ich habe doch keine Ahnung, was du vorhast. Versteh mich nicht falsch. Ich finde es nett von dir, dass du versucht hast, mich zu beschützen. Ganz die gute Ehefrau.« Er versuchte ihr auf die Schulter zu klopfen, doch sie wich vor ihm zurück.

»Bilde dir nur nichts darauf ein. Ich versuche gar nicht, dich zu beschützen. Ich bin hier, weil ich nicht als Letzte erfahren will, was wirklich los ist.«

»Du weißt doch genau, was los ist«, wehrte sich Doug. »Dieser durchgedrehte Polizeichef führt einen Rachefeldzug gegen mich, weil seine Tochter als Lügnerin dasteht, wie sie es verdient hat.«

»Bist du ganz sicher, dass sie gelogen hat, Doug?«, fragte sie.

Doug warf ihr einen bitteren Blick zu. »Ich habe mich schon gefragt, wann du dich auch noch gegen mich stellen würdest. Es ist weiß Gott nicht einfach, mit dir zu leben«, sagte er. »Die heilige Magdalena.«

Plötzlich war ihr vollkommen klar, dass ihre Ehe auf der Kippe stand. Im ersten Moment wollte sie sich einfach abwenden und die Sache auf sich beruhen lassen. Eine Ehe war so eine komplizierte Verflechtung zweier Leben. Sie und Doug waren durch Tausende einzelner Stränge aus Worten, Zeit und Erinnerungen verbunden. Wenn sie ihn nicht länger ins Verhör nahm, ihm einfach weiter glaubte, würde dieses Band vielleicht standhalten und nicht zerreißen. Eine verzweifelte innere Stimme bettelte, sie müsse an ihrer Ehe festhalten. Dürfe die Ladung nicht zünden, die ihr Leben in Fetzen reißen würde. Sie hatten ein Kind, ein Heim, ein Leben. Wenn sie jetzt aufhörte, seine Worte in Frage zu stellen, würde vielleicht …

Aber das war ein flüchtiger Gedanke. Wie lange konnte sie noch im Dunkeln leben? Vertrauen in einen anderen Menschen konnte man nicht vortäuschen. In letzter Zeit hatte sie hässliche Dinge an ihm wahrgenommen, in Abgründe gesehen, die ihr Angst einflößten. Sie hatte Verdacht geschöpft. Mehr als das. Sie hatte ernsthafte Zweifel. Und sein Sarkasmus beschwichtigte sie keineswegs. Absurderweise sorgte er höchstens dafür, dass sie noch tiefer bohren wollte.

»Weißt du, was dein Problem ist?«, fragte er. »Du bist frustriert, weil dein heiß geliebter Priester abgehauen ist. Ich hätte mich da raushalten sollen. Ich hätte euch zwei einfach machen lassen sollen. Du warst so viel netter, als du dich noch an ihn ranschmeißen konntest.«

Sie sah ihn an und fragte sich, wie er ihr je hatte gefallen können. Er sah farblos aus, nichts sagend im fahlen Licht der Dämmerung. »Du kommst nicht einfach so davon, indem du mich beleidigst«, sagte sie kalt. »Ich will die Wahrheit hören.«

Doug starrte sie finster an. »Das überrascht mich nicht. Mir ist schon längst klar, dass du nicht an mich geglaubt hast. Du hast förmlich danach gelechzt, es mir zu sagen. Also, nur zu. Sag's schon.«

Stimmte das?, fragte sie sich. Hatte er Recht? Sie hatte versucht, ihm zu glauben, weil sie ihm unbedingt glauben wollte. Wie oft hatte sie ihren Mann in den Armen dieses mürrischen Schulmädchens vor sich gesehen und hatte dieses Bild energisch fortgeschoben. Sie hatte die Wahl, ihm zu glauben oder sich der Tatsache zu stellen, dass ihre Ehe in die Brüche ging. Sie schüttelte den Kopf. »Da irrst du dich«, sagte sie. »Ich wollte dir glauben – unbedingt.«

»Nun, etwas wollen und es wirklich tun ist nicht dasselbe«, schäumte er.
Er blickte über den Hügel in die Bäume, sein Gesicht war vor Wut verzerrt und er hatte die Arme vor der Brust verschränkt.
Ihr Herz raste, teils aus Zorn, teils aus Angst. Es machte ihr Angst, dass gewisse Dinge, wenn sie einmal ausgesprochen waren, niemals zurückgenommen werden konnten; es würde nie wieder sein wie zuvor. Sie dachte an Amy und fragte sich, was sie um Amys willen tun sollte. Dieser Mann war ihr Vater. Sie hatte ein Recht darauf, stolz auf ihn zu sein. Nicht sehen zu müssen, wie ihre Mutter ihn niedermachte. Aber es hatte keinen Zweck. Maddy musste schließlich auch mit ihrer Entscheidung leben können.
»Ich habe dir geglaubt. Aber ich fürchte, das war ein Fehler.«
Er sah sie an, ein wenig überrascht, dass seine offensive Taktik ihre Wut nicht ausgebremst hatte. Er hätte sie nicht für besonders tapfer gehalten. Als er sie kennen gelernt hatte, hatte er sie sogar für sanft und gefügig gehalten, erinnerte er sich. Er hätte sie nie geheiratet, wenn er diese stählerne Seite an ihr gekannt hätte. Von dominanten Frauen hatte er wegen seiner Mutter genug, genug für ein ganzes Leben. Doch leider hatte er im Laufe ihrer gemeinsamen Jahre gemerkt, dass Maddy genauso dazu neigte wie alle anderen auch.
Es war doch immer dasselbe mit den Frauen. Am Anfang waren sie so süß und wollten alles für einen tun, und am Ende wurden sie kalt und unnachgiebig. Sie waren eben alle von Natur aus biestig. Sie taten nichts lieber, als einen abzustrafen.
Wie er nun hier stand und seine unnachgiebige Ehefrau anstarrte, fühlte Doug sich auf einmal wie entrückt, erleichtert. Es war nicht wichtig, was sie von ihm hielt. Es war ihm egal, ob sie ihm glaubte oder nicht. All das spielte keine große Rolle mehr. Er hatte sich lange genug damit abgeplagt.

Maddy runzelte die Brauen. »Was ist los, Doug?«
»Denkt eigentlich jeder so wie du?«, fragte er. »Ich meine, wenn die eigene Ehefrau einen schon so sieht, was soll dann der ganze Rest denken?«
Maddy schüttelte seufzend den Kopf. »Ich weiß nicht, was du willst, Doug.«
Er antwortete nicht, sondern machte sich den Hügel hinab auf den Weg zu seinem Auto.
»Moment mal«, rief Maddy. »Du kannst mich hier nicht einfach so stehen lassen.«
Sie eilte ihm nach und stolperte den Hügel hinunter. Als sie das Auto erreichte, drehte er sich zu ihr um. »Alle werden genau das Gleiche sagen«, verkündete er.
»Douglas Blake«, ertönte eine Stimme hinter ihnen.
Sie fuhren herum. Da stand Chief Cameron, flankiert von drei weiteren Polizisten.
Maddy und Doug wechselten einen Blick.
»Sie haben doch wohl nicht ernsthaft geglaubt, dass wir Ihnen diese uralte Masche abkaufen, von wegen Ihre Tochter abholen«, sagte der Polizeichef. »Ich bin ja schließlich nicht von gestern.«

33

Maddy sah fassungslos zu, wie der Polizeichef Doug am Arm packte und zum Einsatzwagen zerrte. Doug warf ihr über die Schulter einen mitleidigen Blick zu. »Was hast du gemacht? Eine Spur aus Brotkrümeln hinterlassen? Vielen Dank auch.«

Bei dieser Anschuldigung wurde sie rot vor Wut. »Ich habe ihnen gar nichts gesagt. Doug …«

»Sie hat es mit der Babysitter-Masche probiert«, sagte Frank Cameron. »Sie halten uns doch nicht wirklich für so dämlich, oder?«

»Gute Arbeit, Maddy«, sagte Doug müde.

Frank Cameron, der Doug immer noch am Arm festhielt, schüttelte ihn heftig. »Halt die Klappe, du Mistkerl«, rief er.

»Immer mit der Ruhe, Frank«, sagte Pete beschwichtigend und blickte sich auf dem menschenleeren Gelände nach eventuellen Beobachtern um.

»Sie haben vielleicht Nerven, Ihrer Frau auch noch Vorwürfe zu machen. Sie hat versucht, Sie zu schützen, Sie widerlicher Schwachkopf.«

»Setz ihn einfach in den Wagen«, sagte Pete.

»Maddy, ruf Charles Henson an«, rief Doug. »Sag ihm, dass die Bullen mich schon wieder belästigen.«

»Sie belästigen?«, fuhr Frank auf. Er riss Doug herum, so dass sie sich praktisch Nase an Nase gegenüberstanden.

»So ist es gut«, sagte Doug trotzig. »Ich will Ihre Fingerabdrücke grün und blau überall auf meinen Armen haben. Als Beweis.«

Frank Cameron packte ihn nur noch fester. »Versuchen Sie lieber nicht, solche Spielchen mit mir zu treiben, Freundchen. Sie haben keine Chance zu gewinnen.«

»Nur weiter so«, sagte Doug. »Brutale Polizeigewalt. Das mögen die Leute nicht besonders, wissen Sie. Der Mann auf der Straße will nicht der Nächste sein, der von den Bullen herumgeschubst wird.«

»Frank, er hat Recht«, ging Pete dazwischen. »Gib diesem Schleimer keine Chance, wegen eines kleinen Ausrutschers davonzukommen.«

»Hat mein Mann nicht das Recht auf einen Anwalt, wenn Sie ihn vernehmen wollen?«, fragte Maddy, die sich gewohnheitsmäßig auf Dougs Seite schlug.

»Wie viel weiß sie über Sie?«, fragte Frank. »Das liebe Frauchen, das herumrennt und Sie beschützen will?«

»Da gibt es nichts zu wissen«, sagte Doug. »Ihre Tochter ist eine Lügnerin.«

»Was ist mit Karla Needham? Weiß sie von Karla Needham? Weiß sie, dass Sie sich schon heute Nachmittag an die nächste Schülerin rangemacht haben?«

Doug wurde bleich.

»Wer ist Karla Needham?«, fragte Maddy. »Doug?«

»Niemand«, sagte Doug. »Der blufft doch nur.«

Ein zufriedenes Grinsen breitete sich über Frank Camerons Gesicht. »Jetzt hab ich Sie, was? Sie haben nicht gemerkt, dass Sie heute Nachmittag nicht allein waren.«

»Wovon spricht er da, Doug?«, fragte Maddy fordernd.

Doug schüttelte nur den Kopf. »Ruf Charles Henson an. Der wird mir dieses Rudel vom Hals schaffen.«

Frank wandte sich an Maddy. »Wollen Sie das wirklich wissen? Ich werd's Ihnen gern erzählen.«

Pete nahm Frank sacht am Arm. »Komm schon, Frank. Du kennst die Vorschriften.«
Frank schüttelte seine Hand wütend ab. »Das hier ist nicht beruflich. Es ist persönlich.« Er sah Maddy an, und seine Augen machten ihr Angst. Heftiger Schmerz stand darin. »Er hat meine Tochter als eine Lügnerin und als krankes, verwirrtes Kind hingestellt. Ich geb ja zu, dass ich nicht der beste Vater der Welt bin. Aber das hat mich trotzdem schwer getroffen. Meine Kleine hat mir so Leid getan, und ich konnte nichts für sie tun. Und Sie, Sie wollten ihm glauben. Es war offensichtlich, dass Sie Heather kein Wort glauben wollten.«
»Der Richter hat ihr auch nicht geglaubt«, erinnerte Maddy ihn.
»Er hat's auf die Mädchen abgesehen. Der Kerl ist ein Geier. Ich glaube, er hatte es auch auf Rebecca Starnes abgesehen. Aber sie hat sich das nicht gefallen lassen. Ich glaube, das hat ihn so richtig wütend gemacht. Wütend genug, um sie umzubringen. Und ich denke, das werden wir auch beweisen können.«
Maddy hielt sich die Ohren zu. »Er hat Recht. Sie schikanieren ihn. Das sind doch nur Spekulationen …«
»Tja, Karla Needham ist jedenfalls keine Spekulation«, sagte Frank.
»Wer ist Karla Needham?«
Frank sah sie beinahe mitfühlend an. »Karla Needham und Heather kennen sich schon aus dem Kindergarten. Karla und ihr Freund Richie Talbot haben Heather geglaubt. Sie wussten, dass sie nicht log. Und sie wollten es beweisen.«
»Hör nicht auf ihn, Maddy«, flehte Doug.
Maddy starrte den Polizeichef an und fragte sich, was nun kommen würde. »Wie könnten sie das beweisen? Das Wort Ihrer Tochter steht gegen Dougs.«
Frank schüttelte den Kopf. »Jetzt nicht mehr«, sagte er. »Jetzt

haben wir alles auf Video. Heute Nachmittag hat Ihr Mann nach einer Neuen gesucht, einer ganz Jungen, bei der er seine Sorgen vergessen kann. Karla Needham war da.«

»Sie lügen«, schrie Doug.

Frank drehte sich zu ihm um und starrte ihn an. »Sie haben uns das Video gebracht. Dieser Richie Talbot filmt ziemlich gut. Sie kommen rüber wie ein echter Filmstar, wie Sie sie überall befummeln, unter ihrem Rock, unter ihrer Bluse.«

Doug kniff die Augen zu schmalen Schlitzen zusammen. »Das können Sie vor Gericht nicht verwenden. Ich wurde hereingelegt ... Maddy, ruf Charles an und sag ihm, dass sie mich aufgrund unzulässiger Beweismittel festhalten ...«

Maddy wich vor ihm zurück. »Du gibst es also zu ...«

»Kann ich schon«, sagte Frank. »So was ist sehr wohl als Beweismittel zulässig, solange die Polizei nicht selbst gefilmt hat.«

»Sie lügen«, rief Doug wieder. »Sie haben kein Recht, mich zu verhaften.«

»Wir sind nicht wegen des Videos hier. Wir haben nämlich einen Zeugen«, erklärte Frank, »der Sie bei einer Unterhaltung mit Rebecca Starnes gesehen hat, kurz vor ihrem Tod. Sie wissen schon, an dem Tag, an dem Sie nicht mal in der Nähe des Parks waren. Der Zeuge ist ein Baseball-Fan. Er hat sich an Sie erinnert, aus Ihrer Zeit in der Liga.«

Dougs Gesicht wurde zu einer ausdruckslosen Maske, als er diese Neuigkeit vernahm.

Frank boxte Doug so kräftig in die Schulter, dass er das Gleichgewicht verlor. »Also, wo ist das Baby, Sie Schwein? Was haben Sie mit dem Baby gemacht?«

»Das Baby?«, rief Maddy aus. »Nein, Moment mal. Das kann nicht sein.«

Frank schubste Doug wieder, so dass er gegen das Auto prallte. »Was haben Sie mit dem Baby angestellt? Seine Mutter

wird diese Angst nicht mehr lange durchstehen«, knurrte Frank durch zusammengebissene Zähne.
Maddy starrte ihren Mann stumm an.
»Steh nicht bloß hier rum, Maddy«, rief Doug. »Ruf Charles an.«
»Doug«, sagte sie. »Du hast doch nicht … das kann doch nicht wahr sein.« Ihr kam ein schrecklicher Gedanke. »Weißt du, wo dieses Baby ist?«
»Du Miststück«, fauchte Doug. »Ruf einfach meinen Anwalt an.«
Frank holte mit der Faust aus, und Pete Millard packte seinen Arm, um zu verhindern, dass er Doug ins Gesicht schlug. »Tu das nicht, Chief«, flüsterte er eindringlich. »Du hast schon zu viel gesagt. Gib ihm nicht noch mehr Munition.«
Maddy wandte sich ab, schlang die Arme um ihre Taille und krümmte sich zusammen.
Frank nickte Pete zu. »Pack ihn in den Wagen.«
Dann baute er sich vor Maddy auf und wartete, bis sie zu ihm aufblickte. »Sie kriegen ihn erst wieder, wenn ich herausgefunden habe, was mit Justin Wallace passiert ist.«
»Ich will ihn gar nicht wiederhaben«, erwiderte Maddy matt.
»Ich würde lügen, wenn ich behaupten würde, es täte mir Leid, dass ich derjenige bin, der es Ihnen sagen musste«, erklärte Frank.
»Nein«, murmelte Maddy. »Das tut Ihnen ganz sicher nicht Leid.«
»Sie haben doch auch eine Tochter. Vielleicht können Sie verstehen, was …«
»Er hätte diesem Baby nie etwas zu Leide getan« flüsterte Maddy.
»Sie kennen ihn nicht so gut, wie Sie glauben. Sie wissen nicht, wozu er fähig ist«, sagte Frank.
»Sie lügen nicht, was dieses Video angeht«, stellte sie fest.

»Sie können es sich gern selbst ansehen, wenn Sie wollen. Heathers Psychiater meint, dass Typen wie Ihr Mann zwanghaft handeln. Irgendwie wollen sie sogar erwischt werden. Die Gefahr macht sie an. Ich meine, das war mehr als dumm, was er da mit Karla Needham riskiert hat. Am allerersten Tag, den er wieder in die Schule geht. Als wollte er tatsächlich erwischt werden. Vielleicht, damit er endlich bestraft wird.«

Maddy nickte wie betäubt.

»Und es wird mir ein großes Vergnügen sein, für diese Bestrafung zu sorgen. Möchten Sie, dass Sie jemand nach Hause fährt? Sie sehen ein bisschen wackelig aus.«

»Ich schaff das schon«, sagte Maddy. Sie ging zu ihrem Auto hinüber und öffnete die Tür.

»Vielleicht wäre es sicherer, wenn einer von uns Sie fährt«, sagte Frank.

»Ich komme schon allein zurecht«, erwiderte Maddy. »Was bleibt mir anderes übrig.«

Frank zuckte die Achseln, als wolle er ihr Recht geben. Er ging zum Polizeiauto, wo die anderen schon auf ihn warteten, und stieg ein. Gleich darauf fuhren die beiden Einsatzwagen ab. Maddy sank auf die Knie. Schmutz und Kies bohrten sich in ihre Haut. Eine Weile kniete sie reglos auf dem Boden und starrte blind in die trübe Landschaft rings umher.

34

Mami!«

Amy schoss auf ihre Mutter zu, so schnell ihre speckigen Beinchen es erlaubten. Sie trug Ginnys Halloween-Kostüm, ein Prinzessinnen-Kleid aus blauem Taft, über ihrer Kleidung.

Maddy nahm sie auf den Arm und vergrub das Gesicht in ihrem weichen Haar. »Hallo, mein Schatz«, sagte sie und bemühte sich, ihre Stimme nicht zittern zu lassen. »Wir gehen jetzt nach Hause.« Sie blickte zu Ruth Crandall auf, die gerade in der Küche den Tisch deckte. »Es tut mir Leid, dass ich so spät komme, Ruth. War sie brav?«

»Sehr brav«, sagte Ruth. »Heute waren sie zu dritt. Sara Harrison war auch da. Sie hatten viel Spaß zusammen.«

Maddy betrachtete betrübt das hübsche, sorglose Gesicht ihrer Tochter, ihr verwuscheltes Haar, das alberne Kostüm, und eine große Traurigkeit überkam sie. Das Leben, das Amy bisher gekannt hatte, ging seinem Ende zu. Was ihrem Vater von Gesetzes wegen bevorstand, war ungewiss, doch Maddy war sicher, dass ihr Leben als Familie der Vergangenheit angehörte. Ihre Ehe war gescheitert. Ich wollte nicht, dass dir das zustößt, dachte sie. Ich wollte, dass du ein glückliches Leben hast, mit zwei liebevollen Eltern, die immer zusammenbleiben. Ich habe das Gefühl, ich habe dein Leben verpfuscht.

»Was is' denn, Mami?«, fragte Amy und zog einen Schmollmund, um das traurige Gesicht ihrer Mutter nachzuahmen. Kindern konnte man eben nichts vormachen.

»Nichts. Du gehst jetzt rauf, ziehst Ginnys Kostüm aus und bringst es zurück in ihr Zimmer.«
Amy rannte gehorsam den Flur hinunter und rief nach ihrer Freundin. Ruth hielt mit einer Hand voll Besteck inne und sah Maddy stirnrunzelnd an. »Stimmt etwas nicht, Maddy?«, fragte sie. »Du siehst wirklich schlecht aus.«
Maddy schüttelte den Kopf. Sie konnte die fröhliche Fassade nicht mehr aufrechterhalten. Ruth und sie waren nicht sehr eng befreundet, aber sie hatten sehr oft das Kind der jeweils anderen gehütet, und daraus war eine sehr vertrauensvolle Beziehung entstanden. Maddy schämte sich, Ruth von den jüngsten Vorkommnissen zu erzählen. Sie fürchtete sich ein wenig davor, dass Ruth Ginny verbieten könnte, weiterhin mit Amy zu spielen, obwohl sie Ruth so etwas eigentlich nicht zutraute. Außerdem würde sie es ohnehin bald erfahren. Jeder in der Stadt würde davon erfahren.
»Ich habe solche Angst«, sagte Maddy. »Doug …«
»Was ist mit ihm?«, fragte Ruth, und ihr missbilligender Tonfall ließ Maddy überrascht aufblicken.
»Noch mehr Schwierigkeiten?«, fragte Ruth.
Maddy nickte. »Ernsthafte Schwierigkeiten«, sagte sie.
Die beiden Frauen sahen einander an. Ruth seufzte und fuhr fort, den Tisch zu decken. »Es tut mir so Leid für dich, Maddy«, sagte sie.
»Aber es scheint dich nicht zu überraschen.«
Ruth zuckte mit den Schultern. »Ich weiß ja nicht, in was für Schwierigkeiten er steckt. Aber diese Sache mit der Tochter des Polizeichefs …«
»Er ist von allen Vorwürfen freigesprochen worden«, protestierte Maddy.
Ruth sah sie mitleidig an. »Na ja … offiziell schon«, sagte sie.
»Was meinst du damit?«, fragte Maddy. »Habe ich irgendwas nicht mitbekommen?«

»Ich habe zwei Teenager«, sagte Ruth und wies auf die vielen Plätze, die sie gedeckt hatte. »Die erzählen so einiges.«
»Du meinst, sie haben etwas über Doug erzählt?«, rief Maddy aus.
Ruth blickte sie gequält an. »Die Ehefrau erfährt es eben immer als Letzte.«
»Nein«, sagte Maddy und schüttelte den Kopf. Dann schaute sie zu Ruth hin. »Du hast mir nie etwas gesagt. Du hattest anscheinend auch nichts dagegen, dass Amy mit Ginny spielt. Du bist sogar ins Krankenhaus gekommen, um sie abzuholen.«
»Ich mag Amy sehr. Es ist nicht ihre Schuld. Und deine auch nicht.«
Maddy war so mitgenommen von diesem Gespräch, dass sie sich setzen musste. »Wie konnte ich nur so blind sein?«, murmelte sie.
Ruth zuckte mit den Schultern. »Wir hoffen doch immer, dass alles wieder in Ordnung kommt.«
»Nichts wird wieder in Ordnung kommen«, sagte Maddy.
Ruth trat zu ihr und legte einen Arm um Maddys hängende Schultern. »Na, na«, sagte sie. »Immer mit der Ruhe. Du schaffst das schon. Du hast eine zauberhafte Tochter, du bist sehr talentiert, du kommst zurecht. Irgendwie wirst du das schon schaffen …«
»Ich schäme mich so«, sagte Maddy. »Ich habe das Gefühl, als hätten alle genau Bescheid gewusst, nur ich nicht.«
»He, der Richter hat ihn immerhin gehen lassen. Du hast ihm geglaubt. Dafür brauchst du dich doch nicht zu schämen. Du hast getan, was man von dir erwartet hat.«
»Während es sämtliche Schulkinder besser wussten«, klagte Maddy.
»Vergeude deine Zeit nicht mit solchen Gedanken«, riet Ruth. »Bring Amy nach Hause, mach es dir mit ihr gemütlich

und ruh dich ein bisschen aus. Stöpsel das Telefon aus und schließ die Tür ab. Morgen früh sieht alles schon wieder anders aus.«

Während Maddy noch versuchte, diesen Rat aufzunehmen, fielen ihr Terry und Bonnie ein, die immer noch bei ihr zu Hause waren. Vielleicht waren sie ja schon weg. Vielleicht hatten sie einfach einen Zettel hinterlassen und waren verschwunden. O Gott, bitte, dachte sie. Ich will nur noch allein sein.

Amy kehrte ohne das Kostüm in die Küche zurück, gefolgt von Donny, Ruths ältestem Sohn. Maddy konnte ihm nicht in die Augen sehen. Er war ein Teenager. Er ging zur Highschool. Sah er sie mitleidig an, weil er wusste, dass ihr Mann ständig versuchte, seine Mitschülerinnen zu verführen?

»Komm jetzt, Amy«, murmelte Maddy. Sie nahm das Kind auf den Arm und ging zur Tür.

Ruth hielt sie ihr auf. »Denk daran«, sagte sie. »Amy ist hier immer willkommen. Immer. Und du auch.«

Maddy antwortete nicht, weil sie befürchtete, in Tränen auszubrechen. Sie drückte Amy an sich und trug sie hinaus zum Auto.

Als Maddy in ihre Einfahrt einbog, sah sie zu ihrer Erleichterung, dass der Wagen der Lewises nicht mehr dort stand. Gott sei Dank, vielleicht sind sie weg, dachte sie wieder. So lange kann Bonnie zum Einkaufen gar nicht brauchen. Vielleicht haben sie einfach gepackt und sind weggefahren. Oh, bitte, lieber Gott, dachte sie. Sie wollte kein Dankeschön und lange Abschiedsszenen. Sie wollte nur ihr Haus ganz für sich haben, um diese Katastrophe in Ruhe und Frieden zu beweinen.

Sie öffnete die hintere Tür und hob Amy aus dem Kindersitz. »Ist Papa zu Hause?«, fragte Amy, und Maddy spürte einen

Stich im Herzen. Was konnte sie sagen – dass die Polizei ihren Papa des Mordes verdächtigte? Maddy konnte es selbst nicht glauben, aber sie kannte Doug ja kaum noch. Vielleicht hatte er Recht und dies war Chief Camerons Rache dafür, dass sich endlich die Wahrheit über Heather herausgestellt hatte. Vielleicht bewies das Video von Doug mit dieser Karla überhaupt nichts. Vielleicht irrte sich der neue Zeuge. Vielleicht, vielleicht, vielleicht. Sie würde abwarten müssen, was sich ergab, genau wie alle anderen. Sie hatte genug davon, loyal zu sein. Es gab niemanden mehr, dem gegenüber sie loyal sein musste. Der Mann, mit dem sie geglaubt hatte, verheiratet zu sein, existierte nicht mehr. Ob er Rebecca Starnes ermordet hatte oder nicht, diese Ehe war jedenfalls ebenso tot wie das Mädchen, dachte Maddy.

Nicht nur, dass er sie belogen und betrogen hatte. Es waren diese Mädchen. Was er getan hatte, was schlimmer als Untreue. Es war abscheulich. Sie gingen doch nur zur Schule. Eines Tages würde Amy genauso sein – verletzlich und unsicher und attraktiv für Männer. Mädchen in diesem Alter sollten ihren Lehrern vertrauen können. Anstatt ihnen ein Vorbild zu sein, hatte ihr Mann ihnen aufgelauert.

Maddy dachte wieder an ihren Vater. Sie erinnerte sich daran, wie die Leute reagiert hatten, wenn sie sich als seine Tochter zu erkennen gab. Ehemalige Schüler, sowohl Männer als auch Frauen, erzählten ihr stets, welchen positiven Einfluss er auf ihr Leben ausgeübt hatte. Erzählten ihr, welches Glück sie hatte, seine Tochter zu sein. Maddy sah Amy an und war traurig. Zu ihr würde das niemand sagen. Als Tochter von Douglas Blake würde sie nur Grund haben, sich zu schämen. Maddy spürte, wie Hass auf ihn in ihr aufstieg, doch sie wollte nicht, dass Amy es merkte. Nicht Amy. Ihr gegenüber musste sie sich so normal wie möglich verhalten.

»Papa ist nicht da«, sagte Maddy. »Gehen wir rein.«
Das Kind gab sich mit dieser vagen Antwort zufrieden und ging voran zur Haustür. Maddy seufzte, als sie sie hinter sich schloss. Sie war froh, sich von der Welt zurückziehen zu können. Als Erstes ging sie direkt zum Telefon und legte den Hörer daneben, wie Ruth es ihr geraten hatte. Sie hatte Charles Henson schon auf dem Weg zu Ruth angerufen, und mehr würde sie nicht tun. Der Anwalt hatte ein wenig unkonzentriert gewirkt, sich aber bereit erklärt, zu Doug aufs Polizeirevier zu fahren.
Maddy fragte sich, ob Charles Henson gewusst hatte, dass Doug schuldig war, als er ihn vor dem Zivilrichter so gekonnt verteidigt hatte. Er erschien ihr dafür zu ehrenhaft, aber Anwälte galten heutzutage ja allgemein als skrupellos, und vielleicht war auch Charles Henson hinter seiner noblen Fassade keine Ausnahme. Maddy schüttelte den Kopf, als wollte sie die Frage damit verscheuchen. Es spielte keine Rolle mehr, wer Doug glaubte und wer nicht. Sie glaubte ihm nicht, und nur darauf kam es an.
Maddy zog ihre Schuhe aus, hob die Post auf und setzte sich, um sie durchzusehen. Amy war auch hereingekommen und beschäftigte sich im Wohnzimmer mit ein paar Spielsachen. Es war still im Haus. Gott sei Dank sind sie weg, dachte sie wieder.
»Ich will Mr. Bird«, verkündete Amy und schob die Unterlippe vor.
Maddy seufzte und blickte sich suchend um. Das Stofftier war nicht hier. »Vielleicht hat Sean ihn oben gelassen«, sagte Maddy. »Wir sehen später mal nach.« Sie hoffte inständig, dass Bonnie Sean nicht erlaubt hatte, das Stofftier mitzunehmen. Amy wäre untröstlich. Doch das bezweifelte sie. Bonnie war zu penibel. Sie hätte alles genau so verlassen, wie sie es vorgefunden hatte.

»Ich gucke gleich nach«, erklärte Amy.
»Ist gut«, sagte Maddy gedankenverloren. »Geh ruhig nachschauen.«
Amy tapste entschlossen zur Treppe, während Maddy stirnrunzelnd auf die Briefumschläge in ihrer Hand blickte. Rechnungen über Rechnungen. Sie hatten noch nicht einmal die Schulden abbezahlt, die sie während Dougs Suspendierung gemacht hatten. Jetzt konnten sie wohl überhaupt nichts mehr bezahlen. Sie war bedrückt und bekam zum ersten Mal richtig Angst. Nein, dachte sie. Denk nicht darüber nach. Wenn du darüber nachdenkst, wird dich die ganze Angelegenheit wahnsinnig machen. Du nimmst dir die Probleme eines nach dem anderen vor. Was, so fragte sie sich, soll ich sonst tun?
Sie legte die Rechnungen beiseite und begann, in einem Katalog für Kinderkleidung zu blättern, doch auch den legte sie sofort wieder weg. Es würde kein Geld für neue Kleider oder sonst etwas da sein. Wenn sie sich die hübsch gekleideten Kinder auf diesen Bildern ansah, bedauerte sie ihre Tochter nur noch mehr. Und sich selbst.
»Mami, komm!«, rief Amys dünnes Stimmchen voll Entsetzen von oben. Maddy sprang auf und rannte zur Treppe. Amy deutete den Flur hinab. »Mami, komm schnell!«, kreischte sie.
Maddy fragte nicht erst, warum. Sie erkannte am Gesicht ihrer Tochter, am Klang ihrer Stimme, dass es sehr ernst war. Mit einer Kraft, die sie sich gar nicht zugetraut hätte, nahm sie zwei Stufen auf einmal und riss, oben angekommen, Amy in ihre Arme. »Was ist los, Schätzchen? Hast du dir wehgetan?«
»Seans Papa«, weinte sie.
Seans Papa. Was um Himmels willen? Waren sie immer noch hier? Das Auto war fort. Was war hier los? Sie eilte den

Flur entlang zum Gästezimmer und blieb in der Tür stehen. Sean saß auf dem Boden, nur mit einem T-Shirt bekleidet, und fuchtelte mit einer Rassel herum, die offenbar unter das Bettchen gerollt war. Neben ihm auf dem Boden lag Terry Lewis und hielt sich den Bauch. Sein Gesicht war aschfahl, seine Augen waren nur halb geöffnet und so verdreht, dass man lediglich das Weiße sah. Eine nasse Windel lag neben ihm.

Maddy setzte Amy ab und fiel neben ihm auf die Knie. Mit einem Arm hob sie seinen Kopf an. »Was ist passiert? Wo ist Bonnie? Was tun Sie hier oben?« Sie blickte sich verzweifelt um und suchte nach einem Hinweis, was ihm zugestoßen sein könnte. Es war nirgendwo Blut zu sehen, aber sein Zustand schien bedrohlich zu sein.

»Sie ist noch nicht wieder da«, hauchte er. »Sean hat so geweint …« Seine Stimme war nur ein schwaches Flüstern.

»O Gott«, sagte Maddy, als ihr klar wurde, was passiert war. »Also sind Sie die Treppe hochgestiegen. Haben Sie ihn etwa hochgehoben? Ihn aus dem Bett gehoben?«

Terry nickte schwach auf ihrem Arm.

»O Gott, es tut mir so Leid. Das habe ich ganz vergessen, als ich Sie hier allein gelassen habe …« Sie dachte daran, wie sie aus dem Haus gehetzt war, bemüht, der Polizei zu entkommen und Doug zu finden, bevor die Polizei ihn erwischte. »Es tut mir so Leid.«

Sie holte ein Kissen vom Bett und legte es unter seinen Kopf. »Bleiben Sie ganz ruhig liegen. Ich rufe den Notarzt«, sagte sie. »Sie sehen gar nicht gut aus.«

Der Mann auf dem Boden protestierte nicht. Als Maddy sich aufrappelte, hörte sie hinter sich jemanden aufschreien. Sie drehte sich um und sah Bonnie kreidebleich in der Tür stehen. Mit offenem Mund starrte sie auf ihren am Boden liegenden Mann.

»Terry, o Terry«, rief sie. »Was ist passiert?«
»Es ist alles meine Schuld«, sagte Maddy. »Ich dachte, Sie kämen gleich wieder.«
Bonnie hörte Maddy gar nicht. »Oh, mein Liebling«, jammerte sie. Sie fiel auf die Knie und kroch zu ihrem Mann hinüber, hob seinen Kopf an und drückte ihn an ihre Brust. »Was ist passiert, mein Liebling?«
Maddy bückte sich und legte Sean tröstend eine Hand um die kleinen Schultern. »Offenbar hat Terry Sean weinen gehört, ist heraufgekommen und hat ihn aus dem Kinderbett gehoben. Ich rufe einen Krankenwagen. Er sieht gar nicht gut aus«, sagte sie.
Terry blickte in die gequälten Augen seiner Frau. »Er hat immerzu nach seinem Papa gerufen«, flüsterte er. Auf seinem bleichen Gesicht lag ein Lächeln.
»Ach, du Idiot«, rief Bonnie. »Du dämlicher Idiot. Das hast du dir für dieses Balg angetan? Dabei ist es nicht mal unseres. Und schau dir an, was dir passiert ist.«
Maddy starrte die Frau an, die sich über ihren Mann beugte. Sie blickte zu Sean hinüber, der unbeachtet am Fußende des Kinderbettes saß. Im ersten Moment glaubte sie, sich verhört zu haben. Doch das scheußliche Gefühl, das ihr den Magen umdrehte, sagte etwas anderes.
Im selben Augenblick richtete Bonnie sich auf, und sie schien zu erstarren. Terry sah sie benommen an, wie durch einen Nebel von Schmerzen. Als Bonnie sich umdrehte, bemerkte Maddy in ihrem Blick eine solche Kälte, wie sie sie noch nie in einem menschlichen Antlitz gesehen hatte.
Maddy versuchte, so zu tun, als hätte sie gar nichts gehört, doch das nutzte nichts. Bonnie hatte ihren Fehler sofort bemerkt, und beide Frauen wussten, was das bedeutete.
»Mein Sohn«, flüsterte Terry flehentlich. Maddy und Bonnie sahen einander starr in die Augen.

35

Der Klassik-Sender, der auf Nicks Autoradio lief, kündigte das Duett aus dem zweiten Akt von *Manon* an. Das war eines seiner Lieblingsstücke, und die Aufnahme mit Placído Domingo und Montserrat Caballé, die er gleich hören würde, war seiner Meinung nach eine der umwerfendsten Interpretationen. Die wütenden Vorwürfe von Des Grieux an die eitle, oberflächliche Manon, die sich gegen seine Liebe und für Reichtum und ein bequemes Leben entschieden hat, und ihr verzweifeltes Flehen um eine zweite Chance rührten ihn immer wieder. Die betörende, leidenschaftliche Tiefe, mit der sie einander ihre Liebe beteuerten, warf ihn jedesmal aufs Neue um. Dennoch war er versucht, das Radio auszuschalten. Das war nur ein Traumgebilde, dachte er verbittert. Im wahren Leben entsagte niemand dem Luxus um der Liebe willen. Die Menschen lebten mit ihren Entscheidungen und gestanden kaum jemals ihre Fehler ein. Seine Hand zögerte über dem Knopf, dann zog er sie zurück und legte sie entschlossen aufs Lenkrad. Er konnte der Schönheit des Duetts nicht widerstehen. Dafür nahm er den Schmerz in Kauf.

Die prachtvollen Stimmen stiegen empor und erfüllten den Wagen mit ihrem goldenen Klang. Nick badete darin, ließ sich von seiner zynischen Anwandlung reinwaschen. Seit wann bin ich eigentlich so verbittert?, dachte er, als die letzten Töne der Liebenden aus dem Radio schwebten. Er hatte so viel Untreue und gegenseitige Täuschung bei den Paaren

erlebt, die sich bei ihm über die leere Hülle beklagten, zu der ihr gemeinsames Leben verkommen war. Doch in seinen Jahren als Priester hatte er auch grenzenlose Hingabe zwischen Liebenden miterleben dürfen. Er hatte Menschen gesehen, die einander in Krankheit, Verzweiflung und Katastrophen beistanden. Er wusste ganz sicher, dass es so etwas wie wahre und dauerhafte Liebe gab – eine stete Flamme, die unter den Sorgen des Alltags nie erlosch. Nur meine eigene Liebe war unerwidert, dachte er. Kein Grund, die Liebe an sich zu verteufeln. Er war froh, dass er sich das Duett doch angehört hatte. Dass seine Liebe unerfüllt bleiben musste, war noch lange kein Grund, jedes Gefühl in sich abzutöten.
Er fuhr im dämmrigen Zwielicht dahin und suchte müde nach einem Hotel für die Nacht. Die Tage waren schon recht kurz, und er war es nicht gewohnt, so lange am Stück zu fahren. Wie als Antwort auf seinen flüchtigen Gedanken verkündete ein Schild an der Straße, dass der nächste Ort namens Gravesport noch zehn Meilen entfernt war. Er kam nicht gleich darauf, woher er diesen Namen kannte, doch dann fiel es ihm ein. Hier hatte Bonnie Lewis als Bibliothekarin gearbeitet. Er dachte an Bonnie und Terry. Ihre Liebe war anfangs aussichtslos erschienen, und doch hatten sie nun ein gemeinsames Leben vor sich. Man konnte sich keine treuere und aufopferungsvollere Frau vorstellen als Bonnie. Sie hatte so viele Reisen auf sich genommen und Terry beigestanden, obwohl sie mit dieser Wahl auf allgemeine Ablehnung gestoßen sein musste. Das war zugegebenermaßen ein ungewöhnlicher Weg, jemanden kennen zu lernen, aber sie hatten sich kennen gelernt und einander gefunden, und jetzt hatten sie sogar eine Familie gegründet.
Aber es war wirklich Pech, dass sie an Terrys erstem Abend in Freiheit in diesen Unfall verwickelt worden waren. Wenn man schon mit jemandem zusammenstoßen musste, dann

konnte man von Glück sagen, wenn man mit Maddy zusammenstieß, dachte er. Dennoch fand er es traurig, dass sie ganz allein dastanden. Bonnie war zu stolz, um jemals zuzugeben, dass sie etwas brauchte. Er fragte sich, ob irgendjemand von ihren Schwierigkeiten wusste oder bereit war, ihnen zu helfen. Vielleicht mache ich hier Halt, dachte er. Ich könnte mich umhören und feststellen, ob Bonnie hier Bekannte hat, die sie genug schätzen, um ihnen ein wenig unter die Arme zu greifen.

Ein paar Minuten später erreichte er die Ausfahrt Gravesport und ließ dankbar den Highway hinter sich. Er fuhr in die Mitte des Ortes und langsam die Hauptstraße entlang. Ein Schild an einem alten Backsteingebäude am Ende der Straße verkündete: »Hotel«. Er parkte vor dem Haus und ging hinein.

Die Lobby war schlecht beleuchtet und kahl, bis auf die gewagt gemusterte Tapete voller Feuerwehrautos und Oldtimer in Umbrabraun auf einem mattgoldenen Hintergrund. Vor dem Fenster standen zwei Ledersessel an einem niedrigen Tisch mit einem staubigen Arrangement von Plastikblumen und ein paar Zeitschriften. Nick ging an die Rezeption und schaute sich um. Es war niemand zu sehen. Der einzige Hinweis darauf, dass es sich hier tatsächlich um ein Hotel handelte, war das hölzerne Schränkchen hinter dem Tresen, in dessen kleinen Fächern Schlüssel hingen.

»Hallo«, rief Nick. »Ist hier jemand?«

Eine schwerfällige alte Frau mit wirrem grauen Haar schlurfte hinter dem Vorhang zum Hinterzimmer hervor und starrte den potenziellen Gast misstrauisch an.

»Könnte ich bitte ein Zimmer haben?«, fragte Nick.

Mit einem Nicken drehte die Frau das Gästebuch zu ihm hin und reichte ihm einen Stift. Nick trug sich in der ersten freien Zeile ein, während die Frau sich zu dem Schränkchen umwandte und einen Schlüssel herausnahm, den sie ihm dann hinhielt. Nick wusste, dass die Einwohner Maines als eher wortkarg bekannt waren, doch diese Frau gab dem Begriff eine ganz neue Bedeutung, fand er.

Sie drehte das Buch wieder zu sich um, studierte seine Unterschrift und fragte: »Wie lang bleiben Sie?«

»Nur eine Nacht«, sagte er.

»Fünfundzwanzig Dollar. Im Voraus.«

Nick zählte das Geld ab und gab es ihr. »Kann man hier irgendwo nett essen gehen?«, fragte er.

»An der Ecke ist ein Café«, erwiderte sie.

»Danke«, sagte er.

»Zimmer eins.«

Ob ich wohl der einzige Gast hier bin?, fragte er sich, als er seine kleine Reisetasche die Treppe hinauftrug. Haben die je genug Gäste, um Zimmer zwei zu belegen? Er steckte den Schlüssel ins Schloss, schob die Tür auf und war auf das Schlimmste gefasst. Doch das Zimmer war pieksauber und gemütlich, obgleich man auch hier, wie in der Lobby, keinerlei Energie auf dekorativen Firlefanz verschwendet hatte. Es gab ein leicht durchhängendes Doppelbett mit einer grünen Tagesdecke, ein kleines Bad mit uralter Ausstattung und zwei Gemälde mit Seeszenen, die allerdings einen eher trostlosen Eindruck vermittelten. Gar nicht mal so schlecht, dachte er. Er knipste die Nachttischlampe an und beschloss, auszugehen und sich das Café anzusehen.

Als er die Treppe herunterkam, war die Frau wieder verschwunden. Er trat auf die stille Straße hinaus und sah sich um. Ein Neonschild wies ihn auf das Café hin, und er ging darauf zu. Als er die Hauptstraße entlangging, sah er, dass die Bibliothek, ein kleines, weißes, holzverkleidetes Haus auf der anderen Straßenseite, noch geöffnet war. Er zögerte einen Moment, überquerte dann die Straße und ging hinein.

Die Bibliothek war recht groß für eine so kleine Stadt, und er versuchte sich vorzustellen, wie Bonnie hier jeden Tag zur Arbeit gegangen war. Nick wanderte die Regale ab, obwohl er sich weniger für die Bücher interessierte. Ein paar junge Mädchen saßen an einem Tisch zusammen und kicherten. Ansonsten war die Bibliothek menschenleer. Hinter dem Tresen saß eine drahtige alte Frau, die aussah, als würde sie bei der geringsten Berührung zu Staub zerfallen. Gelegentlich blickte sie auf und warf den kichernden Mädchen einen finsteren Blick zu, die daraufhin kurz aufhörten zu kichern, um gleich wieder anzufangen. Nick ging auf den Tresen zu und lächelte, doch die Frau lächelte nicht zurück.

»Ja?«, fragte sie.

»Hallo«, sagte er. »Ich bin … äh … Ich bin nur heute Abend in Gravesport. Eine Bekannte von mir hat früher hier in der Bibliothek gearbeitet. Bonnie Lewis. Damals hieß sie noch –«

»Nolan«, sagte die Frau ausdruckslos. Es schien sie nicht im Geringsten zu überraschen oder zu interessieren, dass er nach Bonnie fragte. Sie erkundigte sich auch nicht danach, wie es ihr ging. Offensichtlich hatte er eine Person vor sich, die keine Lust haben würde, Bonnie zu helfen.

»Nolan, richtig«, sagte Nick. »Ich habe mich nur gefragt … hat sie noch Familie hier?«

Die Frau dachte darüber nach. »Bonnie. Nein. Jetzt nicht mehr. Sie hat bei ihrer Mutter gewohnt, bis sie gestorben ist. Das war vor ein paar Jahren.«

»Oh«, sagte Nick. »Gab es sonst niemanden?«

Die Frau warf den Mädchen einen Blick zu, die schon wieder wie verrückt gackerten. »Mädchen«, sagte sie tadelnd. »Ihr seid hier in einer Bibliothek.«

»Entschuldigung, Miss Carr«, sagte eines der Mädchen und steckte die Nase wieder in ihr Buch.

Die Frau schüttelte den Kopf. »Sie hat dann ein Zimmer drüben in der Maple Street gemietet. Soll ich Ihnen die Adresse heraussuchen?«
»Ja, gern«, sagte Nick. »Das wäre wirklich sehr nett von Ihnen.«
»Natürlich«, sagte Miss Carr in einem Tonfall, der verkündete: »Es ist mein Beruf, Dinge herauszusuchen.« Sie blätterte rasch in einem Ordner auf ihrem Tisch. Kein Wunder, dass Bonnie nicht mehr hier arbeitet, dachte Nick. Nicht einmal ein »Wie geht's ihr? Was macht das Baby?«, konnte sie sich abringen. Bestimmt hatte es hier einen Skandal gegeben, als Bonnie einen Mann heiratete, der zu lebenslänglicher Haft verurteilt war, und dann auch noch ein Kind von ihm bekam. In einem Städtchen wie diesem gab es keine liberale, großstädtische Toleranz.
Miss Carr reichte ihm eine Adresse, in makelloser Handschrift auf einer Karteikarte notiert. »Bitte sehr«, sagte sie forsch. Sie sah auf die Uhr. »Noch fünfzehn Minuten, Mädchen.«
»Also dann, vielen Dank«, sagte Nick und hielt die Karte hoch.
»Gern geschehen«, erwiderte Miss Carr und wandte sich wieder ihrer Arbeit zu.
Nick wartete noch einen Moment darauf, dass sie etwas sagte, irgendwas. Aber offensichtlich war sie mit ihm fertig, die Angelegenheit erledigt. Nick war froh, wieder hinaus auf die Straße zu kommen. Im Schein der Laternen zu beiden Seiten des Eingangs las er die Adresse. Da stand: »Bonnie Nolan«, dann war Nolan durchgestrichen worden, und »Lewis« stand darüber. »c/o Hartwell, 12 Maple Street.«
Nick seufzte. Er bezweifelte, dass er bei dieser Adresse viel erreichen würde. Das war schließlich kein Familienmitglied – nur jemand, bei dem sie gewohnt hatte. Wenn man Miss

Carrs Verhalten zum Maßstab nahm, wurde Bonnie hier nicht sonderlich vermisst. Er beschloss, erst zu essen, bevor er die Hartwells aufsuchte. Er steckte die Karte in die Hosentasche und ging über die Straße zu dem Café.

36

Doug strich sich das Haar glatt und folgte Charles Henson aus dem Aufzug und durch die Eingangshalle des Gerichtsgebäudes von Taylorsville. Als sie den Bürgersteig draußen erreichten, holte er endlich seinen Anwalt ein. Der Weg vor dem Gericht war gesäumt von Gaslaternen, die in der herbstlichen Abendluft ein bleiches Licht verströmten.

»Charles«, sagte er und streckte ihm die Hand hin. »Sie haben da drin wirklich ganze Arbeit für mich geleistet.« Sie hatten eine Besprechung mit dem Bezirksstaatsanwalt hinter sich, der versucht hatte, sie zu einem Deal zu bewegen: Sie sollten sich im Fall Rebecca Starnes auf ein Verfahren wegen eines geringeren Vorwurfs als Mord einlassen. Charles jedoch hatte dieses Angebot zurückgewiesen und darauf beharrt, dass nicht genug Beweise vorlagen, um überhaupt ein Verfahren gegen Doug einzuleiten, geschweige denn einen Prozess zu gewinnen. »Sollen wir irgendwo was trinken gehen?«, schlug Doug vor.

Charles Henson drehte sich um und hielt den Griff seiner Aktentasche mit beiden Händen fest, offensichtlich um dem angebotenen Händedruck zu entgehen. »Ich möchte nach Hause zu meiner Frau«, sagte er. »Heute ist ein wichtiger Abend für uns. Offen gestanden wollte ich nicht einmal zum Gericht kommen, aber angesichts der schwerwiegenden Beschuldigung …«

Doug erkundigte sich nicht, was es heute bei den Hensons zu

feiern gab. Er war viel zu sehr mit seiner eigenen Lage beschäftigt. »Na, dann vielleicht ein andermal«, sagte er.

Charles sah Doug kühl an. »Der Kampf geht erst los, Doug. Das ist Ihnen doch klar, oder? Diese Runde haben Sie gewonnen, aber der Kampf ist noch lange nicht vorbei.«

»Ach, ich traue Ihnen einfach alles zu«, sagte Doug.

»Doug«, erwiderte Charles, »Sie haben ein Recht auf die bestmögliche Verteidigung. Ich glaube nicht, dass ich die noch gewährleisten kann.«

Doug starrte ihn ungläubig an. »Moment mal. Sie meinen, Sie wollen mich fallen lassen? Machen Sie sich Sorgen, dass ich Sie vielleicht nicht bezahlen kann? Wenn es daran liegt, dann …«

Charles schüttelte den Kopf. »Ich kann Ihnen eine ganze Reihe guter Anwälte empfehlen …«

»Ich will keine ganze Reihe von Leuten«, sagte Doug. »Ich will Sie!«

»Das ist leider nicht möglich«, erklärte Charles. »Ich habe mich bereits da drinnen entschieden. Sehen Sie, dieser Fall wird sehr viel zusätzlichen Zeitaufwand erfordern. Die werden die Sache nicht einfach auf sich beruhen lassen. Chief Cameron wird keine Ruhe geben, bis Sie für dieses Verbrechen im Gefängnis landen. Hierfür brauchen Sie viel Zeit und das gesamte Geschick eines guten Anwalts, und im Augenblick muss ich meinem Privatleben oberste Priorität einräumen. Ich kann mich nicht genug mit diesem Fall befassen. Ich werde ohnehin in der Kanzlei kürzer treten und keinesfalls etwas derart Aufwändiges annehmen …«

»Aber ich bin unschuldig«, sagte Doug. »Ich habe die kleine Starnes nicht umgebracht. Und ich weiß ganz gewiss nichts über ein verschwundenes Baby. Das ist doch absurd. Sie können nicht beweisen, dass ich es getan habe, weil ich's nicht war. Aber ich brauche Sie als meinen Verteidiger.«

Charles betrachtete ihn in der Abenddämmerung mit kaum verhohlener Verachtung. »Sind Sie unschuldig, Doug?«

»Selbstverständlich bin ich unschuldig, was soll denn das heißen?«, erwiderte Doug.

Charles schüttelte den Kopf. »Nachdem ich mir dieses Video beim Staatsanwalt angesehen habe, halte ich es für reichlich albern von Ihnen, sich noch als unschuldig zu bezeichnen.«

»Sie sollten sich nur um eines kümmern, nämlich das Verbrechen selbst, oder nicht?«

Charles warf einen Blick auf die Uhr an der Kuppel des Gerichtsgebäudes. Dann drehte er sich wieder zu Doug um. »Manchmal … geschehen Dinge, die einen daran erinnern, dass es im Leben Prinzipien gibt, die mit dem Gesetz an sich nichts zu tun haben. Und gerade jetzt ist es mir wichtig, auf der Seite der Guten zu bleiben.«

»Wie können Sie es wagen, sich so selbstgerecht aufzuspielen? Für Geld lassen Sie sich doch von jedem anheuern. Sie haben kein Recht, über mich zu urteilen!«, rief Doug empört.

»Das ist richtig«, sagte Charles. »Sie zu verurteilen, liegt nicht bei mir. Nehmen Sie meinen Rücktritt einfach als Tatsache hin. Keine Begründung. Keine weitere Diskussion. Gute Nacht.«

Ohne eine Antwort abzuwarten, drehte Charles sich um und marschierte zu seinem Auto auf dem Parkplatz. Doug sah ihm nach; er war wie gelähmt. Er hatte alle Empörung aufgewandt, die er nur aufbringen konnte, um Charles Henson von seiner Sicht der Dinge zu überzeugen. Und es hatte nicht funktioniert.

Als seine Beine ihm wieder gehorchten, ging Doug zu seinem Auto, setzte sich hinein und startete den Motor. Automatisch legte er den Gang ein und fuhr langsam über den Parkplatz.

Doch als er die Ausfahrt erreichte, zögerte er. Wohin sollte er fahren?
Er versuchte sich vorzustellen, wie er nach Hause zu Maddy fuhr, doch beim Gedanken an ihre Miene an diesem Nachmittag schüttelte es ihn fast. Inzwischen hatte sie vermutlich sämtliche Schlösser am Haus austauschen lassen. Amy würde sich natürlich freuen, ihn zu sehen, aber er hatte keine Lust, sich ihren ständigen Ansprüchen zu stellen. Kinder waren so anstrengend. Er wusste, dass Maddy noch mehr Kinder wollte, aber er verstand überhaupt nicht, warum. Sie wollten andauernd irgendwas von einem. Nein, dachte er, das konnte er im Moment nicht gebrauchen.
Also fuhr er in die andere Richtung. Er überlegte, ob er nicht bei einem Freund unterkommen konnte, doch es fiel ihm einfach niemand ein. Er fragte sich, seit wann er so einsam war. Dann überlegte er, ob er sich in eine Bar setzen sollte. Nach ein paar raschen Drinks würde er sich gewiss besser fühlen, aber er wollte sich nicht von einem Fremden in eine langweilige Unterhaltung verwickeln lassen.
Wenn er sicher sein könnte, dort niemandem zu begegnen, den er kannte, und das Gespräch sich nur um Football oder Hockey drehen würde, hätte er nichts dagegen gehabt. Aber was, wenn auf dem Barhocker neben ihm irgendeine Frau saß? Frauen wollten immer über persönliche Sachen reden. Was sollte er sagen, wenn sie ihn über sein Leben ausfragte? Dass er ein Mann war, der einmal Ruhm und Reichtum geschmeckt hatte? Dass er jetzt ohne Geld dastand, und bis über beide Ohren bei seinem Anwalt verschuldet war? Dass er wohl seinen Job verlieren würde wegen einer dämlichen Regel über Beziehungen zwischen Schülerinnen und Lehrern und dass er obendrein noch eines Mordes verdächtigt wurde? Ja, da würden die umstehenden Barhocker ziemlich schnell frei werden. Aber der Gedanke an einen Drink war

verlockend. Ein paar Drinks. Er fuhr zum nächsten Schnapsladen, parkte davor und ging hinein.
Der hell erleuchtete Laden war nicht gerade voll, aber auch nicht ganz leer. Doug überlegte einen Moment hin und her und holte sich dann eine Flasche Wodka. Der Kassierer packte sie in eine braune Papiertüte, und Doug brachte sie hinaus zu seinem Auto. Und jetzt?, dachte er. Tiefe Verzweiflung überfiel ihn, während er mit der Flasche neben sich im Wagen saß. Sein Beifahrer. Sein einziger Kumpel. Wo konnte ein Mann in Ruhe einen saufen? Er dachte an den Binney Park, schüttelte aber gleich den Kopf. Das hatte ihm gerade noch gefehlt, an alles erinnert zu werden, was ihm angetan wurde, nur weil er auf einer Parkbank gesessen und mit einem hübschen Mädchen geplaudert hatte. Was war aus dieser Welt geworden, dass das schon als Verbrechen galt? Sie hatten sich unterhalten und sich seine Cracker geteilt, und dann war sie aufgestanden und mit dem Baby weggegangen. Also schön, er hatte den Arm auf die Rückenlehne der Bank gelegt und ihre Schulter berührt. Das war alles, nur ihre Schulter. Was konnte er denn dafür, dass sie jetzt tot war? Wenn sie nicht so schreckhaft reagiert hätte, als er sie anfasste, wäre sie vielleicht noch am Leben. Aber nein, sie war von der Bank aufgesprungen, als hätte sie unter ihr Feuer gefangen, und hatte ihn da sitzen lassen – wie peinlich. Er wollte doch nur ein bisschen reden, ein wenig menschliche Wärme.
Doug startete den Wagen. Nein, Binney Park kam nicht in Frage. Vielleicht das Fort. Er konnte wieder dort hinauffahren. Nachts hatte er es bestimmt ganz für sich. Manchmal fuhren Jugendliche da raus, um umgestört zu sein, aber die würden ihn kaum beachten. Das war vielleicht kein toller Plan, aber etwas Besseres fiel ihm nicht ein.
Doug stellte das Radio an und fuhr los. Er hatte sich eigentlich erst einen genehmigen wollen, wenn er sein Ziel erreicht

hatte, aber er spürte einen ungewohnt nagenden Durst. Er trank sonst nie viel, aber heute Abend wollte er alles vergessen. Er zögerte noch kurz und überlegte wieder, ob er nach Hause zu Maddy fahren sollte. Versuchen sollte, sie wieder auf seine Seite zu ziehen. Sich mit ihr zu versöhnen. Aber diese Vorstellung war beinahe lachhaft. Selbst wenn sie ihm eine Sache vergab, tauchte direkt dahinter die nächste auf. Verdammt, er hatte keine Lust, vor ihr auf die Knie zu gehen. Irgendwie war es ja auch ihre Schuld. Nicht das mit der Versicherung, das musste er zugeben. Da hatte er Mist gebaut, aber er wollte ja nur noch ein bisschen über die Runden kommen, etwas Geld sparen. Das hätte jedem passieren können. Wenn sie darauf beharrte, ihn für einen Mörder zu halten, dann sagte das ja wohl mehr über sie aus als über ihn. Eine Frau sollte ihrem Ehemann glauben, verdammt. Er hatte schließlich überhaupt nur deshalb eine Neigung zu jungen Mädchen entwickelt, weil sie all ihre Anziehung für ihn verloren hatte. Das war ganz allmählich geschehen, nach der Geburt. Sie war so … mütterlich. Sie erschien ihm alt und ernst und voller Fragen im Hinblick auf die Zukunft. Er brauchte jemanden, der ihm half, all das zu vergessen, kein arrogantes Weib, das ihn in einen Käfig steckte. Kauf ein Haus, zeug noch mehr Kinder, engagier dich im Elternbeirat. Wenn Sex keinen Spaß mehr machte und von allen Sorgen ablenkte, wozu sollte er dann gut sein?

Doug schüttelte den Kopf. Sie hatte ihn nie verstanden. Nie. Er konnte sich gar nicht mehr erinnern, warum er es für eine gute Idee gehalten hatte, zu heiraten und eine Familie zu gründen. Vielleicht hatte er nur dem gesellschaftlichen Druck nachgegeben. Druck, Druck, Druck. Er hatte es so satt. Er griff nach der braunen Papiertüte, schraubte den Deckel von der Flasche, blickte sich vorsichtig um und nahm dann einen Schluck.

Der Wodka rann wie ein warmes Beruhigungsmittel seine Kehle hinab, und er spürte sogleich, wie der Druck auf seiner Brust nachließ. Den Geschmack von Alkohol hatte er nie gemocht, aber es konnte keinen Zweifel an der Erleichterung geben, die das Trinken verschaffte. So ist es schon besser, dachte er. Schon viel besser.

Er schlug den Weg zum Fort ein.

37

Es war seltsam, dachte Maddy, dass manche Augenblicke einem so lang vorkamen, wie Worte noch in der Luft zu hängen schienen, während der Mensch wie ein Computer sofort sämtliche Möglichkeiten durchratterte, die Auswirkungen jeder möglichen Antwort erwog und festzustellen versuchte, welche von diesen Antworten die beste Aussicht aufs Überleben bot. Wie bei jemandem, der von einer Lawine oder einer plötzlichen Strömung mitgerissen wird, raste Adrenalin durch ihren Körper. Sie musste die richtige Entscheidung treffen, und zwar auf der Stelle. Dieser Vorgang dauerte nur einen Augenblick, aber der erschien ihr endlos, wie ein Leben in Zeitlupe.

Meine einzige Chance, so dachte sie, ist so zu tun, als hätte ich es gar nicht gehört. Mir selbst einzureden, ich hätte es nicht gehört oder falsch verstanden. Egal. Hauptsache, sie nimmt es mir ab.

Maddy zwang ihren Körper, ihren Gedanken zu gehorchen, nicht ihren Gefühlen. Versuchte, ein gleichgültiges Gesicht zu machen, ihre Hände nicht zittern zu lassen und ihre Stimme ruhig zu halten. Sie bemühte sich, Bonnie mitfühlend anzusehen. »Ich rufe jetzt einen Krankenwagen. Er braucht dringend Hilfe«, sagte sie.

Bonnie rappelte sich auf und hielt Maddy energisch am Arm fest, als die sich abwenden wollte. »O nein, das werden Sie nicht tun«, sagte Bonnie. »Sie rufen nirgendwo an.«

»Lass meine Mama los«, rief Amy.

»Du hältst den Mund«, herrschte Bonnie sie an.
»Mami, warum hält sie dich fest?«
»Ist schon gut, Amy«, sagte Maddy. Sie hatte Angst. Aber sie durfte sie nicht zeigen. Um Amys willen, um ihrer selbst willen, um des Babys willen. Sie durfte sich ihre Angst nicht anmerken lassen. »Lassen Sie mich los«, sagte sie zu Bonnie. »Sie machen Amy Angst.«
»Ist mir egal«, sagte Bonnie trotzig. »Ihr macht jetzt alle, was ich sage.«
Maddy sah zu Sean hin, der auf dem Boden saß und wimmerte. »Bonnie, ich verstehe gar nicht, was das soll.«
»Nun tun sie doch nicht so«, erwiderte Bonnie. »Ich weiß, dass Sie mich gehört haben.«
»Was denn gehört?«, rief Maddy aus. »Wovon sprechen Sie?«
»Gleich werd ich wütend«, sagte Bonnie, doch sie schien ein wenig zu schwanken. Bonnie versuchte, die Situation einzuschätzen, und wie Maddy es sich wünschte, war Bonnie gern bereit zu glauben, dass ihr Geheimnis sicher war. Sean begann zu weinen, und Maddy sah wieder zu ihm hinüber. Bonnie wandte den Blick nicht von Maddy.
»Meinen Sie nicht, Sie sollten mal nach ihm sehen?«, fragte Maddy.
»Hören Sie endlich auf, mir zu sagen, wie ich mich um mein Kind zu kümmern habe«, sagte Bonnie, und in Maddy flackerte Hoffnung auf. Es funktionierte. Bonnie knüpfte wieder an ihr Lügenmärchen an.
»Entschuldigung«, sagte Maddy gelassen. »Das tue ich ständig, nicht wahr? Eine dumme Angewohnheit von mir.«
Plötzlich sagte eine schwache Stimme vom Boden her: »Bonnie, warum hast du das gesagt? Warum hast du gesagt, dass er nicht unser Kind ist?«
Die beiden Frauen drehten sich um und blickten auf den Mann hinab, der sich in eine Sitzposition hochgerappelt

hatte und mit dem Rücken an der Kommode lehnte. Maddy ließ alle Hoffnung fahren, als Bonnie ihren Mann anstarrte. Es war sinnlos, das wurde ihr nun klar. Bonnie war keine gute Schauspielerin. Sie war nicht subtil genug. Sie war zu plump, zu grob. Diese Grobheit hatte sie auch Rebecca Starnes spüren lassen, um an dieses Baby heranzukommen. Maddy schauderte beim Gedanken an dieses unschuldige junge Mädchen, das sein Taschengeld mit ein paar Stunden Babysitten hatte aufbessern wollen, ohne auch nur im Geringsten zu ahnen, dass sie dafür würde sterben müssen.

Aber warum stellte Terry solche Fragen? War er etwa gar nicht eingeweiht? Maddys Gedanken überschlugen sich. Es war offensichtlich, dass Terry das Baby wirklich für sein eigenes Kind hielt. Plötzlich fielen Maddy Nicks Worte wieder ein, die sie erst davon überzeugt hatten, dass die Lewises in Ordnung waren. Er hatte Sean getauft. Pater Nick würde in einer solchen Sache niemals lügen.

Dann konnte das hier doch nicht Justin Wallace sein, richtig? Sie schöpfte wieder Hoffnung. Zahllose weitere Möglichkeiten schossen Maddy durch den Kopf. Vielleicht hatte Bonnie das Baby adoptiert und Terry nichts davon gesagt. Das war gewiss nicht so schlimm. Sie würden sich vielleicht deswegen streiten, aber das war noch lange keine Katastrophe.

»Bonnie?«, fragte Terry wieder, dann verzog er das Gesicht und schrie auf vor Schmerzen. Doch er war wild entschlossen, eine Antwort zu bekommen. »Warum hast du das gesagt? Sean ist unser Baby.«

Bonnie starrte ihren Mann mit großen Augen an. »Ich hab's nicht so gemeint«, sagte sie.

Plötzlich versuchte Terry aufzustehen. »Hast du mit einem anderen geschlafen?«, fragte er scharf.

Bonnie schüttelte angsterfüllt den Kopf. »Nein. Nein. Niemals«, flehte sie. »Nur mit dir.« Sie ließ Maddy los und eilte zu ihm. »Glaub mir, Liebling. Das würde ich nie tun.«
»Warum hast du es dann gesagt?«, flüsterte er.
»Ich habe mich versprochen«, erklärte Bonnie jämmerlich. »Ich weiß nicht, warum ich das gesagt habe.«
Maddy rieb sich den Arm an der Stelle, wo Bonnie ihn festgehalten hatte. Sie war sicher, dass Bonnie log. Keine Mutter, wie gleichgültig sie ihrem Kind gegenüber auch sein mochte, würde es jemals verleugnen. Sie hatte sich nicht versprochen, aber da gab es irgendetwas, wovon Terry nichts wusste.
»Lüg mich nicht an«, sagte er drohend. Maddy erkannte bedrohliche Züge des ehemaligen Häftlings in ihm. »Ich habe doch gehört, was du gesagt hast.«
»Bonnie«, sagte Maddy so sanft wie möglich, »haben Sie Sean adoptiert? Ist er vielleicht ein Pflegekind?«
Bonnie fuhr herum und blitzte sie an. »Sie halten sich da raus!«, brüllte sie. Sean weinte jetzt laut, und Maddy musste den Impuls unterdrücken, zu ihm zu gehen und ihn hochzuheben. Amy klammerte sich still und blass an ihr Bein.
Terry schüttelte den Kopf. »Sie war schwanger«, beharrte er. »Deswegen haben wir ja geheiratet.«
»Das war nicht der einzige Grund«, protestierte Bonnie.
»Schonen Sie Ihre Kräfte«, unterbrach Maddy die beiden, um ihn von seiner bohrenden Neugier abzulenken. Sie wollte nichts mehr hören. Je mehr sie erfuhr, desto gefährlicher wurde ihre Lage. »Wir müssen Sie sofort ins Krankenhaus schaffen. Sie können das später ausdiskutieren.«
Terry starrte seine Frau an. »Du hast mir erzählt, du wärst schwanger. Und ich dachte, es sei Gottes Wunsch, dass ich die Frau heirate, die meinen Sohn unter dem Herzen trägt.«
»So darfst du das nicht sagen. Wir haben uns geliebt«, sagte Bonnie mit Tränen in den Augen.

»Bonnie, du benimmst dich kindisch«, schalt er sie. »Du kanntest meine Gefühle. Ich habe sie dir in vielen Briefen beschrieben. Und meine neue Lebensaufgabe – Gottes Willen zu erfüllen.«
»Aber du hast mich immer ›Liebste Bonnie‹ genannt«, flüsterte sie.
»Und jetzt sagst du mir«, hauchte er und schloss schmerzerfüllt die Augen, »dass das nicht mein Sohn ist.«
Maddy wusste, dass er Recht hatte und Bonnie irgendetwas verheimlichte, aber es war ihr egal, was das sein konnte. Sie wollte nur diese Leute aus ihrem Haus haben. Sofort. Und sie nutzte ihre Chance. »Bonnie«, sagte sie streng, »kann das denn nicht warten? Terry braucht Hilfe, und zwar schnell.«
Bonnie blickte nicht auf, sie schien sie nicht einmal zu hören. Sie packte ihren Mann beim Arm und schüttelte ihn. »Du hast gesagt, du liebst mich. Das hast du gesagt. Du hast gesagt, wir würden für immer zusammenbleiben. Das war nicht bloß wegen dem Baby. Sondern weil du mich geliebt hast. Nur mich. Das weiß ich genau.«
Terry schlug die Augen nicht auf. »Wenn er nicht mein Sohn ist, bist du auch nicht meine Frau«, murmelte er. Er lehnte sich an die Kommode und ließ sich daran hinabsinken, bis er wieder auf dem Boden saß.
Bonnie begann zu schluchzen. »Das ist nicht fair.«
Sie tat Maddy beinahe Leid, so unsäglich jämmerlich sah sie aus. Diese unscheinbare, einsame Frau hatte unbedingt an ihr eigenes Märchen glauben wollen. Sie hatte sich daran geklammert, und nun wurde ihr die hässliche Wahrheit aufgetischt.
Amy zupfte an ihrem Hosenbein. »Warum weint sie denn, Mami?«, fragte sie.
»Sie ist traurig, Schatz«, sagte Maddy. »Geh in dein Zimmer.«
»Und warum weint Sean?«

»Weil sie von hier weg müssen«, war das Erstbeste, was Maddy einfiel. »Und er möchte nicht weg.«
»Mr. Bird darf er aber nicht mitnehmen«, erklärte Amy entschieden.
»Nein, das tut er auch nicht«, sagte Maddy automatisch.
»Tut er doch. Er ist in der Tasche. Ich hab's gesehen. Er will ihn mitnehmen.«
»Amy, hör auf damit«, rief Maddy.
»Er darf ihn aber nicht mitnehmen«, beharrte das Kind und stampfte mit den Füßen auf. »Ich hol ihn. Er ist da drin. Ich hol ihn mir wieder.«
Die Wickeltasche, die Bonnie stets bei sich trug, lag dort, wo sie sie beim Hereinkommen hatte fallen lassen, auf dem Boden. Der Fuß des Stofftiers ragte oben heraus. Bevor Maddy merkte, was Amy da tat, marschierte das Kind hinüber und wühlte in der Tasche herum, um den Vogel herauszuholen.
»Amy, nicht«, schimpfte Maddy, aber das Kind hatte sein Stofftier am Bein erwischt und zog daran. Als sie den flauschigen gelben Kopf von ganz unten heraufzerrte, fiel Maddys Blick auf etwas Rotes. Davon hatte sie in den Nachrichten gehört, bestimmt hundert Mal. Wenn sie diese Fotos von dem lockenköpfigen Justin zeigten, erwähnten sie immer, dass er einen handgestrickten roten Pullover mit einem Dalmatiner darauf getragen hatte. Amy krähte triumphierend und schloss ihren Vogel in die Arme, während Maddy noch auf den roten Pulli starrte, der nun auf dem Fußboden lag; der Dalmatiner auf der Brusttasche erwiderte ihren Blick mit schief gelegtem Kopf und fröhlichen Knopfaugen.
Bonnie bemerkte Maddys schockiertes Gesicht und folgte ihrem Blick zu dem roten Pulli neben der Wickeltasche, die sie so sorgsam bewacht hatte. Sie seufzte beinahe wehmütig und blickte dann zu Maddy auf. »Ich hätte ihn wegwerfen sollen«, sagte sie. »Aber er war noch fast neu.«

Maddy versuchte weiter, so zu tun, als habe sie nichts bemerkt. »Ich denke, Ihre persönliche Unterhaltung hier geht mich nichts an. Ich bringe jetzt meine Tochter zu ihrer Freundin. Ich will, dass Sie beide weg sind, wenn ich wiederkomme. Es ist mir egal, wohin Sie gehen oder was Sie sonst tun. Ich will nur, dass Sie verschwinden.«

»O nein, so geht das nicht«, sagte Bonnie.

»Wenn Sie beide sich streiten«, sagte Maddy und bemühte sich um einen genervten Tonfall, »dann geht mich das nichts an.«

»Lass Mrs. Blake in Ruhe«, befahl Terry von seiner machtlosen Position am Boden aus. »Sie kann überhaupt nichts dafür.«

»Sie weiß zu viel«, entgegnete Bonnie.

Maddy spürte, wie Furcht in ihr aufwallte. »Ich weiß gar nichts. Ihre Privatangelegenheiten sind mir völlig egal.«

Über Bonnies Gesicht lief verschmierte Wimperntusche, und Maddy merkte erst jetzt, dass Bonnie Make-up trug. Sie hatte sich diese Frau nie genau genug angesehen. Bonnie war einfach ein Mensch, der oft übersehen wurde. Bis es zu spät war.

»Sie wissen, wer das ist«, sagte Bonnie ausdruckslos und nickte mit dem Kopf zu Sean hinüber. »Nicht wahr?«

Natürlich wusste sie es. Egal, was Pater Nick gesagt hatte, es gab nur eine Möglichkeit. Sie schaute auf das Baby hinab, das weinend auf dem Boden in ihrem Gästezimmer saß, und sie wusste es. Das bedeutete, dass die Frau vor ihr in dem unförmigen Rollkragenpulli und dem faden grauen Rock, mit verschmierter Mascara im Gesicht, eine Mörderin war.

Maddys Atem ging in keuchenden Stößen, als habe sie gerade einen Sprint hingelegt. Als habe man sie in eine schmale Sackgasse gehetzt. Sie musste den Tatsachen ins Auge sehen. Plötzlich war ihr klar, dass sie das Baby nicht länger verleugnen konnte. Sie konnte sein Weinen nicht mehr ignorieren, seine Identität und all die schrecklichen Dinge, die ihm zugestoßen waren. Das konnte sie wohl auch nicht mehr retten.

Sie ging zu dem Kind hinüber, das mit rotem Gesicht und triefender Nase heulend auf dem Fußboden saß. Es erschien ihr unmenschlich, ihn so trostlos da sitzen zu lassen. Keiner von ihnen würde diese Sache unbeschadet überstehen. Zumindest konnte sie ihn im Arm halten. Sie bückte sich und hob ihn hoch, wiegte ihn zärtlich auf dem Arm. Sie putzte ihm die Nase, küsste ihn auf die Stirn und drückte ihn an sich.

»Nicht weinen, Justin«, sagte sie. Das Kind hörte auf zu schreien, machte große Augen und lag ganz still an ihrer Brust. Mit seinen winzigen Händen klammerte er sich an sie.

»Nicht mehr weinen, Kleiner.«

Als sie sich umdrehte, stand Bonnie mit einer Pistole in der Hand vor ihr.

38

In dem Café hatten sich nur drei weitere Gäste aufgehalten, und Nick hatte seine Mahlzeit serviert bekommen, ohne dass jemand ein erkennbares Interesse an dem Fremden gezeigt hatte. Die Atmosphäre lud nicht eben zum Verweilen ein. Er hatte rasch sein Steak verzehrt und war wieder auf die menschenleere Straße hinausgegangen.

Nun stand er vor Maple Street Nummer zwölf, einem kleinen, grauen, holzverkleideten Haus auf einem großen, ungepflegten Grundstück mit einer knöcheltiefen Schicht welker Blätter darauf. Die Fassade verschwand fast hinter dürrem, immergrünem Gestrüpp, und selbst in der zunehmenden Dunkelheit bemerkte Nick, dass die Farbe großflächig von dem Holz abblätterte. Hinter zugezogenen Vorhängen brannte Licht, doch Nick wollte die Leute ungern stören. Das Haus war bescheiden und schäbig, und es erschien ihm unwahrscheinlich, dass seine Bewohner in der Lage wären, den Lewises finanziell unter die Arme zu greifen. Doch vielleicht gab es hier jemanden, der sich ehrlich für Bonnie interessierte. Moralische Unterstützung konnte ebenso wertvoll sein. Es konnte nicht schaden, wenn er es wenigstens versuchte, dachte er. Im schlimmsten Falle handelte er sich eine knappe Abfuhr ein, wie sie in dieser Gegend offenbar üblich war. Das störte ihn nicht weiter.

Er ging zur Vordertreppe hinauf und klingelte. Er war ein wenig überrascht, als drinnen tatsächlich die Glocke ertönte. Irgendwie hatte er erwartet, dass auch die Klingel kaputt sein

würde. Alles andere an diesem Haus war in so einem schlechten Zustand. Während er darauf wartete, dass ihm geöffnet wurde, bemerkte er, dass einer der unteren Fensterläden abgefallen war; er lehnte an der Hauswand, als warte er darauf, dass jemand kam und ihn reparierte.
Nick hörte Schritte von drinnen. Für einen kurzen Moment wurde ihm mulmig. Das Haus war so düster, dass er beinahe eine unheimliche Gestalt erwartete, die die Tür aufriss und ihn böse anstarrte. Zu seiner Überraschung und Erleichterung ging die Tür auf, und vor ihm stand eine hübsche junge Frau Anfang zwanzig, barfuß, in Jeans und einem fröhlich geblümten T-Shirt. Ihr Blick war arglos, und ihr herzliches Lächeln erhellte den düsteren Hausflur.
»Hallo«, sagte sie freundlich und zog die Tür weit auf.
»Miss … Hartwell?«, fragte er.
»Mrs. Hartwell«, sagte sie und strahlte ihn an. »Sagen Sie doch Colleen zu mir.«
Die ist nicht von hier, dachte Nick. Er konnte kaum glauben, dass sie an diesen Ort gehörte, wo er noch kein einziges Lächeln gesehen hatte, seit er angekommen war. »Äh … ich heiße Nick Rylander. Ich bin eigentlich katholischer Priester, und ich … äh, eine Bekannte von mir hat früher hier gewohnt.«
»In Gravesport meinen Sie?«
Nick blickte auf die Karteikarte hinab. »Ja, nun ja, eigentlich hier, in diesem Haus. Ich glaube, Sie hatte bei Ihnen ein Zimmer gemietet. Bonnie … Bonnie Lewis?«
»Oh«, sagte sie, streckte den Arm über die Schwelle und schüttelte kräftig seine Hand. »Sie sind ein Freund von Bonnie? Na, dann kommen Sie doch rein, Pater. Immer herein.«
Erfreut über diesen unerwartet freundlichen Empfang trat Nick in den schwach beleuchteten Flur.
»Entschuldigen Sie, es ist so dunkel hier drin«, sagte sie. »Die

Glühbirne ist durchgebrannt, und ohne Leiter komm ich da nicht ran. Ich warte darauf, dass mein Mann nach Hause kommt und das Licht repariert«, erklärte sie und winkte ihm, ihr in den wesentlich heller erleuchteten Teil des Hauses zu folgen.

»Macht er heute Überstunden?«, fragte Nick.

Colleen lachte, als sei das unglaublich komisch. »O nein. Da habe ich wohl einen falschen Eindruck erweckt. Er ist Fischer. Er ist oft wochenlang unterwegs. Deswegen kommt das Haus auch langsam so herunter. Es ist keiner da, der sich darum kümmert.« Colleens nettes Gesicht strahlte Herzlichkeit aus, wenn auch keine große Intelligenz. »Ich versuch ja, alles in Ordnung zu halten, aber das ist gar nicht möglich.«

Als Nick sich so in ihrem Haus umsah, fragte er sich, wie sehr sie sich wohl bemühte, irgendetwas in Ordnung zu halten. Es herrschte das absolute Chaos, jede waagrechte Fläche war voll gestellt, und es sah so aus, als hätte hier wochenlang niemand mehr aufgeräumt.

Colleen nahm ein paar Zeitungen, Comic-Hefte und ungewaschene Socken von einer Ecke des Sofas und warf sie auf den Couchtisch. »Nehmen Sie doch Platz«, sagte sie freundlich. »Möchten Sie etwas trinken? Eine Tasse Tee vielleicht?«

Er hatte schon Ja gesagt, als er sich plötzlich fragte, wie es wohl in ihrer Küche aussehen mochte. Na ja, Tee bestand ja nur aus Blättern und abgekochtem Wasser. Wie schlimm konnte es da schon werden?

»Ich habe mir eben selbst welchen gemacht«, sagte sie. Sie ging in die Küche, schaltete den kleinen Fernseher auf dem Küchentisch aus und steckte dann wieder den Kopf ins Wohnzimmer. »Milch und Zucker?«, fragte sie.

»Nur Zucker«, antwortete er.

Gleich darauf kam sie mit zwei Teetassen auf angeschlagenen Untertassen wieder heraus. Sie reichte ihm eine, schuf auf dem Couchtisch Platz für ihre eigene Tasse und räumte einen Teddybären, schmutzige Wäsche und einen Stapel Kataloge von einem Stuhl, so dass sie sich darauf setzen konnte. Sorgfältig strich sie sich eine lange, glänzende Locke hinters Ohr, trank einen Schluck Tee und schenkte ihm einmal mehr ihr warmes, unerschütterliches Lächeln. »Also«, sagte sie, »was führt Sie nach Gravesport? Es ist nett, Besuch zu haben. Wir sind hier so viel allein, wenn George dauernd auf See ist.«

»Ich bin nur auf der Durchreise«, erklärte Nick. »Ich bin unterwegs nach Kanada. Nova Scotia, um genau zu sein.«

»Urlaub?«, fragte sie.

»Nein. Ich … arbeite dort oben. In einem Kloster. Ich restauriere Kunst.«

Sie nickte, als denke sie gründlich darüber nach, doch ihre Miene verriet ihm, dass sie keine Ahnung hatte, wovon er sprach. »Und woher kennen Sie Bonnie?«

Nick betrachtete sie genau. Sie schien ihm nicht der Typ zu sein, der viele Vorurteile hegte, doch er fragte sich, wie gut sie wirklich über Bonnies Leben Bescheid wusste. Er suchte nach einer vorsichtigen Formulierung. »Eigentlich habe ich Bonnie erst durch ihren Mann kennen gelernt«, sagte er.

»Terry!«, rief sie aus. »Kannten Sie ihn schon, bevor er ins Gefängnis kam?« Ihr Ton war frei von jeder Missbilligung. Nick gratulierte sich dafür, dass er hergekommen war. Diese Frau konnte vielleicht nicht viel Hilfe anbieten. Sie schien ja kaum in der Lage sein, richtig für sich selbst zu sorgen. Aber Bonnie war ihr gewiss nicht gleichgültig.

»Ich habe Terry im Gefängnis kennen gelernt«, sagte Nick. »Wir haben uns oft und lange unterhalten. Ich habe die beiden sogar getraut.«

»Tatsächlich!«, rief sie. »Das ist ja fantastisch. Bonnie hat mir von der Hochzeit erzählt. Sie kann Dinge so beschreiben, dass man sie richtig vor sich sieht. Ich glaube, das liegt daran, dass sie so viele Bücher liest, wissen Sie? Ich lese ja nicht viel«, gestand sie. »Aber Bonnie, die ist da ganz anders.«

»Ich weiß noch, dass Terry in einer Anzeige gebeten hat, jemand möge ihm Bücher schicken, und sie hat ihm welche ins Gefängnis geschickt«, erinnerte sich Nick.

Das schien Colleen sehr zu erfreuen. »Ich fand das ja schon immer so romantisch, wissen Sie? Bonnie war so einsam, und sie waren Brieffreunde. Das hatte so etwas … ich weiß nicht, irgendwie was Altmodisches, wenn Sie verstehen, was ich meine. Sie hat immer auf seine Briefe gewartet. Sie hat echt, ungelogen, am Briefkasten gesessen und gewartet. Wenn dann einer gekommen ist, ist sie damit rauf in ihr Zimmer gerannt wie ein Teenager.«

Nick lächelte und nippte an seinem Tee. »Es war ein Glück für alle beide.«

»Ich hab natürlich nie damit gerechnet, dass er da noch mal rauskommt. Ich habe immer zu ihr gesagt, ›Bonnie, der kann dir nie ein richtiger Ehemann sein.‹ Das war eine hoffnungslose Sache. Aber sie hat sich nie groß Gedanken darüber gemacht. Sie hat ihn geliebt, und damit basta. Und dann, urplötzlich, hat dieser andere Kerl den Mord gestanden. War das nicht toll?«, schwärmte sie.

Nick nickte. »Ich habe mich für ihn gefreut. Für die beiden.«

Colleen nickte nachdenklich. »Es war wie ein Wunder. Ich versteh nicht, warum manche Leute nicht an Wunder glauben. Ich meine, das war doch eins, genau vor meiner Nase ist es geschehen.«

»Da gebe ich Ihnen Recht«, sagte er.

»Na klar, wo Sie doch Priester sind und so. Ich meine, die arme Bonnie. Niemand in dieser Stadt hat geglaubt, dass sie mal einen Mann abkriegt. Sie ist halt ein bisschen …« Colleen suchte nach der passenden Formulierung und wedelte mit der Hand hin und her. »Ein bisschen … steif. Aber wenn man sie erst mal näher kennt …«

»Sie kannten Sie recht gut?«, fragte er.

»Besser als die meisten anderen, schätze ich. Sie ist nicht der Typ, der anderen viel von sich erzählt. Aber wir haben uns gut verstanden. Die arme Bonnie hatte es nicht leicht, müssen Sie wissen«, vertraute Colleen ihm an. Die Erinnerung machte sie traurig. »Ihre Mutter war schrecklich. Sie war richtig fies zu ihr. Eine schöne Frau. Hat Bonnie überhaupt nicht ähnlich gesehen. Sie hat Bonnie wie eine Sklavin behandelt, nach allem, was man so hört, und ich glaube, sie hat sie nie richtig geliebt. Ich glaube, Bonnie hat sich einfach in die Welt der Bücher zurückgezogen. Hier hat kein Mensch auch nur eine Träne vergossen, als die Alte gestorben ist, das kann ich Ihnen sagen.«

Nick nickte. Das bestätigte seine Vermutungen.

»Ich will ja nicht unchristlich sein«, fügte Colleen hastig hinzu, als ihr wieder einfiel, dass ihr Besucher Priester war. »Ich meine, ich weiß schon, dass wir alle unseren Nächsten lieben sollen und so …«

»Manche Menschen machen es einem schwer, nicht wahr?«, sagte Nick lächelnd.

Colleen seufzte und sank auf ihrem Stuhl zurück. »Ich sage Ihnen, ich vermisse Bonnie richtig. Sie ist erst seit einer Woche oder so weg, und schauen Sie sich diesen Saustall an. Als sie noch da war, war hier alles tiptop. Ich hatte schon ein schlechtes Gewissen, Miete von ihr zu verlangen, so gut hat sie sich um alles gekümmert. Sie hat das ganze Haus aufgeräumt, und eingekauft hat sie auch immer.« Colleen beugte sich vor. »Sie dürfen das nicht falsch verstehen. Ich wollte sie nicht ausnutzen. Die arme Bonnie ist schon genug ausgenutzt worden, von dieser Hexe von einer Mutter. Nein, nein, ich hab immer zu ihr gesagt, arbeite nicht so viel. Du musst das nicht alles machen. Aber Bonnie konnte Unordnung nicht ausstehen. Ich dagegen, ich merke das nicht mal«, gestand sie.

Nick unterdrückte ein Lächeln. Es war ziemlich offensichtlich, dass sie Unordnung nicht bemerkte. Aber ihre Herzensgüte machte sie sehr sympathisch.

»Und«, fragte Colleen, »wie geht es den beiden jetzt so?«

Nick stellte seine Tasse ab, beugte sich vor und faltete die Hände. »Eigentlich bin ich aus diesem Grund zu Ihnen gekommen. Ich meine, ich wusste nicht, ob Bonnie noch Familie hier hat …«

Colleen schüttelte den Kopf. »Ich bin so ziemlich alles in der Richtung.«

»Ja, ich verstehe«, sagte Nick. »Die Wahrheit ist –«

Das schrille Weinen eines Babys hallte durchs Haus. Colleen warf die Hände in die Höhe. »Entschuldigung, Pater, nur einen Moment. Bin gleich wieder da.«

Sie ging den Flur hinunter und rief dabei: »Ich komme, mein Engel. Ich komme schon, mein Schätzchen.«

Er hörte sie leise murmeln, und das Weinen hörte sofort auf. Ein paar Minuten später kam sie ins Wohnzimmer zurück, ein großes, dickes Baby auf dem Arm. Der kleine Junge trug einen fleckigen Pulli und eine Hose, aber er krähte fröhlich in den Armen seiner Mutter. »Das ist George Junior«, erklärte sie stolz.

»Ein prächtiger Junge«, sagte Nick.

Colleen ging wieder in die Küche, das Baby sicher auf einem Arm, und holte ein Milchfläschchen aus dem Kühlschrank. Sie trug es zurück ins Wohnzimmer, setzte sich, legte das Baby in ihren Schoß und gab ihm die Flasche. Es begann zufrieden daran zu nuckeln. Colleen schaute hingerissen zu und zwang sich dann, ihre Aufmerksamkeit wieder ihrem Gast zuzuwenden.

»Wie alt ist er?«, erkundigte sich Nick höflich.
»Acht Monate«, antwortete Colleen. »Er ist ein kleiner Schelm. Genau wie sein Papa. Aber er ist ein ganz lieber Kerl, auch wie sein Papa. Bonnie hat manchmal auf ihn aufgepasst. Es war toll, den Babysitter gleich im Haus zu haben.« Sie seufzte bei der Erinnerung daran. »Einmal hat George übers Wochenende weiter oben an der Küste angelegt. Ich wollte rauffahren und ihn überraschen. Ich wusste, das geht nicht, wegen meinem Georgie hier, aber Bonnie hat darauf bestanden, dass ich fahre. Sie hat sich nicht davon abbringen lassen. Also habe ich Georgie einfach bei ihr gelassen, mein durchsichtigstes Nachthemd eingepackt, und los ging's. George war so überrascht. Es war, als wären wir wieder in den Flitterwochen. Wir hatten das ganze Wochenende nur für uns.«
»Ich glaube, Bonnie hilft gern anderen Menschen«, sagte Nick. »Allerdings ist jetzt sie diejenige, die ein wenig Hilfe gebrauchen könnte.«
»Verstehen Sie mich nicht falsch. Ich habe sie nicht darum gebeten. Sie hat es mir selber angeboten. Sie hat mich praktisch angefleht«, protestierte Colleen. »Aber Sie wollten mir gerade erzählen, dass sie irgendwie in der Klemme sitzt. Was ist denn passiert?«
»Nun ja, kaum war Terry aus dem Gefängnis entlassen, da hatten sie einen Autounfall.«
»O nein«, rief Colleen. »Nicht schon wieder.«
»Schon wieder?«, fragte er.
»Na ja, so ist ihre Mutter ums Leben gekommen. Bonnie wollte sie zu einer Veranstaltung in der Kirche fahren, und da hat sie die Kontrolle über das Auto verloren. Ist schnurstracks gegen einen Baum gefahren. Ihr ist nichts passiert, aber ihre Mutter hatte keine Chance. Die war da altmodisch – hat sich nie angeschnallt. Die Polizei meinte, sie hat wahrscheinlich gar nichts mehr mitbekommen.«

Nick verzog das Gesicht. »Davon hat Bonnie mir nie erzählt«, sagte er.
»Ist schon ein paar Jahre her. Ich glaube, sie redet nicht gern darüber«, erklärte Colleen. »Das mit dem Unfall ist ja wirklich Pech. Gerade, als es für sie richtig angefangen hat, nicht?«
»Ich weiß«, sagte Nick. »Zum Glück war an dem Unfall eine sehr nette Frau beteiligt, die die beiden bei sich aufgenommen hat, solange Terry an der Milz operiert wurde.«
»Die beiden?«, fragte Colleen und wischte mit einem Zipfel ihrer Bluse ein wenig Milch von Georgies Kinn.
»Bonnie und Sean.«
Sie blickte mit freundlichem, aber verständnislosem Gesicht zu ihm auf. »Wer ist Sean?«, fragte sie.
Nick überlief ein Schauer. »Bonnies Baby«, sagte er. »Ihr Sohn.«
»Baby? Bonnie hat kein Baby.«
Nick unterdrückte ein Keuchen, er fühlte sich, als habe man ihm einen Eimer eiskaltes Wasser über den Kopf geschüttet. Bilder drangen auf ihn ein, verwirrten ihn. Er versuchte, seine Gedanken zu ordnen. »Aber natürlich. Sean«, sagte er. »Ihr Baby, und Terrys. Ich habe ihn getauft.«
Georgie gluckste zufrieden. Colleen schlang die Arme um ihn und wich ein wenig zurück, als käme Nick ihr auf einmal bedrohlich vor. »Sprechen wir wirklich von derselben Bonnie?«, fragte sie.
»Ich weiß es nicht«, sagte Nick. Aber plötzlich war ihm alles klar.

39

Terry rappelte sich in eine sitzende Position auf, hielt sich den Bauch und starrte seine Frau an, die die Waffe auf Maddy und Justin Wallace gerichtet hielt. »Bonnie, was zum Teufel machst du da?«

»Ich weiß nicht«, sagte sie. »Das hätte alles nicht passieren dürfen.«

»Wo hast du die Pistole her? Warum hat sie Sean … wie auch immer sie ihn genannt hat.«

»Justin«, sagte Maddy. Sie strich dem Baby sanft über den Kopf. »Das hier ist Justin Wallace. Er wurde vor ein paar Tagen entführt. Und seine Babysitterin wurde ermordet.«

»Sie lügen«, sagte Terry mit tonloser Stimme.

»Sagen Sie es ihm, Bonnie. Er ist Ihr Ehemann. Er hat ein Recht darauf, es zu erfahren«, forderte Maddy.

»Bonnie, sagt sie etwa die Wahrheit?«, fragte Terry flehentlich. »Lieber Gott, sag, dass das nicht wahr ist.«

Bonnie drehte sich ärgerlich zu ihm um, so dass die Waffe nicht mehr auf Maddy zielte. Einen Moment lang überlegte Maddy, ob sie versuchen sollte, wegzulaufen. Doch es war unmöglich, ihr in diesem kleinen Raum zu entkommen, wo auch noch Terry am Boden lag. Und sie hielt das Baby im Arm. Sie würde es gewiss nicht loslassen. Justin zitterte in ihren Armen, als wüsste er um die Gefahr.

Bonnie funkelte ihren Mann böse an. »Ich habe dir geschrieben, als du im Gefängnis warst. Ich habe dich angerufen und dich besucht, als dich alle Welt für einen Mörder hielt. Ich habe nie ein Wort darüber verloren, was für Verbrechen du vielleicht begangen hast. Es war mir egal. Ich liebte dich um deiner selbst willen, und es war mir egal. Ich habe mich nicht geschämt, einen Mörder zu heiraten. Warum spielst du dich jetzt mir gegenüber als Moralapostel auf?«

»Weil ich da nie wieder hin will«, brüllte er, und dann krümmte er sich mit verzerrtem Gesicht zusammen. »Für etwas, das ich nicht einmal getan habe«, flüsterte er. »Aber das werden sie mir nicht glauben.«

»Ich habe es für dich getan«, erklärte Bonnie. »Du hast dir so sehr ein Baby gewünscht.«

Terry blickte mit reinem, unverhohlenem Hass zu ihr auf. »Für mich?«, wiederholte er.

»Für dich und mich«, sagte sie gereizt. »Für uns.«

»Du hast eine Frau getötet und ein Baby gekidnappt, und alles für mich?« Er lachte, doch aus seinen Augen sprach Verzweiflung. »Herzlichen Dank.«

»Was ist los mit dir? Du hast dich über Sean gefreut«, protestierte sie.

»Ich habe geglaubt, er sei mein Baby. Ich dachte, ich sei Vater. Ich dachte, ich hätte die Chance bekommen, bei meinem Kind alles richtig zu machen, was mein Vater bei mir versäumt hat. Dieser jämmerliche Idiot.« Terry erschauerte vor Schmerz, als er tief Luft holte. »Und ich hab's die ganze Zeit nicht mal gemerkt. Ich hab nicht gemerkt, dass du völlig irre bist. Dabei habe ich eigentlich genug Zeit mit Irren verbracht, um einen zu erkennen, wenn ich ihn sehe, aber nein. Nein. Ich musste auch noch eine Irre heiraten. Ich hab's in meinem ganzen erbärmlichen Leben nicht geschafft, einmal was richtig zu machen, aber das hier … das ist der Gipfel. Ich heirate eine durchgedrehte Irre, eine Mörderin und Kidnapperin, und noch vor morgen früh sitze ich wieder im Knast.«

»Du liebst mich«, beharrte Bonnie und richtete die Pistole auf ihn wie einen anklagenden Finger.
Terry lachte freudlos. »Jesus liebt dich, Süße. Ich wünschte, ich wäre dir nie begegnet.«
Bonnie sackte in sich zusammen und stand fassungslos mit offenem Mund vor ihm. »Du Dreckskerl«, hauchte sie. Dann richtete sie sich auf und sah ihn mit einem Ausdruck grenzenloser Wut an, der beängstigend wirkte. Sie zögerte nicht. In einer fließenden Bewegung richtete sie die Pistole auf seine Brust, wappnete sich und schoss. Terry riss überrascht die Augen auf, während er mit beiden Händen nach der Stelle griff, an der die Kugel ihn getroffen hatte. Blut quoll zwischen seinen Fingern hervor und breitete sich über sein Hemd aus.
Maddy schrie auf, sprang jedoch zurück, als Bonnie zu ihr herumfuhr. Aus dem Lauf der Waffe stiegen Rauchfähnchen empor, und der beißende Geruch von Schießpulver lag im Raum. Bis zu diesem Augenblick hatte Maddy gar nicht gewusst, dass eine Waffe nach dem Schießen tatsächlich rauchte. »Sie haben ihn erschossen«, sagte sie hilflos. In diesem Moment erschien Amy in der Tür, die über den Krach erschrocken war und nach ihrer Mutter rief.
Maddy sah zu, wie Terry wieder auf den Fußboden glitt und seine Augen sich in den Höhlen verdrehten.
»Was ist nur in Sie gefahren?«, fragte Maddy, doch die Antwort erübrigte sich eigentlich.
Bonnie bebte und schaute voll Entsetzen auf ihren blutenden Ehemann. »Ich habe ihn umgebracht. Ich habe den einzigen Menschen umgebracht, der mich je geliebt hat.« Dann schüttelte sie den Kopf. »Nein, er hat mich nicht geliebt. Er hat mich nie geliebt. O Gott, o mein Gott!«
»Mami!«, weinte Amy, als sie den blutenden Mann auf dem Boden und die Waffe in Bonnies Hand entdeckte.

Maddy zögerte nicht. Sie drückte Justin fest an sich und versuchte, Bonnie die Waffe aus der Hand zu nehmen. Sie spürte kurz das heiße Metall zwischen den Fingern, doch dann riss Bonnie die Pistole hoch und brachte sie aus ihrer Reichweite. »Weg da!«, kreischte Bonnie. »Weg von mir, oder ich bringe Sie um.«
Maddy kniete sich neben ihre Tochter und versuchte, nicht hinzusehen und beide Kinder vor Bonnies Wahnsinn zu schützen. Sie spürte, wie ihr das Herz in der Brust hämmerte, und sie hätte sich am liebsten übergeben, doch stattdessen raunte sie den wimmernden Kindern unsinnige Beruhigungen zu.
Bonnie ließ die Waffe sinken und starrte teilnahmslos auf den am Boden liegenden Mann. »Nichts hat so funktioniert, wie ich es geplant habe«, sagte sie.
Maddy beobachtete sie genau und fragte sich, was als Nächstes kommen würde. Bonnie schwankte zwischen Hysterie und Apathie hin und her. Jetzt schaute sie aus dem Fenster in die Dunkelheit hinaus, auf die kahlen Äste der Bäume im Mondlicht. Einen Moment lang stand sie nur so da, in Gedanken versunken, und schien ihren Mann ganz vergessen zu haben, der blutend zu ihren Füßen lag. Dann wandte sie sich Maddy zu. »Kommen Sie«, sagte sie. »Wir müssen hier weg.«
Maddy blickte entsetzt zu ihr auf. »Wohin denn?«
»Ich weiß nicht, aber wir müssen hier raus«, sagte Bonnie.
»Bitte, Bonnie«, flehte Maddy. »Nehmen Sie den Wagen und verschwinden Sie. Lassen Sie uns hier. Bitte lassen Sie uns einfach hier. Ich werde nicht die Polizei rufen, das verspreche ich Ihnen. Sie können das Telefon lahm legen. Das ist mir egal. Lassen Sie uns einfach hier und gehen Sie. Sie können verschwinden, und niemand wird je erfahren, wer Sie sind. Sie könnten irgendwo ganz neu anfangen. Nur, bitte, nicht die Kinder. Warum sollten sie auch darunter leiden müssen?«

Bei Maddys letzter Frage verschwamm Bonnies Blick. »Ich musste leiden«, sagte sie. »Warum also nicht auch diese beiden? Los jetzt. Wir müssen hier weg. Wenn Sie mir nicht in die Quere kommen, lasse ich Sie irgendwo raus, wenn ich Sie nicht mehr brauche. Aber jetzt muss ich Sie mitnehmen. Also los«, sagte sie und wedelte mit der Waffe herum. »Auf geht's.«
Maddy warf noch einen Blick auf Terrys reglose Gestalt, doch sie wagte nicht, Bonnie zu widersprechen. »Komm, Amy«, sagte sie. »Wir müssen jetzt mit Mrs. Lewis mitgehen.«
»Warum? Ich will nicht mit ihr mitgehen.«
»Zieh deine Jacke an«, sagte sie. Sie wollte Bonnie fragen, ob sie Justin etwas anziehen dürfte, zumindest Windeln und eine Hose, aber sie entschied sich dafür, es einfach zu tun. Sie griff in den nächststehenden Koffer, zog die erstbeste Hose heraus und holte dann eine Windel aus der Wickeltasche. Bonnie schien sie kaum zu beachten. Sie starrte auf Terry hinunter, der zu ihren Füßen zusammengekrümmt auf dem Boden lag. Maddy legte Justin aufs Bett und zog ihm rasch Windel und Höschen an.
Bonnie fiel neben Terry auf die Knie und strich ihm mit der freien Hand zärtlich das Haar aus der feuchten Stirn. »Warum hat er nicht einfach gesagt, dass er mich liebt?«, fragte sie. »Ich hätte doch alles für ihn getan. Ich habe alles für ihn getan. Was wollte er denn noch?«, jammerte sie.
Maddy wusste nicht recht, ob sie darauf antworten sollte oder lieber nicht. Bonnies Frage konnte an Maddy gerichtet sein, oder aber an ein gleichgültiges Universum. Sie versuchte, ein gewisses Mitgefühl aufzubringen, das sie eigentlich nicht empfand.
»Es ist noch nicht zu spät«, sagte sie. »Rufen wir einen Krankenwagen. Vielleicht lebt er noch.«
»Es ist zu spät«, erwiderte Bonnie.

Maddy zwang sich, sich den Aufruhr in Bonnies Innerem vorzustellen, und versuchte, möglichst nicht an die arme Rebecca Starnes oder die Wallaces zu denken, die vor Angst und Schmerz beinahe verrückt wurden. Sie versuchte, all diese Gedanken zu verbannen und sich jedes Wort genau zu überlegen. Schließlich sagte sie vorsichtig: »Ich weiß, dass man Ihnen wehgetan hat, Bonnie. Das muss schrecklich für Sie gewesen sein. Aber können Sie nicht die Kinder aus dieser Sache heraushalten? Sie sind vollkommen unschuldig. Sie haben nie jemandem etwas getan. Können wir sie nicht einfach hier lassen?«
»Sie allein hier im Haus lassen? Was für eine Mutter sind Sie denn?«, fragte Bonnie ungeduldig und richtete sich mühsam auf. »Sie können Kinder doch nicht allein zu Hause lassen. Da könnte ihnen ja was passieren.«
»Wir könnten jemanden bitten, herzukommen und sie abzuholen. Inzwischen sind wir längst verschwunden.«
»Machen Sie sich nicht lächerlich«, sagte Bonnie. »Sie kommen mit. Los jetzt, gehen wir.«
Maddy nahm Justin auf den Arm, um ihn auf den nächsten Schritt seiner langen Reise zu begleiten. Bitte, lieber Gott, dachte sie. Lass das nicht den letzten sein.

40

Der Mond stand voll und tief am Himmel. Kahle Äste zeichneten sich davor ab. Gespenstische Wolken trieben auf ihrem Weg durch die Nacht vorbei. Doug umklammerte den Hals der Wodkaflasche und prostete dem einsamen Mond und all den funkelnden Sternen zu. Auf alles andere, was ihm einfiel, hatte er schon angestoßen. Warum also nicht auf den Mond? Er war immerhin angenehme Gesellschaft. Das war mehr, als er von den meisten Menschen in seinem Bekanntenkreis sagen konnte. Er lehnte sich an das breite Geländer, das den obersten Wehrgang von Fort Wynadot krönte. Nur der Wachturm neben ihm ragte noch höher hinauf. Doug dachte über den Mond nach und wünschte sich einen Vierteldollar für das Fernrohr, um ihn wie ein Astronom studieren zu können. Er kramte in seiner Tasche nach Kleingeld, aber seine Hände zitterten, und er ließ die Münzen fallen. »Scheiß drauf«, nuschelte er. »Ich kletter einfach hoch und schaue von da.« Eine schmale Treppe führte zum Wachturm hinauf. Sie wurde von einer Kette versperrt, die zu beiden Seiten am Geländer befestigt war, und ein Schild verkündete: »Kein Zutritt«. »Darauf pfeif ich«, sagte er. Er klemmte sich die Flasche unter den Arm und schwang ein Bein über die Kette.

Unten fuhren gerade Randall Burke und Nina Stefano auf den Parkplatz. Randall versuchte den Wagen unter den kahlen Zweigen eines Baumes ein wenig zu verstecken, damit sie möglichst ungestört blieben. Er wünschte, er könnte sie wo-

anders hinbringen, aber dieses Auto, das er von seinem älteren Bruder geliehen hatte, war das Beste, was er aufbieten konnte. Bisher hatte sie sich friedlich gezeigt, aber Nina war sehr temperamentvoll, und er bewegte sich wie ein Mann in einem Minenfeld; er gab sich die größte Mühe, nichts zu sagen oder zu tun, das sie verärgern könnte.
Sie stritten sich oft, was ihn jedoch nur noch mehr zu ihr hinzog. Eben noch verstanden sie sich bestens und amüsierten sich prächtig, und dann sagte er plötzlich etwas, und sie fasste es falsch auf, und zack, der Abend war gelaufen. Dann funkelte sie ihn wütend mit ihren schwarzen Augen an, warf ihr seidiges schwarzes Haar zurück und verlangte, sofort nach Hause gefahren zu werden, ansonsten würde sie aussteigen und laufen. Die Mehrzahl ihrer gemeinsamen Abende endete so. Doch heute sah es wirklich gut aus, dachte Randall. Seine Hände schwitzten am Lenkrad, und unerträgliche Vorfreude durchfuhr ihn, wenn er aus den Augenwinkeln ihr Profil sah. Er parkte den Wagen möglichst schwungvoll, wandte sich ihr zu und strich ihr mit einem Finger über die Wange. »Richtig unheimlich hier draußen heut Nacht«, sagte er. »Bei Vollmond.«
Nina versteifte sich, wie üblich, wenn sie ärgerlich wurde. »Das bildest du dir bloß ein«, sagte sie. Es war ja nicht so, dass sie ihn nicht mochte. Sie mochte ihn schon. Und sie wollte ihn auch. Er sah gut aus, auf diese stämmige, irische Art, die ihr zugleich fremd und vertraut war. Hatte sie nicht schon immer, seit sie denken konnte, auf die Messdiener gestanden, die so aussahen wie er? Nein, es war auch die Art, wie er es anging. Er war so … respektvoll. Aus irgendeinem Grund, den sie selbst nicht verstand, machte sie das wütend.
»Vielleicht spukt's hier«, sagte er mit tapferem Lächeln und erwog, vorsichtig einen Arm um sie zu legen. »Bald ist Halloween.«

Sie hob die Hand und schlug ihm auf die Finger. »Lass das«, sagte sie.
»Nina«, bettelte er. »Was ist denn los?«
Sie spürte wieder die vertraute Wut in sich aufsteigen. »Nichts«, sagte sie.
Er beugte sich zu ihr herüber und versuchte, sie auf die Wange zu küssen, doch sie drehte den Kopf weg, und sein Kuss landeten über ihrem Ohr in ihren Haaren.
Verwirrt wich er zurück. »Ich dachte, du wolltest mit hier rauskommen«, sagte er.
Er verstand nicht, dass sein einziges Verbrechen darin bestand, zu zurückhaltend zu sein. Wenn er nicht energischer wurde, würde er sie bald an einen älteren Jungen verlieren, der genug Erfahrung hatte, um die Dinge selbst in die Hand zu nehmen. Sie wollte nicht erst um Erlaubnis gefragt werden. Es lief ihren Grundsätzen zuwider, zu tun, worum er sie bat. Sie wollte verführt werden. Er sollte dafür sorgen, dass sie alle Vorsicht in den Wind schrieb. Die Tatsache, das Randall das nicht begriff, machte sie wütend. Allerdings sei der Fairness halber gesagt, dass sie es auch nicht verstand. Und so saßen sie da, Seite an Seite, erfüllt von Sehnsucht und außer Stande, vom Fleck zu kommen. Nina drückte sich an die Tür und starrte wütend durch die Windschutzscheibe. Randall legte einen Arm auf das Lenkrad, schüttelte den Kopf und seufzte. Bei ihr war nichts zu hoffen, dachte er. Es war nicht zu schaffen.
Plötzlich richtete sie sich auf. »Randy«, rief sie mit einer Stimme, die ihn erschauern ließ, »was ist das?«
Er drehte sich mit neuer Hoffnung nach ihr um und sah, dass sie auf das Fort zeigte.
»Schau, da oben«, sagte sie. »Sieht wirklich aus wie ein Geist.«
Randy folgte ihrem Blick. »Himmel Herrgott«, entfuhr es ihm. Auf der obersten Stufe neben dem Wachturm stand ein

Mann und hielt sich mit einer Hand an der Tür des Turmes fest.

»Was macht der da?«, rief sie aus.

»Ich weiß nicht«, sagte Randall. Er zögerte kurz und legte die Hand auf den Türgriff.

»Was machst du denn?«, fragte sie.

»Ich sollte mal versuchen, mit ihm zu reden«, sagte er.

»Sei vorsichtig«, rief sie und klammerte sich an seinen Arm, und als er sich im Mondlicht zu ihr umdrehte, verlieh die Furcht in ihren Augen ihm den Mut, sie bei den Armen zu packen und leidenschaftlich zu küssen. Sie erwiderte den Kuss ebenso feurig. Einen Moment lang wollte er den Kerl auf dem Geländer einfach ignorieren, aber weil er ein anständiger junger Mann war, zog er sich schließlich von ihr zurück und schob seufzend die Tür auf.

Randall stieg aus dem Wagen und ging langsam den Hügel hinauf zum Fort. Er machte so viel Lärm wie möglich, pfiff, raschelte im Laub herum, damit der Kerl ihn bemerkte und nicht erschrak. Eine Kleinigkeit konnte genügen, damit er vom Geländer stürzte. Randall ließ ihn nicht aus den Augen, während er den Hügel erklomm. Der Mann schwankte leicht und starrte in die Sterne hinauf. Randall konnte erkennen, dass er etwas in der Hand hielt. Und er konnte sich auch gut vorstellen, was das war. Er hatte in seinem jungen Leben schon jede Menge Betrunkene gesehen, und wenn der da nicht betrunken war, hätte ihn das sehr überrascht. Als er den Fußweg erreichte, der um das Fort herumführte, stellte er sich so auf, dass der betrunkene Typ da oben ihn im Mondschein gut erkennen konnte.

»He, Sie da!«, rief er hinauf und bemühte sich um einen beiläufigen Ton. Am Fuße des Hügels stieg Nina aus dem Wagen und beobachtete ihn mit angehaltenem Atem.

Der Mann auf den Stufen vor dem Wachturm blickte ohne

sichtliche Überraschung zu ihm herunter. Er winkte Randall mit der Flasche zu. »Hallo«, erwiderte er dumpf lallend.

»Ist ganz schön gefährlich da oben«, sagte der Junge. »Vielleicht sollten Sie lieber wieder runterkommen.«

Douglas Blake spähte zu dem Teenager auf dem Weg hinunter. Er war dem Jungen wohlgesonnen. Verdammt, der ganzen Welt. Er stand schließlich über allem.

»Is' schön hier o'm«, lallte Doug. »Komm doch rauf. Trink 'n Schluck.« Er wedelte mit der halb geleerten Flasche herum.

Randall verzog das Gesicht. »Nein, danke«, sagte er.

Doug blickte hinab, verärgert über diesen Spielverderber. Welcher junge Mann würde es ablehnen, sich in einer so schönen Nacht hier oben einen Schluck zu genehmigen?

»'Ne schöne N-Nacht«, sagte Doug lockend. »Komm schon.«

»Ich denke, Sie sollten lieber da runterkommen«, erwiderte Randall. »Soll ich Ihnen helfen?«

»Ich brauch keine Hilfe«, sagte Doug. »Ich brauch g-gar nichts.« Urplötzlich brach er in Tränen aus.

»Ich glaube, Sie könnten doch Hilfe gebrauchen«, sagte Randall. »Ich komme zu Ihnen rauf. Bleiben Sie einfach sitzen, wo Sie sind.«

Doug schniefte und putzte sich die Nase, als der Junge im Eingang des Forts verschwand. »Ich sitz gar nicht«, sagte er laut in die Nacht hinein. »Ich hab höchstens einen sitzen.« Dieser Witz belustigte ihn ungemein, und er begann zu lachen.

Er fühlte sich nicht mehr elend. Die Tränen waren so rasch versiegt, wie sie geflossen waren. Seine Laune schien stark zu schwanken. Er war schon oft betrunken gewesen, als er noch studiert hatte. Meistens war er irgendwann umgekippt, aber es hatte ihm nie viel Spaß gemacht. Es war ihm nicht schwer gefallen, damit aufzuhören. In den letzten Jahren hatten er und Maddy nie mehr getrunken als ein paar Gläser Wein. Be-

nebelt dachte er an Maddy. Einen Augenblick lang sehnte er sich nach ihr. Er wünschte, sie wäre hier bei ihm. Ganz nah, so wie damals, als sie sich kennen gelernt hatten.
Doug schaute hinauf in die Sterne und schloss die Augen. Nein. Er wollte sie nicht hier haben. Sie war gar nicht mehr lustig. Sie würde nie mit ihm hier raufkommen. Er brauchte einen Freund. Wie diesen jungen Mann da unten. Doug lehnte sich hinaus, um nachzusehen, ob der Junge noch da war. Er hatte ganz vergessen, dass der Junge auf dem Weg herauf zu ihm war. Er schaute hinunter und sah niemanden. Dann, weiter entfernt, neben einem Auto am Fuße des Hügels, sah er eine Vision im Mondschein. Sie war jung und bezaubernd, mit glänzendem schwarzen Haar und langen, wohl geformten Beinen. Sie hatte die Hände vor der Brust gefaltet, und ihre großen Augen blickten traurig. Als warte sie auf ihn, als sehne sie sich nach ihm und frage sich, weshalb er nicht zu ihr kam. Sie ist eine Göttin, dachte er, und sogar in seinem Rausch fühlte er Begehren aufflackern. Ich brauche sie nur zu nehmen. Er kraxelte auf das Rohr hinauf, das als Treppengeländer diente, und richtete sich auf, um sie besser sehen zu können. Er hob die Flasche, um ihr damit zuzuwinken, doch dabei fiel sie ihm aus der Hand und flog hinunter auf den Weg.
»He«, rief er empört, als sei die Flasche ihm absichtlich aus den Fingern gesprungen. Er streckte die Hand aus, um sie abzufangen. Er spürte, wie seine Füße von dem Rohr abrutschten, auf dem er stand. Er wollte sich an der Wand festhalten und griff ins Leere.
Randall war zum obersten Wehrgang hinaufgerannt. Er hörte nur ein lang gezogenes Stöhnen irgendwo in der Nähe, und danach Ninas fernen Schrei. Dann gab es einen dumpfen Krach. Randall rannte ans Geländer und blickte zum Wachturm hinauf. Der Mann war weg. Dann schaute er über

die Mauer. Das Erste, was er sah, war Nina, die seinen Namen schrie und den Hügel hinaufstolperte. Der betrunkene Mann war nirgends zu entdecken. Randall schaute direkt nach unten.

Der Mann lag auf dem Weg, alle viere von sich gestreckt, und eine dunkle Blutlache breitete sich langsam unter ihm aus. Die Scherben der Wodkaflasche waren überall um ihn herum verstreut und glitzerten im Mondschein wie Diamanten.

41

Nick presste den Telefonhörer ans Ohr und hörte, wohl zum tausendsten Mal in den letzten zwanzig Minuten, das schrille, nervtötende Tuten des Besetzt-Zeichens. So lange konnte sie doch nicht telefonieren, dachte er. Er legte auf und rief die Telefongesellschaft an.

»Immer noch besetzt?«, fragte Colleen ängstlich. Sie war auf Zehenspitzen herumgeschlichen, als befinde sie sich nicht in ihrem eigenen Haus, sondern in einer Kirche, und versuchte das Baby ruhig zu halten, während Nick beim Telefon stand.

Er nickte knapp und hielt dann eine Hand hoch, als sich die Vermittlung meldete. »Hören Sie«, sagte er, »könnten Sie bitte für mich ein Gespräch unterbrechen? Es ist ein Notfall.«

»Wie lautet die Nummer?«, fragte die Telefonistin.

Nick gab sie ihr und wartete ungeduldig. Er sah auf die Uhr, trommelte mit den Fingern auf dem Telefontisch herum. Dann meldete sich die Telefonistin wieder.

»Auf dieser Leitung wird nicht gesprochen«, sagte sie.

»Verdammt«, fluchte Nick. Das Telefon war ausgehängt. »Gibt es irgendeine Möglichkeit, die Leute dort darauf aufmerksam zu machen, dass das Telefon ausgehängt ist?«

»Ich fürchte, nein.«

»Also dann, vielen Dank«, sagte Nick. Er legte auf und verschränkte stirnrunzelnd die Arme.

»Nichts zu machen?«, fragte Colleen.

Nick schüttelte den Kopf. »Ich rufe die Polizei an«, sagte er.

»Das wäre vielleicht das Beste«, stimmte Colleen besorgt zu.
Nick erfragte bei der Auskunft die Nummer der Polizei in Taylorsville und wählte. Eine forsche Frauenstimme meldete sich.
»Polizeirevier Taylorsville. Was kann ich für Sie tun?«, fragte sie.
»Hallo. Ich ... mein Name ist Nick Rylander und ich glaube, ich weiß etwas über das Wallace-Baby ...«
Bevor er darum bitten konnte, mit dem Polizeichef verbunden zu werden, sagte die Frau: »Bitte bleiben Sie dran, ich stelle Sie zur Hotline durch ...« Nick hörte es ein paarmal klicken, und dann das Rufzeichen. Während er darauf wartete, dass jemand seinen Anruf entgegennahm, dachte er an Terry Lewis, und eine Woge von Schuldgefühlen und Reue brach über ihn herein. Er war sicher, absolut todsicher, dass Terry Sean für seinen Sohn gehalten hatte. Terry hatte ihm vertraut, ihm alles anvertraut, und jetzt, mit diesem Anruf, würde Nick dafür sorgen, dass er auf direktem Weg zurück ins Gefängnis wanderte. Obwohl er gar nichts getan hatte. Nach all den Jahren, die er zu Unrecht abgesessen hatte.
»Haben Sie jemanden erreicht?«, flüsterte Colleen.
Nick nickte. »Sie haben eine eigene Hotline für diesen Fall eingerichtet.«
Colleen ging auf und ab und tätschelte dabei Georgie, der sich mit dem Daumen im Mund in ihre Arme kuschelte. »Ich verstehe nicht, wie sie das tun konnte. Warum hat sie ihm erzählt, dass sie ein Kind bekommt? Warum hat sie so getan, als wäre Georgie ihr Sohn?«
Nick zuckte mit den Schultern. »Sie wollte unbedingt, dass er sie heiratet. Sie wusste, wie sehr er sich ein Kind wünschte. Und nachdem sie ihm dann vorgelogen hat, sie wäre schwanger, musste sie auch irgendwo ein Baby herbekommen.«

»Aber was hat sie denn geglaubt, wie lange sie diese Geschichte aufrechterhalten kann?«
»Als sie geheiratet haben, dachte sie ja noch, er würde nie aus dem Gefängnis kommen.«
»Also, was hatte sie vor? Immer Georgie mitbringen, wenn sie ihn besucht? Aber er wäre doch allmählich älter geworden und hätte sprechen können.«
Nick schüttelte den Kopf. »Ich weiß nicht. Vielleicht hat sie gar nicht so weit vorausgedacht. Vielleicht glaubte sie ...«
»Vielleicht wollte sie ja auch versuchen, ein Kind zu adoptieren«, schlug Colleen vor.
»Mit einem Häftling als Ehemann?«, fragte Nick. »Das bezweifle ich.«
»Aber dann ist Terry rausgekommen, und Bonnie hat dringend ein Baby gebraucht.«
Nick nickte grimmig und legte einen Finger an die Lippen, als sich eine weitere Stimme meldete.
»Hotline der Polizei Taylorsville. Was kann ich für Sie tun?«
»Ich möchte dringend mit dem Polizeichef sprechen«, sagte Nick.
»Geht es um den Mord an Rebecca Starnes und die Entführung von Justin Wallace?«
»Ja«, sagte Nick, »aber – «
»Bitte nennen Sie mir Ihren Namen und geben Sie mir alle Informationen. Ich leite alles an Chief Cameron weiter.«
»Mein Name ist Nicholas Rylander. Ich bin Priester und habe bis vor kurzem in der St. Mary Church gearbeitet ...«
»Sie sind nicht mehr in der Stadt? Woher rufen Sie bitte an?«
»Aus Maine. Ich verstehe nicht, warum das wichtig sein soll.«
»Was möchten Sie uns melden?«
Nick zwang sich, sein Temperament zu zügeln. Das hier war zu wichtig. »Ich habe Grund zu der Annahme, dass Mrs. Bonnie Lewis das Wallace-Baby entführt haben könnte.«

»Und wie kommen Sie darauf?«
»Na ja, ich weiß, dass sie derzeit in Taylorsville ist, und sie hat ein Baby bei sich, das nicht ihr eigenes ist …«
»Woher wissen Sie das?«
Nick umklammerte den Hörer, als wolle er ihn vor Wut zerbrechen. »Hören Sie, ich will das jetzt nicht lang und breit erklären. Lassen Sie mich einfach mit dem Polizeichef sprechen.«
»Wir gehen jedem Hinweis nach, den wir erhalten. Aber wir bekommen Hunderte von Anrufen. Wir werden Ihre Informationen so bald wie möglich überprüfen.«
»Aber Sie verstehen nicht«, sagte Nick wütend. »Hier geht es um Leben und Tod.«
»Oh, das verstehen wir sehr wohl, Sir. Und wir werden der Sache auf jeden Fall nachgehen. Wissen Sie, wo wir diese Mrs. Lewis finden können? Wissen Sie, wo sie sich zur Zeit aufhält? Oder kennen Sie vielleicht ihr Nummernschild?«
Nick schäumte über die ungerührte Stimme. »Ich kenne ihr Nummernschild nicht. Sie wohnt im Moment bei Douglas und Maddy Blake. In der Decatur Street. Sagen Sie dem Chief, dass er jemanden da hinschicken muss. Sofort.«
Die Frau am anderen Ende der Leitung blieb gelassen. »Wir kümmern uns sobald wie möglich darum, Sir. Danke, dass Sie uns angerufen haben.«
Bevor er noch etwas sagen konnte, legte sie auf.
Nick setzte sich auf eine Stuhlkante und rieb sich die Hände. »Vielleicht gibt es irgendeine andere Erklärung dafür«, murmelte er. »Sind Sie ganz sicher, dass sie nicht schwanger war?«
»So wenig wie Sie schwanger sind. Ich kann es nicht fassen, dass sie Georgie einfach so benutzt hat. Ihn als ihr Kind ausgegeben hat …« Colleen wiegte ihr Baby schützend auf den Armen. »Was haben sie gesagt? Werden sie nach ihr suchen?«
Nick legte die Fingerspitzen aneinander und drückte seine

Stirn dagegen. Er hatte das Richtige getan, indem er die Polizei alarmiert hatte. Selbst wenn das einen Verrat an Terry bedeutete, der ihn möglicherweise sofort wieder ins Gefängnis brachte. Aber er wusste, das war nicht genug. Er musste Maddy erreichen. War er nicht Schuld daran, wenn sie in Gefahr geriet? Er erinnerte sich an ihren Verdacht und daran, wie sie Bonnies Sachen durchwühlt und nach einem Hinweis auf das vermisste Baby gesucht hatte. War er nicht derjenige gewesen, der ihr das wieder ausgeredet hatte? Ihr erzählt hatte, dass er Sean getauft habe? Eigentlich war er für alles verantwortlich, was ihr zustieß. Dann schüttelte er den Kopf. Es ging hier auch noch um etwas anderes. Sei wenigstens ehrlich zu dir selbst, sagte er sich. Der starke Wunsch, sie zu beschützen, schnürte ihm die Kehle zu. Er sah wieder auf die Uhr. Mit dem Auto würde er viel zu lange brauchen. Er musste so schnell wie möglich zu ihr.

»Da ist noch etwas«, sagte Colleen besorgt.

Nick wartete.

»Na ja, ich habe mir Sorgen gemacht, weil Bonnie ganz allein so weit reisen wollte, und ich hatte diesen alten dreiunddreißiger Colt, der mal meinem Vater gehört hat ...«

»Eine Waffe?«, fragte er.

»Ich bin nicht mal sicher, ob er überhaupt noch funktioniert. Ich habe ihr gesagt, sie soll einfach damit herumfuchteln, wenn sie jemand belästigt. Darüber haben wir noch gelacht, bevor sie abgefahren ist.«

Er überlegte, ob er die Polizei noch einmal anrufen sollte. Dann stand er auf. »Wo ist der nächste Flughafen?«, fragte er.

42

Maddy fuhr, während Amy neben ihr auf dem Beifahrersitz angeschnallt war. Justin war hinten im Kindersitz festgemacht. Bonnie saß hinter Maddy und hielt ihr die Pistole an den Hals. Maddys Nacken war schon ganz steif vor lauter Anspannung. Bei der kleinsten Kopfbewegung spürte sie den kalten Stahl an ihrer Haut, und ihr lief ein Schauer über den Rücken. Auf Bonnies Anweisung hin fuhren sie in nördlicher Richtung den Highway entlang, aber Maddy wusste nicht, wohin die Fahrt eigentlich gehen sollte. Sie hatte den Verdacht, dass Bonnie gar kein bestimmtes Ziel ansteuerte. Sie wollte nur unbedingt fort.

Amy begriff anscheinend, dass sie in Gefahr schwebten. Sie gab kaum einen Mucks von sich, weinte nicht und stellte keine Fragen. Justin hatte einen Schnuller im Mund, und das Schaukeln des Wagens machte ihn schläfrig, so dass zumindest vorübergehend empfindliche Ruhe im Auto herrschte, während sie durch die Nacht rasten. Mit jedem Kilometer wurde Maddy heftiger von Verzweiflung und Panik gepackt. Niemand wusste, wo sie waren. Niemand würde nach ihnen suchen. Sie waren in diesem Auto gefangen und fuhren ins Blaue hinein, mit einer Frau, die nichts mehr zu verlieren hatte. Ab und an hörte sie, wie Bonnie auf dem Rücksitz weinte, jämmerlich schluchzte oder stöhnte und Terrys Namen murmelte. Doch der Lauf der Pistole blieb stets auf Maddys Nacken gerichtet.

Plötzlich sah Maddy, dass sich aus der Gegenrichtung ein

Streifenwagen näherte, der auf dem beinahe leeren Highway einen Raser verfolgte. Vergeblich suchte sie nach einer Möglichkeit, ihm Gefahr zu signalisieren. In der Hoffnung, die Radarfalle auszulösen und so die Polizei auf sich aufmerksam zu machen, trat sie aufs Gaspedal. Daraufhin drückte Bonnie ihr den Lauf noch fester an den Hals und ermahnte sie, langsamer zu fahren.

Maddy tat, was sie befahl. Sie wusste nicht, ob sie eine Chance hatte, zu entkommen, aber sie würde nichts riskieren. Nicht mit zwei kleinen Kindern im Wagen. Sie bremste ab und fuhr gleichmäßig weiter, sah hilflos zu, wie die Kilometeranzeige vorrückte und die Namen vorbeifliegender Ortschaften weniger vertraut wurden.

»Es ist sowieso egal«, sagte Bonnie und wischte sich mit der freien Hand Tränen aus den Augen. »Egal, was er gesagt hat, ich glaube, er hat mich wirklich geliebt …«

Maddy wunderte sich, wie Bonnie den Mann beweinen konnte, den sie eben kaltblütig erschossen hatte. Sie hätte weniger Angst gehabt, wenn Bonnie ihren Mann verflucht und zur Hölle gewünscht hätte. Dann hätte sie eher gewusst, was sie darauf sagen sollte, hätte Bonnie bemitleiden können. Aber so …

»Er hat mir zweimal pro Woche geschrieben, zwei Jahre lang. Zwei Jahre lang, bevor wir uns überhaupt persönlich getroffen haben. Können Sie sich das vorstellen?«, fragte sie. »In diesen Briefen hat er mir alles von sich erzählt. Er hat mir sein Herz ausgeschüttet. Er war nur ein einsamer Junge, der in Schwierigkeiten steckte. Über diese Briefe sind wir uns sehr nahe gekommen. Er hätte mich wahrscheinlich sowieso geheiratet, auch wenn ich nicht behauptet hätte, schwanger zu sein. Aber ich hatte eben das Gefühl, dass er noch den letzten Anstoß brauchte, wissen Sie? Männer können so stur sein, wenn es ans Heiraten geht. Sie wollen sich nicht so fest binden. Das klingt vielleicht komisch bei einem lebenslänglich Verurteilten, aber er war eben ein ganz normaler amerikanischer Mann.«

»Manchmal muss man sie wirklich ein bisschen ermutigen«, stimmte Maddy vorsichtig zu, um Bonnie bei Laune zu halten. »Waren Sie … waren Sie tatsächlich schwanger, als Sie geheiratet haben?«

»Ich habe versucht, schwanger zu werden, aber das ist nicht so einfach, wenn der Mann im Gefängnis sitzt. Man sieht ihn nicht oft, und ständig wird man gestört, wenn man es tun will.« Bonnies Stimme wurde lebhafter, als sie ihre Geschichte erzählte. »Aber er hat mir geglaubt, als ich es behauptet habe. Also haben wir geheiratet. Dann musste ich irgendwo ein Baby herbekommen.« Sie schwieg kurz und dachte nach. »Zuerst habe ich mir das Baby einer Freundin ausgeliehen und so getan, als wäre es meines. Ich weiß auch nicht. Ich habe nicht weit vorausgedacht. Ich meine, wer hätte je damit gerechnet, dass er da wieder rauskommt. Er sollte den Rest seines Lebens im Gefängnis verbringen. Ich dachte, ich hätte genug Zeit, um mir was einfallen zu lassen … Sie wissen schon, ihm erzählen, das Kind sei ertrunken oder überfahren worden oder so.«

Maddy unterdrückte ein Stöhnen. Das war genau die verrückte Denkweise, die sie unmöglich nachvollziehen konnte. Sie musste sich aber klar machen, dass das für Bonnie durchaus einen Sinn ergab. Sie merkte deutlich, dass Bonnie reden wollte, ihre Handlungsweise rechtfertigen. Wenn sie ein gutes Gespräch mit ihr in Gang bringen konnte, würde sie vielleicht … Sie durfte nur nicht den Eindruck erwecken, sie verurteile Bonnie.

»Also … wie … Sie haben einfach nach einem Baby gesucht, und dann passierte … was? Hat der Babysitter Sie dabei erwischt, wie Sie Justin entführen wollten?«

Bonnies Ton änderte sich, als sie aus der Erinnerung erzählte. Das Schniefen und Jammern hörte auf, und während sie erklärte, was passiert war, klang ihre Stimme hart wie Stahl. »Ich habe sie im Park gesehen. Ich hatte einen Kinderwagen und habe so getan, als würde ich mein eigenes Kind spazieren fahren. Es war nur eine Puppe, aber sie konnte nicht in den Wagen schauen. Ich bin stehen geblieben und habe mich kurz mit ihr unterhalten, über Babys, damit ich ihn mir genauer anschauen konnte. Ich habe sofort gesehen, dass er perfekt war, aber sie hat ihn nicht aus den Augen gelassen. Und dann hat so ein Typ sie belästigt, da ist sie aufgestanden und wollte weg von ihm …«
Maddy erstarrte beim Gedanken an das Phantombild und die Schlüsse, die die Polizei daraus über ihren Mann gezogen hatte. Im Lichte dessen, was sie jetzt wusste … »War das Doug?«, platzte sie heraus. »War das mein Mann?«
»Woher soll ich das wissen?«, sagte Bonnie, verärgert über die Unterbrechung. »Ich habe nicht auf den Kerl geachtet. Ich musste mir doch das Baby genau ansehen, ob es auch wirklich passend war. Und all meinen Mut zusammennehmen, denn es musste schließlich getan werden. Es war nicht leicht, das können Sie mir glauben«, sagte sie, als erwarte sie ein Lob für ihre Leistung.
»Bestimmt nicht«, murmelte Maddy entsetzt. Sie kam sich vor, als bestätige diese ganze Geschichte, dass die Welt eine Scheibe sei. Wenn man einmal die grundsätzliche Prämisse akzeptiert hatte, konnte alles Mögliche daraus folgen.
»Ich habe beobachtet, wie sie den Park verließen. Sie hat sich ziemlich aufgeregt, weil dieser Typ sie angefasst hat. Also habe ich sie eingeholt, an einer Stelle, wo uns niemand sehen konnte. Ich habe ganz mitfühlend getan und über die vielen Perversen heutzutage geredet, die Frauen belästigen. Dann habe ich angeboten, sie im Auto mitzunehmen, damit sie

vom Park wegkommen. Und sie hat mein Angebot angenommen. Das war ihr Fehler«, verkündete Bonnie stolz, als denke sie an den unüberlegten Zug eines Schachgegners zurück. Maddy erschauerte beim Gedanken an die arme, unschuldige Rebecca Starnes, die in die Falle getappt war, indem sie sich in einer unangenehmen Situation ganz richtig verhielt. Sie wollte nichts mehr davon hören. Ihr wurde schlecht von dem, was sie hörte. Aber Bonnie erwärmte sich jetzt erst recht für ihre grauenhafte Geschichte.

»Sie glauben mir vielleicht nicht, aber ich hatte eigentlich nicht vor, sie umzubringen. Ich habe mir immer wieder gesagt, ich werde sie nicht umbringen, wenn es nicht unbedingt sein muss.« Bonnie kicherte, und Maddy standen die Haare zu Berge, als sie das hörte. Sie zwang sich, auf den Verkehr zu achten.

»Zuerst war sie so außer sich wegen diesem Perversen, dass sie gar nichts gemerkt hat, aber dann hat sie angefangen, mich über das Baby auszufragen. Warum es nicht im Kindersitz saß und so. Sie wollte es sehen. Sie hat mich richtig bedrängt. Dann wollte sie, dass ich sie rauslasse. Sie hat ständig gesagt: ›Halten Sie an, anhalten. Lassen Sie uns sofort aussteigen.‹ Das hat mich genervt«, erinnerte Bonnie sich empört. »Sie hatte überhaupt keinen Grund, schlecht von mir zu denken. Sie hat am Türgriff gerüttelt und gegen die Tür getreten, hat mit ihren Schuhen alles schmutzig gemacht. Ich hatte dieses Auto auf Hochglanz poliert, für Terrys großen Tag. Ich habe ihr gesagt, sie soll damit aufhören, aber sie war eine echte Nervensäge. Schließlich habe ich die Pistole rausgeholt und sie erschossen. Sie ist einfach vornüber auf das Armaturenbrett gekippt. Ich musste zusehen, dass ich schnell wegkam, und dann habe ich sie in den Wald gezerrt. Ich wusste nicht, wo ich sonst mit ihr hinsollte.

»Das bereue ich jetzt«, jammerte Bonnie. »Wirklich, es tut

mir so Leid. Ich wünschte, ich könnte es einfach ungeschehen machen. Aber wissen Sie, wenn man mit so etwas erst mal angefangen hat, kommt immer noch mehr nach. Ich habe alles für ihn getan, für Terry, damit er seinen Sohn bekommt …«

Bonnie verstummte und dachte daran, dass all ihre Anstrengung nun vergeblich war, weil Terry sie doch nicht liebte. Maddy drehte es den Magen um, als sie sich wieder einmal fragte, ob der Mann, der sich im Park an Rebecca herangemacht hatte, Doug gewesen war. Offensichtlich hatte er das Mädchen nicht getötet. Eigentlich hätte sie das erleichtern und freuen sollen, doch sie war wie betäubt. Sie blickte in den Rückspiegel und sah, dass Bonnie den Kopf auf den Arm gelegt hatte und ausdruckslos in die Dunkelheit hinausstarrte, während sie immer noch die Pistole an Maddys Nacken hielt.

Sie ist verrückt, dachte Maddy. Sie sieht gar nichts Unrechtes an dem, was sie getan hat. Der Mord an diesem jungen Mädchen hat für sie in etwa das gleiche moralische Gewicht, als hätte sie im Laden an der Ecke einen Schokoriegel geklaut. Du musst etwas tun, sagte Maddy zu sich selbst, und zwar schnell. Aber was konnte sie denn unternehmen, ohne die Kinder zu gefährden? Sie fühlte sich hilflos, unfähig, einen Ausweg aus dieser Katastrophe zu finden.

Ein Auto überholte sie auf der zweiten Spur; seine Rücklichter verschwanden vor ihr in der Nacht. Kurz darauf sah sie im Rückspiegel das Blaulicht eines Polizeiautos und hörte die Sirene jaulen. Einen Augenblick lang schöpfte sie Hoffnung, doch dann brauste der Streifenwagen an ihr vorbei und verfolgte weiter den Raser. Als Bonnie die Sirene hörte, schrak sie auf.

»Die sind nur hinter einem Raser her«, sagte Maddy, doch noch während sie sprach, fiel ihr ein, dass die Polizei irgendwo weiter vorn den Temposünder einholen und vielleicht mit ihm am Straßenrand stehen bleiben würde. Vielleicht konnte sie doch etwas tun. Bitte, lieber Gott, betete sie. Gib mir eine Chance.

»Mami, ich habe Hunger«, wimmerte Amy.

»Wir kaufen dir bald etwas«, sagte sie und versuchte so zu klingen, als habe sie die Lage unter Kontrolle. »Bonnie«, sagte sie zögernd, »wir sollten vielleicht lieber irgendwo anhalten und übernachten.«

»Warum?«, fragte Bonnie.

»Weil ich bald am Steuer einschlafe. Deshalb«, sagte Maddy.

»Sie fahren schön weiter«, sagte Bonnie. »Ich will nicht anhalten.«

Bonnies Antwort überraschte sie nicht. Sie wusste nicht einmal genau, warum sie überhaupt gefragt hatte. Womöglich nur, um sie von dem Streifenwagen abzulenken.

»Ich bin Witwe«, sagte Bonnie ungläubig. »Ich bin jetzt eine Witwe.«

Und wessen Schuld ist das?, wollte Maddy fragen. Diese Bemerkung erschien ihr absurd komisch, und beinahe hätte sie laut gelacht, obwohl sie im Moment eigentlich den Tränen nahe war. Also, dachte sie, bleib ruhig, achte auf das, was da vorn passiert.

Knapp zwei Kilometer weiter sah sie sie. Der Raser war rechts rangefahren, und ein Polizist beugte sich zum Fenster des Temposünders herunter. Bitte schau zu mir auf, dachte Maddy.

»Wie wär's mit etwas Musik?«, fragte sie und streckte die Hand nach dem Armaturenbrett aus.

»Ich will keine Musik«, erwiderte Bonnie. »Ich brauche Ruhe, ich muss nachdenken.«

Maddy ging es auch nicht um Musik. Sie suchte nur eine Möglichkeit, unauffällig den Warnblinker einzuschalten. Es gelang ihr, und sie hoffte verzweifelt, dass der Polizist aufbli-

cken und es sehen würde, bevor Bonnie das Blinken am Armaturenbrett bemerkte. Sie hatte keine Ahnung, was passieren würde. Sie wagte nicht, in den Rückspiegel zu schauen.
In diesem Moment erwachte Justin und begann laut zu weinen, wobei ihm der Schnuller aus dem Mund fiel. Bonnie hob ihn auf und schob ihn dem jammernden Kind zwischen die Lippen. Danke, Baby, dachte Maddy.
Auf dem Highway ging alles ganz schnell. Sobald sie an dem Streifenwagen vorbei waren, streckte Maddy wieder die Hand aus und schaltete den Warnblinker ab. Bonnie hatte offenbar nichts gemerkt. Maddy fuhr mit angehaltenem Atem weiter und wagte immer noch nicht, hinter sich zu blicken.

43

In dem kleinen Flugzeug, das Nick Rylander zum Taylorsville County Airport brachte, saßen nur fünf Passagiere. Normalerweise ärgerte Nick sich über Leute, die nach der Landung sofort zum Ausgang drängelten, doch heute Abend war es ihm egal, wem er dabei auf die Zehen trat. Er war als Erster aus dem Sitz heraus und an der Tür und ignorierte die tadelnden Blicke der Stewardess, deren einzige Aufgabe bei diesem kurzen Flug anscheinend darin bestand, die Passagiere mit den Notfall-Prozeduren bekannt zu machen. Nick war vollauf mit anderen Katastrophen beschäftigt.

»Entschuldigung«, murmelte er. »Entschuldigung!«, rief er, als er an den Mitarbeitern vorbeirannte, die das Gepäck aus dem Flugzeug holen wollten. Er hatte nicht einmal eine kleine Tasche dabei, nur seine Brieftasche. Den Rest hatte er am Flughafen in Maine im Auto gelassen. Er hatte eine Flugverbindung über La Guardia nach Taylorsville gefunden, die ihm nur sehr wenig Zeit zum Umsteigen ließ, und er wollte seinen Flug keinesfalls wegen eines Koffers verpassen. Das Gepäck war sowieso nicht wichtig. Nichts war wichtig, außer, dass er schnell nach Taylorsville kam.

Nick riss die Glastür zum Terminal auf und eilte hinein. Er rannte zum Tresen der Mietwagen-Gesellschaft, doch der war nicht besetzt. Verzweifelt blickte er sich um. Ein Mitarbeiter einer Fluggesellschaft war unterwegs zu seinem Schalter, einen Pappbecher Kaffee und ein Stück Kuchen in der Hand.

»Entschuldigen Sie bitte«, sagte Nick. »Wissen Sie, wo ich jemanden von der Autovermietung finden kann?«

Der Mann nickte freundlich. »Die sitzt da drüben im Café.«

»Danke«, sagte Nick. Er rannte quer durch das Terminal, fand das Café und ging hinein. Zwei Frauen saßen am Tresen. Eine trug eine ähnliche Uniform wie der Ticket-Verkäufer, die andere war eine Blondine in einem roten Blazer mit dem Logo der Mietwagen-Gesellschaft auf der Brusttasche.

»Entschuldigen Sie«, sagte er. »Ich brauche dringend einen Mietwagen.«

Die blonde Frau war offensichtlich verärgert darüber, in ihrer Pause gestört zu werden, aber die Sorge in seinem bleichen Gesicht erweichte sie doch. »Also gut«, sagte sie.

»Tut mir Leid, Sie zu stören. Aber es ist ein Notfall. Es ist wirklich sehr dringend.«

Die Frau erhob sich von ihrem Barhocker. »Okay, ich komme schon«, sagte sie. Ihren Pappbecher Cola nahm sie mit. »Bis nachher«, sagte sie zu ihrer Kollegin.

Die Frau marschierte langsam und bedächtig zurück zu ihrem Schalter. Nick musste die Zähne zusammenbeißen, um sie nicht anzuschreien. Doch als sie erst einmal an ihrem Schalter angekommen war, ging alles ganz schnell. Nach wenigen Minuten saß Nick in seinem kleinen Mietwagen und fuhr auf den dunklen, kurvenreichen Straßen in Richtung Taylorsville.

Er stellte das Radio an, doch die Musik machte ihn nur noch nervöser, also schaltete er es wieder aus. Was ich hier tue, ist vermutlich eine große Dummheit, sagte er sich. Das ist wahrscheinlich verrückt. Es war ihm egal. Er musste zu ihr gelangen und mit eigenen Augen sehen, was da vor sich ging – sich überzeugen, dass es Maddy gut ging. Sie hatte einen Ehemann, ermahnte er sich, doch auch das war ihm eigentlich egal. Doug Blake war selbstsüchtig. Das sah man in seinen Augen. Wenn es das war, was sie wollte, schön. Doch im Moment war Nick davon überzeugt, dass er Maddy unwissentlich in Gefahr gebracht hatte, also war es an ihm, ihr zu helfen. Glücklicherweise kannte er den Weg in die Stadt gut, denn diese Strecke, vor allem die River Road, konnte recht gefährlich sein. Er zwang sich, langsamer zu fahren, als die Straße immer steiler und kurviger wurde. Auch in seinem Eifer, Maddy zu beschützen, wollte er nicht noch mehr Menschen verletzen.

Obwohl er die Strecke kannte, verfuhr er sich zweimal, bevor er aus dieser Richtung den Weg zu Maddys Haus fand. Den letzten Besuch eingeschlossen, war er erst zweimal bei ihr zu Hause gewesen. Sonst hatten sie sich irgendwie immer auf seinem Terrain getroffen. Er hätte vermutlich Ausreden finden können, um sie häufiger zu besuchen, doch er wollte nicht gern dorthin gehen und sehen müssen, wo sie mit ihrem Mann wohnte, aß und schlief. Er wollte nicht daran erinnert werden, dass die Frau, in die er sich rettungslos verliebt hatte, mit einem anderen Mann verheiratet war. Nichts hat sich geändert, ermahnte er sich. Wenn dieser Albtraum erst vorbei ist, fährst du sofort nach Kanada. Und sie bleibt hier, bei Doug. Ihm wurde klar, dass die Leute seine plötzliche Rückkehr merkwürdig finden würden. Dass er damit ein übertriebenes, unangemessenes Interesse an Maddys Wohlergehen demonstrierte. Na und, dachte er. Du fahrst sowieso bald wieder weg und brauchst die Sticheleien und das Geflüster nicht zu ertragen. Und, so dachte er grimmig, wenn du bei Bonnie Lewis und dem Baby auf der richtigen Spur bist, wird das Resultat deine Handlungsweise vollkommen rechtfertigen.

Er erkannte die Decatur Street, bog ab und fuhr langsam die Straße entlang, bis er Maddys Einfahrt erreichte. In den oberen Fenstern sah er Licht brennen, aber im Erdgeschoss war es dunkel. Maddys Auto stand einsam in der Einfahrt, der Wagen der Lewises war weg. Nick saß mit hochrotem Kopf im Auto. Weg. Die Lewises waren weg. Na toll, dachte er. Du wirst dastehen wie ein Idiot. Sie wird sich keine Sekunde lang täuschen lassen. Als Erstes wird sie sagen: »Was machen Sie denn hier?« Vielleicht wird auch noch ihr Mann direkt danebenstehen. Und du wirst dastehen wie der letzte Trottel und versuchen, ihr zu erklären, warum du persönlich hierher zurückfliegen musstest, um sie zu retten. Er sagte sich, dass Maddy ja nicht der einzige Grund dafür war. Es ging um ein unschuldiges Kind, ein Baby, das auf jeden Fall nicht zu der Frau gehörte, die sich als seine Mutter ausgab.

Konzentrier dich ganz darauf, dachte er. Wenn jemand um die halbe Welt fliegen würde, weil ein Kind in Gefahr schwebt, dann würde das niemand merkwürdig finden. Nick nickte, wie um diesen Plan zu bestätigen, und öffnete die Autotür. Er stieg aus und ging auf das Haus zu. Sein Herz pochte wild, als er zur Tür kam und klopfte.

Es öffnete niemand. Er wartete ein paar Minuten und klopfte wieder. Es war niemand zu Hause. Nick runzelte die Stirn. Vielleicht war Maddy mit Amy und Doug ausgegangen, um die Abreise der Lewises zu feiern. Er stand unsicher auf der Treppe und fragte sich, was er nun tun sollte. Es war zweifellos sehr ernüchternd, so zurückgerast zu kommen, um dann vor einem leeren Haus zu stehen. Er spürte, wie sich über seiner linken Braue Kopfschmerzen zusammenbrauten. Er war eher wütend als erschöpft und fragte sich, was er tun sollte. Die Lewises mochten von hier verschwunden sein, aber sie mussten dennoch aufgehalten werden. Mit Bedauern dachte er an Terry. Na ja, er muss damit klarkommen, dachte Nick. Das Wohl des Kindes geht vor. Also würde er jetzt zum Polizeirevier fahren und es ihnen persönlich erklären müssen. Weiter konnte er nichts tun.

Als er wieder zum Wagen zurückging, meinte er, ein Geräusch zu hören. Es klang wie ein Stöhnen. Er drehte sich um und betrachtete das Haus. Das muss der Wind in den Bäumen gewesen sein, dachte er. Diese Jahreszeit war immer ein wenig unheimlich, für jedermann. Selbst er, ein Priester, wäre nur ungern so kurz vor Halloween nachts über einen Friedhof gegangen. Er zögerte kurz und machte dann kehrt. Als er das Geräusch jedoch zum zweiten Mal hörte, war er sicher, dass es nicht von den Bäumen kam.

Nick ging wieder zum Haus zurück und drehte am Türknauf. Abgeschlossen. Es ist abgeschlossen, sagte er sich. Es ist niemand da. Aber er konnte sich nicht überwinden, einfach wieder zu gehen. Er warf noch einen Blick auf die Tür und betrachtete dann das gleich hohe Fenster direkt daneben. Maddy hatte es mit buntem Bleiglas verziert. Du hast dich ohnehin schon zum Narren gemacht, dachte er. Du bist nicht den weiten Weg hierher gekommen, um jetzt zu kneifen.

Er ließ seinen Blick umherschweifen. Drüben in der Ecke entdeckte er drei metallene Garten-Skulpturen, Frösche, die vor einem Wacholderbusch hockten. Nick hob den größten Frosch auf. Er entschuldigte sich stumm bei den Hausbesitzern, dem Frosch und dem Fenster, holte dann aus und schlug mit der Skupltur die Scheibe ein, die dem Türgriff am nächsten war.

Er legte den Frosch auf die Treppe, griff vorsichtig durch das gezackte Loch im Glas und verdrehte die Hand so weit, dass er die Tür von innen öffnen konnte. Er zog die Hand zurück und trat ins Haus.

Im Flur war es finster und unheimlich. »Ist jemand zu Hause?«, rief er laut.

Er bekam keine Antwort. Er drang weiter ins Haus vor, und dann hörte er es wieder. Das Stöhnen. Nick spürte, wie sich

seine Nackenhaare sträubten. Der Laut war schwach, aber eindeutig. Er kam von oben.
Er nahm zwei Stufen auf einmal. Der obere Flur war schwach beleuchtet, und er rief erneut: »Ist da jemand?«
Das Stöhnen klang diesmal drängender, als solle es ihn leiten. Nun dankte er Gott dafür, dass er zurückgekommen war. Das war also doch keine Dummheit gewesen. Jemand brauchte Hilfe. Nick sah, dass in zwei Zimmern Licht brannte. Er ging zum ersten und schaute hinein. Das war Amys Zimmer, es war unordentlich, aber leer. Also musste es das andere sein.
Mit trockenem Mund und pochendem Herzen näherte er sich dem anderen Zimmer. Er sprach ein stummes Gebet und schaute hinein.
Der Anblick war entsetzlich. Terry Lewis lag in einer Blutlache auf dem Boden, sein Gesicht war weiß wie die Wand, und er konnte seine Augen kaum noch offen halten.
»Du lieber Himmel, Terry, was ist passiert?« Nick kniete sich neben den Verwundeten. »Was ist mit Ihnen?« Beim Anblick und Geruch von all dem Blut wurde ihm schlecht, aber Nick zwang sich hinzusehen. »Jemand hat auf Sie geschossen.«
Terry nickte kaum merklich.
»O Gott«, sagte Nick. Terry drohte zu verbluten. »Sie brauchen sofort einen Arzt. Terry, hören Sie mir zu«, sagte Nick und sah ihm in die glasigen Augen, »ich rufe jetzt den Notarzt. Okay? Ich bin sofort wieder bei Ihnen. Sie brauchen Hilfe.«
Er legte sanft Terrys Kopf auf den Boden und versuchte aufzustehen, doch Terry hob einen starken, tätowierten Arm, packte Nicks Handgelenk und hielt ihn zurück.
»Terry, lassen Sie mich los. Ich muss Hilfe holen«, bat Nick.
»Bonnie«, flüsterte Terry. »Entführt.« Seine Stimme war so schwach, dass Nick das Ohr an Terrys Mund halten musste, um ihn zu verstehen. Die Worte ließen ihn erschauern.

»Das Baby«, sagte Nick. »Sie hat das Wallace-Baby entführt, nicht wahr?«
Terry nickte kaum merklich.
»Ich weiß über Sean Bescheid, Terry. Ich weiß jetzt, dass er nicht Ihr Sohn war. Es tut mir so Leid.«
Terry fuhr sich schwach mit der Zunge über die Lippen. »Nicht gewusst«, beharrte er.
»Ich weiß, dass Sie nichts damit zu tun hatten. Sie hat alle getäuscht. Was ist mit Maddy? Geht es ihr gut? Sind sie und Amy bei ihrem Mann?«
Terrys Zunge schob sich wieder zwischen seinen aufgesprungenen Lippen hervor. Er schluckte. Er war sehr erregt. »Weg«, flüsterte er.
Nick blieb das Herz stehen. »Wohin?«, fragte er. »Weg mit Bonnie?«
Terry nickte.
Nick spürte, wie der Mann erleichtert in seinen Armen zusammensank, weil er ihn verstanden hatte.
»Okay, Terry, hören Sie mir gut zu«, sagte Nick mit leiser, drängender Stimme. Während er sprach, versuchte er sich aus dem eisernen Griff zu befreien. »Sie müssen mich jetzt loslassen, damit ich die Polizei anrufen kann. Ich muss sie hinter Bonnie herschicken, und ich muss Hilfe für Sie holen.«
Terrys Lider flatterten, und er schüttelte den Kopf.
»Bitte, Terry. Sie brauchen schnell einen Arzt.«
Terry fuhr sich über die Lippen. Nick wollte sich von ihm losreißen, aber der flehentliche Blick des Verletzten hielt ihn zurück.
»Dreiund … zwanzigster … Psalm«, flüsterte Terry.
Nick stiegen Tränen in die Augen. Er hatte den Glauben ganz vergessen. Für ärztliche Hilfe war es vielleicht schon zu spät, und Terry wusste das. Aber es war nicht zu spät für den Trost

des Glaubens. Nick nahm Terrys große, behaarte Hände in seine und drückte sie, so fest er konnte. »Ich bin bei Ihnen, mein Freund«, sagte er.
Der schwache Anflug eines Lächelns huschte über Terrys Gesicht. Nick schlug das Kreuzzeichen und ergriff dann wieder Terrys Hände. »Der Herr ist mein Hirte«, hob er an. »Mir wird nichts mangeln ...«
Plötzlich hörte er vor dem Haus Autotüren schlagen und Funkgeräte quaken. Schwere Schritte näherten sich dröhnend der Tür, eine Stimme erklärte, hier sei die Polizei. Sie rief nach Mrs. Blake. Nick sah Terry fragend an, dessen Neugier offenbar durch nichts mehr geweckt werden konnte. Hatten sie schließlich doch beschlossen, auf seinen Anruf zu reagieren? »Hier oben!«, schrie Nick. »Wir brauchen Hilfe!«
Terry zupfte schwach an seinem Jackett, wie ein Kind, das seine Lieblingsgeschichte zu Ende hören will. Nick sah den Ausdruck von Unschuld in diesem rauen, vernarbten Gesicht. »Es tut mir Leid«, sagte Nick mit tiefem Bedauern über so viel mehr als nur diese Unterbrechung. Er blickte traurig auf diesen Mann hinab, dieses Lamm Gottes, das so rechtschaffen von einem ganz neuen Anfang geträumt hatte.
»Fangen wir noch mal von vorn an«, sagte Nick sanft. »Der Herr ist mein Hirte ...«

44

Polizisten und Mitarbeiter der Spurensicherung schwärmten durch Maddys Haus, sammelten Beweismaterial und telefonierten. Ein Krankenwagen mit blinkendem Blaulicht wartete draußen, während vier Sanitäter Terry Lewis vorsichtig auf eine Trage hoben, ihm eine Sauerstoffmaske anlegten und ihn dann eilig hinausschafften. Frank Cameron hatte eine Großfahndung nach Bonnies Wagen eingeleitet, und Pete Millard hatte Donna und Johnny Wallace angerufen und ihnen erklärt, dass es Neuigkeiten über Justin gab, dass er noch lebte und wohlauf sei, und dass die Polizei ihn mit etwas Glück bald finden würde.

Nick lehnte an der Arbeitsplatte in der Küche, nachdem er jedem einzelnen Polizisten in diesem Haus alle möglichen Fragen beantwortet hatte. Frank Cameron legte den Telefonhörer auf und betrachtete das abgespannte Gesicht des Priesters. »Also, Pater, warum haben Sie uns nicht einfach angerufen, als Sie das über Bonnie Lewis erfahren haben?«

»Ich habe ja angerufen«, sagte Nick. »Fragen Sie mal bei Ihrer Hotline nach.«

»Wir stecken bis über beide Ohren in Arbeit«, entschuldigte sich Frank.

»Ich kann gar nicht fassen, dass Doug Blake tot ist«, sagte Nick. Er hatte erfahren, dass die Polizei eigentlich deshalb bei Maddy aufgetaucht war. Um ihr zu erzählen, dass ihr Mann bei einem Sturz vom Turm des Forts zu Tode gekommen war.

»Kein großer Verlust für die Welt«, sagte Chief Cameron mitleidslos. Dann fiel ihm wieder ein, wen er da vor sich hatte. »Verzeihung, Pater. Ich habe persönlich etwas gegen den Mann gehabt. Er hat meiner Tochter sehr wehgetan. Ich kann nicht behaupten, dass ich ihn betrauere.«

Nick schüttelte ungeduldig den Kopf. Er konnte es nicht ausstehen, wenn sich die Leute bei ihm entschuldigten, weil sie ihre wahren Gefühle aussprachen. Als wäre er ein berufsmäßiger, scheinheiliger Heuchler und nicht ein Mann aus Fleisch und Blut, der selbst alles andere als heilige Gefühle hegte. »Ist er gesprungen?«, fragte Nick. »War das Absicht?«

»Nein. Ein paar Teenager haben alles gesehen. Er hatte zu viel getrunken. Er hätte nicht da oben rumturnen dürfen.«

Nick dachte an Maddy, die irgendwo da draußen mit einer Wahnsinnigen unterwegs war. Sie wusste noch nicht einmal, dass sie jetzt Witwe war. Ich werde ihr über alles hinweghelfen, dachte er. Bringt sie nur wohlbehalten zu mir zurück, betete er.

Die Haustür flog auf, und Donna Wallace rannte herein, gefolgt von ihrem Mann und einem Polizisten, der sie aufzuhalten versuchte. »Wo ist mein Baby?«, rief Donna. Johnny packte sie bei den Schultern und drückte sie an sich. Sein Gesicht war von Erschöpfung gezeichnet.

Frank bedeutete ihr, sie solle sich beruhigen. »Wir wissen, wo er ist. Wir haben ihn nur noch nicht.«

»Er wird als Geisel festgehalten, oder?«, fragte Donna.

»So würde ich das zu diesem Zeitpunkt nicht formulieren«, sagte Frank. »Hoffentlich können wir sie ohne weitere Zwischenfälle festnehmen.«

»Detective Millard sagte, diese Frau hätte ihn entführt …«

»Mrs. Lewis«, sagte Frank nickend. »So weit wir wissen, ist er gesund, und sie hat sich gut um ihn gekümmert. Das sind doch gute Neuigkeiten, nicht?«

Donna begann zu schluchzen.
»Wehe, Sie verlieren ihn jetzt noch«, warnte Johnny. »Das können Sie uns nicht antun.«
Damit hatte er Franks größte Angst laut ausgesprochen, und Frank hasste ihn dafür. »Wir werden ihn nicht verlieren«, herrschte er ihn an. »Ich habe zu tun. Ich kann nicht nur hier herumstehen und mit Ihnen reden.«
In diesem Moment klingelte wieder das Telefon, und Frank hob ab. Seine Miene änderte sich schlagartig. »Gut. Wunderbar«, sagte er. »Sind schon unterwegs.«
Er legte auf. »Alle mal herhören, Ruhe! Eine Streife auf dem Highway hat eben den Wagen gesehen. Mrs. Blake hat ihm irgendein Signal gegeben. Sie sind in nördlicher Richtung auf der Schnellstraße unterwegs.«
Donna schrie auf und schlug sich dann die Hände vor den Mund.
Frank wandte sich an Len Wickes, der wieder im Dienst war. »Sie fahren«, sagte er. »Auf geht's.«
»Jawohl, Sir«, jubelte Len.
»Wir kommen mit«, erklärte Donna Wallace mit grimmiger Entschlossenheit.
Frank versuchte gar nicht erst, es ihr auszureden. Er entschied sich lieber gleich für das geringere Übel. »Pete«, sagte er, »Sie nehmen die Wallaces mit.«
»Ich fahre auch mit«, sagte Nick.
»Das ist doch keine verdammte Parade«, explodierte Frank.
»Ich kenne Bonnie Lewis. Vielleicht kann ich mit ihr reden – Ihnen irgendwie nützlich sein.«
Frank dachte kurz darüber nach. Len Wickes klimperte mit den Autoschlüsseln. »Also schön, wenn's sein muss. Aber kommen Sie mir ja nicht in die Quere.«
Nick folgte dem Polizeichef und Len Wickes hinaus zum Einsatzwagen.

Bonnie drehte sich immer wieder um, obwohl hinter ihnen kein anderes Auto zu sehen war. Sie schien etwas zu spüren.

»Ich habe Hunger, Mama«, jammerte Amy wieder.

»Ach, Schätzchen, wenn wir anhalten, hole ich dir was zu essen«, versprach Maddy.

Die Straße erstreckte sich schier endlos vor ihnen. Wie lange würde es dauern, bis jemand bemerkte, dass sie verschwunden waren? Offenbar hatte der Polizist vorhin ihr Signal nicht bemerkt. Mutlosigkeit überkam sie. Im selben Moment entdeckte sie etwas im Rückspiegel, das ihr Herz vor Freude hüpfen ließ. Es waren keine Sirenen zu hören, aber in der Ferne blitzte Blaulicht auf.

»Biegen Sie hier ab«, befahl Bonnie.

Hatte sie es auch gesehen? »Wo?«, fragte sie, um Zeit zu gewinnen.

»Gleich hier. Machen Sie schon, oder ich erschieße Ihr Kind.«

Rasch warf Maddy einen Blick auf die leeren Fahrspuren links und rechts und fuhr dann vom Highway ab.

»Parken Sie«, befahl Bonnie. »Wir gehen da rein.«

In dem einstöckigen Backsteinhaus befanden sich nur Toiletten, weiter nichts. Es gab keinen Kiosk und kein Restaurant. In der hintersten Ecke des Parkplatzes standen zwei riesige Trucks nebeneinander. Als Maddy in den verlassenen Rastplatz einfuhr, überlegte sie, ob sie die Lastwagen-Fahrer irgendwie auf ihre Notlage aufmerksam machen konnte. In den Kabinen war niemand zu sehen. Vielleicht waren sie auf der Toilette. Aber da sie im hintersten Winkel geparkt hatten, war es wahrscheinlicher, dass die Fahrer ein Nickerchen machten. Sie erinnerte sich, einmal im Fernsehen gesehen zu haben, dass sie hinten in den Fahrerkabinen schliefen. Sie könnten mich hören, dachte sie. Ohne darüber nachzudenken, streckte sie die Hand aus und drückte auf die Hupe, so laut und so oft sie konnte. Sie schaffte es etwa zehn Mal, bevor sie einen heftigen Schlag auf den Kopf bekam. Bonnie hatte ihr mit voller Wucht den Griff der Pistole auf den Schädel geschlagen.

»Mami blutet ja«, rief Amy. »Tu meiner Mami nicht weh.«

»Das nächste Mal werde ich deine Mami erschießen«, zischte Bonnie.

Maddy griff sich an den Kopf und blickte verwirrt auf das Blut an ihren Händen. Bonnie streckte die Hand aus und zerrte an Maddys Gurt, als wolle sie sie damit erwürgen.

»Und jetzt steigen Sie aus und tun genau, was ich Ihnen sage.«

»Schon gut, schon gut«, hauchte Maddy. Sie spürte, wie ihr das Blut übers ganze Gesicht lief, aber sie achtete nicht darauf. Sie schnallte sich ab und befreite auch Amy von ihrem Gurt. Bonnie sprang aus dem Auto und riss die Tür auf Amys Seite auf. Grob zerrte sie Amy vom Beifahrersitz.

»Aufhören. Rühren Sie sie ja nicht an!«, schrie Maddy.

»Holen Sie das Baby«, befahl Bonnie.

»Zuerst lassen Sie meine Tochter los.«

»Ich brauche sie«, sagte Bonnie. »Damit Sie keine Dummheiten machen.«

Maddy schloss die Augen. Das stimmt, dachte sie. So lange sie mein Kind hat, werde ich tun, was sie verlangt. Sie ging zur hinteren Tür, hob Justin aus dem Auto und drückte ihn an sich. Seine Windel war durchweicht – sie fühlte es sogar durch seine Kleidung hindurch. Sie griff in die Wickeltasche und schmuggelte eine Windel heraus. Sie schaute zu den Trucks am Ende des Parkplatzes. Nichts rührte sich dort. Wahrscheinlich haben sie die Hupe in ihre Träume eingebaut, dachte sie enttäuscht. Das Baby rieb sich die Augen und stieß ein klagendes Wimmern aus.

»Gehen Sie da rein«, sagte Bonnie.

Maddy beeilte sich, Bonnie zu gehorchen, und ließ die Hand nicht aus den Augen, die Amy grob am Kragen gepackt hielt. Wie Maddy befürchtet hatte, war das Gebäude menschenleer. Am Eingang befand sich ein Ständer mit Touristen-Informationen über die Sehenswürdigkeiten des Staates und zwei Automaten, einer mit Getränken und einer mit Crackern und Süßigkeiten.

»Oh, bitte, Mama«, sagte Amy, »darf ich was zu trinken haben? Darf ich Cracker haben?«

»Jetzt nicht«, herrschte Bonnie sie an.

Maddy erstarrte. »Bitte, Bonnie«, sagte sie. »Sie hat Hunger.«

»Ich habe nein gesagt.«

»Das dauert doch nur einen Augenblick«, sagte Maddy. »Wenn ich ihnen nicht bald etwas zu essen und zu trinken gebe, werden sie quengelig. Oder fangen an zu weinen. Sie wissen doch, wie einem das auf die Nerven gehen kann.«

Bonnie runzelte die Stirn, doch sie gab nach. »Machen Sie schnell.«

»Ja«, sagte Maddy und durchwühlte ihre Taschen nach Kleingeld, wobei sie Justin auf einem Arm hielt. Bonnie blickte sich ungeduldig im Eingangsbereich um, während Maddy Münzen einwarf und Amy eine Packung Cracker mit Erdnussbutter und eine Sprite kaufte. Das Kind griff dankbar nach den Köstlichkeiten und begann zu essen.

»Kommen Sie hier rein«, sagte Bonnie. »Ich muss mal.«

»Wir können doch hier draußen warten«, sagte Maddy.

»Ganz sicher nicht«, schnaubte Bonnie. Sie hielt Amy die Waffe in den Rücken und schubste sie auf die Damentoilette zu. Die Limo fiel dem Kind aus der Hand und verteilte sich über den Fußboden. Amy kreischte. Bonnie ignorierte ihr Protestgeheul und zog sie durch die Tür. Maddy folgte ihnen hastig und flehte Bonnie an, vorsichtig zu sein und Amy nicht wehzutun.

Als Bonnie die beige gekachelte Toilette erreicht hatte, zerrte sie das schreiende Kind hinter sich her zu einer der Kabinen.
»Mami, nein!«, weinte Amy. Sie blickte mit Entsetzen in den Augen zu ihrer Mutter auf.
»Bonnie, um Himmels willen«, rief Maddy. »Lassen Sie sie hier draußen bei mir warten. Ich verspreche, ich werde ruhig hier warten. Ich schwöre es.«
Bonnie schüttelte nur den Kopf und riss Amy am Arm in die Kabine. Maddy ballte die Fäuste so fest, dass ihre Fingernägel sich in die Haut bohrten, während Amys Wehgeschrei von den gekachelten Wänden widerhallte. Sie drehte sich um und erblickte sich selbst im Wandspiegel. Blut von dem Schlag auf den Kopf lief ihr über eine Gesichtshälfte. Ihre Hände, mit denen sie Justin festhielt, waren ganz klebrig vor Blut.
Die beige Metalltür öffnete sich wieder, und Bonnie kam mit einer zappelnden, rot geweinten Amy heraus. Das Kind befreite sich aus ihrem Griff und rannte zu seiner Mutter, schlang die Arme um ihre Beine und vergrub das Gesicht an Maddys Knien.
Maddy bückte sich und legte die Arme um Amy. »Es tut mir so Leid, mein Schatz«, flüsterte sie. Sie blickte nicht zu Bonnie auf, denn sie wollte nicht, dass die andere Frau ihr hasserfülltes Gesicht sah.
»Los«, sagte Bonnie.
Maddy stand auf und nahm Amy an die Hand. Bonnie scheuchte sie aus der Toilette. Als sie den Vorraum betraten, hörten sie draußen eine Wagentür zuschlagen. Bonnie erbleichte. Sie rannte zum Fenster und legte den Lauf der Waffe auf das Fensterbrett. »O Gott!«, rief sie und spähte hinaus. »Versuchen Sie ja nicht, hier reinzukommen!«, schrie sie durch das leicht geöffnete Fenster. »Ich habe zwei Kinder hier drin, und ich bin bewaffnet.«

Mit wem redet sie da?, fragte sich Maddy. Sie konnte draußen Leute hören, Stimmengewirr und das Zuschlagen weiterer Türen und Heckklappen. Dann hörte sie eine Männerstimme, die durch ein Megaphon verstärkt wurde.
»Mrs. Bonnie Lewis, hier spricht die Polizei. Kommen Sie mit erhobenen Händen heraus. Tun Sie den Leuten da drin nichts, und wir werden Sie fair behandeln. Ich wiederhole, kommen Sie sofort heraus.«
Maddy ging in die Hocke und legte einen Arm um jedes der Kinder. Ihr Herz hämmerte wie wild. Die Polizei hatte sie gefunden. Sie hatten es beinahe überstanden. Gott sei Dank, dachte sie. Sie blickte zu Bonnie auf, die durch das Fenster ins grelle Scheinwerferlicht schaute. »Bitte, Bonnie«, sagte Maddy sanft. »Es ist vorbei. Was bringt es, wenn Sie sich hier drin verschanzen? Sie können nicht mehr entkommen.«
Bonnie ignorierte ihr Flehen. »Ich werde sie alle umbringen«, brüllte sie. »Ich habe nichts mehr zu verlieren. Hören Sie gut zu, wenn Sie mir nicht glauben.« Sie drehte sich zu den drei Geiseln auf dem Boden um. Sie zielte mit der Waffe auf sie.
»Denen werd ich's zeigen«, sagte sie.
»Nein!«, schrie Maddy, duckte sich und umklammerte die Kinder, und Bonnie schoss.

45

Donna wand sich in den Armen des Polizisten, der sie festhielt. »Lassen Sie mich los«, fauchte sie. »Loslassen.«

Eine Stunde war vergangen, seit sie auf diesen Rastplatz abgebogen waren. Eine Stunde, seit Bonnie damit gedroht hatte, alle ihre Geiseln umzubringen, eine Stunde, seit sie einen Schuss und einen Schrei von drinnen gehört hatten. Ein Polizist mit einer kugelsicheren Weste hatte einmal versucht, sich der Tür des kleinen Gebäudes zu nähern, doch Bonnie hatte aus dem Fenster einen Schuss auf ihn abgegeben, der haarscharf vor seinen Füßen in den Boden gegangen war, so dass er sich hastig wieder hinter den Fahrzeugen in Sicherheit gebracht hatte.

Das Warten wurde allmählich unerträglich. Donna Wallace hatte es geschafft, tagelang mit mehr Geduld zu warten, als sie jetzt aufbringen konnte. Sie wurde bald verrückt bei der Vorstellung, dass ihr Kind vielleicht erschossen worden war, vielleicht gerade jetzt im Sterben lag. Dass sie nicht zu ihm gehen und es im Arm halten konnte. Johnny versuchte sie mit erregter Zuversicht zu trösten, doch es hatte keinen Sinn. Sie musste immerzu daran denken, dass eine Wahnsinnige mit einer Waffe bei ihm da drin war, und sie glaubte jeden Moment zerspringen zu müssen, als sei jeder Augenblick noch unerträglicher als der letzte.

Sie riss sich von dem Polizisten los und stürmte zu Frank Cameron, der sich gerade mit einem Beamten der Staatspolizei

besprach. »Warum können Sie sie nicht zwingen, herauszukommen?«, fragte Donna vorwurfsvoll. »Warum tun Sie denn nichts? Tränengas oder so. Holen Sie sie da raus. Ich will mein Baby wiederhaben.«
Frank verzog das Gesicht. »Wir tun alles, was in unserer Macht steht. Aber wir können nicht einfach da reinstürmen. Sie hat bereits einen Mann erschossen. Vielleicht hat sie auch Mrs. Blake erschossen«, sagte er. »Gerade eben hat sie auf einen Polizisten gefeuert. Machen Sie sich klar, dass sie extrem gestört und gefährlich ist. Bitte, halten Sie sich zurück. Wir tun alles, um diese Leute da rauszuholen.«
Donna funkelte ihn an, doch ihre Wut prallte an Frank ab. Offenbar war ihr nicht klar, dass diese Situation in einem Massaker enden konnte. Die Lewis verlor allmählich die Nerven. Jede plötzliche Aktion von draußen konnte sie endgültig durchdrehen lassen.
Er wandte Donna den Rücken zu; in ihr schwoll das Gefühl der Hilflosigkeit an und floss förmlich über. Sie marschierte auf Pete Millard zu, der sich die Richtlinien für den Einsatz eines Sonderkommandos durchsah. Das Megaphon lag neben ihm auf der Motorhaube des Einsatzwagens. Donna schnappte sich das Gerät und sah es sich näher an. Da war ein Knopf, mit dem man es einschalten konnte. Sie drückte darauf, hielt sich das Megaphon vor den Mund und begann zu schreien.
»Hören Sie, Sie verrückte ... Hier spricht Donna Wallace. Ich bin Justins Mutter, und ich will mein Baby wiederhaben.« Ihr wütendes Geschrei verwandelte sich in Schluchzen. »Bitte, kommen Sie raus und geben sie ihn mir zurück ...«
Bevor sie noch mehr sagen konnte, riss Pete Millard ihr das Megaphon aus der Hand und schalt sie: »Halten Sie sich da raus, Mrs. Wallace. Wir haben Experten, die genau wissen, was in einer solchen Situation zu tun ist.« Frank Cameron eilte herbei.

»Aber Sie tun ja überhaupt nichts«, rief Donna Wallace und brach in den Armen ihres Mannes zusammen. »Ich will mein Baby haben. Mein Sohn ist da drin. Können Sie denn gar nichts tun? Mein Gott. Ich halte das nicht mehr aus.«
»Wir tun, was wir können«, beruhigte Pete sie.
»Bringt sie hier weg«, herrschte Frank ihn an. »Mrs. Wallace, wenn Sie sich nicht beherrschen können, muss ich Sie hier wegbringen lassen. Haben Sie verstanden?«
»Hören Sie auf, sie anzuschreien«, sagte Johnny Wallace. »Du lieber Himmel, für Sie ist das nur Ihre Arbeit. Sie ist seine Mutter.«
»Okay, also gut«, sagte Frank gereizt. »Aber halten Sie die Klappe. Alle. Solche Dinge brauchen Zeit.«
Nick, der nervös auf und ab gegangen war, seit sie den Schuss von drinnen gehört hatten, wartete, bis die verzweifelten Eltern beiseite geführt wurden. Dann ging er auf den finster dreinblickenden Frank Cameron zu.
»Chief, ich weiß ja, dass Sie Ihre Richtlinien für solche Situationen haben, aber ich würde wirklich gern versuchen, mit ihr zu sprechen. Mit Bonnie Lewis. Ich habe sie getraut ... ich habe das Baby getauft ... Vielleicht vertraut sie mir. Vielleicht hört sie auf mich.«
Frank seufzte. »Ich wünschte nur, wir könnten das verdammte Telefon da drinnen benutzen.« Das Münztelefon an der Wand im Vorraum war kaputt. Auf Bitten der Polizei hin versuchte die Telefongesellschaft festzustellen, ob das an den Leitungen lag oder es sonst wie von außen repariert werden konnte.
Nick fuhr sich mit den Händen durch die Haare, als wollte er sie ausreißen. »Ich habe mir gedacht ... wenn ich vielleicht reingehen könnte ...«
»Sind Sie irre? Absolut ausgeschlossen. Wollen Sie sich umbringen?«

»Wenn ich unbewaffnet gehe ... Sie würde mich bestimmt reinlassen.«
»Seien Sie doch kein Idiot«, schnaubte Frank. »Sie haben gesehen, was sie mit ihrem Mann gemacht hat. Wir warten einfach ab. Sie kann das nicht ewig durchhalten. Wenn sonst nichts passiert, wird sie irgendwann schlafen müssen. In solchen Situationen machen wir keinen Druck.«
»Aber ... Mrs. Blake ist mit ihr da drin ... und die beiden Kinder. Und Sie wissen doch, wie Kinder sind. Vielleicht gehen sie ihr irgendwann auf die Nerven. Bestimmt weinen sie und jammern ... Ich meine, in ihrer geistigen Verfassung ...«
»Was verstehen Sie von Kindern?«, fragte Frank.
»Ich fürchte, nicht viel«, gestand Nick. »Aber genau wie Sie habe ich in meinem Job schon viele Menschen, viele Familien in Stress-Situationen erlebt ...«
Frank nickte und musste sich stumm eingestehen, dass der Priester Recht hatte.
»Können wir sie nicht einfach fragen, ob ich reinkommen und mit ihr reden darf?«
»Ich weiß nicht«, erwiderte Frank barsch. »Ich denk drüber nach.«
Er marschierte davon, um sich mit seinen Kollegen zu beraten. Nick stand in der Dunkelheit hinter den Scheinwerfern und starrte auf das kleine Gebäude, in dem Maddy gefangen gehalten wurde. Er wusste, wie die Polizei dachte. Es bestand durchaus die Chance, dass niemand lebendig da herauskommen würde. Bei diesem Gedanken drehte sich ihm der Magen um, also verscheuchte er ihn rasch aus seinem Kopf.
Überleg dir lieber, was du Bonnie sagen willst, befahl er sich. Stell dir vor, du bekämst die Chance, mit ihr zu sprechen. Er versuchte es, doch seine Gedanken ließen sich einfach nicht bändigen. Er dachte immer wieder an den dreiundzwanzigsten Psalm und an Maddys Gesicht, das von einer Leiter in der

Kirche zu ihm herabblickte, so dass ihr das weiche, dunkle Haar über die Schulter nach vorn fiel. Gib mir eine Chance, dachte er, doch er war nicht ganz sicher, an wen er diese Bitte eigentlich richtete.

Frank Cameron kehrte zurück und nickte ihm kurz zu. Die schlichte Wahrheit war, dass Frank in seiner langen Laufbahn noch nie mit einem Geiselnehmer hatte verhandeln müssen, also verließ er sich auf die Einschätzung der anwesenden Kollegen, die damit mehr Erfahrung hatten. Er hatte sich rasch mit ihnen beraten, und sie hielten es für richtig, Bonnie zumindest anzubieten, dass der Priester zu ihr hereinkam. »Okay«, sagte Frank. »Wir werden sie fragen. Wenn sie zustimmt, sind Sie dann wirklich bereit, da reinzugehen? Sie müssen unbewaffnet sein.«

Nick richtete sich mit pochendem Herzen auf. Es war nicht auszuschließen, dass sie ihn erschoss, bevor er noch durch die Tür war, nur um zu beweisen, wie ernst sie es meinte. »Ja, ich bin bereit«, sagte er.

»Also schön«, erwiderte Frank. »Na dann, viel Glück ...«

Er ging hinüber zu Pete Millard, der bisher am Megaphon gestanden hatte, und erklärte ihm die jüngste Entscheidung. Pete nickte, schaltete das Megaphon ein und hob es zum Mund.

»Mrs. Lewis«, sagte er höflich. »Pater Nick Rylander ist hier, und er würde gern zu Ihnen hereinkommen und mit Ihnen sprechen. Er sagt, er sei ein Freund von Ihnen und Ihrem Mann. Er kommt unbewaffnet zu Ihnen, wenn Ihnen das recht ist.«

Es kam keine Antwort aus dem kleinen Backsteinhaus.

Komm schon, dachte Nick. Lass mich reinkommen. Bitte, bitte. Gib mir eine Chance.

Die Polizisten wechselten Blicke. »Heißt das jetzt Ja oder nein?«, fragte Frank.

Der leitende Beamte der Staatspolizei zuckte die Achseln. »Schwer zu sagen.«
»Wenn es Ihnen recht ist«, sagte Pete und versuchte es noch einmal mit einem Signal, auf das Bonnie sich in den bisherigen Verhandlungen nicht eingelassen hatte, »dann geben Sie uns ein Zeichen mit den Jalousien.«
Sie warteten und beobachteten das Fenster. Hielten allesamt den Atem an. Plötzlich sahen sie eine Bewegung am Fenster. Die Jalousie glitt auf und wieder zu. Nur einmal. Aber sie hatten es alle gesehen.
»Sehr gut«, sagte Pete lächelnd. »Sehr gut.«
Nun, da es wirklich losgehen sollte, wurde Nick flau im Magen. Er versuchte, das Bild von Terry Lewis in einer riesigen Blutlache aus seinem Kopf zu verscheuchen.
»Sind Sie so weit, Pater?«, fragte Frank.
Er nickte.
»Sie sollen nichts weiter tun, als mit ihr reden«, ermahnte ihn der Einsatzleiter. »Versuchen Sie ja nicht, den Helden zu spielen. Sie könnten das Leben der Geiseln aufs Spiel setzen. Vergessen Sie James Bond. Beschränken Sie sich auf Ihren religiösen Kram, und spielen Sie die Konsequenzen herunter. Ich will nicht, dass Sie ihr irgendwas versprechen, zum Beispiel, dass sie hierfür nicht vor Gericht gestellt wird oder so …«
Pete Millard lachte höhnisch. »Das wäre ja noch schöner«, sagte er.
»Aber«, fuhr der Einsatzleiter fort, »versuchen Sie, sie zu beruhigen. Keine Situation ist hoffnungslos … bla bla bla … Es ist sehr wichtig, dass sie sich nicht noch mehr aufregt.«
»Ich verstehe«, sagte Nick. Sein Magen fuhr mittlerweile Achterbahn.
»Für Sie gibt es hier keinerlei Sicherheitsnetz«, warnte ihn Frank.

Nick nickte nur, denn er fürchtete, dass ihn seine Stimme im Stich ließ.

»Heben Sie die Hände über den Kopf«, wies der Einsatzleiter ihn an.

Nick tat, was ihm gesagt wurde. Er sprach ein stummes Gebet und trat vor die Scheinwerfer der vielen Polizeiautos, vor die Absperrungen, die die inzwischen versammelten Schaulustigen und Kamerateams zurückdrängten.

Frank Cameron schüttelte den Kopf. »Mir gefällt das nicht«, sagte er zum Einsatzleiter.

»Manchmal hören diese Irren auf einen Priester, wenn sie mit niemand anderem mehr reden. Alles schon erlebt.«

Frank schürzte die Lippen. »Sie ist völlig außer Kontrolle. Sie könnte ihn einfach als weitere Geisel nehmen. Oder Schlimmeres. Ich würde mein Leben nicht riskieren, indem ich da reingehe.«

Der Einsatzleiter zuckte mit den Schultern und beobachtete den Mann, der mit erhobenen Armen als Geste der Unterwerfung auf das Toilettenhäuschen zuging. »Seine Entscheidung, seine Beerdigung«, sagte er.

»Hoffentlich nicht«, erwiderte Pete.

46

Maddy verzog das Gesicht, als sie ihre Jacke als Lager für die Kinder auf dem Boden ausbreitete. »Leg dich hier drauf«, drängte sie Amy, die unablässig weinte und sich an sie klammerte, seit eine Kugel ihre Mutter seitlich in den Bauch getroffen hatte.
»Aber die ist ganz blutig«, jammerte Amy.
»Ich weiß, Schatz«, flüsterte Maddy, »aber Mami braucht jetzt deine Hilfe. Wenn du dich hinlegst, legt Justin sich vielleicht auch zu dir.«
Amy wischte sich die Tränen ab und betrachtete das Baby, das an ihre Mutter gelehnt aufrecht dasaß, mit neu erwachtem Interesse. Das wäre besser, als mit einem Teddy zu schlafen. Ein richtiges, lebendiges Baby neben sich zu haben. Sie legte sich auf der Jacke zurecht.
Maddy zitterte und band sich ihren Pulli noch enger um den Bauch, um den Schmerz der Schusswunde zu betäuben. Nach dem ersten entsetzlichen Schock war der Schmerz zurückgegangen und flammte nur auf, wenn sie sich bewegte. Nun trug sie in dem unbeheizten Gebäude nur noch eine dünne Baumwollbluse, die auf einer Seite blutgetränkt war.
Alles in allem hatte die Schusswunde weniger geblutet als ihr Kopf nach Bonnies Schlag. Aber sie fragte sich, welchen Schaden die Kugel angerichtet haben mochte und immer noch anrichtete. Als ihr klar geworden war, dass Bonnie auf sie geschossen hatte, war der Raum um sie herum für

einen Moment ganz schwarz geworden, und ihre Zähne hatten wie verrückt geklappert. Maddy erkannte, dass sie in einen Schockzustand zu fallen drohte, und zwang sich, klar zu bleiben. Sie konnte Amy und Justin nicht sich selbst überlassen. Sie bemühte sich, die Kinder nicht merken zu lassen, wie weh es tat. Sie waren schon verängstigt genug, und nach dem Schuss hatten beide laut geschluchzt. Bonnie hatte mit der Pistole vor ihnen herumgefuchtelt und befohlen, sie sollten ruhig sein. Maddy war es gelungen, die beiden wieder zu beruhigen und selbst nicht vor Schmerz zu schreien, aber sie hatte das Gefühl, als sei ihr ganzer Körper steif vor Kälte, Angst und Erschöpfung.

»Okay, er kann jetzt kommen«, verkündete Amy und streckte die Arme nach dem Baby aus.

Maddy wusste, dass das nicht ganz so leicht sein würde. Justin war kein Teddy, sondern ein hungriges, verängstigtes Kleinkind. Sie fragte sich, ob sie ihn überhaupt auf die ausgebreitete Jacke heben konnte. Sie holte tief Luft und setzte möglichst nur die Armmuskeln ein. Sie trug ihn so schnell hinüber, wie sie konnte, und Amy begann sofort leise zu raunen, er solle sich zu ihr legen und einschlafen. Maddy versuchte, genug Atem zu schöpfen, um den beiden ein Schlaflied vorzusingen, als sie plötzlich über das Megaphon hörte, dass Pater Rylander draußen war und hereinkommen wollte. Pater Rylander? Sie brauchte einen Moment, bis ihr klar wurde, dass von Nick die Rede war. Nick, dachte sie. Was, um alles in der Welt, machte er denn hier? Schwindel erregende Hoffnung ließ ihr Herz höher schlagen. Es war egal. Er war hier. Das allein zählte. Und er war bereit, sich in die Höhle des Löwen zu begeben. Sie sah zu Bonnie hinüber und erwartete gespannt ihre Reaktion auf diesen Vorschlag. Bonnie stand da und starrte ausdruckslos auf das Fenster, während sie die Waffe immer wieder leise auf das Fensterbrett schlug.

Maddy wagte es nicht, sie zu fragen. Sie fuhr fort, den Kindern leise etwas vorzusummen, und wartete.
»Was will der denn?«, brummte Bonnie.
Maddy war nicht sicher, ob das eine Frage sein sollte. Sie zögerte. Bonnie drehte sich um und sah sie argwöhnisch an. »Was glauben Sie, was er hier will?«, fragte sie.
Maddy tätschelte Justin und Amy, die sich auf ihrer Jacke zusammengerollt hatten. Sie war zu klug, um ihre Geiselnehmerin gegen sich aufzubringen. Sie schüttelte den Kopf. »Ich weiß es auch nicht«, sagte sie. »Wahrscheinlich versucht er nur, zu helfen.«
»Ich verstehe kein Wort«, beschwerte sich Bonnie.
»Helfen«, sagte Maddy lauter. »Er will bestimmt nur helfen.«
»Ihnen vielleicht«, schnaubte Bonnie verächtlich.
»Ich weiß auch nicht, wie er hierher kommt«, gestand Maddy. »Er war schon auf dem Weg nach Kanada.«
Bonnie schüttelte den Kopf. »Ich frage mich, ob er schon über Terry Bescheid weiß.« Sie fing Maddys widerstrebenden Blick auf. »Er weiß, dass Terry mich wirklich geliebt hat.«
Maddy nickte, ermutigt von Bonnies nachdenklichem Tonfall. »Er hat mir von Ihnen und Terry erzählt«, sagte sie vorsichtig. »Er hat mir Ihre ganze Liebesgeschichte erzählt, und wie viel Sie einander bedeutet haben.«
»Sehen Sie«, rief Bonnie aus.
»Das hat er mir gesagt«, bestätigte Maddy.
Bonnie schaute wieder durch das Fenster auf das Meer von Autos und Polizisten und den sicheren Untergang, der sie da draußen erwartete. »Was kann er mir schon nützen?«, fragte sie mit einem quengelnden Unterton.
Sie braucht einen Ausweg, dachte Maddy plötzlich. Vielleicht wartet sie nur darauf, dass ich ihr zurede, ihn reinzulassen. »Vielleicht weiß er Rat«, sagte sie und suchte nach den richtigen Worten. Sie durfte jetzt nichts Falsches sagen. Sie musste

unbedingt die Schmerzen ignorieren und sich ganz darauf konzentrieren, was sie Bonnie sagte. »Er ist Priester, Bonnie. Er wird Sie nicht belügen. Wenigstens darauf können Sie sich verlassen. Und er steht auf Ihrer Seite. Sie wissen doch, wie sehr er Sie und Terry mag.«

Bonnie drehte sich um und starrte auf Maddy und die Kinder. »Ich sollte dem Ganzen auf der Stelle ein Ende machen«, sagte sie erschöpft. Sie richtete die Waffe auf sie.

Maddy zuckte zusammen, denn sie wusste, dass Bonnie nur zu bereit war, sie zu erschießen. Sie spielte nicht nur mit ihnen. Ihre Verzweiflung war echt. Echt und äußerst gefährlich.

»Warum ein Ende machen«, sagte Maddy und zwang sich, ruhig zu klingen, »bevor Sie überhaupt gehört haben, was er zu sagen hat? Es besteht doch kein Grund zur Eile, oder? Ich meine, die können Ihnen nichts anhaben, solange wir hier drinnen sind. Vielleicht hilft es, wenn Sie mit jemandem reden, der wirklich versteht …«

Bonnie seufzte. »Also gut.« Sie drehte sich um und zog die Jalousie an der Kordel auf und zu. Maddy hatte das Gefühl, als hätte sie jemand vor die Brust geschlagen. Vor Erleichterung und Überraschung wäre sie beinahe zusammengeklappt. Sie kniete sich neben ihre Tochter und wartete, ohne aufzublicken, während Bonnie aus dem Fenster spähte. Nach ein paar Minuten, die Maddy vorkamen wie eine Ewigkeit, hörte sie Bonnie zur Tür gehen und sie aufmachen.

Maddy spürte den Luftzug, der zur offenen Tür hereinkam. Sie blickte auf und sah ihn, als die Tür sich gerade hinter ihm schloss. Er trug ganz normale Kleidung, einen grauen Pulli, und sein Gesicht war von Sorge gezeichnet. Er sah sie an, sah das Blut auf ihrem Gesicht und auf ihrer Bluse und musste sich beherrschen, um nicht laut aufzuschreien. Ihre Blicke trafen sich kurz, und Maddy schickte ihm eine stumme Warnung. Sie sagte nichts, lächelte nicht einmal. Er verstand und zwang sich, die Augen von ihren Wunden, ihrem Gesicht loszureißen.

Nick wandte sich an Bonnie. Er wusste, wen er da vor sich hatte – eine Mörderin, eine Kidnapperin, eine Frau, die weder menschliche noch göttliche Gesetze achtete. Sie hatte ein unschuldiges Schulmädchen umgebracht, auf ihren eigenen Mann geschossen, und nun hatte sie das Blut der Frau vergossen, die er liebte. Sie wich zurück und richtete die Waffe auf ihn.

»Was wollen Sie?«, fragte sie.

»Ihnen helfen«, antwortete er aufrichtig. Ihre Waffe ängstigte ihn nicht. Er gehörte hierher. Er dachte an Matthäus 9, Vers 12: Die Starken bedürfen des Arztes nicht, sondern die Kranken.

»Sie können mir nicht helfen«, sagte sie wütend. »Ich glaube, ich werde Sie auch umbringen.«

»Ich habe Terry gesehen«, sagte er und ignorierte ihre Drohung. »Ich habe mit ihm gesprochen. Er ist nicht tot, Bonnie. Wussten Sie das? Wussten Sie, dass er noch am Leben ist?«

Die Polizei hatte ihnen das per Megaphon zugerufen, doch Bonnie hatte es für einen Trick gehalten und nicht geglaubt.

»Das sagen Sie doch bloß, oder? Damit ich aufgebe. Der ganze Boden war voller Blut.«

Nick schüttelte den Kopf. »Er wollte, dass ich den dreiundzwanzigsten Psalm für ihn spreche. Er hat meine Hand so fest gehalten, dass ich schon dachte, er würde sie mir brechen.«

»Er ist stark«, sagte Bonnie begierig. Nun betrachtete sie Nick genau und kam zu dem Schluss, dass er die Wahrheit sagte. Ihre Augen leuchteten auf. Ihre hängenden Schultern strafften sich, dann fielen sie wieder herab. »Ich glaube denen nicht. Ich war ganz sicher, dass er tot ist«, sagte sie.

Nick achtete nicht auf Maddy und die Kinder auf dem Fußboden, obwohl er am liebsten sofort zu ihnen geeilt wäre.

Wie schlimm war ihre Verletzung?, fragte er sich. Er musste sie freibekommen, sie nach draußen zum Arzt schaffen. Ihm fiel ein, dass Maddy noch nicht einmal wusste, was mit Doug geschehen war. Sie wusste nicht, dass ihr Mann tot war. Doch er würde ihr jetzt nichts sagen. Jetzt war nur eines wichtig. Alles andere konnte warten. Wenn er es nicht schaffte, Bonnie durch diese Situation zu leiten, war alles andere egal.
»Ich weiß, Bonnie. Aber er ist nicht tot. Wirklich nicht. Ich schwöre es. Ich will nicht behaupten, dass es ihm gut geht. Sie wissen, dass das nicht sein kann. Aber er ist ein zäher Bursche. Das wissen Sie schon. Er ist hartnäckig. Er gibt nicht so schnell auf.«
Nick lächelte sie an, und sie erwiderte das Lächeln. Einen Augenblick lang strahlte ihr unscheinbares Gesicht vor Liebe. Maddy hatte das Gefühl, einen Blick in Bonnies Seele gewährt zu bekommen, in den Teil davon, der rein und lieblich war. Den Teil, den Terry Lewis berührt hatte. Maddy wurde klar, dass es auch Nick gelang, direkt in diesen Bereich von Bonnies Seele vorzudringen – vielleicht, weil er der einzige Mensch war, der sie beide gekannt hatte, nicht an ihnen zweifelte oder herumkritisierte, sondern ihre Liebe bezeugen konnte. Oder vielleicht auch, weil er Verständnis und Güte ausstrahlte.
Kein Wunder, dass sie ihn hereingelassen hat, dachte Maddy. Es kam ihr so vor, als würde Bonnies Hass unter Nicks Worten dahinschmelzen. Sie zögerte, bevor sie sprach, und sah ihn dabei fragend an. Er nickte leise.
»Bonnie«, sagte Maddy sanft, »vielleicht ist gar nicht alles so schlimm, wie Sie dachten.«
»Er ist hartnäckig, was?«, sagte Bonnie und strahlte Nick an.
»Er ist ein harter Brocken, aber er hat ein gutes Herz«, stimmte Nick zu.
Plötzlich erlosch das Strahlen, und Bonnie war wieder grau

und verbittert. »Ist auch egal«, sagte sie. »Selbst wenn er wieder gesund wird, er wird mich hassen …«
Maddy warf Nick einen ängstlichen Blick zu. »Das stimmt nicht«, sagte sie. »Das war nur ein Streit, der außer Kontrolle geraten ist. Jedes Ehepaar streitet sich mal. Mein Mann und ich streiten uns ständig. Das ist nicht das Ende der Welt.«
Während sie sprach, wich Nick ihrem Blick aus, und Maddy war plötzlich überzeugt, dass er bereits von Dougs neuerlicher Schande wusste. Bei diesem Gedanken wurde sie flammend rot.
»Wie ist es dazu gekommen? Ich weiß doch, wie sehr Sie Terry lieben«, sagte Nick sanft.
Bonnie ließ die Mundwinkel hängen und musste sich zusammenreißen, um sich nicht in Nicks Arme zu werfen. »Er hat das mit dem Baby herausgefunden. Er hat gesagt, dass er mich nicht mehr liebt. Dass er mich nie geliebt hat, Pater. Sie kann es Ihnen bestätigen. Sie hat es gehört.«
Nick wusste, dass Bonnie damit Maddy meinte, aber er wandte den Blick nicht von Bonnies Gesicht. »Vielleicht hat er im Zorn etwas gesagt, das er gar nicht so gemeint hat.«
Bonnie wich wieder zurück, und ihre Züge verhärteten sich, als sie sich daran erinnerte, wie sehr die Worte ihres Mannes sie verletzt hatten. »Er will mich nicht. Ich habe nichts mehr, wofür es sich zu leben lohnt«, sagte sie.
»Er hat sich betrogen gefühlt wegen dem Baby. Das können Sie ihm nicht vorwerfen. Ihnen wäre es umgekehrt genauso gegangen. Aber Maddy hat Recht. Sie sind nicht das einzige Paar auf der Welt, das sich mal gestritten hat.«
»Nein«, stimmte sie kleinlaut zu. Dann dachte sie wieder an die Tragweite ihrer Reaktion und schüttelte den Kopf. »Aber die meisten Leute schießen nicht gleich aufeinander.«
Maddy erkannte in Nicks Gesicht, in seinem Blick, aufrichtiges Mitgefühl für Bonnie. »Aber es gibt so etwas wie Verge-

bung«, sagte er. »Terry ist dazu fähig. Er ist fähig, Ihnen zu vergeben, und vielleicht können Sie beide wieder zueinander finden.«
Bonnie riss sich abrupt aus einem Tagtraum, in dem sie ein glückliches Wiedersehen mit Terry herbeifantasiert hatte. »Was verstehen Sie schon davon? Sie sind Priester. Sie wissen überhaupt nichts über die Liebe. Und halten Sie mir jetzt keinen Vortrag über Gott und das liebe Jesulein. Ich warne Sie. Ich bin nicht wie Terry. Ich glaube nicht an den ganzen Quatsch. Dafür hab ich Sie auch nicht hier reingelassen. Ich weiß gar nicht, warum ich Sie überhaupt reingelassen habe.«
Maddy unterdrückte ein Stöhnen, als Schmerzen sie durchfuhren. Bonnie war so launenhaft, dass man kaum sagen konnte, was sie als Nächstes tun würde. Nick bewahrte Ruhe.
»Ich glaube, Sie sollten mit jemandem reden. Mit jemandem, der Sie kennt. Der weiß, was Sie durchgemacht haben.«
»Der weiß, dass mir nichts geblieben ist«, sagte sie.
»Was ist mit Sean?«, fragte er.
Maddys Kopf fuhr hoch; sie wollte ihren Ohren nicht trauen. Sean?, dachte sie. Weiß er es denn noch nicht? Wissen die da draußen noch nicht von Justin Wallace? Was, zum Teufel, ist hier los? Hält er sie einfach für verrückt? Sie leidet nicht unter Realitätsverlust. Sie weiß sehr wohl, dass sie ein Kind entführt und ein Mädchen ermordet hat. Will er sie dazu bringen, dass sie uns alle erschießt? Maddy wurde fuchsteufelswild. Es war, als sei er sicheren Schrittes marschiert, mit ihnen allen wohlbehalten auf den Schultern, und habe plötzlich beschlossen, einen wahnsinnigen Sprung zu wagen. Nick bemerkte ihr entsetztes Gesicht und warf ihr einen Blick zu, der sagen sollte: »Vertrau mir.«
Bonnie reagierte genau so wie Maddy. »Sean?«, rief sie. »Wissen Sie denn nicht, wer das ist?«, fragte sie und deutete mit der Waffe auf das Baby. »Ich ... habe ihn entführt. Ich

habe das Mädchen umgebracht. Wissen Sie denn überhaupt nichts?«, kreischte sie ihn an. »Es gibt keinen Sean.«
Nick beobachtete sie genau und blieb dabei völlig ruhig. »Natürlich gibt es Sean«, sagte er.
Bonnie begann zu zittern. »Nein. Sie sind verrückt«, sagte sie.
»Ich weiß, dass dieser Junge Justin Wallace heißt. Das weiß ich«, sagte Nick sanft. »Aber es gibt einen Sean. Sean war Ihr Traum. Der Traum von dem Leben mit Terry, das Sie sich gewünscht haben. Ich war in Maine, Bonnie. Ich habe das Haus gesucht, in dem Sie früher gewohnt haben, und ich habe mit Colleen gesprochen. Ich bin hingegangen, weil ich jemanden finden wollte, der Ihnen ein wenig unter die Arme greifen könnte. Sie wissen schon, nach dem Unfall und so weiter. Sie und Terry wollten ganz neu anfangen, und dann ging irgendwie alles schief.
Colleen hat mir viel von Ihnen erzählt. Sie hat mir von Ihrer Mutter erzählt, und wie schwer Sie es bei ihr hatten. Colleen hat gesagt, dass niemand es mehr verdient hätte als Sie, geliebt zu werden.«
Bonnie schnaubte. »Sie weiß gar nichts über meine Mutter. Das weiß niemand. Oder über den Unfall, und was wirklich passiert ist. Ich bin sicher, dass sie nichts Nettes mehr über mich sagen würde, wenn sie das wüsste.«
Nick versuchte, diese Worte zu ignorieren, obgleich sie seinen Verdacht schürten, dass der Tod von Bonnies Mutter kein Unfall gewesen war. Er wollte nicht darüber nachdenken. Er musste sich darauf konzentrieren, sie zu überzeugen.
»Colleen hat mir erzählt, was für eine gute Freundin Sie ihr waren. Wie sehr Sie ihr geholfen haben, und dass sie Sie vermisst, seit Sie weg sind.«
»Ihr Baby habe ich auch genommen«, sagte Bonnie trotzig. Doch ihre Stimme zitterte. »Ich wette, das hat sie Ihnen nicht erzählt. Weil sie es gar nicht weiß. Ich habe ihn als Sean aus-

gegeben. Bei der Taufe. Ich habe ihr gesagt, ich würde auf ihn aufpassen, und dann habe ich ihn mitgenommen und behauptet, es sei Sean. Aber einen Sean hat es nie gegeben. Verstehen Sie das denn nicht?«

»Ich weiß«, sagte er ruhig. »Ich weiß, dass das ihr Sohn war, den ich damals getauft habe. George Junior. Aber ich weiß auch, dass er für Sie tatsächlich Ihr Sean war. Oder nicht?«

Bonnie sah ihn fassungslos an. »Sind Sie denn nicht böse auf mich?«, fragte sie, und ihre Stimme klang wie die eines kleinen Kindes.

Nick breitete die Arme aus. »Sie hatten Ihre Träume. Sean – das war Ihr Traum. Ihr Traum von dem Leben, das Sie sich ersehnten. Von einer liebevollen Familie. Das ist nicht zu viel verlangt«, sagte er. »Das ist etwas, was Sie nie hatten. Sie haben es für Terry Wirklichkeit werden lassen. Und Sean war für Sie wirklich. Er lebte, in Ihren Gedanken und in Ihrem Herzen.«

Bonnie wandte sich ab, und Maddy hielt den Atem an, drückte sich gegen die Wand und rappelte sich unsicher hoch. Bonnie schüttelte den Kopf und wehrte sich gegen diese zusätzliche Last, die er ihr aufgebürdet hatte. Sein Verständnis war ihr unerträglich. Sie war nur Kritik und Vernachlässigung gewöhnt. Die konnte sie ertragen. Aber unter dem Ansturm seines Mitgefühls begann ihre schwache Psyche zu wanken.

»Also gut«, sagte sie. Dann fragte sie warnend: »Sagen Sie mir nur eines. Hat Terry gesagt, dass er mich noch liebt? Hat er das zu Ihnen gesagt?«

Nick zögerte. Er wusste, was sie hören wollte, und dass es nicht der Wahrheit entsprach. Maddy konnte von ihrem Standpunkt aus das fatale Widerstreben in seinem Gesicht deutlich sehen. Bonnie bemerkte sein Zögern und wusste sofort Bescheid.

»Sie wollten mich reinlegen«, rief sie. »Ich hab's doch gewusst.« Sie richtete die Pistole auf ihn und schrie. Maddy stieß sich von der Wand ab, stürzte sich auf Bonnie und krallte ihr die Hände ins Gesicht, so dass sie ihr die Brille von der Nase schlug und sie aus dem Gleichgewicht brachte. Diesmal zögerte Nick keine Sekunde. Er packte Bonnies Arm und hielt ihn in ihrem Rücken fest. Nachdem er ihr mit der freien Hand die Waffe entwunden hatte, reichte er sie an Maddy weiter.

Einen Moment lang schlug Bonnie wie besessen um sich, dann gab sie plötzlich auf, sank auf die Knie und begann zu weinen. Nick hob sie sanft hoch, wie ein trotziges Kind. Maddy ging langsam zur Tür und ließ Bonnie dabei nicht aus den Augen, als wäre sie ein schlafender Tiger, der sich jeden Moment umdrehen und sie anspringen könnte. Aber Bonnie war in Gedanken völlig woanders. Sie bemerkte es nicht einmal.

Maddy ging zur Tür, öffnete sie und warf die Pistole hinaus auf den Rasen. Als sie ihr aus der Hand flog und in die Dunkelheit segelte, fiel ihr ein Stein vom Herzen. Sie drehte sich wieder zu den Kindern um, die verschüchtert die Köpfe aus den Falten ihrer ausgebreiteten Jacke hoben, und breitete die Arme aus.

Die Waffe lag im grellen Scheinwerferlicht. Polizisten gingen vorsichtig darauf zu, als wäre sie ein Meteorit, der eben vom Himmel gestürzt war. »Es ist eine Waffe!«, schrie jemand, und die Leute, die sich draußen versammelt hatten, begriffen allmählich, dass die Belagerung zu Ende war.

Donna Wallace reagierte am schnellsten. Sie ignorierte die Warnungen ihres Mannes und der Polizei und schoss an den gelben Polizeibarrikaden vorbei. Sie raste über den hell erleuchteten Rasen auf das kleine Gebäude zu. Sie rannte wie eine Wilde, bis ihr fast die Lungen barsten. Maddy kam ihr mit Justin im Arm an der Tür entgegen.

47

Amy drückte sich die Nase am Fenster platt und starrte staunend in den endlosen Himmel. Sie hielt ihre Puppe Loulou ans Fenster und zeigte ihr die Wolken unter ihnen, die wie Elefanten aussahen. Eine Stewardess blieb mit ihrem Rollwagen bei ihren Sitzen stehen und bot ihnen Getränke und Erdnüsse an.

»Möchtest du einen Saft, Schätzchen?«, fragte Maddy.

Amy riss sich von der Aussicht los. »Ja, bitte«, jubelte sie.

»Einen Apfelsaft«, sagte Maddy. »Für mich nichts, danke.«

Maddy klappte Amys Tischchen herunter. Das Kind nahm den Saft mit beiden Händen entgegen und trank schlürfend. Dann wandte es sich wieder den Wolken zu.

Maddy betrachtete ihre Tochter zärtlich. Sie machte sich oft Sorgen, welche Narben die Erfahrungen des vergangenen Jahres auf ihrer Seele hinterlassen haben mochten. Aber Amy besaß diese Faszination für das Hier und Heute, das der größte Segen der Kindheit ist, und Maddy hoffte, hoffte inständig, dass sie alles ohne größeren seelischen Schaden überstanden hatte.

Die gewaltige Freude über ihre Befreiung aus Bonnies Händen war sogleich von der Nachricht über Dougs Sturz gedämpft worden. Der Schock über seinen Tod und die Operation an ihrer Schusswunde hatten dafür gesorgt, dass Maddy sich kaum an die darauf folgenden Tage erinnern konnte. Sie wusste noch, dass einige Leute sehr nett zu ihr gewesen waren – Charles Henson und Ruth Crandall, und vor allem natürlich Nick. Doch die schlimmsten Tage ihres Lebens waren ihr nur verschwommen in Erinnerung. Die Presse hatte mit morbider Begeisterung Dougs Sünden im Detail aufgelistet und angedeutet, dass er durch seinen Tod der gerechten Strafe habe entkommen wollen. Das nette junge Pärchen, das alles beobachtet hatte, hatte sie sogar extra zu Hause besucht, um ihr zu sagen, dass es nicht so gewesen war. Er war nicht gesprungen. Sie hofften, dieses Wissen würde ihr helfen, und das tat es auch. Ein wenig.

Die Stewardess kam wieder bei ihnen vorbei und nahm den leeren Pappbecher mit. »Du musst das Tablett jetzt wieder hochklappen«, sagte sie freundlich zu Amy. »Wir landen in ein paar Minuten.«

Maddy zeigte Amy, wie sie das Tablett wieder wegklappen konnte. Sie sanken allmählich durch die Wolken hinab.

»Wir gehen aber nicht verloren, wenn wir ganz in den Wolken stecken, oder?«, fragte Amy.

»Nein.« Maddy lächelte und streichelte ihre kleine Hand.

»Mami, meine Ohren tun weh«, klagte Amy.

»Da habe ich genau das Richtige für dich«, sagte Maddy. Sie hob ihre Handtasche vom Boden auf und wühlte darin herum. Sie holte einen Kaugummi hervor, wickelte ihn aus und reichte ihn Amy. »Bitte sehr. Wenn du das kaust, tun deine Ohren gleich nicht mehr weh.«

Amy sah sie erstaunt an und fragte sich, wie ihre Mutter auf so eine komische Idee kam, aber sie mochte Kaugummi und begann zufrieden zu kauen.

Maddy wollte den Reißverschluss der Tasche schon wieder zuziehen, als sie den offenen Briefumschlag herausragen sah, auf dem eine kanadische Briefmarke klebte. Sie zog den Brief heraus. Sie faltete ihn auf und las ihn noch einmal. Sie hatte ihn schon so oft gelesen, so oft darüber gegrübelt, dass sie ihn schon fast auswendig kannte.

»Liebe Maddy«, so begann er, »ich habe mich neulich sehr über unser Telefonat gefreut. Als Du angerufen hast, fielen mir von den vielen Dias schon die Augen zu. Jetzt, da ich diese Kurse in Kunstgeschichte gebe, merke ich erst, wie viel ich seit dem Studium vergessen habe. Glücklicherweise hat der Leiter des Instituts Geduld mit mir und will mich anscheinend doch behalten.

Schön, dass es dem Baby der Hensons gut geht. Charles hat sich bestimmt die größten Sorgen gemacht, als es so weit war, trotz der Wunder der modernen Medizin. Bestimmt atmet er jetzt erleichtert auf, ganz abgesehen davon, dass er überglücklich ist, weil die kleine Katherine gesund auf die Welt gekommen ist. Ich weiß, dass Charles Dir im vergangenen Jahr eine große Hilfe war. Er scheint mir ein guter Mensch zu sein, und ich freue mich sehr für ihn und seine Frau.

Heute habe ich einen weiteren Brief von Bonnie bekommen. Sie ist natürlich sehr niedergeschlagen, denn sie muss sich damit abfinden, den Rest ihres Lebens im Gefängnis zu verbringen. Dass sie sich das selbst zuzuschreiben hat, scheint ihr nicht klar zu sein. Ich werde ihr trotzdem antworten. Nach allem, was passiert ist, fühle ich mich dazu verpflichtet. Ich bin nur froh, dass sie gestanden und damit allen die Qualen eines Prozesses erspart hat. Sie wäre ohnehin nicht davongekommen. Sie schreibt, sie hätte neulich einen Brief von Terry erhalten. Jetzt schreibt also er ihr ins Gefängnis. Ist das Leben nicht seltsam?

Ich habe viel über das nachgedacht, was Du mir am Telefon gesagt hast. Ich will eines ganz deutlich machen. Ich habe die Priesterwürde nicht abgelegt, weil ich erwarte, dass Du mich heiratest. Ich wollte kein Priester mehr sein, weil ich wusste, dass ich mich nicht an meine Gelübde halten kann. Weil ich keine andere Wahl hatte. Ich weiß nicht, wie ich Dir das

glaubhaft machen kann. Ich weiß, dass Dein Vertrauen in Männer und die Ehe sehr gelitten hat.
Ich habe versucht, genug Zuversicht für uns beide aufzubringen. Aber ich will auch nicht, dass Du Dich in mir täuschst. Ich bin kein Heiliger. Ich bin in Dich verliebt. Das weißt Du. Ich habe mich Dir in jener Nacht auf dem Rastplatz erklärt. In dieser Nacht, als ich Dich da bei den Kindern knien sah und wir alle Todesangst ausstanden, habe ich mir geschworen, es Dir zu gestehen, wenn wir mit dem Leben davonkommen.
Ich sage es noch einmal. Ich liebe Dich, Maddy. Ich will Dich heiraten. Ich will, dass Du und ich und Amy eine Familie werden und dass wir noch mehr Kinder bekommen. Ich denke, daraus habe ich seit jener schrecklichen Nacht kein Geheimnis mehr gemacht.
Du hast dazu bislang geschwiegen. Dies soll zwar kein Ultimatum sein, aber ich muss ein paar Dinge wissen. Anbei findest Du zwei Flugtickets nach Montreal für nächsten Freitag Nachmittag. Ich möchte, dass Du mit Amy hier heraufkommst und Dir mein Häuschen im Wald ansiehst (das dringend eine weibliche Hand gebrauchen könnte), und auch die Universität, an der ich jetzt unterrichte. Ich weiß, dass Du Angst hast, aber die Liebe verlangt immer von uns, dass wir über uns hinauswachsen.
Du brauchst mich nicht anzurufen. Ich werde am Flughafen stehen und mit bebendem Herzen auf Euren Flug warten. Wenn Du nicht im Flieger sitzt, werde ich leiden. Ich werde darauf bestehen, persönlich das Flugzeug noch einmal nach Euch absuchen zu dürfen, und wenn ich Euch nicht finde, werde ich mir nicht zu schade sein, öffentlich zu weinen.«
Wieder musste Maddy bei diesen Worten lächeln.
»Bitte sei da. In Liebe, Nick.«
Sie lehnte den Kopf an die Kopfstütze und seufzte. Sie konnte es ihm nicht vorwerfen, dass er sich eine Entscheidung von ihr

wünschte. Seine Liebe, einmal gestanden, war glühend. Sie hätte nie damit gerechnet, hatte nicht einmal eine Ahnung davon gehabt. Er hatte sie im vergangenen Jahr mit aller Macht beschützt. Von Anfang an hatte er sie gebeten, Taylorsville zu verlassen und mit ihm fortzuziehen, aber vor einem Jahr war das für sie noch nicht in Frage gekommen. Als er die Priesterwürde ablegte, hatte sie ihn zornig gewarnt, das bloß nicht ihretwegen zu tun, weil sie ihm nichts versprechen konnte.

Maddy sah zu Amy hin, als die Turbinen aufheulten und das Flugzeug über die Landebahn holperte. Das Kind fand die etwas unsanfte Landung herrlich.

»Bitte bleiben Sie so lange angeschnallt sitzen, bis das Flugzeug seine endgültige Parkposition erreicht hat«, bat eine Stimme über die Lautsprecher, als die Leute sofort aufsprangen und nach ihrem Handgepäck griffen.

»Da sind wir«, sagte Maddy.

»Kommt Nick uns abholen?«

»O ja«, sagte Maddy. Sie war ganz sicher, auch wenn der Schock darüber noch tief saß, wie Doug sie getäuscht und betrogen hatte. Sie sah Amy an und fragte sich, ob sie ihr jemals die Wahrheit über ihren Vater erzählen sollte. Gemeinsam hatten sie Dougs Tod betrauert, und Maddy meinte, dass sie es vielleicht dabei belassen sollte. Wer weiß, dachte sie. Vielleicht erinnert sie sich irgendwann nicht einmal mehr an ihn. Er wird nur eine verschwommene Gestalt sein, irgendwo in ihrem Unterbewusstsein. Er hatte Amy nie etwas zu Leide getan. Wenn Bitterkeit in ihr aufstieg, führte sie sich das stets vor Augen.

Sie beugte sich hinüber und öffnete Amys Gurt. »Vergiss Loulou nicht«, sagte Maddy.

Amy drückte die Puppe fest an ihre Brust. »Wir gehen in den Wald«, erklärte sie der Puppe ernst. »Da machen wir ein Lagerfeuer.«

Sie standen auf und schoben sich den Mittelgang entlang. Amy verabschiedete sich an der Tür herzlich von der Stewardess. Diese erwiderte ihre Freundlichkeit begeistert. Maddy spürte ihr Herz klopfen, als sie den Tunnel entlang zum Ausgang lief. Um sie herum quollen Menschen aus der Tür und fielen ihren wartenden Lieben in die Arme. Sie suchte die Ankunftshalle nach ihm ab, und einen Augenblick lang überfiel sie Angst. Ganz allmählich hatte sie sich eingestanden, dass auch sie ihn liebte. Aber wie würde sie sich fühlen, wenn sie ihm das hier, in seiner Welt, eingestand?
Und dann sah sie ihn. Er kam auf sie zu, und der besorgte Blick in seinen Augen wich reiner Freude, als er sie entdeckte. Er war schön und mutig, und er liebte sie. Sie spürte, dass ihre Zweifel wie Seifenblasen emporstiegen und davonschwebten. Amy riss sich von ihr los und stürzte sich in seine Arme. Lachend hob er sie hoch. Meine Lieben, dachte Maddy, während sie sie beobachtete. Sie schwebte förmlich auf die beiden zu und in ihre Umarmung. Sie standen eine Weile ganz still und konnten ihr Glück kaum fassen.
»Ich wusste, dass du kommen würdest«, log er.
Sie wusste, dass er log. Egal, wie unerschütterlich man an seine Liebe glaubte, nichts gab einem eine Garantie dafür, dass dieses Gefühl erwidert wurden. Man musste sich eben selbst etwas vorlügen, um nicht aufzugeben: Ich weiß, dass sie kommen. Ich weiß, dass wir zusammen sein werden. Ich bin sicher, dass wir zusammen glücklich sein werden bis ans Ende unserer Tage. Das war gar keine richtige Lüge. Es war Hoffnung.
»Ich liebe dich«, flüsterte sie.
Sie spürte, wie er erschauerte und sie noch fester an sich zog.
»Sag das noch mal«, bat er.
Und sie tat es.

ENDE

Patricia MacDonald bei Knaur:

Der unheimliche Verehrer

Roman

Laura Reed hat ihren Ehemann nicht getötet – und wird dennoch als Mörderin verhaftet. Sie muss erkennen, dass sie keinem trauen kann. Am wenigsten denen, die ihr nahestehen.

Familienkiller

Roman

Aus heiterem Himmel bricht das Unglück über die kleine friedliche Stadt Bayland in Massachusetts und über die Familie Newhall herein. Die Überreste einer Mädchenleiche werden gefunden und zwischen der 12-jährigen Jenny Newhall und ihrer Adoptivmutter Karen kommt es zu ungewohnten Spannungen. Doch die Prüfungen der Familie Newhall haben gerade erst begonnen …

Mord im September

Roman

Eine Mutter auf der Suche nach der Wahrheit – Lillie Burdettes Tochter wurde ermordet, der Täter scheint in einem entflohenen Sträfling bald gefunden. Doch Lillie kommen Zweifel.

Margaret Lawrence

Bevor das Eis bricht

Roman

An einem kalten und nebligen Valentinstag des Jahres 1786 wird die eigensinnige und stolze Hebamme Hannah Trevor ans Totenbett einer jungen Frau gerufen. Anthea Emory wurde ermordet. In einem letzten Brief beschuldigt die Tote drei Männer. Einer von ihnen ist Daniel Josselyn, Kriegsveteran und Hannahs Geliebter …

»Ein fesselnder Roman um ein dunkles Geheimnis.«
Journal für die Frau

»Ein packender historischer Roman mit einer starken, für ihre Zeit ungewöhnlich selbständigen Frau.«
Hannoversche Allgemeine Zeitung

Knaur

Das Grauen mitten unter uns

Andreas Richter

Mobile

Roman

Wild tanzen die bunten Holzfiguren über dem Kinderbett hin und her. Fasziniert verfolgt der kleine Daniel das Spiel des Mobiles, das ihn wochenlang in quälenden Alpträumen verfolgt. Plötzlich macht sein Vater Joachim eine unheimliche Entdeckung: Die rot gestreifte Holzpuppe hat ihr Gesicht verloren. Auch die Bemalung der anderen Figuren verblasst wie von Geisterhand. Und mit den Farben des Kinderspielzeugs scheint auch das Leben seines Sohnes zu entschwinden. Joachim kommt ein grauenhafter Verdacht …

»Ein Thriller, den man nicht mehr aus der Hand legt. 250 Seiten Dauerspannung.«
Kieler Nachrichten

»Der wichtigste schwedische Krimi-Autor.«
Svenska Dagbladet

Olov Svedelid bei Knaur:

Der Tag des Gerichts

Roman

Eigentlich will Kommissar Roland Hassell bei der neu gebildeten Informationsabteilung der Stockholmer Polizei bleiben und der gefahrvollen Ermittlungsarbeit den Rücken kehren. Doch ein Kollege überredet ihn, noch einmal undercover aktiv zu werden. Es geht um Hehlerei in ganz großem Stil …

Wiedergänger

Roman

Kommissar Hassels spektakulärster Fall – als Hassel von einem Wochenendausflug zurückkommt, findet er im Kinderzimmer eine barbarisch zerstückelte Leiche. Das Opfer: Journalist Karsten Lund. Vor wenigen Tagen noch hatte er Hassel besucht und ihm in panischer Angst eine verworrene Geschichte von Wiedergängern und Gespenstern der Vergangenheit erzählt. Ist an der Story doch etwas dran?

Piraten

Roman

Kommissar Roland Hassel ermittelt als Undercover Agent für Interpol an Bord des Hochseeschiffes „Carla“. Als Steward getarnt soll er einer Bande skrupelloser Piraten auf die Spur kommen, die hoch versicherte Schiffe mit wertvoller Fracht in die Luft sprengen. Hassels Nachforschungen bringen ihn auf die Spur einer Geheimgesellschaft in den obersten Rängen von Politik und Wirtschaft.